Aristopha

Ausgewählte Ko
Aristophanes

Aristophanes

Ausgewählte Komödien des Aristophanes

Inktank publishing, 2018

www.inktank-publishing.com

ISBN/EAN: 9783747763834

Aristophanes' Leben.

Aristophanes hatte zum Vater einen sonst völlig unbekann=
ten Philippos und gehörte zum Demos Kydathenaion, welcher
selbst zur Phyle Pandionis zählte. Sein Geburtsjahr ist wohl
Ol. 83, 4 oder 444 v. Chr.; wenigstens wissen wir daß er noch
sehr jung war als im J. 427 (Ol. 88, 1), dem vierten des pelo=
ponnesischen Krieges, sein erstes Stück aufgeführt wurde. Dieß
waren die Schmausenden (Daitaleis), welche Komödie den
Contrast zwischen der alten und der neuen Erziehungsweise be=
handelte und die Früchte beider Methoden in den Charakteren
zweier Jünglinge, eines tüchtigen und eines lüderlichen, dar=
stellte. Das Stück erhielt den zweiten Preis, wurde aber nicht
unter dem Namen des Aristophanes aufgeführt, sondern wahr=
scheinlich unter dem des Dichters Philonides, während Kalli=
stratos darin die erste Rolle gespielt zu haben scheint. Die Ur=
sache dieser Erscheinung ist angedeutet Wolken 530 ff. und
scheint darin gelegen zu haben daß der Dichter damals noch zu
jung war um schon den Vollgenuß der bürgerlichen Rechte zu
haben, zu welchen auch die Aufführung eines dramatischen Stü=
ckes auf Kosten eines vom Archon zu bezeichnenden Bürgers ge=
hörte. Wohl aus demselben Grunde schob der Dichter im fol=
genden Jahre (426 v. Chr. oder Ol. 88, 2) bei der Aufführung
seines zweiten Stückes, betitelt die Babylonier, den Kalli=
stratos vor. Hatte das erste Stück eine überwiegend sociale
Richtung gehabt, so dieses zweite eine politische. Es geißelte,
aus Anlaß von Vorgängen in der unmittelbarsten Gegenwart,
zweierlei Fehler am athenischen Volke: einmal den Leichtsinn wo=

mit sie durch Bundesgenossen welche ihrer Eitelkeit zu schmei=
cheln wußten sich in kostspielige und gefahrvolle Unternehmungen
hineinziehen ließen, andererseits die Gleichgültigkeit womit sie
die Bedrückungen mitansahen welche ihre Vertreter an den Bun=
desgenossen und Unterthanen verübten, und die Härte welche sie
selbst wohl auch sich gegen diese zu Schulden kommen ließen.
Schon der Titel war in dieser Beziehung bezeichnend: er ist, wie
gewöhnlich, vom Chore des Stückes entnommen, und diesen bil=
deten die Bundesgenossen, welche als Sklaven (Babylonier. —
weil die Heimat der Sklaven meist der Osten war) dargestellt
waren. Das Stück wurde an den großen Dionysien aufgeführt,
zu welchen sich die Bundesgenossen in Athen einzufinden pfleg=
ten, um ihre Beiträge an die attische Staatskasse abzuliefern.
Die wohlgemeinten Rügen des Dichters ließen sich daher als
eine Verhetzung der Bundesgenossen ausdeuten, und wurden so
auch von dem damaligen Leiter des athenischen Volkes, Kleon,
dargestellt und zu einer Anklage vor dem Rathe benützt. Diese
hatte ohne Zweifel der nominelle Verfasser des Stückes, Kalli=
stratos, durchzufechten, da er auch den Ruhm des Sieges einge=
erntet hatte und die Verantwortlichkeit kennen mußte die er mit
dem Stücke übernehme; indessen war es wohl ein öffentliches
Geheimniß daß er nicht der wahre Verfasser sei, und dieser Um=
stand mochte zu seiner Freisprechung mitbeitragen. Vielleicht
um ihn für die erlittenen Unannehmlichkeiten zu entschädigen
überließ Aristophanes demselben Kallistratos auch sein nächstes
Stück, die Acharner, aufgeführt an den Lenäen von Ol 88, 3
oder 425 v. Chr. und mit dem ersten Preise gekrönt, den es auch
verdiente durch die Bedeutsamkeit des Stoffes, die Kühnheit der
Anlage, die Mannichfaltigkeit und Lebendigkeit der Ausführung,
die Fülle des Witzes, den Glanz der Sprache. Seinem Haupt=
inhalte nach ist es eine warme Mahnung zum Friedensschlusse.
Schon dadurch trat der Dichter in Opposition gegen Kleon,
als das Haupt der Kriegspartei, welchem noch überdieß (Vers
300 f.) gedroht wird daß er demnächst eigens werde bedacht
werden. Die Ausführung dieser Drohung suchte Kleon dadurch
zu vereiteln daß er gegen Aristophanes, der aus seiner Urheber=

schaft immer weniger Hehl machen mochte und das nächste Mal
mit offenem Visier aufzutreten beschlossen hatte, eine Klage wegen
widerrechtlicher Aneignung des attischen Bürgerrechtes anhängig
machte. Irgend welchen Schein des Rechtes muß Kleon für
sich gehabt haben, wiewohl nicht bekannt ist worin er bestand, da
die Angaben, Aristophanes sei ein Rhodier oder ein Aegyptier
oder ein Aeginete gewesen, geschichtlich werthlos sind und zum
Theil auf unrichtiger Stellenauslegung beruhen. Insbesondere
scheint Kleon behauptet zu haben, Aristophanes sei nicht der
wirkliche Sohn des (Atheners) Philippos, was der Dichter mit
den homerischen Worten (Odyss. I, 215 f.) abfertigte:

> Daß deß Sohn ich seie versichert die Mutter; ich selbst weiß
> Nichts darüber: bei seiner Erzeugung ist Keiner zugegen.

Wirklich wurde der Dichter freigesprochen, und brachte nun an
den nächsten Lenäen (Ol. 88, 4 = 424 v. Chr.) in den Rittern das angekündigte Stück gegen Kleon auf die Bühne.
Kleon scheint sich dafür in seinem Stile gerächt zu haben, und
bei dieser Verfolgung machte der Dichter in Bezug auf das Publicum die Erfahrung daß thatkräftiger Schutz von diesem nicht
zu erwarten sei. In Folge dessen ließ Aristophanes eine Zeit
lang Kleon in Ruhe und erneuerte erst in den Wespen seine Angriffe auf denselben, wiewohl nicht mit der alten Heftigkeit und
nur beiläufig. In diese Zeit des Waffenstillstandes fallen wohl die
Landleute (Georgoi) des Dichters, die gleichfalls auf Empfehlung des Friedens hinarbeiteten, sowie dessen Frachtschiffe
(Holkades), sicher aber die erste Bearbeitung der Wolken, von
welchem Stücke später noch eigens die Rede werden wird.

Durch das Schicksal der Wolken, wie es scheint, entmutigt
brachte Aristophanes sein nächstes Stück, die Wespen, aufgeführt an den Lenäen von Ol. 89, 2 = 422 v. Chr., wieder
unter dem Namen des Philonides auf die Bühne, wofern diese
Angabe nicht etwa auf einer Verwechslung beruht und Philonides nicht vielmehr als derjenige welcher die Hauptrolle des
Stückes spielte in den alten Theaterverzeichnissen (Didaskalien)
aufgeführt war. Weniger zweifelhaft ist daß Aristophanes in
dem gleichen Jahre, bei der nämlichen Aufführung, demselben

Philonides sein „**Proagon**" (Vorspiel) betiteltes Stück über=
ließ, wie zur Entschädigung für die Gefahr die er mit Uebernahme
der Wespen sich selbst auflud. Letzteres Stück ist gegen die Aus=
artung des Geschworenenwesens gerichtet, durch die es in Athen
zu einer Versorgungsanstalt für Müßiggänger geworden war.
Es erlangte den zweiten Preis, der Proagon den ersten. Da=
gegen den Frieden führte Aristophanes unter seinem eigenen
Namen auf, an den großen Dionysien von Ol. 89, 3 = 421
v. Chr., ein halbes Jahr nach Kleon's Tode, zur Feier des dem
Abschluß nahen und wenige Wochen später auch wirklich abgeschlos=
senen Friedens des Nikias. Es erhielt den zweiten Preis und
wurde von dem Dichter später umgearbeitet.

Die in den nächsten sechs Jahren verfaßten und aufgeführten
Stücke kennen wir nicht mit Sicherheit; doch ist mit Wahrscheinlich=
keit anzunehmen daß in diesen Zeitraum von den verlorenen Komö=
dien besonders die „**das Alter**" betitelte gehört. An den Lenäen von
Ol. 91, 2 = 414 aber wurde der **Amphiaraos** aufgeführt, und
an den Dionysien desselben Jahres das Prachtstück der aristopha=
nischen Komödie, die **Vögel**, beide jedoch anonym, d. h. so daß
der erste Schauspieler in denselben, Kallistratos, sich zugleich als
Verfasser derselben einschreiben ließ. Die Häufigkeit womit sich
diese Erscheinung bei Aristophanes wiederholt könnte auf die
Annahme führen daß der Dichter gegen die Nennung seines
Namens oder gegen die rein technischen Geschäfte (besonders die
Einübung der Choreuten) einen Widerwillen gehegt habe, und
die andern Komiker ermangelten auch nicht diese Sitte ihres
Nebenbuhlers zum Gegenstande ihrer Spöttereien zu machen.
So ließ Aristophanes auch Ol. 92, 1 = 411 v. Chr., die Ly=
sistrate durch Kallistratos auf die Bühne bringen. Auch dieses
Stück arbeitet auf die Beseitigung des seit 413 wieder ausge=
brochenen Krieges hin, und läßt zu diesem Zwecke die Weiber
eine Verschwörung eingehen. Die damit eingeschlagene Rich=
tung auf die Darstellung des weiblichen Geschlechts hält auch
das nächste Stück fest, die **Thesmophoriazusen** (die Weiber
am Thesmophorienfeste), nur daß dießmal zu jenem socialen
Stoffe noch ein literarischer hinzukommt, die Persiflierung des

Euripides. Das Stück wurde aufgeführt an den Lenäen von Ol. 92, 2 = 410 und scheint solchen Anklang gefunden zu haben daß der Dichter dadurch später zu einer zweiten Bearbeitung desselben Gegenstandes ermutigt wurde, in welcher er die Weiber ebenso nach der Seite ihrer äußeren Erscheinung und ihren wirtschaftlichen Eigenschaften schilderte wie die ersten Thesmophoriazusen sich mit ihrem ethischen Verhalten beschäftigen. Andererseits machte der Dichter die literarische Kritik zu seiner ausschließlichen Aufgabe in den Fröschen, nächst den Vögeln der vollendetsten unter den Komödien des Aristophanes, aufgeführt (durch Philonides) an den Lenäen von Ol. 93, 3 oder 405 v. Chr. und mit dem ersten Preise gekrönt. Von diesem Stücke wird später genauer die Rede sein müssen. Dagegen lenkte der Dichter zu den politischen Stoffen zurück mit seinen Ekklesiazusen (Weibervolksversammlung), aufgeführt wahrscheinlich an den Dionysien von Ol. 96, 4 = 392 v. Chr., in welchem Stücke das ganze Männergeschlecht, in Anerkennung seiner erfahrungsmäßigen Unzulänglichkeit, das Ruder des Staats an die Weiber abtritt, welche denn auf socialistischer Grundlage (Gemeinschaft der Güter und Weiber) den Staat neuzugestalten suchen. Endlich der Plutos (Gott des Reichthums) beschäftigt sich mit einem allgemeinmenschlichen Probleme, Verdienst und Glück in das rechte Verhältniß zu einander zu bringen, so daß die Gaben des Glückes statt blind vielmehr nach einem verständigen Plane, nach der Würdigkeit der Einzelnen, vertheilt würden. Das Stück wurde von dem Dichter zweimal auf die Bühne gebracht, i. J. 408 und (in veränderter Gestalt, wie es jetzt vorliegt) i. J. 388 v. Chr., und ist das letzte welches unter dem Namen des Aristophanes aufgeführt wurde. Denn die beiden später verfaßten, mit mythologischer Einkleidung, Kokalos und Aiolosikon, trat der Dichter an seinen Sohn Araros ab, um diesen dadurch bei dem Publicum zu empfehlen. Außer diesem hatte Aristophanes noch zwei Söhne, von denen der eine nach dem Großvater Philippos hieß, also wohl der älteste war; der dritte wird bald Nikostratos bald Philetairos genannt. Keiner derselben gelangte zu Berühmtheit.

Kurze Zeit nach Abfassung des Aiolosikon und Kokalos starb Aristophanes. Er lebte also wohl nicht über Ol. 100 (380 v. Chr.) hinaus, und erreichte somit ein Alter von unge= fähr 65 Jahren. Als komischer Dichter war er fast ein halbes Jahrhundert thätig. Nichtsdestoweniger betrug die Gesammt= zahl seiner Stücke, nach der höchsten Angabe, nur 54, und nach der wahrscheinlicheren 44, unter welchen man über= dieß schon im Alterthum bei vieren die Aechtheit bezweifelte. Rechnen wir die drei Stücke welche der Dichter zweimal bear= beitete doppelt, so beläuft sich die Zahl der uns bekannten Titel auf 43; von diesen wurden schon in der byzantinischen Zeit die elf welche auf uns gekommen sind besonders häufig gelesen und abgeschrieben. Von den übrigen besitzen wir wenigstens Bruch= stücke, deren Zahl sich im Ganzen auf mehr als 850 beläuft.

Ein Bild des Aristophanes glaubt neuestens Welcker zu Rom entdeckt zu haben, in einer Doppelbüste deren andere Seite das Haupt der neuen Komödie, den Menander, darstellt. An diesem Bilde ist die Stirne hoch und gerunzelt, die Augen tief= liegend, einige Verdrossenheit um Augen und Mund, der sonst vorzüglich schön und ausdrucksvoll ist: eine Bestätigung der Auffassung unseres Dichters daß sich hinter dessen tollem Lachen oft bitterer Ernst und tiefer Schmerz verberge.

I. Die Ritter,

von

C. F. Schnitzer.

Einleitung.

Das vorliegende Stück des Aristophanes ist an den Lenäen (im Januar) des Jahres 424 v. Chr. aufgeführt worden und gewann den ersten Preis gegen Kratines und Aristomenes. In der Keckheit des persönlichen Angriffs und Leidenschaftlichkeit der Sprache überschreitet es die Schranken des Anständigen und selbst die Grenzen der Poesie in einem Maße welches nur aus seinem Charakter als Tendenzstück erklärt werden kann. Der Dichter will nämlich damit außer dem künstlerischen auch noch einen politischen Zweck erreichen, den Sturz des Kleon und die Zurückführung der guten alten Zeit der Marathons= kämpfer.

Kleon, der damalige Führer des attischen Volkes, das Haupt der demokratischen und Kriegs=Partei, stand zur Zeit der Aufführung unseres Stückes auf der Höhe seiner Macht. Er hatte dieß den Ereignissen von Pylos zu verdanken. Im Frühling des Jahres 425 war nämlich zur Unterstützung des Laches in Sicilien eine Flotte von 40 Schiffen vom Peiräeus ausgelaufen, welche die weitere Bestimmung hatte, auf dem Wege dahin für Kerkyra, das von 60 peloponnesischen Schiffen be= droht war, Vorsorge zu treffen. Den Befehlshabern der Flotte, Eury= medon und Sophokles, war der von einem siegreichen Feldzug in Akar=

nanien zurückgekommene Demosthenes beigegeben und ihm gestattet,
wenn er es für gut finde, mit denselben Schiffen eine Unternehmung
gegen die Küsten des Peloponnes auszuführen. Dazu bot sich Gelegen=
heit als ein Sturm die Flotte nöthigte in den Hafen bei dem Vorgebirge
von Pylos einzulaufen. Dieses Pylos bildet die südwestliche Spitze
des Peloponnes und war nur 20 Stunden von Sparta entfernt. Der
Hafen war durch die vor ihm liegende Insel Sphakteria so gedeckt daß
nur zwei schmale Eingänge auf beiden Seiten frei blieben. Demo=
sthenes setzte es durch daß dieser Ort befestigt werde, wozu die natür=
liche Lage und der Vorrath an Holz und Bausteinen Anlaß genug bot.
In sechs Tagen war Pylos an den angreifbaren Stellen auf der Land=
seite befestigt, und Demosthenes blieb mit fünf Schiffen dort zurück.
Sobald die Spartaner die Wichtigkeit des Platzes erkannten ließen sie
die 60 Schiffe von Kerkyra nach Pylos zurückkommen, auch kehrte ihr
Landheer unter Agis von seinem Einfalle in Attika heim, und Demo=
sthenes sollte nun vom Land und von der See angegriffen werden.
Noch ehe aber das peloponnesische Heer vor Pylos ankam hatte er heim=
lich zwei Schiffe abgesandt, um die athenische Flotte, die bei Zakynthos
vor Anker lag, herbeizurufen. Noch vor dieser war jedoch die sparta=
nische auf dem Platze und setzte den Kern ihrer Schwerbewaffneten,
420 Mann, auf der Insel Sphakteria aus, den übrigen Theil des Fußvolks
aber am Festlande. Demosthenes zog seine drei Schiffe unter die Ver=
schanzungen und umgab sie mit Pfahlwerk. Sein Schiffsvolk bewaff=
nete er so gut er konnte, und mit diesem und 60 schwerbewaffneten
Messeniern schlug er nicht nur die Angriffe des Fußvolks auf seine Be=
festigungswerke, sondern auch einen Landungsversuch des Brasidas
zurück, bis die athenische Flotte erschien. Diese drang durch beide Ein=
gänge zugleich in den Hafen ein und lieferte den Spartanern ein hitziges
Gefecht, nach welchem diese sich auf das Festland zurückziehen und ihre
60 Schiffe den Athenern überlassen mußten. Die 420 Spartaner auf
der Insel waren nun abgeschnitten. Die Athener wagten es nicht sie
mit ihren wenigen Schwerbewaffneten anzugreifen und schloßen sie mit
den Schiffen ein, während das spartanische Heer auf dem Lande müßig

zusehen mußte. Die Ephoren sandten sich aus Sparta persönlich ein, überzeugten sich von der Unmöglichkeit der eingeschlossenen Mannschaft Hülse zu bringen, und schlossen einen Waffenstillstand mit den Athenern, während dessen die lakedämonischen Schiffe in der Gewalt der Athener bleiben und die Besatzung der Insel als Kriegsgefangene bewacht werden sollten; inzwischen begaben sich spartanische Gesandte nach Athen, um dort Friedensunterhandlungen anzuknüpfen. Aber auf Kleons Betreiben stellten die Athener so harte Friedensbedingungen daß die Gesandten, als auch ihr Wunsch mit einer Commission zu verhandeln durch Kleon zur Verwerfung gebracht worden war, unverrichteter Sache nach Pylos zurückkehrten. Der Waffenstillstand wurde aufgehoben, und die Feindseligkeiten begannen aufs Neue. Den Lakedämoniern gelang es, trotz der strengen Bewachung der Insel durch die Athener, dennoch ihren Hopliten auf Sphakteria Lebensmittel zuzuschicken: während die Athener, die in ihrer Verschanzung fortwährend angegriffen wurden, nicht nur an Proviant, sondern auch an Trinkwasser Mangel litten. Einen Angriff auf die Insel selbst aber wagte Demosthenes nicht, theils wegen des unsichern Terrains, theils weil er keine genügende Zahl Schwerbewaffneter besaß, und mit dem Einbrechen des Winters mußte sich die Lage der Athener noch mehr verschlimmern. Demosthenes schickte daher Boten nach Athen, um den Stand der Dinge darzulegen und Verstärkung zu verlangen. Jetzt bereute das Volk daß es dem Rathe Kleons gefolgt war und die Friedensanträge der Lakedämonier von der Hand gewiesen hatte. Kleon suchte sich zuerst damit zu helfen daß er die Nachrichten für falsch erklärte. Als man nun aber auf den Antrag der Abgeordneten beschloß ihn selbst mit Theagenes an Ort und Stelle zu schicken, um sich von der Sachlage zu überzeugen, so war vorauszusehen daß die Untersuchung zu seiner Beschämung ausfallen müsse. Er stellte daher den Antrag: lieber gleich Schiffe mit gehöriger Mannschaft hinzuschicken, um die Eingeschlossenen gefangen zu nehmen. Wenn die Feldherren Männer wären, setzte er hinzu, wäre ihnen das ein Leichtes, und er selbst würde sich dazu anheischig machen, wenn er das Commando hätte. Nikias, welcher damals Stratege und der angesehenste Mann von Kleon's Gegenpartei war, nahm ihn beim Worte, erklärte sich bereit ihm das Commando abzutreten, und Kleon sah sich, nach anfänglicher Weigerung, zuletzt genöthigt es anzunehmen. Nun gewann er auch sein Selbstvertrauen wieder, erklärte, er werde ohne Mannschaft aus der Stadt mit 400 Bundesgenossen, meist Leichtbewaffneten, die gerade in Athen waren, und mit der Besatzung von Pylos binnen 20 Tagen die Spartaner auf der Insel entweder lebendig nach Athen bringen oder dort niedermachen. Kleon ließ sich von den Feldherren in Pylos nur den Demosthenes beigeben, und schiffte sich mit der von ihm verlangten Mannschaft ein. Demosthenes hatte bereits einen Plan zur Landung auf der Insel entworfen, und als Kleon ankam wurde derselbe sogleich ins Werk gesetzt. Durch einen zufällig entstandenen Waldbrand wurde das Dickicht welches die Spartaner versteckte gelichtet, und Demosthenes konnte seine Anordnungen treffen. Durch wiederholte Angriffe von Schwerbewaffneten, hauptsächlich Messeniern, und durch Umgehung der Spartaner, welche sich in ihre Schanzen zurückzogen, mittelst der leichtbewaffneten Insulaner die Kleon mitgebracht hatte, unter der Anführung eines messenischen Hauptmanns, wurden Jene zur Uebergabe gezwungen. Von 420 Mann waren aber nach den Gefechten nur noch 292 übrig, unter diesen 120 edle Spartiaten, welche Kleon, seinem Versprechen gemäß, vor dem zwanzigsten Tage im Triumph nach Athen brachte. Zum Danke erhielt er die Speisung im Prytaneion, so wie einen Ehrenplatz bei festlichen Gelegenheiten; mit der Verwaltung der Finanzen Athens, der höchsten amtlichen Stellung in Athen, war er wohl schon vorher betraut gewesen. Für Athen war der Sieg ein großer Gewinn. Die Spartaner zogen sich von Pylos zurück, und der Nimbus ihrer Unbesiegbarkeit war nun zerstört. Die Athener besetzten den Platz mit Messeniern, hatten so festen Fuß im Peloponnes gefaßt, und die Gefangenen „von Pylos“ waren in ihren Händen ein wirksames Zwangsmittel gegenüber von Sparta. Die Gegner Kleons aber verdroß dessen Erfolg, nicht blos weil seine Stellung dadurch befestigt wurde, sondern besonders weil die Friedenshoffnungen damit auf lange hinaus vereitelt scheinen mußten.

Diesem Verdrusse leiht der Dichter in bitterster Weise Worte, und wir müssen diese Verschiedenheit des politischen Parteistandpunktes bei Allem in Abzug bringen was derselbe gegen Kleon aussagt. Kleon war der Führer der Progressisten, zu welchen außer dem besitzlosen Haufen auch die Männer der Industrie und des Handels gehörten. Mag an den Beschuldigungen welche der Dichter gegen ihn schleudert auch vieles Wahre sein, jedenfalls vertrat er ein berechtigtes, in Athens Eigen-thümlichkeit und Vergangenheit wurzelndes Princip, und zwar mit einer Energie welche vor keinen Consequenzen zurückbebte. So stellt ihn namentlich auch sein Gegner Thukydides dar in der Rede welche er ihn in der Sache der Mytilenäer halten läßt (III, 37 ff.). Die Myti-lenäer waren mit dem größten Theile der Insel Lesbos im J. 428 v. Chr. von Athen abgefallen, aber nach langwieriger Belagerung im folgenden Jahre wieder unterworfen worden. Auf Kleons Antrag faßten nun die Athener den Beschluß, nicht nur die tausend Rädels-führer, sondern alle mannbaren Bewohner der Insel (mit Ausnahme der treugebliebenen Methymnäer) zu tödten, die Weiber und Kinder als Sklaven zu verkaufen, und der Befehl dazu war bereits abgegangen. Ueber Nacht kam die Athener doch Reue an, und in einer zweiten Ver-sammlung setzte besonders Diodotos (ein Sohn des Eukrates) es durch daß blos tausend Mytilenäer hingerichtet werden sollten, gegen den Widerspruch des Kleon, welchen bei dieser Gelegenheit Thukydides rück-sichtslos von dem Wankelmuth des Volkes sprechen läßt, von seiner Unfähigkeit über Andere zu herrschen, und von der Nothwendigkeit die Herrschaft Athens, die nun einmal eine Tyrannei über andere Staaten sei, durch Maßregeln des Schreckens aufrecht zu erhalten.

Aristophanes dagegen stand mit seinen Sympathien auf der Seite der conservativen Partei, deren Schwerpunkt in den Grundbesitzern ruhte und zu deren eifrigsten Mitgliedern die Ritter gehörten. Diese bildeten in Athen die einzige auch im Frieden militärisch organisirte Truppe (damals von 1000 Mann); sie konnten daher der Natur der Sache nach zu ihrem größten Theile nur der Classe der Grundbesitzer angehören, und zwar den vermöglichen, da ihre Waffe einen beträchtlichen Aufwand erforderte. In Folge dessen gab es zwischen ihnen und Kleon fortwährende Reibungen, und aus ihnen, als den erbittertsten Gegnern dieses Demagogen, setzt darum auch der Dichter in unserem Stücke seinen Chor zusammen, und macht sie — neben Nikias und Demosthenes — zu Trägern seiner Tendenz. Den Sturz des Kleon läßt der Dichter dadurch bewirken daß jener mit seinen eigenen Waffen geschlagen, in seinen eigenen Mitteln, besonders der Volksschmeichelei, noch überboten wird, und mit dessen Sturze tritt dann unmittelbar auch die bessere Zeit wieder ein. Die noch größere Schlechtigkeit ist personificiert im Wursthändler, ohne daß dabei jedoch irgend an eine lebende Person zu denken wäre. Auch Kleon erscheint nicht in eigener Person auf der Bühne (nur in dem Chorliede 973 ff. wird sein Name genannt), sondern in der freilich höchst durchsichtigen Maske eines Obersklaven in dem Hause des Demos, welche zugleich gestattete das Bild desselben möglichst crass zu zeichnen. Aber auch der Demos selbst, das gesammte athenische Volk, wird in sehr wenig schmeichelhafter Weise geschildert, wiewohl der Dichter nicht vergißt die bittere Pille durch mancherlei Zuthaten zu versüßen. Im Ganzen aber muß die rücksichtslose Bitterkeit womit der Dichter in diesem Stücke um sich schlägt ebensosehr uns mit Bewunderung für seinen Muth erfüllen wie sie bezeichnend ist für die politischen und socialen Zustände des damaligen Athen.

Die nachfolgende Bearbeitung dieses Stückes beruht in der Hauptsache auf der i. J. 1852 in derselben Verlagshandlung erschienenen Uebersetzung desselben. Da jedoch deren Verfasser abgehalten war die durch den Plan der gegenwärtigen Sammlung bedingte Umarbeitung selbst vorzunehmen, so sind die Abweichungen durch welche sich das Vorliegende von der ursprünglichen Gestalt unterscheidet auf die Rechnung ihres Urhebers, des Prof. W. Teuffel, zu setzen.

Perſonen.

***

Erſter Sklave (Demoſthenes) ⎫
Zweiter Sklave (Nikias) ⎬ im Dienſte des Demes
Der Paphlagonier (Kleon) ⎭

Der Wurſthändler, nachher Ager-krites genannt

Demos von Athen (das atheniſche Volk)

Chor der Ritter.

• • •

Aufgeführt an den Lenäen unter dem Archon Stratelles.
Olymp. ?? 4 v. Chr. 424.

Anm. Zur Bequemlichkeit der Leſer ſind in der Ueberſetzung, wie auch in den meiſten Ausgaben des Textes, die eigentlichen Namen der drei erſten Perſonen als Ueberſchriften gebraucht, obgleich dieſe von dem Dichter ſelbſt nicht geſetzt werden ſi. ?.

***

Vor dem Hause des Demos.

Demosthenes und Nikias, seine Diener, stürzen nach einander heraus, sich den Buckel reibend.

Demosthenes.

O weh, o weh! ach schwere Noth! o weh, o weh!
Daß doch die Götter diesen neuerkauften Schuft
Von Paphlagonier sammt seinen Ränken brächten um!
Seitdem der Kerl in unser Haus hereingeplumpt
Zieht er dem Hausgesinde nichts als Schläge zu.

Nikias.

Tod und Verderben diesem Erzlärmtrommler, ja!
Sammt seinen Lügen!

Demosthenes.

Armer Schelm, wie geht es dir?

Nikias.

So schlecht wie dir.

Demosthenes.

So komm denn her und laß einmal
Uns eins zusammen heulen nach Olympos' Art.

Beide.

Mymy, mymy, mymy, mymy, mymy, mymy.   10

V. 3. Paphlagonier, Kleon. Das Wort bezeichnet eine schlechte Art von Sklaven (die aus Paphlagonien am schwarzen Meere stammten) und zugl. einen Polterer.
V. 9. Olympos, mit Marsyas und Hyagnis eine der ältesten Phasen der hellenischen Musik, in ihrem Uebergange aus Phrygien, bezeichnend.

Demosthenes.

Was winseln wir vergeblich! Sollten wir nicht vielmehr
Auf Rettung Beide sinnen, statt des Wehgeheuls?

Nikias.

Wie wäre sie möglich?

Demosthenes.

Sage du's.

Nikias.

Nein, sag' es du:
Ich mag nicht streiten.

Demosthenes.

Nein, beim Apoll! ich nicht zuerst.

Nikias.

„Wie, wenn du selbst aussprächest was ich sagen soll?"   15

Demosthenes.

Nur beherzt, alsdann erklär' auch ich mich dir.

Nikias.

Nicht doch, mir fehlt das „Träträ". — Könnt' ich also wohl
Aussprechen das Wort so recht euripidisch verblümt?

Demosthenes.

Nein doch, ich bitte, nein, verderbe mir es nicht;
Besinne dich auf einen Marsch vom Herrn hinweg.   20

Nikias.

So sage schnell: Gelaufen! hintereinanderweg.

Demosthenes.

Nun ja, ich sage: Gelaufen!

V. 15. Aus Euripides' Hippolytos V. 345, wo Phädra ihr Geheimniß
(die Liebe zu ihrem Stiefsohn) nicht auszusprechen wagt und verlangt daß ihre
Amme es errathe.

V. 17. Träträ (Θρέττε), der Trompetenton: das kriegerische Wesen des
Demosthenes fehlt dem Nikias.

V. 19. Anspielung auf den Gemüsehandel der Mutter des Euripides,
statt: vereuripidisiere es nicht.

Aristophanes.   2

19

Nikias.

Hänge nun hinten an
„Gelaufen" das Wort „davon".

Demosthenes.

Davon.

Nikias.

Recht brav gemacht.
So wie Abwichser pflegen, sprich jetzt langsam erst
„Gelaufen", dann schnell hintereinander drein „davon".   25

Demosthenes.

Gelaufen, davon, gelaufen, davongelaufen —

Nikias.

Nun,
Schmeckt das nicht süß?

Demosthenes.

Beim Zeus, nur daß ich für meine Haut
Besorgt bei dieser Vorbedeutung bin.

Nikias.

Wie so?

Demosthenes.

Weil von dem Wichsen Einem die Haut vom Fleische geht.

Nikias.

„Am besten also wär's für uns in dieser Noth" —   30
Wir giengen hin und wärfen uns vor ein Idol.

Demosthenes.

Wie? Was? Idol? So glaubst du gar an Götter noch?

Nikias.

Ja wohl.

Demosthenes.

Was hast du aber für Beweis dafür?

V. 29.   Zugleich Beziehung darauf daß entlaufene Sklaven, wenn man
sie wieder bekommt, durchgewichst werden.
V. 30.   Parodische Anspielung auf Aeschyl. Prometh. 216.

20

Nikias.

Daß mich die Götter haffen. Ist das nicht genug?

Demosthenes.

Sehr überzeugend. Denk' jedoch auf andern Weg. —   35
Was meinst du, trag' ich dem Publicum die Sache vor?

Nikias.

Das kann nicht schaden. Um Eines bitten wir es nur:
Durch ihre Mienen offenbar uns kund zu thun,
Ob unser Reden sie erfreu' und unser Thun.

Zustimmung.

Demosthenes.

So will ich sprechen. Wir haben Beide einen Herrn,   40
Jähzornig, gallesprühend, bohnenfresserisch,
Demos den Pnyxer, einen mürrischen alten Kauz,
Harthörig etwas. Dieser kauft' am letzten Markt
Sich einen Sklaven, den Gerber aus Paphlagonien,
Den abgeschlagensten, hinterlistigsten Kerl der Welt.   45
Der hat des Alten schwache Seiten sich abgemerkt,
Der Gerberpaphlagonier: kriechend vor dem Herrn,
Umwedelte, schmeichelt', heuchelt', hintergieng er ihn
Mit dünnen Lederschnitzeln, redet' ihm also zu:
„Geh baden, Demos, da du entschieden Einen Fall.   50
Iß, trinke, laß dir's schmecken, nimm den Dreiobol!
Soll ich das Abendbrod dir bringen?“ Dann rafst er weg
Was Einer von uns dem Herrn zurichtet', und hat den Dank
Dafür erhascht, der Paphlagonier. Neulich erst,

V. 41. Bohnen, in doppeltem Sinn, weil es eine Lieblingsspeise der
Athener war, und weil mit Bohnen geloost wurde, namentlich um die meisten
Staatsämter.

V. 42. Pnyxer, von der Pnyx, dem Versammlungsplatz des Volkes.
Dieß war ein freier Raum auf einem (gleichnamigen) Hügel, westlich vom
Areopag.

V. 51. Dreiobol, das damalige Taggeld eines Geschworenen. Volks=
schmeichler erleichterten diesen Verdienst, indem sie die Geschworenen schon
nach Aburtheilung eines einzigen Falls entließen.

Da hatt' ich in Pylos eingeweicht lakon'schen Teig,　　　　55
Gleich schleicht er sich hinten herum, rafft mir es heimlich weg
Und tischt von sich auf was von mir geknetet war.
Uns jagt er weg und duldet nicht daß ein Anderer
Den Herrn bediene; mit der Fliegenklatsche steht　　.
Er hinter ihm beim Essen und wehrt die Redner ab.　　　　60
Auch singt er Orakel; der Alte hat die Sibyllensucht;
Und wenn er ihn nun völlig eingesumpelt sieht
So spinnt er seine Ränke. Wer im Hause ist
Wird keck von ihm verleumdet; Peitschenhiebe setzt's
Für uns: der Paphlagonier läuft im Haus umher,　　　　65
Und fordert, ängstigt, nimmt Geschenk' und sagt dazu:
„Seht ihr, wie Hylas meinethalb gegeißelt wird?
Gewinnt ihr mich zum Freunde nicht, ihr hängt noch heut."
Drum geben wir, und thun wir's nicht, bekommen wir
Fußtritte vom Alten, daß man achtfach fallen läßt.　　　　70

　　　　　　　Zu Nikias.
Nun laß geschwind zum Schluß uns kommen, lieber Freund,
Wohin wir uns jetzt wenden müssen und zu wem.

　　　　　　　Nikias.
Die beste Wendung ist das „Gelaufen!" lieber Freund.

　　　　　　　Demosthenes.
Unmöglich kann dem Paphlagonier was entgehn.
Denn Alles überschaut er, hat das eine Bein　　　　75
In Pylos, das andre auf dem Volksversammlungsplatz.
Indem er so mit ausgespreizten Beinen steht,
Befindet der Steiß leibhaftig sich in Offenau,
Die Händ' in Heischdorf und der Sinn in Raffeburg.

　　　　　　　Nikias.
Das Beste wäre für uns: zu sterben.

V. 55. Die Einschließung der 400 Spartaner auf der Insel Sphakteria,
vor dem Hafen von Pylos (in Messenien). S. die Einl. S. 9—12.

Demosthenes.

                       Siehe zu   80
Indessen, daß wir sterben aufs Mannhafteste.

Nikias.

Wie denn wohl, wie geschäh' es aufs Mannhafteste? —
„Am besten wird es sein, wir trinken Rinderblut."
Zu sterben wie Themistokles sei unsre Wahl!

Demosthenes.

Nein, einen Becher lautern Weins „dem guten Geist".   85
Dann kommt vielleicht uns irgend ein heilsamer Rath.

Nikias.

Da seht mir: lautern! Nur um den Trunk ist dir's zu thun.
Wie käme doch auf klugen Rath ein trunkner Mann?

Demosthenes.

Im Ernst, das meinst du? Wasserkrugsalbaderer!
Du wagst den Wein zu schmäh'n in Betreff der Erfindsamkeit?   90
Was fändest denn du Thatenkräft'geres als den Wein?
Siehst du denn nicht, sobald die Leute trinken, dann
Sind reich sie, unternehmend, sieghaft vor Gericht,
Für sich beseligt und den Freunden förderlich?
Nein, hole nur mir hurtig eine Kanne Weins,   95
Damit ich den Witz anfeucht' und was Gescheites sag'.

Nikias.

O weh! was bringst du über uns mit deinem Trunk!

Demosthenes.

Nur Gutes. Hol nur! (Nikias ab.) Streck' ich mich indessen hin!
Denn bin ich angetrunken, überström' ich rings
Mit Plänchen und mit Pfiffchen und Kniffchen Alles hier.   100

V. 83. Aus Sophokles. Schol. — Daß Themistokles nach seiner
Flucht zu Artaxerxes sich mit Rinderblut vergiftet habe, um nicht gegen sein
Vaterland ziehen zu müssen, erzählen Mehrere; auch Cicero (Brut. 11) er-
wähnt dieser Sage. Thukydides läßt ihn eines natürlichen Todes sterben.
Von der Vergiftung durch Rinderblut spricht auch Herodot III, 15.

V. 85. „Dem guten Geist" zu Ehren nippte man nach dem Mahle,
zum Beginn des Trinkgelages, von einer Schaale ungemischten Weins.

Nikias mit einem Krug aus dem Hause.

Das ist ein Glück daß Niemand mich ertappt, als ich
Drinn den Wein stahl.

Demosthenes.

Sage, was macht der Paphlagon?

Nikias.

Salzkuchen, confiscierte, hat der Wicht geleckt,
Und schnarcht nun rücklings auf den Häuten aus den Rausch.

Demosthenes.

Geschwind nun, schenke Lautern ein mir, daß es klatscht,   105
Zur Spende.

Nikias.

Da nimm und bring's dem guten Geiste dar.

Demosthenes.

Zieh, zieh! den ersten Becher dem Geist des Pramniers! —
Nach einem tüchtigen Zuge.
Ha! guter Geist, von dir ist der Einfall, nicht von mir.

Nikias.

Sag' an, ich bitte; welcher ist's?

Demosthenes.

Die Orakel schnell
Gestohlen dem Paphlagonier und herausgebracht,   110
Dieweil er schläft!

Nikias.

Sehr wohl. Allein ich fürchte fast,
Der Geist verwandelt sich mir in einen bösen Geist.   Ab.

V. 103. Eine Art Salzkuchen war der gewöhnliche Nachtisch, um zum
Trinken zu reizen. Von Anpfändungen, Confiscationen bekam in vielen Fällen der Angeber oder Kläger den dritten Theil, in andern der Vollstrecker, und
beim Verkauf konnte dier ohnehin sich etwas erübrigen.

V. 107. Pramnier war eine halbmythische Sorte Rothwein, stark
und herb.

Demosthenes allein.

Wohlauf! mir selber führ' ich jetzt die Kanne zu,
[Damit ich den Witz anfeucht' und was Gescheides sag'].

Nikias, zurückkommend.

Wie überlaut der Paphlagonier farzt und schnarcht!   115
Er merkt' es gar nicht als ich den heilgen Spruch ihm nahm,
Den immer so fest er verwahrte.

Demosthenes.

O du schlauer Kopf!
Gib, daß ich ihn lese. Schenk' indessen zu trinken ein,
Geschwind ein wenig. Laß doch sehn, was drinnen steht. —
Ah, Göttersprüche! Gib mir, gib den Becher schnell!   120

Nikias.

Hier ist er. Was spricht das Orakel?

Demosthenes trinkt.

Nochmals eingeschenkt!

Nikias.

Steht das in den Göttersprüchen: „Nochmals eingeschenkt"?

Demosthenes.

O Bakis!

Nikias.

Nun, was ist es?

Demosthenes.

Gib den Becher schnell!

Nikias.

Oft, scheint es, hat der Bakis den Becher angesetzt.

Demosthenes.

O Schuft — Paphlagonier! Darum also bargst du's längst,   125
Vor dem Spruche über dich erbebend?

V. 114. Der Vers ist aus V. 96 wiederholt, um die vermeintliche Lücke
auszufüllen. Aber der Gedanke ist ja jetzt gefunden.
V. 123. Bakis, alter Sehername, dessen Sprüche schon zur Zeit der
Perserkriege in Geltung waren.

Nikias.

Nun, was ist's?

Demosthenes.

Da steht's geschrieben, wie der Kerl verenden wird.

Nikias.

Und wie?

Demosthenes.

Nun wie? Das Orakel sagt es geradezu,
Wie hier zuerst ein Werrighändler sich erhebt;
Der nimmt zuerst die Staatsgeschäfte in die Hand.   130

Nikias.

Da wär' einmal Ein Händler. Was nun weiter? Sprich.

Demosthenes.

Nach diesem tritt als zweiter ein Schafviehhändler auf.

Nikias.

Zwei Händler also. Und wie soll es diesem geh'n?

Demosthenes.

Soll herrschen, bis ein andrer noch Verruchterer
Als dieser komme; dann wird Er zu Grunde geh'n.   135
Es wächst der Lederhändler nach, der Paphlagon,
Ein Habicht, Schreihals, der des Waldstroms Stimme hat.

Nikias.

So mußte der Schafviehhändler wirklich fallen durch
Den Lederhändler?

Demosthenes.

Ja, bei Zeus.

V. 129. Werghändler, Eukrates von Melite. Er hatte zugleich ein Mühlwerk, woher er auch „Kleienhändler" genannt wird und in den Babyloniern des Aristophanes die Verbündeten Athens als Sklaven in der Mühle desselben auftraten. Er scheint bis zum Jahre 427 eine Rolle gespielt zu haben, von da an aber durch Kleon so bedrängt worden zu sein daß er sich „in die Kleien flüchtete".

V. 132. Schafhändler, Lysikles, der zweite Gatte der Aspasia und durch sie auf die politische Bühne getrieben. Er wurde während der Belagerung Mytilene's im Herbst 428 mit vier andern Feldherrn ausgesandt, um Geld einzutreiben, und kam in der Ebene des Mäander (in Karien) um.

Nikias.

O große Noth!
Wo treibt man nun noch einen einz'gen Händler auf?　　140

Demosthenes.

Noch Einen gibts der ein glänzendes Gewerb betreibt.

Nikias.

Sag' an, ich bitte, wer es ist.

Demosthenes.

Ich sagen —?

Nikias.

Ja!

Demosthenes.

Ein Blutwursthändler ists der diesen stürzen wird.

Nikias.

Ein Blutwursthändler? O Poseidon, welche Kunst!
Wo finden wir denn, sage, diesen Mann heraus?　　145

Demosthenes.

Erst suchen wir ihn!

Nikias.

Nein, dort kommt er ja heran,
Wie gottgesandt, dem Markte zu.

Der Wursthändler mit Geräthen tritt durch einen Seitengang an der Orchestra ein

Demosthenes.

Du Mann des Glücks,
O Blutwursthändler, lieber, lieber, bester Freund!
Herauf, der du der Stadt und uns zum Heil erscheinst!

Wursthändler von unten her

Was ist's? Was wollt ihr von mir?

Demosthenes.

Komm doch her, vernimm,　　150
Wie glücklich, wie großartig du gesegnet bist!

Der Wursthändler steigt die Treppe herauf.

27

Nikias zu Demosthenes.

Wohlan, die Wurstbank nimm ihm ab und leg' ihm aus
Den Götterspruch, was der für ihn zu bedeuten hat.
Ich geh' hinein, zu hüten den Paphlagonier.   **Ab.**

Demosthenes zu dem Wursthändler.

Wohlan, zuerst nun lege dein Geräthe ab,   155
Dann küsse die Erd' und sage den himmlischen Göttern Dank.

Wursthändler legt ab.

Geschieht; was gibt's?

Demosthenes.

O Seliger du, o reicher Mann!

Zwar heut' ein Nichts, doch morgen übermächtig groß;
O Fürst Athena's, dieser hochbeglückten Stadt!

Wursthändler.

Was soll das, Guter? Laß mich spülen dies Gedärm   160
Und meine Würste verkaufen. Was verhöhnst du mich?

Demosthenes.

O thörichter Mann du! Was Gedärm? Dort schau' mal hin.

Nach den Zuschauern deutend.

Du siehst die Reihen dieser Völker doch.

Wursthändler.

Ja wohl.

Demosthenes.

Von diesen allen wirst du selbst der Oberherr,
Du Herr des Markts, der Häfen werden und der Pnyx;   165
Den Rath zertrittst du, und die Feldherrn knickst du ab,
Wirfst sie in Fesseln und Kerker, und — buhlst im Prytanensaal.

Wursthändler.

Ich?

V. 167. Im Prytaneion, wo die Prytanen, der Fünfzigerausschuß des
Raths der 500, welcher nach der Zahl der Phylen zehnmal im Jahre wechselte,
und verdiente Männer auf Staatskosten speisten. Dieses Speisen ist aber
hier in einer dem Wesen des Agorakritos angemessenen Weise überboten.

Demosthenes.

Freilich du; noch überschaust du Alles nicht;
Komm steig' einmal auf diese Wurstbank da hinauf,
Und sieh auf diese Inseln alle ringsumher. 170

Wurstkädler.

Ich seh'.

Demosthenes.

Und was die ... und ... auch?

Wurstkädler.

Ja wahrlich.

Demosthenes.

Wie? und fühlst du doch nicht ...?
Nun wirf das rechte Auge nach nach Karien
Hinüber und das andre gen Karthago hin.

Wurstkädler.

Ich bin ein Glück wenn ich der Augen mir verdreh'! 175

Demosthenes.

Mein, aber durch dich wird Alles ausverkauft.
Du nämlich wirst, wie das Orakel hier erklärt,
Der größte Mann.

Wurstkädler.

O sage mir doch auch wie Ich
Wurstkädler hier ein großer Mann werden soll?

B. 173 f. Karien, vgl. zu B. 173. Karthago, weil schon zu
Perikles' Zeit die außerordentlichen Thalassokrat der Athener auf großartige
Eroberungen im Westen gerichtet gewesen waren, welche von Perikles mit
Mühe im Zaume gehalten wurden, vor der Ausführung der Alten aber wie-
der in Anregung gekommen waren (vgl. S. 1301), wiewohl der wirkliche
Ausführung erst durch Alkibiades begonnen wurde (mit dem sicilischen Feld-
zuge). Gerade in dem Nachtgebiet und Übergewicht der Bewertung liegt
das Komische und zu Sinne des Brotverkaufs der Gedanke ist mit jenen
Thalassokrat. Übrigens fahren die Schauspieler von der Bühne aus gegen
Norden, hatten also den Ost wirklich rechts, den Westen links.

S. 176. Ausverkauft wird verwaltet, weil er lagert, der Wurstkädler
aber verkauft sie.

Demosthenes.

Nun eben darum wirst du ja der große Mann,   180
Weil du gemein und von der Straße bist und frech.

Wursthändler.

Ich schätze selbst mich würdig nicht so großer Macht.

Demosthenes.

O weh, was ist's denn daß du dich selbst nicht würdig hältst?
Noch eines edeln Zuges scheinst du dir bewußt.
Bist doch nicht von „gutedler" Art?

Wursthändler.

            Bei'm Himmel, nein!   185
Von ganz gemeiner.

Demosthenes.

        Ha! Beseligt vom Geschick,
Welch großen Vorzug für die Geschäfte bringst du mit!

Wursthändler.

Doch, Bester, auch von Musenkünsten versteh' ich nichts
Als Lesen und Schreiben, und das auch wahrlich schlecht genug.

Demosthenes.

Das Bißchen kann dir schaden, ist's auch schlecht genug.   190
Die Führung des Volkes ist ja nicht die Sache mehr
Des gebildeten Mannes, noch des wohlgesitteten;
Dem Rohen, Gemeinen kommt sie zu. Drum halte fest
Was dir die Götter in den Orakeln zugedacht.

Wursthändler.

Wie spricht denn nun das Orakel?   195

Demosthenes.

          Bei den Göttern, schön,
Und wohlverwickelt und fein in Räthsel eingehüllt:

Er liest aus der Rolle.

„Aber sobald anpackt krummklauigt der Lebererabler

V. 85. Die „Edelundguten", „Schönundguten" bezeichnet die Gebildeten, die „gute" Gesellschaft in Athen.

Mit dem Gebisse den Drachen, den dämischen Blutaussauger,
Alsdann wird Paphlagonen die Knoblauchbrühe verschüttet,
Aber Gedärmeverkäufern verleiht viel Ruhmes die Gottheit,   200
So sie nicht vorziehn auch ferner mit Würsten zu handeln."

Wursthändler.

Wie paßt nun aber das auf mich? Belehre mich.

Demosthenes.

Der Ledereradler ist der Paphlagonier hier.

Wursthändler.

Was aber soll „krummklauigt" heißen?

Demosthenes.

So viel etwa,
Daß er mit krummen Fingern rafft und an sich reißt.   205

Wursthändler.

Wozu jedoch der Drache?

Demosthenes.

Das ist sonnenklar.

Der Drach' ist etwas Langes, lang ist auch die Wurst.
Ein Blutverschlinger ist der Drach', und auch die Wurst.
Der Drache also, heißt es, wird den Lederaar
Nunmehr bezwingen, so er sich nicht beschwatzen läßt.   210

Wursthändler.

Die Göttersprüche schmeicheln mir; doch wundert mich,
Wie ich zum Vorstand für den Demos tüchtig sei.

Demosthenes.

Spottleichte Arbeit: was du thust thu' ferner auch.
Mischmasche, wurste die Staatsgeschäfte insgesammt
Brav durcheinander; den Demos mache stets dir hold,   215
Indem du mit Kochkunstlers-Plauderei'n ihn kirrst.
Das übrige Demagogenwesen besitz'st du ja.
Die gräßliche Stimm' und niedre Geburt und das Marktgewerb:
Kurz, Alles hast du was zur Staatsleitung gehört.
Und auch die Orakel, selbst das pythische, treffen zu.   220

Drum kränze dich und spende dem Tölpelgenius,
Und setze dich gegen ihn zur Wehr.

Wursthändler.

Wer aber wird

Mein Kampfgenosse werden? Denn die Reichen sind
Voll Furcht vor ihm, und das arme Völkchen stinkt vor Angst.   225

Demosthenes.

Da sind ja doch die Ritter, wackre tausend Mann,
Die hassen ihn und werden dir zur Seite stehn;
Auch von den Bürgern wer ein Guter und Edler ist,
Und unter dem Publicum Jeder der gebildet ist,
Und ich mit ihnen, auch der Gott greift an mit uns.
Und fürchte nichts: er ist ja nicht abkonterfeit;   230
Ihn nachzumachen wagte ja, aus lauter Angst,
Kein Maskenmacher.   Dennoch wird er sicherlich
Gar wohl erkannt; denn unser Publicum hat Verstand.

Wursthändler.

O wehe mir! Der Paphlagonier kommt heraus.

Kleon.

Nein! bei den zwölf Gottheiten, euch wirds schlimm ergehn,   235
Weil wider den Demos ihr Beid' euch längst verschworen habt!
Heda! gesteht: was thut der chalkidische Becher hier?

V. 237. Die Stadt Chalkis auf Euböa war von den Athenern (in
vorgeschichtlicher Zeit) colonisiert oder erweitert worden und gelangte (beson=
ders durch ihre Erzbergwerke und Industrie, sowie Handel) zu solcher Blüte
daß sie selbst viele Colonien aussandte, besonders nach Thrakien, wo eine
ganze Halbinsel nach ihnen den Namen Chalkidike erhielt. Ob letztere oder
die erstere hier gemeint sei ist bestritten.   Da aber mit den thrakischen Chal=
kidensern die Athener schon vier Jahre vor Aufführung der Ritter (Ol. 87, 4)
unglückliche Kämpfe bestanden hatten und unverrichteter Dinge wieder hatten
abziehen müssen (Thuk. II, 79), zur Zeit der Ritter also nicht erst von einem
möglichen Abfall derselben die Rede sein konnte, so ist die Stelle wahrschein=
lich auf die euböischen zu beziehen.   Diese waren noch vor Ausbruch des pe=
loponnesischen Kriegs (Ol. 84, 1) durch Perikles unterworfen worden (Thuk.
I, 114) und fielen erst nach dem sikilischen Unglück (Ol. 91, 4) von den Athe=
nern wieder ab (Thuk. VIII, 5).   Daß zur Zeit der Ritter keine Spur von

Unfehlbar wiegelt ihr zum Abfall Chalkis auf.
Verderben sollt ihr, sterben sollt ihr, Schurkenpaar!

Demosthenes zum Wursthändler:

He du, was läufst du? Weißt Du nicht? O edelster   240
Wursthändler, laß die gute Sache nicht im Stich! —
Edle Ritter, kommt zu Hülfe! An der Zeit ist's. Simon, jetzt,
Und Panätios, schwenkt doch hurtig nach dem rechten Flügel euch.

Der Chor der Ritter rückt in militärischer Ordnung ein
Zum Wursthändler:

Nahe sind die Männer; aber wehre dich, sehr wieder um!
Diese Wolken Staubs verkünden daß sie drängen schon heran.   245
Drum so wehre dich, verfolg' ihn, jag' ihn tapfer in die Flucht!

Erster Halbchorführer.

Nieder, nieder mit dem Schurken, der die Ritterschaar verwirrt,
Diesem Zöllner, diesem Schlunde; der Charybdis gleich im Raub,
Diesem Schurken, diesem Schurken! Immer wieder sag' ich das,
Wie auch er so oft am Tage Schurk' und wieder Schurke war.   250
Auf denn, hau' ihn und verfolge, ängst'ge, bring' ihn außer sich,
Und verfluch' ihn, wie wir alle, stürm' auf ihn ein mit Geschrei.
Aber Achtung! sonst entwischt er; denn er kennt die Schliche wohl,
Wie uns Eukrates entschlüpfte graben Weges in die Klei'n.

Demosthenes und der Wursthändler dringen auf ihn ein und hauen zu.

Gefahr von jener Seite her war macht diese Beziehung im Munde des Kleon
wahrscheinlicher, wie dazu paßt dann auch der Chalkidische Becher
(aus Erz).

B. 242. Simon und Panätios, die damaligen Anführer der Ritter
(Reiterei).

B. 248. Zöllner, Pächter der Staatseinkünfte, wegen der vielen
Plackereien und Schurkereien die sie sich erlaubten, gehaßt und verachtet.

B. 254. Eukrates (verol. in B. 129) besaß auch Mühlen und
scheint einer Anklage (etwa wegen Bestechung) dadurch entgangen zu sein
daß er durch Ablassung von Mehl in billigem Preis das Volk gewann. Oder
besagen die Worte daß Eukrates sich vor den Angriffen der Gegenpartei in
seine Mühle zurückgezogen habe.

Kleon.

Ihr bejahrten Heliasten, Dreiobolenbrüderschaft! 255
Die ich durch mein Schreien füttre, ob es Unrecht gilt ob Recht,
Kommt zu Hülfe, denn verschworne Menschen da mißhandeln mich.

Zweiter Halbchorführer.

Ja, mit Recht, denn das Gemeingut schlingst du, eh man loost, hinab,
Und wie Feigen drückst du den der Rechenschaft noch schuldig ist,
Fühlend wer noch ganz unzeitig oder reif ist oder nicht; 260
Hast du einen dann erfunden händelschen und gleich verblüfft,
Führst du ihn vom Chersonesos her, umschlingst ihn, wirfst ihn hin,
Drehst ihm dann zurück die Schulter, trittst ihm auf dem Bauch herum;
Scheerst auch jeden unsrer Bürger welcher Lammsnatur besitzt,
Reich genung, von gutem Haus ist, und vor Plackereien bebt. 265

Kleon.

Ihr auch greift mit an? Doch, Männer, euretwegen leid' ich das,
Der ich den Antrag stellen wollte daß es billig auf der Burg
Euch ein Denkmal aufzurichten wegen eurer Tapferkeit.

Chorführer.

Seht den Großhans, seht den Schelmen! wie er uns beikommen will
Und wie altersschwache Männer uns als Kobold schabernackt! 270
Doch gelingt ihm dieser Kniff auch, (die Fäuste zeigend) hiemit wird er
abgeknufft;
Wenn er hieher sich hinwegschlüpft bockt er sich an meinem Bein.

V. 255. Heliasten, für Geschworene überhaupt, nach dem bedeutendsten Schwurgerichtshof zu Athen, der Heliäa. Zu Geschworenen wurden jährlich 6000 Bürger durch's Loos bestimmt, von welchen aber hauptsächlich die älteren, nicht mehr kriegstüchtigen, an die Reihe kamen. Die Geschworenen erhielten für jede Sitzung drei Obolen (drei gute Groschen), und Kleon gab ihnen durch seine Anklägerei gehörigen Verdienst.

V. 259. Anspielung auf die Manipulationen der Sykophanten (σῦκον, Feige). Kleon preßt Beamte die noch Rechenschaft von ihrer Verwaltung abzulegen haben.

V. 262. Chersonesos, der thrakische, jetzt die Halbinsel der Darbanellen (oder von Gallipoli). Die folgenden Ausdrücke sind dem Ringkampfe entnommen.

.

Kleon schreiend.

Stadt und Demos! welche Bestien treten da mir auf den Leib!

Wursthändler

Und du schreist, womit **du immer** diese Stadt kopfunter kehrst?

Kleon.

Ha! mit diesem meinem Schreien jag' ich bald dich in die Flucht! 273

Chorführer zu Kleon.

Wenn du nun mit deinem Schreien ihn besiegst, Tralalla die!
Doch besiegt **er** dich an Frechheit, unser ist der Kuchen dann.

Kleon.

Diesen Menschen geb' ich an hier, sage daß er insgeheim
Für der Peloponnesier Schiffe Kesselbrühe ausgeführt.

Wursthändler.

Ha, und ich, beim Himmel, diesen, daß er stets mit leerem Bauch 280
In das Prytaneion hinrennt und mit vollem wiederkehrt.

Demosthenes.

Ja bei Zeus! und daß Verbot'nes er herausführt: Brod und Fleisch,
Pöckelfische, deren niemals Perikles gewürdigt ward.

Kleon.

Sterben sollt ihr auf der Stelle!

Wursthändler in die Wette mit ihm schreiend.

Dreifach **will** ich überschrei'n dich. 285

Kleon.

Niederschrei' ich mit Geschrei dich.

Wursthändler.

Niederbrüll' ich mit Gebrüll dich.

V. 277. Bei Nachrichtmänien erhielt derjenige welcher am längsten aufschreit als Preis einen Honigkuchen.

V. 279. Im Original liegt in dem Wort für „Kesselbrühe" eine Anspielung auf Schiffsgeräth, dessen Ausfuhr an die Feinde während des Kriegs verboten war.

V. 283. Die Kost im Prytaneion war früher sehr einfach gewesen: Hirsebrei, und an Festen Brod.

Aristophanes. 3

Kleon.

Dich verleumd' ich, biſt du Feldherr.

Wurſthändler.

Ich karbatſche dir den Rücken.

Kleon.

Dich umſtell' ich mit Prahlereien.   290

Wurſthändler.

Dir zerſchneid' ich deine Ränke.

Kleon.

Sieh ins Aug mir ohne Blinzeln.

Wurſthändler.

Mich auch hat der Markt erzogen.

Kleon.

Dich zerreiß' ich, wenn du muckſeſt.

Wurſthändler.

Dich beſchmeiß' ich, wenn du ſchwatzeſt.   295

Kleon.

Ich geſteh's, ich ſtehle; wagſt du's?

Wurſthändler.

Ja beim Hermes, unſerm Marktgott,
Wenn man zuſah ſchwör' ich's ab noch.

Kleon.

Pfuſcheſt dann in fremdes Handwerk;
Und den Prytanen zeig' ich an dich   300
Daß du vom Gedärm den Göttern
        Opferzehnten vorenthältſt.

Chor.
Erſte Strophe.

O verflucht=ſchreieriſches Läſtermaul! Deiner Schamloſigkeit
Iſt ja voll alles Land, jeglicher Gemeindeſchluß, Zollvertrag,   305

V. 303. Das Metrum des Chorgeſangs iſt kretiſch mit Auflöſungen
in Päonen ($\smile \smile -$ und $\smile \smile \smile$): je fünf bilden einen Vers, letzte aber
(V. 310) hat nur vier Kretiker. Die darauf folgenden Verſe (bis V. 321)
ſind trochäiſche Tetrameter.

Altenkund, sind Gerichtshöfe voll, o Gestankrührer du,

Der du in der ganzen Stadt Alles uns wühlest um: 310

Der du uns mit deinem Schreien ganz Athen hast taub gemacht,

Und von Felsen hoch, ein Thunfischfänger, nach Tributen späh'st.

Kleon.

O ich weiß, wer diesen Handel längst mir zugeschustert hat.

Wursthändler.

Wenn nicht du das Schustern kennest kenn' auch ich das Wursten nicht; 315

Der du oft schon schiefgeschnitt'nes Leder von geschund'nem Vieh

Schurkisch hast verkauft den Bauern, daß es Wunder schien wie dicht,

Und noch eh' man's einen Tag trug dehnt' es um zwei Spannen sich.

Chorführer.

Ja, bei Zeus, mir selber hat er diesen Streich gespielt und mich

Zum Gelächter meiner Nachbarn und der Vetterschaft gemacht: 320

Eh' ich Pergasä erreichte schwamm ich schon in meinen Schuh'n.

Chor.

Zweite Strophe.

Hast du nicht vom Beginn also schon

Jene Frechheit gezeigt die allein

Ist bei uns Redner-Hort?   325

Ihr vertrauend rupfst du jeden Fremden der dir reif erscheint,

Du, als Haupt: und Hippodamos' Sohn schaut zu und weint und seufzt.

Aber erschienen ist jetzt ja ein Anderer,

Weit noch verruchter denn du, der mir Freude macht,

Der dich zähmen wird und überbieten (denn das sieht man schon)   330

V. 321. Pergasä, attischer Demos, zu welchem wahrscheinlich auch
Nikias gehörte.

V. 327. Archeptolemos (V. 794), Sohn des berühmten Baumeisters Hippodamos aus Milet, der sich namentlich durch die Anlegung der Hafenstadt Peiräens einen Namen gemacht und das attische Bürgerrecht erlangt hatte. Seinem Sohne, als einem der hervortretendsten Mitglieder der Optimatenpartei, ruft der Dichter hier ein „Bravo, schläfst du!" zu. Wirklich entwickelte Archeptolemos später größere politische Thätigkeit und ward deßhalb im J. 111 v. Chr. zum Tode verurteilt.

37

An Schurkerei, Verwegenheit,
  Wie an Koboldgaukelei'n.

            Zum Wursthändler:
Du, auferzogen da woher die großen Männer stammen.
Beweise daß das Wohlerzogensein von keinem Werth ist. ·

            Wursthändler.
Wohlan so hört, von welchem Schlag von Bürgern dieser Mensch ist. 335

            Kleon.
Läßt nicht du mich — ?

            Wursthändler.
        O nein, bei Zeus! weil ich nicht minder
                    schlecht bin.

            Chorführer.
Und weicht er dem noch nicht, so sag, du seist auch schlechter Herkunft.

            Kleon.
Läßt nicht du mich — ?

            Wursthändler.
        O nein, bei Zeus!

            Kleon.
                    Ja doch!

            Wursthändler.
                    Nein, beim Poseidon!
Das fecht' ich erst vor Allem aus, daß ich zuerst das Wort hab'.

            Kleon.
O Gott! ich werde bersten noch!   340

            Wursthändler.
            Fürwahr, ich lasse nicht dich.

            Chorführer.
O laß ihn doch, o laß ihn doch, bei allen Göttern, — bersten.

    V. 333.   Nämlich von der Strafe, dem Markte, s. V. 293 und vergl.
V. 248. — Von hier bis V. 366 iambische Tetrameter.
    V. 336.   Nämlich: zum Worte kommen.

Wursthändler.

Hab' ich ein Rippenstück im Leib, so pacht' ich Silbergrüben.

Kleon.

Ich springe in den Rath hinein, werf' Alles durcheinander.

Wursthändler.

Ich stopfe dir den Afterdarm so voll wie eine Knackwurst.

Kleon.

Ich schlepp' am Hinterbacken dich kopfunter vor die Thüre.   365

Chorführer.

Dann, beim Poseidon, mich dazu, wofern du diesen schleppest.

Kleon.

Wie werd' ich knebeln dich im Stock!

Wursthändler.

Ich klage dich der Feigheit an.

Kleon.

Dein Fell wird auf dem Bock gegerbt.

Wursthändler.

Zum Diebessacke schind' ich dich.   370

Kleon.

Am Boden wirst du ausgereckt.

Wursthändler.

Zu Wurstgefüllsel hack' ich dich.

Kleon.

Ich rupfe dir die Wimpern aus.

Wursthändler.

Ich schneide dir den Kropf heraus.

Demosthenes.

Ja, ja, bei Zeus, wir stecken ihm   375
Wie Metzger einen Pflock ins Maul,
Dann zieh'n wir ihm die Zung' heraus,
Und sperrt er dann den Rachen so

Recht brechend auf, beschau'n wir ihn
Von einem Loch   380
Zum andern, ob er klug.

Chor.

Erste Gegenstrophe

Brennenderes also gibt's als das Feu'r: über Schamloses was
Hier erhört gibt es Schamlos'res noch; und das Ding war somit
Nicht so schlecht. * * Zum Wursthändler: Rasch auf ihn, drill'
ihn um   385
Aber nichts halb gethan! Keßgerade ist er jetzt.
Drum, wenn jetzt beim ersten Angriff gleich du recht ihn mürbe machst,
Wirst du eine Memme finden, denn ich kenne seine Art   390

Wursthändler.

Doch obwohl ein solcher Kerl er war sein ganzes Leben lang,
Dennoch galt für einen Mann er, weil er fremde Saat gemäht!
Und nun läßt er jene Aehren die von dort er mitgebracht
In den Stock geschnürt verkerkern, und verhökern will er sie.

Kleon.

Oh, ich fürcht' euch nicht, so lange noch die Rathsversammlung lebt, 395
Und der Mann der heut das Volk spielt schwelbaft und müßig sitzt.

Chor.

Zweite Gegenstrophe

Wie er doch unerschütterlich Allem trotzt,
Nimmer von der Farbe läßt die einmal
Seine Art ist und bleibt!
Wenn ich dich nicht hasse werd' ich des Kratinos Unterbett.   400
Müße singen lernen auch ein Trauerspiel von Morsimos.

V. 392 f. Fremde Saat, die des Demosthenes bei Sphakteria.
Aehren, die dort gefangenen Lacedämonier.

V. 396. Das Volk (der Demos) — im Stücke, nicht als politischer
Körper. Verwahrung gegen die Absicht das wirkliche Volk beleidigen zu
wollen.

V. 400 f. Der alte Kratinos liebte sehr den Wein: das mußte sein
Nachtlager entgelten. Morsimos, ein schlechter Tragödiendichter.

Der du vor Allem bei allen Geschäften dich,
Wo man Geschenke sich holt, auf die Blumen setzst,
Müßtest schnell du, wie gewonnen, speien was du eingesaugt!
Dann wollt' ich singen ganz allein: 405
„Trinke, trink' am Freudentag!"
Der Sohn des Julios stimmte wohl, der alte Weckengaffer,
Voll Jubels einen Päan an und sänge: „Bakche-Bakchos!"

Kleon.

Nie sollt' ihr überbieten mich an Frechheit, beim Poseidon!
Sonst wär' ich nie beim Opfermahl des Gassen-Zeus gewesen.   410

Wursthändler.

Und ich, bei jenen Püffen die ich oft, aus vielen Gründen,
Von meiner Kindheit an empfieng, den Hieben mit dem Messer,
Will überbieten dich darin, sonst wär' ich ja vergebens,
Mit Abwischbrocken aufgenährt, so groß gezogen worden.

Kleon.

Mit Abwischbrocken, wie ein Hund? Du schlechter Kerl und willst
nun,   415
Von Hundefutter aufgenährt, bekämpfen einen Hundskopf?

Wursthändler.

Beim Zeus! noch manchen Schabernack aus meiner Kindheit weiß ich.
So führt' ich oft die Köche an, indem ich ihnen zurief:

V. 406. Aus einem Liede des Simonides.

V. 407. Auffallend und wohl verderben ist an einem Athener dieser Zeit
der Name Julios. Die betreffende Person wird mit einem parodischen
Ausdrucke „Weckengaffer" genannt und scheint —nach den Scholien —
eine Art Oekonomieverwalter des Prytaneion gewesen zu sein. Als solcher würde er ein Loblied singen wenn er eines so gefräßigen Gastes wie
Kleon ledig würde.

V. 414. In Ermanglung von Tellertüchern wischte man sich damals
nach der Mahlzeit die Hände mit Brodbrocken, die sodann den Hunden
vorgeworfen wurden.

V. 416. Hundskopf, eine Art großer und besonders wilder Affen.

„Da schaut, ihr Bursche! seht ihr nicht? der Frühling kommt, die
Schwalbe!"

Sie gucken hin: ich hatt' indeß vom Fleisch ein Stück gemauset. 420

Chorführer.

O du geschickter Klumpen Fleisch, wie schlau du da gesorgt hast!
Die Nesselnesser wußtest du zu mausen vor den Schwalben.

Wursthändler.

Und das gelang mir unbemerkt: doch wenn es Einer merkte,
Flugs steckt' ich's zwischen die Bein' und schwur es ab bei allen Göttern.
Drum sagte Einer der Redner einst, der meinem Treiben zusah: 425
„Nicht fehlen kann's, der Junge wird dereinst ein Volksberather."

Chorführer.

Gut prophezeit war das: indeß ist klar woraus er's abnahm:
Du hattest gestohlen, schwurst es ab, und hattest Fleisch im Hintern.

Kleon.

Die Frechheit leg' ich dir, fürwahr, und lieber gleich euch Beiden.
Jetzt fahr' ich sausend wider dich und stürze wie im Sturme 430
Herab und wirre Land und Meer beliebig durch einander.

Wursthändler raust seine Sachen zusammen.

Dann zieh' ich meine Würste ein und überlasse ruhig
Den Wellen und den Winden mich und wünsche dich zum Kukuk.

Demosthenes.

Ich aber will, zeigt sich ein Leck, mich an die Pumpe stellen.

Kleon.

Bei Demeter! sollst nicht ungestraft Athen so viel Talente 435
Gestohlen haben.

Chorführer.

Aufgepaßt! die Taue nachgelassen!
Der böse Sykophantenwind, der fängt schon an zu blasen.

V. 422. Nesseln wurden nur im ersten Frühjahr gegessen.

V. 426. In dem letztgenannten Ausdruck steckt eine Obscönität. Die
drei wesentlichen Eigenschaften eines Demagogen sind Rauben, Falsch-
schwören und Lüderlichkeit.

Wursthändler.

Aus Potidäa, weiß ich wohl, bekamst du zehn Talente.

Kleon.

Was ist's? Bekommst du eins davon, so wirst gewiß du schweigen?

Chorführer.

Das nähm' er schon, der Ehrenmann.   Die Segel aufgehisset!   440
Der Sturm beginnt zu legen sich.

Kleon.

Vier Klagen droh' ich dir von je
Einhundert Straftalenten an.

Wursthändler.

Ich zwanzig dir für Fahnenflucht
Und mehr als tausend wegen Raubs.

Kleon.

Ich will beweisen daß du von   445
Den Frevlern an der Göttin stammst.

Wursthändler.

Dein Aeltervater, sag' ich, war
Ein Leibtrabant —

Kleon.

Von wem? so sprich!

Wursthändler.

Von Hippias' Frau, Byrsine.

V. 439. Potidäa, eine korinthische, aber den Athenern unterworfene Kolonie auf der Landzunge Pallene (Makedonien), hatte sich kurz vor dem Ausbruche des Kriegs den Befehlen der Athener widersetzt, wurde aber im Febr. 429 übermältigt. Die Anschuldigung ist ebenso sykophantisch-unglaublich wie die übrigen im Munde des Kleon.

V. 445 f. Von denjenigen welche den Anhang des Kylon an heiliger Stätte gemordet hatten, — die bekannte kylonische Sühnschuld, die hauptsächlich durch das Geschlecht der Alkmäoniden begangen worden war. Komisch ist daß Kleon den Wursthändler mit diesen in Eine Reihe stellt.

V. 449. Die Frau des Hippias, eines der Söhne des Peisistratos, hieß Myrsine, deren Namen Aristophanes in Byrsine verdreht (von βύρσα, Haut, Leder), mit Anspielung auf das Gewerbe des Kleon.

Kleon.

Du bist ein Wicht.

Wursthändler baut mit den Darmschlingen auf ihn.

Ein Schurke du! 450

Chor.

Hau' tüchtig zu!

Kleon.

O weh, o weh!

Mich prügeln die Verschwörer da.

Chor.

Hau' immer zu aus Leibeskraft,

Peitsch' ihm den Wanst mit dem Gedärm

Und Eingeweid', 455

Und daß du tüchtig draufschlägst!

Chorführer.

Du allerritterlichste Haut, du wackre Heldenseele,

Der als Erretter du der Stadt erschienst und uns den Bürgern,

Wie bist du fein und schlau dem Mann zu Leib gerückt mit Worten!

Wie könnten wir dich preisen nur so sehr als wir erfreut sind? 460

Kleon.

O bei Demeter, dieß Getreib entgieng mir nicht,

Wie man den Handel gezimmert, nein, ich wußt' es wohl

Wie Alles das genagelt wurde und geleimt.

Wursthändler.

Auch mir entgieng nicht was er in Argos immer treibt.

Uns mit den Argeiern zu befreunden gibt er vor, 465

Und verkehrt für sich dort mit den Lakedämoniern.

V. 465. **Argos**, der mächtigste Staat im Peloponnes nach Sparta, nahm in den ersten zehn Jahren keinen Theil am peloponnesischen Kriege (Thukyd. II, 9). Da aber der 30jährige Waffenstillstand zwischen Argos und Sparta demnächst zu Ende gieng so suchten die Athener die Argeier für sich zu gewinnen. Daher scheint Kleon thätig gewesen zu sein, welcher nun hier beschuldigt wird daß er den Aufenthalt in Argos zu geheimen Unterhandlungen mit Sparta benutze, um für sich ein bedeutendes Lösegeld der Gefangenen (V. 469) aus Sphakteria herauszuschlagen.

Chorführer zum Wursthändler.

O weh, du weißt wohl aus der Wagnersprache nichts?

Wursthändler fortfahrend.

Auch weiß ich, wozu man so zusammenblasebalgt:
Weil dort der Gesang'nen wegen was geschmiedet wird.

Chorführer.

Ha, bravo! bravo! Schmiede du für das Schreinerwerk.   470

Wursthändler.

Dort hämmern Leute wiederum mit ihm dafür.
Und nimmermehr, ob Silber oder Gold du mir
Anbietest oder Freunde mir zuschickest, sollst
Du mich verhindern es aufzudecken vor Athen.

Kleon.

Und ich — sogleich von der Stelle geh' ich in den Rath,   475
Die Verschwörungen von euch Allen zusammen kund zu thun,
Die Nacht-Zusammenkünfte wider unsre Stadt,
Und Alles wozu mit den Medern, dem König ihr euch verschwort,
Was mit den Böotern da zusammen ward gekäst.

Wursthändler höhnisch.

Was kostet also der Käse bei den Böotern jetzt?   480

Kleon.

Beim Herakles, dich streck' ich aus wie eine Haut!

Geht ab.

Chorführer.

Wohlan, es gilt! Was meinst du nun und hast du vor?
Laß jetzt es sehn, wofern du wirklich als Knabe schon,
Wie selbst du sagst, das Fleisch dir zwischen die Beine schobst.

V. 478. Den Persern und dem Perserkönige. In dem Winter an dessen Ende die Ritter aufgeführt wurden war ein nach Sparta abgesandter Perser Artaphernes in Thrakien aufgefangen und nach Athen gebracht worden, von wo er mit einer athenischen Gesantschaft und mit Geschenken an den persischen Hof zurückgeschickt wurde.   (Droysen.)

V. 479. In Böotien blühte die Viehzucht und daher die Käsebereitung. Zwischen diesem Staate und Athen bestand von Alters her bittere Feindschaft.

Auf! renne spornstreichs in die Rathsversammlung hin: **485**
Denn rasend stürzt der dort hinein, verleumdet uns
Gesammt und sonders und erhebt ein Mordgeschrei.

Wursthändler.

Schon gut, ich **gehe**; laß mich, wie ich bin, jedoch
Zuerst die Därme und Messer niederlegen hier.

Chorführer.

Da nimm nun, schmiere deinen Hals mit diesem Speck,   490
Damit du seinen Verleumdungen leicht entschlüpfen kannst.

Wursthändler.

Sehr gut gesagt und wahrlich recht ringmeisterlich.

Chorführer giebt ihm Knoblauch.

Nimm ferner das noch, schluck es hintendrein.

Wursthändler.

Wozu?

Chorführer.

Damit du geknoblaucht, Bester, hitziger wirst zum Kampf.
Nun spute dich.

Wursthändler.

Das thu' ich schon.

Chorführer.

Vergiß nur nicht,   **495**

Beiß drauf, zu Boden wirf ihn, hau' ihm aus den Kamm,
Und hast du die Läpplein ihm zerfressen, komm zurück.

Der Wursthändler und Demosthenes ab.

Chor.

Auf, gehe mit Glück, vollführe das Werk
Nach unserem Wunsch! Es behüte dich Zeus,
Der Beschirmer des Markts. Und hast du gesiegt,   500
Dann kehre von dorther wieder zurück
Zu uns, überschattet mit Kränzen.

V. 494. Die Streithähne wurden durch Knoblauchfutter erhitzt, Ach. 166.

An die Zuschauer:
Ihr aber indeß leiht willig den Fest-
Anapästen ein Ohr,
Die ihr jegliche Weise der Musen an euch   505
Selbst schon vielfältig erprobt habt!

Parabase.

Hätt' irgend einmal uns Ritter ein Mann von den alten Komödien-
meistern
Mit der Bitte bestürmt, vor das Publicum hier mit der Festparabase
zu treten,
Nicht hätt' er so leicht es erlanget von uns; heut aber verdient es der
Dichter,
Da er ebendieselbigen hasset wie wir, und es waget zu sagen die Wahr-
heit,   510
Und tapferen Sinnes den Typhon selbst angreift und die wirbelnde
Windsbraut.
Weßhalb mit Verwunderung aber von Euch, wie er sagt, gar Mancher
ihn angeht
Ausforschend, warum nicht früher er schon einen Chor für sich selber
erbeten,
Darüber, verlangte er, sollen wir euch aufklären. Er also versichert,
Aus Blödigkeit nicht sei dieses geschehn, sein Zögern, sondern im
Glauben   515
Daß sei die Komödienaufführung unter allen die schwierigste Leistung;
Denn so Viele sich auch schon mühten um sie, doch habe sie Wen'ge
begünstigt.
Auch habe er längst euch kennen gelernt, wie veränderlich eure Natur ist
Und wie ihr die früheren Dichter, sobald sie das Alter erreichte, im
Stich laßt.

V. 511. Typhon, Wirbelwind, als Personification eines der Ungeheuer die dem Schoß der Gäa (Erde) entstammten. Kleon wird hier mit ihm
verglichen.
V. 513. Einen Chor sich für sich selbst erbitten heißt eine Komödie
unter eigenem Namen aufführen.

Wohl weiß er einmal wie es Magnes ergieng, als grau ihm die Haare
sich färbten.   520

Ihm, welcher so oft im dramatischen Kampf sich Siegestropäen errichtet:
Ob jeglichen Ton er für Euch anschlug mit der Harfe, mit Vögelge-
zwitscher,

Mit dem lyrischen Sange, dem Wespengesumm, das Gesicht sich färbend
mit Froschgrün, —

Er genügt' Euch nicht, nein, weil er nun alt -- ganz anders war's da
er jung war —

Weg ward er gerissen, der würdige Greis, weil jetzt er im Spotten
zurückblieb.   525

An Kratines sodann auch denkt er zurück, der einst in dem Glanze
des Beifalls

Durch flache Gefilde dahin sich ergoß und mit Macht aufwühlend vom
Grunde

Eichstämme mit sich und Platanen zumal forttrug und entwurzelte
Gegner:

Nie sang man bei Mahlen ein anderes Lied, als: „Feigholzsohlige Doro"
Und: „o Meister des künstlich gefügten Gesanges"; so sehr stand Jener
im Blüte!   530

B. 520. Magnes, einer der älteren Komiker. Die Titel seiner neun
Komödien, welche Aristophanes zum Theil im Folgenden andeutet, sind: die
Barbitisten (Harfenisten), die Vögel, die Lyder, die Gallweiber, die Frösche,
und außerdem Dionysos, die Jüterinnen, Titakides und ein anderer noch zwei-
felhafterer.

B. 576. Der alte Kratines (der mindestens schon im J. 454 dra-
matisch thätig war), der „Aeschylos der Komödie", rächte sich für diese Paren-
tation des jüngeren Nebenbuhlers im folgenden Jahre mit der „Weinflasche",
womit er den Preis vor den „Wolken" des Aristophanes gewann.

B. 528. „Gegner" sind hier nicht etwa bloß Nebenbuhler, sondern auch
die Mächtigen seiner Zeit, welche Kratines, und unter ihnen auch den großen
Perikles, mit beißendem Spotte angriff.

B. 529. Der Anfang eines parodischen Liedes von Kratin, worin er die
bestechlichen Syksphanten geißelte. Doro (von δῶρον, Geschenk), die fin-
gierte Göttin der Bestechung, wandelt auf Sandalen von Feigenholz (σῦκον,
Feige, daher Sykophant). Dieses Bruchstück, wie das B 530 erwähnte,
fand sich nach den Scholien in den Euneiden (Name eines attischen Priester-
geschlechts) des Kratinos.

Jetzt aber, wenn Ihr als faselnden Greis ihn anschaut, rühret es
                                    Keinen,
Da die Wirbel der Laut' ausfielen, den Ton längst nicht mehr halten
                                    die Saiten,
Und die Fugen gelöst weit klaffen; ihr laßt vielmehr umwanken den
                                    Alten,
Gleich Konnas, „den Kranz, den verwelkten, ums Haupt; und dabei
                                    — vor Durste verschmachtend",
Ihn, der durch frühere Siege verdient im Saal der Prytanen zu —
                                    trinken,   535
Statt Possen zu reißen, gemächlich zunächst Dionysos' Priester zu
                                    sitzen.
Und wie viel dann Krates der Launen von euch aushielt, und der Püffe,
                                    gedenkt er,
Der oft mit bescheidenem Aufwand euch fortließ, vorsetzend ein Frühstück,
Mit dem nüchternsten Munde nach Attmen Manier vorkäuend die ar=
                                    tigsten Dinge;
Doch dieser allein noch hielt sich, für heut mit Durchfall, morgen mit
                                    Beifall.   540
Das scheuend besann sich der Dichter so lang; auch pflegt er sich selber
                                    zu sagen:
Man müsse ja doch erst Ruderer sein, eh' hin man an's Steuer sich setze,
Von dort aus Vorderverdeckschiffsmann, und erspähen die Richtung der
                                    Winde,

V. 534. Konnas, ein einst berühmt gewesener und mehrmals zu
Olympia gekrönter Flötenspieler, der aber durch Liebe zum Weine und Mangel
ökonomischer Talente allmählich immer tiefer sank und später den Komikern zum
Gespötte diente. Kratinos hatte selbst über ihn, eine hesiodische Stelle paro=
dierend, die Worte gebraucht welche Aristophanes bitter jetzt auf seinen Ri=
valen anwendet.

V. 537. Krates, zuerst Schauspieler des Kratinos, später selbst Ko=
mödiendichter (ums Jahr 450). Seine Stücke enthielten nichts Politisches,
sondern nach Art des Epicharmos allgemeine komische Charaktere, Geschichten
und Scenen aus dem Privatleben. Er gab nur ein „Frühstück", keine volle
Mahlzeit. Von neun Komödien desselben kennt man noch Titel und einzelne
Bruchstücke.

Dann heure man erst für sich selber ein Schiff. Um all des Bezeichneten willen,

Da bescheidenes Sinns, nicht ohne Bedacht und mit albernen Possen
er auftrat,   545

Laßt rauschen die Woge des Beifalls ihm, und laßt an den Rudern,
den ellen,

Ihm schallen lenäisches Jubelgeschrei.

Auf daß heimkehre der Dichter erfreut,

Nach gelungenem Werk.

Hellblickend mit leuchtender Stirne.   550

Choragesang

Erster Halbchor

Reisiger Gott, Poseidon, dem
Eherner Hufe Stampfen und
Stolzes Gewieher wohlgefällt.
Auch die mit dunklem Schnabel rasch
Eilenden Söldlingsschiffe,   555
Kämpfe der Jünglingsschaaren auch.

V. 546. Indem der Dichter die Metapher vom Seedienst fortsetzt vergleicht er die Sitze der Zuschauer mit den Ruderbänken. Daß die Zahl der
Abtheilungen dieser Sitze (durch Gänge geschieden und je über die vorher
gehende sich um eine Stufe erhebend) im attischen Theater eilf betrug sehen
wir nicht blos aus gegenwärtiger Stelle, sondern auch aus der Bronzemünze
des brittischen Museums deren Revers das Theater des Dionysos darstellt.

V. 547. Lenäisches, weil die „Ritter" an den Lenäen aufgeführt wurden.

V. 551. Das Versmaß ist seinem Grundcharakter nach choriambisch,
näher glykoneisch (beziehungsweise pherekratisch). Poseidon, der Meergott, ist
zugleich Hippios (Roßegott), und als solcher Schutzherr der Ritter und der
Wettrennen. Als Meergott wurde er an der Südspitze Attika's, dem Vorgebirge Sunion, von den Seefahrern um günstige Fahrt angerufen, und
hatte einen berühmten Tempel in Geraistos, einer Hafenstadt auf der
Südspitze von Euböa.

V. 552. „Eherne Hufe", poetische Bezeichnung dichter und fester Hufe,
die durch das Aufschlagen auf dem Boden einen hellen Klang geben. Das
Beschlagen der Hufe kam erst später in Gebrauch.

Aristophanes   4

Die das Geſpann hinlenken ſtolz
Und den Beſeßnen gleichen:
Komm herbei zu dem Chor, goldenen Dreizack
Im Delphinengefolg ſchwingend, o Sunions   560
Hort Geraiſtier, Kronos' Sohn!
Du dem Phormion theuerſter,
Vor den übrigen Göttern auch
Jetzt dem Volk von Athen werth!

Chorführer.

Epirrhema.

Preiſen wollen wir die Väter, weil ſie ſich als Männer ſtets   565
Würdig dieſes ſchönen Landes und des Prachtgewands bewährt,
Die zu Land in Schlachten, in der Flotte dichtgeſchloſſ'nen Reih'n,
Ueberall und immer ſiegreich dieſe Stadt mit Ruhm geſchmückt.
Keiner hat von ihnen jemals, wenn er Feinde vor ſich ſah,
Sie gezählt; o nein, der Muth war alſobald ihr Wehrebich.   570
Wenn einmal ſie im Gefechte fielen auf die Schulter auch,
Wiſchten ſie ab den Staub und wollten nimmermehr gefallen ſein,
Nein, begannen neu das Ringen; und der Feldherrn Keiner wohl
Hätte früher um die Speiſung den Kleänetos erſucht.

V. 558. Weil ſie mit ihrer Leidenſchaft für Pferde ſich ruinieren.

V. 562. Phormion, durch Sittenſtrenge und kriegeriſche Tüchtigkeit
(beſ. zur See) einer der geachtetſten Feldherren Athens in damaliger Zeit, der
über die Spartaner mehrere Siege erfocht.

V. 566. Peplos, das Prachtgewand welches alle vier Jahre von
attiſchen Jungfrauen gewoben und an den großen Panathenäen in feierlicher
Proceſſion auf die Burg gebracht und dem Bild der Athene umgehängt wurde.
Auf demſelben waren die Thaten der Göttin dargeſtellt. Hier heißt es von
den Namen und Thaten der alten Athener ſie wären werth gleichfalls in den
Peplos eingewirkt zu werden.

V. 571. Wenn im Ringkampf Einer den Andern bis zur Schulter auf
den Boden brachte, dieſer aber wieder auf die Beine kam, ſo hieß das ein
Fehlſturz, und der Geſtürzte gab ſich damit nicht beſiegt.

V. 574. Kleänetos hieß z. B. der Vater des Kleon. Der hier Ge=
meinte muß in Bezug auf die Aufnahme ins Prytaneion irgendwie mitzureden
gehabt haben.

Jetzt, wenn ihnen nicht der Vorsitz und die Speisung wird gewährt, 575
Weigern sie sich auszurücken. Ohne Sold dagegen sind
Wir für unsre Stadt und für die heim'schen Götter **kampfbereit.**
Und verlangen weiter gar nichts als die einz'ge Kleinigkeit
Daß, wenn einst der Friede wiederkehret und uns Ruhe **schenkt,**
Unsern Haarschmuck Keiner uns verarge und **die** glatte Haut. 580

Zweiter Halbchor.
Gegenstrophe.

Göttin der Burg, o Pallas, du
Schirmerin dieses heiligsten
Landes, an Kriegs- und Dichterruhm.
So wie an Macht weit ragend vor
Ueber die andern alle: 585
Eile daher und bringe mit
Unsere stets zu Krieg und Streit
Rüstige Kampfgenossin,
Nike, welche den Chorsängern befreundet
Und den Feinden mit uns gerne die Stirn beut! 590
Jetzt erscheine du hier: es gilt
Diesen wackeren Männern hier
Heut um jeglichen Preis den Sieg,
Wenn je sonst, zu verleihen.

Chorführer.
Antepirrhema.

Was wir von den Rossen wissen, dessen sei mit Ruhm gedacht: 595
Denn sie sind des Lobes würdig; wahrlich manche kühne That

V. 575. Vorsitz, ein **Ehrenplatz** im Theater und bei sonstigen öffentlichen Anlässen.

V. 580. Das Tragen langen Haares galt als Merkmal der Stutzer-
haftigkeit und Ueppigkeit und war bei den Rittern, als vermöglichen jungen
Männern, besonders häufig. Ebenso eifrige Sorge für die Reinheit und
Glätte der Haut.

V. 589. Nike, die Siegesgöttin, wird in doppeltem Sinn angerufen,
gegen die Mitbewerber um den Preis und gegen Kleon.

Haben sie mit uns bestanden, manchen Streifzug, manche Schlacht.
Doch was sie zu Land gethan ist nicht so sehr bewundernswerth
Als, wie in die Reiterschiffe mannhaft sie gesprungen sind,
Als sie Feldgeschirr und Zwiebeln, Knoblauch hatten eingekauft; 600
Wie sie dann zum Ruder griefen, wie wir andres Menschenvolk,
Dieses schwingend laut aufwicherten: „Hippapai! Wer schlägt mit ein?
Rascher angefaßt! Was soll das? Willst du ziehen, Samphoras?"
Wie sie bei Korinth ans Ufer sprangen und die jüngsten dann
Lagerstätten mit den Hufen scharrten und die Streu herbei 605
Holten und statt med'schen Klees Taschenkrebse fraßen weg,
Wo nur einer an den Strand kroch, andre aus dem Grund gefischt:
Also daß, Theoros sagt es, ein Korintherkrebs geschrie'n:
„Schrecklich ist's doch, o Poseidon, wenn ich nicht im Meeresgrund,
.Nicht zu Land und nicht zu Wasser' diesen Rittern kann ent=
fliehn." 610

Der Wursthändler; nachher Kleon; Demos; Chor.
Der Wursthändler kommt vom Rathhaus zurück.

Chorführer.

Geliebtester der Männer, jugendmuthigster!
Ach, welche Sorge hat uns dein Weggein gemacht!

V. 599. Wenige Monate vor Aufführung der Ritter war eine Expe=
dition von 80 Schiffen unter der Anführung des Nikias mit 2000 Schwer=
bewaffneten und 200 Rittern, deren Pferde auf besondern Schiffen transpor=
tiert wurden, nach dem Peloponnes gegangen. Nach der Landung auf korin=
thischem Gebiet fiel ein Gefecht vor, welches die attische Reiterei entschied.
Das Verdienst davon schreiben nun die Ritter in ergötzlicher Weise ihren
Pferden zu, um nicht sich selbst loben zu müssen.
V. 602. Hippapai (von Hippos, Pferd), trollige Nachahmung des
Matrosenzurufs Rhppapai.
V. 603. Samphoras, ein Pferd dem zur Bezeichnung der Buchstabe Σ
(San), wie Wolken 23 ein K (Koppa), aufgebrannt war.
V. 608. Theoros, war vielleicht ein Mantis, der sich auf die Sprache
der Thiere verstehen wollte. Reiske vermuthet die Korinthier seien als See=
fahrer in Athen spöttisch Seekrebse genannt worden.

Nun, da du doch mit heiler Haut zurückgekehrt,
Berichte uns, wie du die Sache durchgekämpft.

Wurſthändler.

Wie anders denn als daß ich Nikobulos ward?   615

Chor.

Strophe.

Nun geziemt ſichs wohl daß Alle jubelnd dich begrüßen.

Mann des Worts, aber, was herrlicher noch als das Wort,

Mann der That! Möchteſt du erzählen, wie es gieng, genau;

Denn ich weiß, herzlich gern   620

Lief' ich meilenweit, um Solches

Anzuhören.   Drum, o Beſter,

Rede nur getroſt, damit wir

Alleſammt uns deiner freu'n.

Wurſthändler.

Ja wohl iſt auch des Hörens werth was dort geſchah.

Von hier aus lief ich eilig ihm auf der Ferſe nach;   625

Er drinnen brach in donnerrollende Worte los,

Thürmt' ungeheure Dinge wider die Ritter auf,

Felsblöcke um ſich ſchleudernd, nennt Verſchwörer ſie

Ganz zuverſichtlich.   Der ganze Rath hört ſtaunend zu,

Füllt ſich den Bauch mit ſeinen Lügenpilzen an.   630

Die Stirne runzelnd ſchneidet er ein Senfgeſicht.

Doch kaum bemerkt' ich daß er das Ding zu Herzen nahm,

Und ſich durch dieſe Jammerei'n bethören ließ,

Da dacht' ich: „Auf denn, Galgenvögel! Kniff' und Pfiff'!

Auf ihr Bereſches! auf, Kobold' und Hufevack!   635

Und Gaſſe du, wo ich als Knab' erzogen ward,

V 615. Nikobulos, ein nach Kleobulos, Thraſybulos u. A. ge-
machter Name, welcher Rathsbeſieger bedeutet.

V. 617 ff. Kretiker (mit Auflöſung in den päoniſchen Rhythmus) und
Trochäen.

V. 634. Ariſtophanes ſchöpft den Dämonen der Spitzbüberei eigene
komiſche Namen.

Nun leiht mir Frechheit, leiht mir Zungenfertigkeit,
Schamloses Schreien!"   Wie ich also bei mir sprach,
Da donnert's rechts aus einem abgenutzten Steiß;
Ich nahm das Zeichen dankend an.   Mit einem Druck   640
Des Hintern brach ich das Gatter ein und schrie mit Macht
Aus vollem Halse: „Gute Botschaft, edler Rath!
Und Euch zuerst begehr' ich sie zu verkündigen.
Seitdem der Krieg hereingebrochen über uns,
Wohlfeiler sah ich niemals noch Sardellen hier."   645
Da heiterten sogleich sich alle Gesichter auf,
Für gute Botschaft ward ein Kranz mir zuerkannt,
Und als Geheimniß rieth ich ihnen, nur geschwind,
Damit sie für einen Batzen bekämen Sardellen viel,
Bei allen Töpfern wegzunehmen das Geschirr.   650
Sie klatschten Beifall, gafften offnen Mauls mich an.
Er merkt's, der Paphlagonier, zudem weiß er wohl
An was für Reden der Rath am meisten Freude hat;
Und schlug daher vor: „Männer, mich bedünkt, sogleich
Bei diesem frohen Ereigniß das verkündigt ward   655
Der Göttin hundert Ochsen zu weih'n als Botendank."
Da nickte der Rath auf seine Seite wieder hin.
Ich, da ich durch Ochsenbollen so mich sah besiegt,
Gleich trumpft' ich ihn mit zweimal hundert Ochsen ab,
Und rieth, dazu der Artemis ein Gelübd' zu thun   660
Von tausend Ziegenböcken auf den nächsten Tag,

V. 639.   Der komische Donner von der rechten Seite gilt für dieselbe
gute Vorbedeutung wie der eigentliche (z. B. Xen. Kyrop. VII, 1, 3).
V. 641.   Das Gatter sind die Schranken welche die Rathsversammlung
der Fünfhundert vom Publicum absonderten.
V. 660.   Der Artemis, als Göttin der Jagd (und hier eines guten
Fangs).
V. 661.   Anspielung auf das Gelübde des Miltiades vor der Schlacht
von Marathon, der Artemis so viele Ziegenböcke zu opfern als Barbaren in
der Schlacht fallen würden.   Da die Zahl der Gefallenen zu groß war als
daß das Gelübde auf der Stelle vollzogen werden konnte, so wurden dafür
jährlich und noch zu Aristophanes' Zeit 500 Böcke geopfert.

Wenn hundert Grätling' um den Batzen zu haben sei'n.
Und wieder streckte der Rath nunmehr nach mir den Kopf.
Er, dieses hörend, ward verblüfft und stottert was,
Da schleppten ihn die Prytanen und Trabanten fort.   665
Mit Lärm erhoben der Fische wegen Alle sich;
Er flehte sie an, zu bleiben einen Augenblick:
„Vernehmt was der Herold aus Lakedämon melden will,
Denn eben ist er des Friedens halber angelangt.“
Sie aber schrieen allesammt aus Einem Mund: 670
„Jetzt Friedenshalber? Ja, nachdem sie gemerkt, du Thor!
Wie billig die Sardellen hier zu haben sind!
Nichts da von Frieden, laßt dem Kriege seinen Lauf.“
Und lauter schrie'n sie: „Prytanen, hebt die Sitzung auf!“
Und sprangen nach allen Seiten über die Schranken weg.   675
Ich rannte voraus und kaufte den Koriander all
Zusammen und Schnittlauch, was nur auf dem Markte war,
Vertheilte das dann zu den Sardellen als Gewürz
Umsonst an sie, die's mißten, und erwarb mir Dank.
Sie überhäuften mit „Bravo!“ mit „Poßtausend!“ mich   680
So übermäßig alle daß ich den ganzen Rath
Um einen Obol Koriander euch in der Tasche bring'.

Chor.
Gegenstrophe.
Alles hast vollbracht du ja, wie nur es kann ein Glückskind.
   Fand der Erzschurke doch Einen der ihn übertrifft
   Weit an Erzschurkerei'n, wie an Liß von mancher Art   685
     Und Geschwätz, glatt und schlau!
Denke nur darauf die Sache
Ferner muthig durchzufechten:
   Daß du will'ge Kampfgenossen
    Hast an uns, das weißt du längst.   690
Wursthändler.
Da kommt ja unser Paphlagonier eben her,

Treibt hohle Wellen, wettert drein und wirbelt Schaum,
Als wollt' er grad mich fressen!   Hu! welch' Ungethüm!
Kleon.
Wenn ich dich nicht verderbe, hab' ich etwas noch
Von meinen alten Lügen, fall' ich in Allem durch!   695
Wursthändler.
Dein Drohen freut mich, lachen muß ich des Prahlerdunsts,
Ausschlenkern die Beine zum Tanz, und krähen Kikriki!
Kleon.
Nein, bei der Demeter! freß' ich nicht dich gleich hinaus
Aus diesem Lande, will ich nimmer leben mehr.
Wursthändler.
Du 'naus mich fressen?   So wahr ich lebe, dich sauf' ich aus,   700
Und wenn ich dran zerberste, schluck' ich dich hinab.
Kleon.
Ich bringe dich um, bei'm Vorsitz den mir Pylos gab!
Wursthändler.
Da seht den Vorsitz! ha, wie will ich noch mit Lust
Statt auf dem Vorsitz auf der hintersten Bank dich sehn!
Kleon.
Im Stock dich fesseln will ich, beim Himmel schwör' ich dieß!   705
Wursthändler.
Ei, wie so hitzig! wart', was geb' ich zu fressen dir?
Was magst du gern zum Essen? Volle Beutel wohl?
Kleon.
Ich reiße dir das Eingeweid mit den Nägeln aus.
Wursthändler.
Weg kratz' ich dir vor'm Maul die Prytanen-Portion.
Kleon.
Ich schleppe dich vor den Demos, büßen sollst du mir.   710
Wursthändler.
Da schlepp' ich dich hin, hechle dich noch ärger durch.
V. 710. Weil er im Rath unterlegen ist. Vgl. 722.

Kleon.

O schlechter Mensch! du findest kein Gehör bei ihm;
Ich habe meinen Spaß mit ihm wie mir's gefällt.

Wursthändler.

Wie ganz du doch den Demos für dein eigen hältst!

Kleon.

Drum weiß ich auch womit er gern sich närrein läßt.   715

Wursthändler.

O ja, wie Ammen futterst du ihn schlecht genug:
Du kau'st ihm vor, steckst ihm ein Bißchen in den Mund
Und dreimal mehr als Er bekommt verschluckst du selbst.

Kleon.

Gewiß, bei Zeus, vermöge meiner Geschicklichkeit
Weiß ich den Demos dick zu machen und wieder dünn.   720

Wursthändler.

O, diese Kunst versteht mein Hintrer ebenso.

Kleon.

Du sollst nicht scheinen, Bester, mich im Rath genarrt
Zu haben. Geh'n wir vor den Demos.

Wursthändler.

Immer zu!
Komm, gehe zu! Abhalten soll uns nichts davon.
Sie gehen in den Hintergrund der Bühne und pochen an die Thüre.

Kleon.

Mein lieber Demos, komm heraus!

Wursthändler.

Ja, Väterchen,   725
Komm doch heraus!

Kleon.

Mein allerliebstes Demichen,
Heraus, überzeuge dich selbst, wie man mißhandelt mich.

Demos heraustretend.

Wer sind die Schreier? Geht ihr gleich von der Thür' hinweg?

Den Segensölzweig habt ihr mir herabgezerrt.
Wer thut dir, Paphlagonier, etwas?

Kleon.

Deinethalb   730

Bekomm' ich Schläge von dem und den Junkern dort.

Demos.

Warum?

Kleon.

Weil ich dich liebe, Demos, und dein Buhler bin.

Demos zum Wurſthändler.

Und wer biſt du denn?

Wurſthändler.

Nebenbuhler von diesem da:
Längſt lieb' ich dich und möchte gern dir Gutes thun,
Wie viele andre hübſche und wackre Leute noch.   735
Wir kommen nur vor diesem nicht dazu. Du treibſt
Es ebenſo wie ſchöne Knaben die man liebt:
Die guten und edeln Männer läſſeſt du nicht zu,
Gibſt aber Lampenkrämern, Saitendrehern dich
Und Riemenſchneidern, Lederhändlern willig hin.   740

Kleon.

Drum thu' ich dem Demos Gutes.

Wurſthändler.

Sage mir, womit?

Kleon.

Daß ich, den Rang ablaufend den Feldherrn allen, raſch
Nach Pylos fuhr und von dort die Spartaner brachte her.

V. 729. Ein mit weißer Wolle umwundener Oelzweig wurde an den Thargelien und Pyanepſien unter Abſingung eines Liedes zum Apollotempel getragen. Nach dem Feſte behielt man ſolche Zweige an den Hausthüren aufgehängt bis zum folgenden.

V. 739. Der Lampenkrämer iſt Hyperbolos; der Saitenmacher der oben (V. 132) als Schafhändler bezeichnete Lyſikles; die beiden andern Bezeichnungen gelten dem Kleon.

Wursthändler.

Und ich, ich stahl aus einer Werkstatt, schlendernd, weg
Den schon von einem Andern fertig gekochten Topf.   745

Kleon.

Berufe nur, o Demos, eine Versammlung jetzt
Sogleich, zu erfahren, welcher von uns beiden dir
Ergeb'ner ist, und entscheide: diesen wählst du wohl.

Wursthändler.

Ja, ja, entscheide immer, jedoch nicht auf der Pnyx!

Demos.

Nicht möcht' ich sitzen irgend sonst auf anderm Platz: 750
Nein, wie von jeher, hat zu erscheinen man auf der Pnyx.
                      Demos und Kleon ab.

Wursthändler.

Ich armer Tropf! da bin ich verloren. Denn der Greis —
Zu Hause ist er zwar der gescheid'ste Mann der Welt,
Sobald er aber hier auf die Steinbank sich gesetzt,
Da sperrt er das Maul als wie ein Feigenschnapper auf.   755
    Die Scene verwandelt sich in die Pnyx; inzwischen singt der

Chor.
Strophe.

Nun mußt du alles Segelwerk beisetzen deinem Fahrzeug,
    Und mit dir führen Feuermuth, sich're Redeschlingen,
        Womit du den zu Boden streckst: listig ist der Mann ja,
    Und weiß aus dem Unmöglichen Leichtmögliches zu machen.
        So tritt denn jetzt entgegen ihm mit Macht und wie im
                      Sturme.   760

V. 755. Die Vergleichung ist nicht klar. Einige beziehen sie auf ein
Knabenspiel, in welchem man Feigen an einen Faden gebunden vor dem
Munde tanzen ließ, bis der Knabe sie erschnappte; Andere auf die Beschäf-
tigung sonst nicht mehr verwendbarer alter Leute mit Einsäteln von Feigen.

Doch nimm dich in Acht, und bevor er dich selbst noch angreift, komm
zuvor ihm,
Zieh' deine Delphinen geschwind in die Höh' und leg' an das feindlic
Bord an.

Auf der Pnyx.

Demos auf einer Steinbank sitzend; **Kleon; Wursthändler; Chor.**

Kleon mit ausgebreiteten Armen.

Die erhabene Herrin Athene zuerst, die Beschirmerin unseres Staate
Sie gewähre mir daß, wenn ich anders einmal ums Wohl des athen
schen Volkes
Der verdienteste Mann nächst Lysikles bin und der Kynna sammt S
labakcho,   76
Mir bleibe wie jetzt fürs Garnichtsthun mein Freitisch im Prytaneio

Zum Demos.

Doch hass' ich dich, werfe für dich nicht mich alleinig den Feinden en
gegen,
Dann sei ich verflucht und lebendig zersägt und zu Halfterriemen ze
schnitten!

Wursthändler.

Auch ich, mein Demos, wofern ich dich nicht heiß lieb' und verehre,
will ich
Zu Gefüllsel zerhackt gleich braten, und wenn auch dieser Betheurun
du nicht traust,   77

V. 762. **Delphine** hießen die Wurfklötze aus Blei, welche in d
Höhe gezogen und beim Entern auf das feindliche Schiff geschleudert wurde
um es zu zertrümmern.

V. 763. Die Veränderung der Scene besteht darin daß eine Bank he
eingeschoben wird, die Steinbank der Pnyx vorstellend, auf die sich Dem
setzt. Alles Uebrige bleibt, selbst die Wurstbank, V. 771.

V. 765. **Lysikles,** s. zu V. 132, 739. Die beiden andern Nam
sind die von zwei berüchtigten Hetären.

o zerreibe man mich auf der Wurstbank hier zu Knoblauchbrühe mit
Käse,
nd schleppe mich fort mit der Küchenflamm' an den Hoden bis zum
Kerameikos!

Kleon.

So gäb' es denn wohl einen Bürger, wie ich, der wärmer dich liebte,
o Demos?
ürs Erste: ich hab', als Rathsmitglied, dir Gelder in Menge ge-
liefert
n die Kasse des Staats, durch Foltern von Dem, durch Würgen und
Betteln von Andern,   775
icht achtend auf Jemands Klagen und Zorn, wenn ich dir nur konnte
gefallen.

Wursthändler.

a ist doch, o Demos, Besonderes nichts: ich werde dasselbe dir auch
thun:
wegraffe ich auch leicht Andern das Brod vor dem Munde, und setze
es dir vor.
aß aber dich der nicht liebt und dir nicht wohl will, das beweis' ich
zuerst dir,
aß einzig er so in der Absicht thut an den Kohlen von Dir sich zu
wärmen.   780
ich, der du denn doch bei Marathon einst um das Land mit den Medern gefochten
nd siegend das Recht uns erblich verschafft mit der Zunge gewaltig
zu dreschen,
uf der Steinbank hier hart sitzen zu sehn, das kümmert ihn nicht im
Geringsten;

V. 772. Zum Kerameikos — statt ins Barathron, zu welchem Verbre-
er hingeschleppt und hinabgeworfen wurden. Der Kerameikos (vor dem
hore gegen Eleusis) ist der ehrenvolle Begräbnißplatz für im Krieg Gefal-
ne und andere um den Staat verdiente Männer.
V. 782. Mit den Großthaten der Voreltern zu prahlen.

Ganz anders denn ich, der ein Polster genäht dir und hier bring'. Heb
dich ein wenig;
Dann setze dich weich, daß ben's nicht schmerzt der wacker bei Salamis
mitsaß.   785
Er legt ihm das Polster unter.

Demos.

Wer bist denn du, Mann? Ein Sprößling gewiß von Harmodios'
eblem Geschlechte?
Denn dieß dein Werk ist wahrlich von echt volksfreundlicher wackrer
Gesinnung.

Kleon.

Um das winzige Bißchen von Liebkosung wie warbst du so schnell ihm
gewogen!

Wursthändler.

Hast du ja doch ihn oftmals mit noch weit armseligerm Köder ge=
fangen.

Kleon in seinem Selbstlob fortfahrend.

Ja gewiß, hat irgend ein Mann sich gezeigt der mehr für den Demos
sich wehrte,   790
Und der dich liebte noch mehr als ich — dann setz' ich den Kopf dir
zum Pfande.

Wursthändler.

Wie? liebest du ihn? Und du siehest es an wie er herbergt hier in den
Fässern,
Im Geiergenist und in Wachtthürmlein acht Jahre nun, sonder Er=
barmen,
Einpferchend ersticktest du ihn vielmehr im Rauch; Archeptolemos, als er

---

V. 786.   Die Abstammung von Harmodios und Aristogeiton, den Ty=
rannentödtern, galt in Athen nicht nur für eine Auszeichnung, sondern war
auch mit mancherlei bürgerlichen Vortheilen verknüpft.
V. 792.   Durch die Einfälle der Spartaner wurden die Leute vom Land
in die Stadt getrieben und wohnten da ärmlich genug in Zelten auf den Stra=
ßen, in den Thürmen der großen Mauer u. dgl. Acht Jahre, sofern das sie=
bente nahezu verstrichen war ohne daß sich Aussicht auf eine Aenderung zeigte.
V. 794.   Archeptolemos, der oben V. 327 erwähnte „Sohn des

Aus Frieden empfahl, den scheuchtest du weg, und verjagst aus der Stadt
                                                        die Gesandten   795
Mit Tritten aufs Hintercastell, wenn sie auffordern zu Friedensver-
                                                        trägen.

Kleon.

Auf daß er von Hellas werde der Herr.   Denn es steht in Orakeln ge-
                                                        schrieben
Daß dieser dereinst in Arkadien soll fünf Batzen beziehen Gerichtssold,
Wenn er nur ausharrt.   Ich sorg' ihm indeß für genügende Nahrung
                                                        und Pflege,
Ausmittelnd, woher er, ob recht ob schlecht, doch seinen Triobel er-
                                                        halte.   800

Wursthändler.

Nicht dafür daß in Arkadien Er herrscht sorgest du, sondern damit du,
Beim Zeus, mehr raubst und Geschenk' einzieh'st von den Städten, in-
                                                        dessen der Alte
Vor dem Krieg und dem Nebel den du vormachst nicht sieht wie schur-
                                                        kisch du hausest,
Und über der Noth und dem Mangel, dem Sold nach dir nur reißet den
                                                        Mund auf.
Doch wenn er einmal aufs Land heimkehrt, dort friedliche Tage ver-
                                                        lebet,   805
An geröstetem Waizen den Muth auffrischt und vertraulich sich macht
                                                        mit dem Trester,
Dann wird er erkennen, um welchen Genuß mit dem Solddienst du ihn
                                                        geprellt hast.

Hippodamos", der wahrscheinlich wiederholt für den Frieden gesprochen und
gewirkt, jetzt aber, von Kleon verschüchtert, sich zurückgezogen hatte.

V. 795. Besonders nach dem Unglück in Sphakteria machten die Spartaner öftere Friedensanträge, die aber auf Kleons Betreiben abgewiesen
wurden.

V. 798. In Athen bekam er nur drei.   Arkadien hier für Peloponnes
überhaupt.

Dann kommt er, ein grimmiger Bauer, herein und wider dich sucht er
den Stimmstein.

Das merkest du wohl, drum täuschest du ihn und träumst ihm Dinge
von dir vor.

Kleon.

Ist das nicht schnöd daß Solches von mir du behauptest und so mich
verleumdest   810

Vor den Bürgern Athens und dem Demos hier, mich, der ich doch
mehreres Gute,

Bei Demeter, der Stadt schon habe gethan als Themistokles einstens
erwiesen?

Wursthändler.

„O argivische Stadt, hört was er da spricht!" Mit Themistokles du
dich vergleichen?

Der unsere Stadt bis zum Rande gefüllt, die er voll fand unter dem
Rande,

Und zudem noch für's Frühstück ihr den Piräuskuchen gebacken,   815

Auch ohne der früheren Fische sie drum zu berauben, mit neuen be=
dient hat.

Du aber, du trachtest aus Bürgern Athens Kleinstädter zu machen, in=
dem du

In die Mauern sie sperrst, mit Orakeln betäubst, du, der sich Themi=
stokles gleichstellt!

Doch Er, aus dem Lande verbannt ward Er; du — wischest die Händ'
an Achillsbrod.

V. 808.   Entweder als Richter, wenn du wegen Betrugs angeklagt
wirst, oder in der Volksversammlung, um dich durch den Ostrakismus zu ver=
urteilen.

V. 813.   Aus dem Telephos des Euripides (vgl. Medea 169).

V. 815.   Neben der Herstellung einer seebeherrschenden Flotte gehörte
die Erbauung des Hafens Peiräeus und die Verbindung der Stadt mit dem=
selben durch die langen Mauern zu den größten Verdiensten des Themistokles.

V. 819.   Achillesbrod, eine besonders feine Art von Waizenbrod,
wohl im Prytancion eingeführt. Ueber das Abwischen s. zu V. 414.

Kleon.

Ist das nicht schnöd daß, Demos, ich soll derlei anhören von diesem. 820
Bloß weil ich dich lieb'?

Demos.

Hör' auf mit dem Zeug und laß das verdammte Gebelfer!
Nur allzu lange bis jetzt hast du mich hinter dem Rücken bemunkelt.

Wursthändler.

Der verruchteste Kerl, Herzdemichen, ist's, der viel Schelmstreiche verübt hat.

Wann schläfrig du gähnst, dann bricht er geschwind
Von den Rechenschaften das Herzblatt aus 825
Und verschlingt es mit Haut, auch löffelt er sich
Links, rechts in den Sack von den Geldern des Staats.

Kleon mit drohenden Gebärden.

Frohlocke du nicht: ich beweise dir klar
Daß diebisch du drei Myriaden entwandt.

Wursthändler.

Was soll das Gestrudel, das Rudergepatsch', 830
O, der du verruchter als Einer am Volk
Der Athener gehandelt? Ich weise es nach,
Bei Demeter, so wahr mein Leben mir lieb,
Daß von Mytilene Bestechung du nahmst,
Wohl vierzig Minen und mehr noch. 835

Chor.
Gegenstrophe.
O du, der allen Sterblichen zum größten Heil erschienen,

V. 825. Rechenschaften, s. zu V. 259. Der bedrohte Beamte suchte häufig sich durch Bestechung zu helfen. Das Bild ist vom Abblatten des Kohls entlehnt.

V. 834. Vgl. Einleitung S. 13. Weil diese Beschuldigung besonders frech ist so ertheilt der Chor deshalb Lobsprüche.

V. 836. Parodie eines Verses aus Aeschylos, Prometheus 614.

Aristophanes. 5

Preis deiner Zungenfertigkeit! Fichtst du also weiter,
　Der Größt' in Hellas wirst du sein, wirst allein regieren
Die Stadt, den Dreizack in der Hand dem Bundesstaat gebieten,
Womit du vieles Geld erwirbst durch Rütteln und durch Wühlen. 840
Und lasse nur nicht los den Mann, Handhabe gab' er selbst ja,
Und unter kriegst du sicher ihn, begabt mit solchen Schultern.

Kleon.

So weit, ihr guten Leute, ist's noch nicht, nein, beim Poseidon!
Denn eine That hab' ich vollbracht, ja eine That mit welcher
Ich meinen Feinden allzumal das Maul zu stopfen denke, 845
So lang ein Span noch übrig ist von jenen Pylosschilden.

Wurſthändler.

Ei, halt mir bei den Schilden still; da hab' ich dich gefangen.
Denn liebtest du das Volk im Ernst, du hättest nicht mit Absicht
Die Schilde sammt dem Riemenwerk aufhängen lassen dürfen.
Das ist, o Demos, nur ein Kniff, damit, wenn irgend einmal 850
Du diesen Menschen zücht'gen willst, dir Solches nicht gelinge.
Du siehst wie ihm ein ganzer Troß von jungen Lederhändlern
Zu Diensten steht; die Nachbarschaft davon sind Honighändler
Und Käsehändler: alles Das steckt unter Einer Decke.
Drum, wenn du einmal brummtest auf und blicktest nach der Scherbe, 855
Dann rießen sie die Schilde Nachts herunter dort und eilends
Besetzten sie uns sämmtliche Eingänge hin zum Kornmarkt.

Demos.

Ich Armer! Haben wirklich sie das Riemenwerk? — Du Schurke!
So lange Zeit schon hast du mich geprellt, du Volksbetrüger!

V. 839. Der Dreizack, Symbol des Meerbeherrschers, hier der atheni=
schen Seemacht.
V. 849. Erbeutete Schilde wurden in Tempeln sonst gewöhnlich ohne
die Handhaben, um sie unbrauchbar zu machen, aufgehängt.
V. 855. Nach der Scherbe, um ihn durch das Scherbengericht (Ostra=
kismus) zu verbannen, zugleich Anspielung auf das Scherbenspiel der Knaben,
wobei die Art des Auffallens der Scherbe die Stellung bestimmte welche die
betreffende Partei der Knaben im Spiele einzunehmen habe (z. B. ob Räuber
oder Soldaten).

Kleon.

Seltsamer Mann, ergib dich nicht aufs erste Wort, und glaube   860
Nie einen bessern Freund als mich zu finden, der allein ich
Erdrückte die Verschwörungen; mir blieb ja nichts verborgen
Was in der Stadt ward ausgeheckt: gleich fieng ich an zu schreien.

Wursthändler.

Ja, wie die Fischer machtest du's, die Aale fangen wollen:
So lang das Wasser ruhig ist bekommen sie gewiß nichts: 865
Doch rühren sie herauf hinab den Schlamm recht durcheinander,
Dann fangen sie. So fängst du auch, wenn du den Staat verwirrest.
Eins sage mir in Kürze: du verkaufst so vieles Leder,
Und hast du je dem Alten da von dir nur eine Sohle
Zu Schuh'n geschenkt, deß Freund du dich nennst?   870

Demos.

Nicht doch, beim Apollon!

Wursthändler gibt ihm ein Paar Schuhe.

Erkennst du nun was an ihm ist? Doch ich, ich habe hier dir
Ein Paar gekauft und reiche dir's, es mir zu lieb zu tragen.

Demos.

Dich halt' ich für den edelsten Volksfreund der mir bekannt ist,
Und der am besten mit der Stadt es meint und meinen Zehen.

Kleon.

Ist schnöd es nicht daß solch ein Paar von Schuhen das vermögen? 875
Mir zollst du keinen Dank für das was du genießen, der ich
Die Knabenschänderei gedämpft, den Gryttes ausgestrichen?

Wursthändler.

Ist nicht vielmehr dieß schnöde daß du solche Hinternschau hältst
Und dämpfen willst die Hurerei'n? Das hast du offenbar nur
Aus Neid gethan, damit sie ja nicht Redner werden sollen.   880
Doch diesen guten Alten da kannst ohne Rock du sehen,

V. 877. „Ausgestrichen" aus der Liste der Vollbürger. Dieß scheint
auf Kleons Antrag dem Gryttes wegen jenes Lasters widerfahren zu sein.
V. 880. Vgl. V. 125 ff. Wolken, V. 1084 ff.

Und hast doch eines Wamses nie den Demos werth gehalten,
Im strengen Winter! —

Zum Demos.

Aber sieh, ich schenke dir das Wämschen.

Demos gerührt.

Sogar Themistokles hat nie dergleichen ausgesonnen.

Ein kluger Einfall freilich war auch jenes, der Peiräeus;   885
Doch kommt er mir nicht größer vor als dieser mit dem Wamse.

Kleon.

O weh mir Armem, foppst du mich mit solchen Affenstückchen!

Wursthändler.

Nein, sondern wie's dem Zecher geht zuweilen, wann's ihm noththut,
Daß fremde Schuhe er benützt, gebrauch' ich deine Schliche.

Kleon.

Ausstechen sollst du wahrlich mich in Schmeicheleien nimmer!   890
Ich werf' ihm diesen Mantel um. — Nun heule, Schurk'.

Demos wirft den Mantel weg.

O pfui doch!

Zum Henker fort, du Rabenaas! Wie der nach Leder stinket!

Wursthändler.

Den warf er recht mit Fleiß dir um, damit er dich ersticke;
Auch früher hat er schon dir nachgestellt: du weißt, das Kraut da,
Das Silphion, wie neulich das im Preise sank?

Demos.

Ich weiß es.   895

Wursthändler.

Das hat er eben auch mit Fleiß herabgedrückt im Preise,

V. 888. Da die Griechen bei Tafel auf Polstern lagen, so stellten sie
die Schuhe indessen bei Seite, und so konnte es oft geschehen daß Einer im
Drange der Noth geschwind in fremde Pantoffeln fuhr.
V. 895. Das Silphion oder Laserpiz, eine Pflanze deren Saft bei
den Athenern ein beliebtes Gewürz für Speisen war. Die wohlriechende
afrikanische Art kam aus Kyrene, mit welcher Stadt Kleon vielleicht neue
Handelsverbindungen eingeleitet hatte, die der Komiker nun zu seiner Ver=
dächtigung ausbeutet; die persische Art ist unsre assa foetida.

Damit ihr kauft und esset viel, und in der Heliäa
Die Richter gegenseitig sich zu Tode farzen möchten.

Demos.

Ja, beim Poseidon! das gestand mir selbst ein Herr von Mißfluk.

Wursthändler.

Und habt ihr damals euch denn nicht ganz braun gefärbt mit Fürzen? 900

Demos.

Ja, ja, bei Zeus! das war ein Kniff von diesem Färbermeister.

Kleon.

Mit solchen Possenreißerei'n meinst, Schurke, mich zu narren?

Wursthändler.

Die Göttin ist's die mir befahl mit Frechheit dich zu schlagen.

Kleon.

Das wirst du nimmermehr! denn ich verspreche dir, o Demos,
Du sollst mir ohne was zu thun dein Näpfchen Taggeld schlürfen. 905

Wursthändler.

Ich schenke dieses Büchschen dir und eine Wundersalbe,
Die Schwären am Schienbeine dir damit zu überstreichen.

Kleon schiebt ihn bei Seite.

Und ich — die grauen Haare dir auslesend mach' ich jung dich.

Wursthändler schiebt ihn wieder weg.

Da nimm das Hasenschwänzchen hier, die Augen dir zu wischen.

Kleon wie verkin.

Wenn du dich schneuzest, Demos, wisch' es ab an meinem Kopfe. 910

Wursthändler.

An meinem hier!

V. 899. Im Original Anspielung auf die Wirkung des Silphions und
zugleich auf den Namen eines Demos von Attika.

V. 901. Der Färbermeister ist Kleon; im Griechischen steht dafür ein
Eigenname: Pyrrhander, Gelbmann.

V. 907. Vom Alter hat der Demos Extravasate an den Beinen und
(V. 909) Triefaugen.

Kleon.

An meinem hier!

Zum **Wurſthändler.**

Zum Trierarchen mach' ich dich,
Dranſetzen ſollſt du Hab' und Gut:
Ich gebe dir ein altes Wrak,
Kein Ende findſt im Zahlen du,   915
Kein Ende mit der Flickerei;
Auch weiß ich zu bewirken daß
Du einen faulen Maſt bekommſt.

Chor.

Der Gute ſprudelt: halte ein!
Du überläufſt ja. Schnell hinweg   920
Ein Paar der Scheiter! Abgeſchöpft
Mit dem Löffel da die Drohungen!

Kleon.

Du ſollſt mir noch abbüßen ſchön,
Von ſchwerer Steuerlaſt gepreßt:
Ich will's betreiben daß du auf   925
Der Reichen Liſte wirſt geſetzt.

Wurſthändler.

Mit Drohen geb' ich mich nicht ab,
Nur wünſchen will ich Dieſes dir:
Die Pfanne voll Blackfiſche ſteh'
Auf deinem Tiſche ziſchend: du   930
Willſt ſprechen für Milet und ſo
Gewinnen dein Talent, wofern
Du ihre Sache durchgeſetzt;

V. 912. Eine der außerordentlichen Staatslaſten (Leiturgien) für reiche
Bürger war die Trierarchie oder Ausrüſtung eines Kriegsſchiffes. Der
Staat gab Rumpf und Maſt, der Trierarch mußte das Schiffsgeräth an=
ſchaffen und das Schiff in gutem Stande halten. Die Strategen konnten da=
bei den Einzelnen drücken.
V. 926. Der Betrag der Kriegsſteuer richtete ſich in ſteigender Pro=
greſſion nach dem Vermögen.

Du eilst, damit du vollgestopft
Von deinen Fischen zeitig noch   935
Zur Volksversammlung kommest: doch
Eh' du gegessen hol' ein Mann
Dich ab, und Du — um das Talent
Zu fassen, schlingst
Hinein und mußt ersticken!   940

Chor.

Schön beim Zeus und beim Apollen und der Demeter!

Demos.

Auch mir erscheint er überhaupt als offenbar
Ein guter Bürger, wie keiner noch seit langer Zeit
Inmitten des großen Batzenvolkes gewesen ist.   945
Du aber, Paphlagonier, hast mit der Liebe Schein
Mich nur beknoblaucht: gib den Ring zurück, du sollst
Nicht länger Hausvogt sein bei mir.

Kleon gibt einen Ring her.

                          Da! doch bedenk':
Wenn mich du nicht verwalten lässest mehr, erscheint
Ein Andrer der ein größ'rer Schelm noch ist als ich.   950

Demos besieht den Ring.

Der Ring da, nein, unmöglich ist's der meinige:
Es steht ja doch ein ganz verschiedenes Zeichen drauf,
Wenn nicht ich blind bin.

Wursthändler.

                Laß doch seh'n. Was stand darauf?

Demos gibt ihm den Ring.

Ein ausgebacknes Feigenblatt mit Ochsenmark.

V. 945. Batzenvolk, nur einen Batzen (Obolos) werth.

V. 947. Beknoblaucht, erzürnt, aufgehetzt. — Kleon ist im Staate
was im Haushalte der ausgebreite Sklave, „erster Lord des Schatzes", und
führt als solcher den Siegelring des Volkes.

V. 954. Das Spiel mit dem Doppelsinn des Wortes Demos (Volk
und Fett, Mark) geht verloren; es bleibt nur daß Demos sich selbst mit
einem Ochsen vergleicht.

Wursthändler.

Da ist es nicht.

Demos.

Kein Feigenblatt? Und was denn sonst?   955

Wursthändler.

Ein schnappender Habicht der vom Stein herunterkreischt.

Demos.

O pfui, wie schlimm!

Wursthändler.

Was gibt's?

Demos.

Den Ring nur fort geschwind!
Nicht meinen hatt' er, sondern den des Kleonymos.

Gibt ihm einen andern.

Nimm diesen da von mir und sei Hausvogt bei mir.

Kleon.

Noch nicht doch! nicht, gestrenger Herr, ich beschwöre dich,   960
Bevor du meine Orakelsprüche hast gehört!

Wursthändler.

Und auch die meinen.

Kleon.

Wenn du aber diesem folgst,
So mußt du Melker werden.

Wursthändler.

Folgst du aber dem,
Er zieht die Haut zurück dir bis zum Myrtenkranz.

V. 956. Vom Rednerstein in der Pnyr. Kleon's Habgier soll dadurch
bezeichnet werden.

V. 958. Der Dichter nennt hier statt des Kleon einen feigen und hab=
gierigen Wüstling mit ähnlich lautendem Namen, Kleonymos.

V. 963. Melker theils s. v. a. Viehhirte, im Gegensatze zu dem meer=
beherrschenden Seemann, und zugleich von obscöner Bedeutung.

V. 964. Myrtenkranz, auf dem Haupte, also: die Haut über die
Ohren ziehen (als Gerber). Daneben wieder obscön.

Kleon.

Jedoch die meinen sagen daß du herrschen sollst   965
In allen Landen einst, mit Rosen das Haupt bekränzt.

Wursthändler.

Die meinen dagegen sagen daß im Purpurkleid,
In reichgesticktem, im Kranz, auf goldenem Wagen du
Verfolgen wirst — die Smikythe und ihren Mann.

Demos zum Wursthändler.

So geh' einmal und hole sie, daß dieser da   970
Sie selber höre.

Wursthändler.

          Gerne.

Demos zu Kleon.

          Du die dein'gen auch.

Kleon.

Sogleich.   *Geht ab.*

Wursthändler.

Sogleich, bei'm Himmel! Ohne Zögerung.
          Geht gleichfalls ab.

Chor.

Welch ein liebliches Tageslicht
Wird den heute Versammelten
Und den Kommenden brechen an,   975
    Wenn nun Kleon dahinfährt!

V. 969. Smikythos, ein nicht seltener attischer Name, wie z. B. in
der Zeit des Aristophanes ein öffentlicher Schreiber so hieß. Die großartige
Prophezeiung von glanzvollen Siegen endigt also in einen Rechtshandel gegen
„Smikythe und ihren Mann", wie die gerichtliche Formel lautete, wenn das
Weib verklagt war. Durch die weibliche Endung und den Zusatz „und ihren
Mann" soll der Betreffende als pathicus bezeichnet werden; vgl. Wolken
650.

V. 975. Kommende, die Abgesandten der Bundesstaaten, die zwei
Monate später an den großen Dionysien den Tribut ablieferten.

Freilich ältere Leute ſchon
Von der Sorte der Grimmigſten
Hört' ich auf dem Prozeſſemarkt,
   Dieß beſtreitend behaupten: 980
„Wäre nicht in der Stadt der Mann
So gewaltig, es gäbe ja
Zwei nutzbare Geräthe nicht,
   Mörſerkeule und Keile".
Doch auch ſind' ich bewundernswerth   985
Seinen ſäuiſchen Muſenſinn;
Denn es ſagen die Knaben, die
   Mit ihm giengen zur Schule:
Nur in d o r i ſ ch e r Weiſe Ton
Stimmt' er immer die Leier, ſonſt   990
Keine andere gieng ihm ein;
   Zornig habe der Meiſter
Ihn dann endlich hinausgejagt,
Weil der Bube die Harmonie
Nicht begreife, wofern ſie nicht   995
   D o r o d o k i ſ t i ſ ch klinge.

Die Vorigen. Chor.

Kleon mit Orakeln bedadt.

Da ſchau einmal! doch bring' ich ſie nicht alle mit.

Wurſthändler.

Faſt laß ich fahren: doch bring' ich ſie nicht alle mit.

   V. 979. Der Prozeſſemarkt, eigentlich der Bazar (Börſe), dergleichen im Peiräeus einer war.
   V. 984. Kleon zerſtößt mit der Mörſerkeule die Vermögensmaſſen und hält mit der Rührkelle den Brei in beſtändiger Gährung.
   V. 989 996. Das Wortſpiel zwiſchen d o r i ſ ch und D o r o n (Geſchenk, Beſtechung, vgl. V. 529) und d o r o d o k i ſ t i ſ ch (geſchenknehmeriſch) iſt un= überſetzbar.

Demos.

Was ist das Ding da?

Kleon.

Orakel.

Demos.

Lauter?

Kleon.

Du wunderst dich?
Und wahrlich, bei Zeus, so hab' ich noch eine Kiste voll.   1000

Wursthändler.

Ich einen Boden und zwei Nebenhäuser voll.

Demos.

So laß 'mal sehen. Von wem sind deine Orakel denn?

Kleon.

Die meinigen sind von Bakis.

Demos.

Deine dann von wem?

Wursthändler.

Von Glanis, der des Bakis älterer Bruder war.

Demos.

Wovon denn handeln sie?   1005

Kleon.

Von Athen, von Pylos, auch
Von dir, von mir, von Staatsgeschäften aller Art.

Demos.

Wovon die deinigen?

Wursthändler.

Von Athen, von Linsenbrei,
Von Lakedämen, von Makrelen neusten Fangs,
Von Mehlverkäufern auf dem Markt mit falschem Maß,
Von dir, von mir. (Gegen Kleon.) Der beiße sich in seinen Schweif! 1010

V. 1004. Glanis, ein für den Augenblick erfundener Name, bedeutet
zugleich einen Raubfisch, den Wallerfisch.
V. 1010. Soviel als: er verbeiße seinen Grimm.

Demos.

Wohlan, so les't mir Beide eure Orakel vor,
Besonders das von mir, das mich so sehr erfreut,
Wie ich dereinst als Adler in Wolken schweben soll.

Kleon.

So höre denn, und richte deinen Sinn auf mich.
„Acht', o Erechtheus' Sohn, auf die Fährte des Spruchs so Apollon 1015
Dir aus Verborg'nem herauf läßt schallen vom heiligen Dreifuß:
Dir zu erhalten gebeut er den heiligen Hund mit dem scharfen
Zahn, der klaffend für dich und für dich gar fürchterlich bellend
Sold dir verleih'n wird; thust du es nicht, so geht er zu Grunde,
Denn es umkrächzen ihn rings feindselige Dohlen in Menge."   1020

Demos.

Was das besagt, bei Demeter, ich versteh' es nicht.
Was will Erechtheus mit den Dohlen und mit dem Hund?

Kleon.

Der Hund bin ich: zu deinem Besten belfre ich;
Und dir zu erhalten mich, den Hund, räth Phöbos dir.

Wursthändler.

Nicht das besagt das Orakel; nein, der Hund da nagt   1025
An deinen Göttersprüchen wie an einem Laib.
Den richtigen Spruch von diesem Hunde hab' ich hier.

Demos.

Laß hören; doch nach einem Steine greif' ich erst,
Damit mich nicht das Hundsorakel gar noch beißt.

Wursthändler.

„Acht', o Erechtheus' Sohn, auf den Hund, den Seelenverkäufer, 1030
Kerberos, der bei dem Mahl mit dem Schweif dich umwedelt und lauert
Weg dir den Bissen zu schnappen, sobald du anderswohin gaffst;

V. 1015. Erechtheus, ein athenischer Heros, wie Kekrops, Ae=
geus u. A.

Der in die Küche verstohlen sich schleicht und in hündischer Weise
Dort in der Nacht dir die Schüsseln umher ableckt und — die Inseln."

Demos.

Weit besser, Glanis, lautet, beim Poseidon, das. 1035

Kleon.

So hör', o Bester, eins noch, und entscheide dann:
„Sieh, es gebietet ein Weib im heil'gen Athen einen Löwen,
Der für das Volk einst wird unzählige Mücken bekämpfen,
Gleich als ob er die Brut umwandelte. Diesen bewahre,
Ihm Umwallung errichtend von Holz und Thürme von Eisen." 1040
Du verstehst es doch?

Demos.

Nein, beim Apollon, nicht ein Wort.

Kleon.

Mich zu behalten räth dir offenbar der Gott.
Ich bin's ja der des Löwen Stelle dir vertritt.

Demos.

Wie? Löwenstellvertreter wurdest du unbemerkt?

Wursthändler.

Nur Eins erklärt er mit Fleiß dir im Orakel nicht, 1045
Was allein der Wall von Eisen bedeutet und das Holz
Worin dir ihn zu verwahren Loxias gebeut.

Demos.

Was hat der Gott gemeint damit?

Wursthändler.

Den Menschen da
Zu stecken in den fünflöchrigen Block gebeut er dir.

V. 1034. Im Deutschen stände hier ein Wortspiel zu Gebot: die Hä=
fen (statt Inseln). Aus den Inseln kamen die Haupteinkünfte des Staats.
V. 1044. Der Witz ist unverständlich und frostig. Die Scholien machen
aus Antileon eine bestimmte Person, von der sie aber nichts zu sagen wissen.
V. 1047. Loxias, Apollo von seinen schielenden, dunkeln und zwei=
deutigen Sprüchen.
V. 1049. Ein Werkzeug mit fünf Löchern, um Kopf, Arme und Beine

Demos.

Jetzt naht sich dieser Seherspruch der Erfüllung, scheint's. 1050

Kleon.

„Folge du nicht! denn es ist mißgünstiger Dohlen Gekrächze;
Sondern den Habicht liebe, gedenkend in deinem Gemüthe
Wie er im Netze dir brachte die lakedämonischen Raben."

Wursthändler.

Oh, deß hat sich im Rausche der Paphlagoner vermessen.
Uebelberathener Kekropssohn, das hältst du für Großthat? 1055
„Mag ja ein Weib auch tragen die Last, wenn ein Mann sie ihr auflegt";
Aber sie mag nicht kämpfen: vom Kämpfen bekäme sie Krämpfe.

Kleon.

Aber erwäge den Spruch der an Pylos vor Pylen dich mahnet:
„'s ist ein Pylos vor Pylen" — ⌣

Demos.

Was schwatzt er mir immer von Pylen?

Wursthändler.

Füllen werd' er für sich, so sagt er, die Wannen im Badhaus. 1060

Demos.

So soll ich selber heute ungebadet sein?

Wursthändler.

Ja wohl, er nimmt uns ja heimlich die Badwannen weg.

des Züchtlings durchzustecken, und mit eisernen Klammern versehen. Ein Exemplar findet sich unter den rompejanischen Alterthümern.

V. 1055. Besiegt in dem Wettstreit um Attika verhängte Poseidon über die Athener „üblen Rath", Athene dagegen gab ihnen dazu „guten Ausgang". Vgl. Wolken 580.

V. 1056. Aus der kleinen Ilias. Im Wettstreit des Ajas und Odysseus um die Waffen Achills wird beschlossen die Entscheidung, welcher von Beiden tapferer sei, von den Aussagen der Troer zu entnehmen. Man belauscht zwei Mädchen die darüber streiten. Die Eine sagt, Ajas sei der stärkste: er habe ja Achills Leiche vom Schlachtfeld weggetragen; die Andere antwortet mit obigem Vers.

V. 1059. Der Dichter läßt den Kleon seine Heldenthat von Pylos bis zum Unerträglichen wiederholen, um sie dadurch lächerlich zu machen. Es gab übrigens ein Orakel das so begann:

's ist vor Pylos ein Pylos; und noch ein anderes Pylos —.

Nun hab' ich aber noch ein Orakel, welches vom
Seewesen handelt, worauf du ernstlich merken mußt.

Demos.

Ich merke drauf: doch du — zuvörderst lies mir vor   1065
Wie meine Schiffsmannschaft den Sold bekommen soll.

Wursthändler.

„Hüte dich, Aigeus' Sohn, daß nicht dich beliste der Fuchshund,
Tückischen Sinns, schnellfüßig, verschmitzt, vielkundig des Raubes.“
Weißt du, worauf das geht?

Demos.

                    Auf Philostratos, denk' ich, den Fuchshund.

Wursthändler.

Nicht also meint er's, sondern daß an Einem fort   1070
Schnellsegler der zum Gelderpressen haben will.
Sie ihm zu geben widerräth dir Pytias.

Demos.

Wie kann denn eine Triere Fuchshund heißen?

Wursthändler.

                              Wie?
Weil eine Triere und ein Hund was Schnelles ist.

Demos.

Warum denn ward zum Hunde noch ein Fuchs gesetzt?   1075

Wursthändler.

Die Seesoldaten hat er den Füchslein gleichgestellt,
Dieweil sie gerne Trauben naschen in fremdem Feld.

V. 1069. Dieser Philostrates hatte einen Knaben- und Mädchenhandel;
die beiden Eigenschaften, Schlauheit und Schamlosigkeit, die dazu gehörten,
waren durch seinen Spitznamen bezeichnet.
V. 1070. Wenn es dem Staate an Geld fehlte, so wurden Schiffe abgesandt, um bei den Bündnern Contributionen einzutreiben, und die Vollstrecker fanden reichlichen Gewinn dabei.
V. 1073. Der Wursthändler hat deutlich genug den Kleon bezeichnet;
Demos, der etwas schwerhörig ist, mißversteht ihn und bezieht den Ausdruck auf
die Schiffe. „Der Wursthändler, anstatt auf die alberne Frage die platte
Antwort zu geben, Demos habe ihn unrecht verstanden, nimmt sie sogleich für
gut und zeigt durch seine spaßhaften Antworten daß er nie um eine Antwort

Demos.

So, so!

Der Sold für diese Füchse, sag, wo bleibt denn der?

Wursthändler.

Ich werde dafür sorgen, und „auf drei Tage" stets.

Doch nun höre du noch den Spruch in welchem dich Leto's   1080
Sohn heißt meiden das hohle Kyllene, du werdest geprellt sonst.

Demos.

Was für ein hohles Kyllene?

Wursthändler.

Damit hat treffend er dessen
Hände bezeichnet, dieweil er ja stets sagt „Fülle die hohle"!

Kleon.

Nicht recht deutet er dir's. Vielmehr mit dem Bilde Kyllene's
Ist Diopeithes' Hand von Apollon treffend bezeichnet.   1085
Doch ich besitze auf dich noch einen geflügelten Ausspruch,
Wie du ein Aar sein wirst und die Erde beherrschen als König.

Wursthändler.

Ebenso ich! und die Erde bis hin an den persischen Busen,
Wirst in Ekbatana richten und würzige Kuchen belecken.

Kleon.

Aber ein Traum ward mir, und ich sah leibhaftig die Göttin,   1090
Wie aus der Kanne sie goß auf den Demos Reichthum und Wohlsein.

Wursthändler.

Ebenso mir, beim Zeus! und ich sah leibhaftig die Göttin
Schreitend herab von der Burg: ihr saß auf dem Helme die Eule:
Und dann spendete sie aufs Haupt aus mächtigem Kübel
Dir ambrosische Gaben, und dem Salzlauge mit Knoblauch.   1095

verlegen sei, wie unerwartet dumm auch die Frage seines gebietenden Herrn
immer sein möchte." Wieland.

V. 1080 f. Leto's Sohn, Apollon. Kyllene, Stadt in Hohl-Elis.

V. 1085. Diopeithes, Priester und fanatischer Vertreter der Volks=
religion. Hier wird auf die angeborene oder durch eine Krankheit (Chiragra)
veranlaßte Krummheit seiner Finger angespielt.

V. 1088. Persisches Meer, das rothe im weiteren Sinne, durch seine
Perlen und Edelsteine viel gepriesen. Ekbatana, Hauptstadt des Perserreichs.

Demos.

Juhe! Juhe!
So gab es einen weiser'n Mann als Glanis nie!
Von nun an übergeb' ich dir mich, wie ich bin,
„Den Greis zu führen und von Neuem zu erzieh'n".

Kleon.

Noch nicht! ich stehe: sondern warte noch: ich will   1100
Für Gerste sogleich dir sorgen und dein täglich Brod.

Demos.

Nichts will ich mehr von Gerste hören: ist genug
Ward ich von dir betrogen und von Thuphanes.

Kleon.

So bring' ich dir das Mehl gemahlen schon ins Haus.

Wursthändler.

Und ich dir Küchlein, völlig ausgebackene,   1105
Und fertigen Braten: -- nichts als essen darfst du mehr.

Demos.

So führet schnell denn aus was ihr ja machen wollt;
Denn welcher von euch Beiden mich am besten hält,
Dem sollen die Zügel der Pnyx von mir sein anvertraut.

Kleon.

Ich renne zuerst nach Hause.   ab.   1110

Wursthändler.

Nein: ich thu's zuerst.   ab.

Chor.

O Demos, wie prangest du
An Macht und an Herrlichkeit!

V. 1099. Aus dem Peleus des Sophokles.
V. 1103. Thuphanes (Theophanes), nach dem Schol. ein Schrei=
ber (als solcher bei der Fertigung der Liste der Getreideempfänger be=
schäftigt) und Handlanger des Kleon.
V. 1111. Die Verse sind Glykoneen mit einsylbigem Auftact (× |
- ◡ ◡ . | ◡ ×), regelmäßig untermischt mit entsprechenden Pherekrateen
(× | - ◡ ◡ . | ×).

Aristophanes.   6

Es fürchtet dich alle Welt
Als Herrn und Gebieter.
Doch läß'st du dich führen leicht,   1115
Hingibst du dich Schmeichelei'n
Und Täuschungen gar zu gern:
Schwatzt Einer dir etwas vor,
So gaff'st du, indeß dein Witz
  Anwesend verreist ist.   1120

Demos.

Witz fehlt dir in deinem Schcdf,
Sonst glaubtest du nicht daß mir
Abgehe Verstand: mit Fleiß
  Ja spiel' ich den Pinsel.
Mir selber behagt's einmal   1125
Zu schlürfen des Tags Bedarf:
Drum halt' ich mir einen Vogt
Und laße bestehlen mich;
Doch hat er sich vollgestopft,
  Dann pack' ich und klopf' ihn.   1130

Chor.

Das wäre ja wohlgethan,
Wenn wirklich die Feinheit all'
In deinem Verfahren steckt,
  Wie selbst du versicherst.
Wenn du sie als Opfervieh   1125
Auffütterest auf der Pnyr
Mit Fleiß, und gebricht es dir
An Braten einmal, sogleich
Den Fettesten greifst heraus
  Und schlachtest zum Schmause.   1140

B. 1130. Das Verfahren welches auch Vespasian (Real-Enc. VI.
2. S. 2484, 9 ff.) und Justinian (Ebend. IV. S. 676, 5 ff.) befolgte.

Demos.

Drum gebet mir Acht, wie schlau
Ich sie zu umgarnen weiß,
Die wähnen so klug zu sein
Und mich zu beluren.
Stets hab' ich ein Aug' auf sie,   1145
Schein' auch ich es nicht zu sehn,
Ihr Stehlen, und zwinge dann
Sie was sie gestohlen mir,
Das wieder herauszuspei'n,
Die Urn' in dem Rachen.   1150

Kleon und Wurſthändler mit Eßkorben und Gerätſchaften. Demos.
Chor.

Kleon.

Zur ewigen Ruhe fort mit dir!

Wurſthändler.

Mit dir, du Peſt!

Kleon.

Da ſitz' ich wahrlich, Demos, fertig und bereit
Schon dreimallängſt und wünſche Gutes dir zu thun.

Wurſthändler.

Ich zehnmallängſt ſchon ſicherlich und zwölfmallängſt
Und tauſendlängſt, undenklichlängſt, längſtüberlängſt.   1155

Demos.

Ich aber mußte warten dreimyriadenlängſt
Und wünſche die Peſt euch urvorlängſt, längſtüberlängſt.

Wurſthändler.

Hör' : weißt, was thun?

B. 1150. Die Urne worein die Richter ihre Stimmſteine legten
ſteht hier für das Gericht ſelbſt. Demos will den Staatsbetrügern mit
der Sonde des Gerichts den Rachen kitzeln, bis ſie das Verſchlungene wieder heraus — brechen.
B. 1151. Euphemismus, ſtatt: Zum Henker.

Demos.

Und wüßt' ich's nicht, du sagtest mir's.

Wursthändler.

Laß rennen uns von den Schranken, mich und diesen da,
Damit in die Wette wir dich bedienen.

Demos.

                Soll gescheh'n!   1160

Stellt euch!

Kleon.

Ich stehe.

Demos.

Nun lauft!
Sie rennen auf den Demos zu.

Wursthändler.

                Vorlaufen sollst du nicht!

Demos.

Wahrhaftig, über die Maßen werd' ich heut beglückt
Von meinen Buhlern, ich wäre denn, bei Gott, verwöhnt.

Kleon.

Sieh', einen Lehnstuhl bring' ich her dir, ich zuerst.

Wursthändler.

Doch keinen Tisch; den bring' ich dir noch ersterer.   1165

Kleon.

Da sieh', ich bringe dieses Gerstenbrödchen dir,
Geknetet und gebacken aus Pylischem Opfermehl.

Wursthändler.

Ich bringe diese Semmeln, zu Löffeln ausgehöhlt
Von der Göttin selbst mit ihrer Hand aus Elfenbein.

V. 1166. Man denke sich daß die beiden Wettkämpfer von hier an
vor jeder neuen Präsentiernng zwischen Demos und ihren Körben hin und
her rennen.

V. 1169. Ausgehöhlter Brode bediente man sich statt der Löffel.
Die dem Demos überreichten waren nach Verhältniß für den Gebrauch
eines ganzen Volkes eingerichtet, das Auskneten derselben setzte daher eine

Demos.

Wie groß, du Hehre, mußte da dein Finger sein!   1170

Kleon.

Ich diesen schönen Erbsenbrei, so prächtiggelb:
Ihn rührte Pallas selbst, die Pylenstürmerin.

Wursthändler.

O Demos, augenscheinlich schirmt die Göttin dich,
Auch jetzt noch hält sie über dir — den Suppentopf.

Demos.

Und meinst du, diese Stadt — sie wäre noch bewohnt,   1175
Wenn sichtbar Sie nicht hielte über uns den Topf?

Kleon.

Hier diesen Bückling schickt dir die Heerverscheucherin.

Wursthändler.

Die Donnerstochter in der Brüh' gekochtes Fleisch.
Kaldaunen und Gekrös' und etwas Magenwurst.

Demos.

Recht schön von ihr daß sie des Peplos auch gedenkt.   1180

Kleon.

Den gezog'nen Kuchen bittet die Schreckenshelm'ge dich
Zu kosten, damit wir mit Glück an unsern Rudern zieh'n.

Wursthändler.

Auch Dieses nimm von mir entgegen.

colossale Breite der inneren Daumenfläche voraus. Die elfenbeinerne
Hand der Göttin deutet auf die 39 Fuß hohe Pallasstatue aus Elfenbein,
auf der Burg von Athen, ein Meisterwerk des Phidias.

V. 1172. Pylenstürmerin, eigentlich Thorstürmerin, aber mit
Anspielung auf die That in Pylos.

V. 1174. Anstatt: die Segensbaut. Parodie eines Wortes von Solon.
Die folgenden Beinamen der Athene sind häufig bei den Dichtern, und
dienen hier zur Verstärkung des Lächerlichen durch den Gegensatz des Erhabenen.

V. 1180. D. h. des Festgewandes das ich ihr an den Panathenäen
zu weihen pflege.

Demos.

Was soll ich denn
Mit dem Rippenstück anfangen?

Wursthändler.

Eigens hat dir dieß
Die Göttin zu neuem Schiffsgerippe hergesandt,   1185
Zum Zeichen daß die Flotte ihr am Herzen liegt.
Auch nimm zu trinken von der Mischung Drei zu Zwei.

Demos trinkt.

Wie süß, beim Zeus! wie gut er seine Drei verträgt!

Wursthändler.

Weil Tritogeneia selber ihn gedrittelt hat.

Kleon.

Nimm jetzt von diesem Butterkuchen ein Stück von mir.   1190

Wursthändler.

Von mir jedoch empfange den ganzen Kuchen da!

Kleon.

Doch Hasen hast du nicht zu bieten: aber ich.

Wursthändler für sich.

O weh! wo krieg' ich einen Hasenbraten her?
O Herz, erfinde dießmal einen Schmarotzerschwank!

Kleon den Hasen aus dem Korbe nehmend.

Nun siehst du ihn da, armer Wicht?

Wursthändler.

Was schiert mich das!   1195
Dort kommen Männer grade auf mich zu.

V. 1187. Drei Theile Wasser zu zwei Theilen Wein war die ge-
wöhnlichste Mischung.

V. 1189. Athene, die am See Triton geborne.

V. 1191. Anspielung auf eine Wendung die sich schon bei Archilochos findet, neuerdings aber durch Euripides (z. B. Medea 1000) in die
Mode gekommen war.

Kleon.

Wer ist's?

Wursthändler.

Gesandte sind's mit ganzen Beuteln voll von Geld.

Kleon.

Wo? wo?

Wursthändler.

Was geht das dich an? Laß die Fremden geh'n.

Er entreißt ihm den Hasen und läuft zum Demos hin

Mein liebes Demchen! sieh, den Hasen bring ich dir.

Kleon.

Au weh! du hast das Meinige schnöstig weggeschnappt!   1200

Wursthändler.

Ja, beim Poseidon! wie den Fang in Pylos du.

Demos.

Ich bitte, sag: wie kam der Diebsgedanke dir?

Wursthändler.

„Der Gedanke war der Göttin: doch das Stehlen mein."

Kleon.

Doch ich hab' ihn gejagt, und ich gebraten ihn!

Demos.

Geh deines Wegs! nur wer ihn vorsetzt hat den Dank.   1205

Kleon.

O weh mir! überholt an Frechheit soll ich sein!

Er tritt bei Seite und verhüllt sich.

Wursthändler.

Was säumst du, Demos, noch zu entscheiden, wer von uns
Um dich und deinen Magen mehr Verdienste hat?

Demos.

Was nehm' ich wohl am besten zum Entscheidungsgrund,
Damit mein Spruch dem Publicum als klug erscheint?   1210

Wursthändler.

Da weiß ich Rath. Geh hin und nimm dort meinen Korb

Im Stillen, und unterfuche was noch drinnen ist,
Und dann den feinigen.   Sei gewiß, du richteft recht.

Demos sieht nach den Körben.

Laß seh'n, was steckt noch drinnen?

Wursthändler.

Siehst du nicht ihn leer,
Mein Väterchen? Alles hab' ich ja dir aufgetischt.   1215

Demos.

Nun, diefer Korb, der meint es mit dem Volke gut.

Wursthändler.

Jetzt komm hieher zu dem des Paphlagoniers.
Nun, siehst du?

Demos.

Ei! ei! aller guten Sachen voll!
Welch' einen Berg von Kuchen hat er zurückgelegt!
Mir schnitt er nur ein solches winziges Bißchen ab!   1220

Wursthändler.

Fürwahr, von jeher hat er so es dir gemacht:
Von dem was er bekam gab dir er ein kleines Stück,
Den größern Brocken tischt' er stets sich selber auf.

Demos.

Du Schurke! so bestahlst du, so betrogst du mich?
Ich aber lohnte mit Kränzen und Geschenken dir!   1225

Kleon.

Und wenn ich stahl, so war's zum Besten nur der Stadt.

Demos.

Herunter mit dem Kranze schnell, damit ich ihn
Auffetze diefem!

Wursthändler.

Herunter schnell, du Galgenstrick!

Kleon.

Noch nicht! Ich habe einen pythischen Götterspruch,
Der sagt von wem allein gestürzt ich werden soll.   1230

90

Wursthändler.

Ja, ja, der meinen Namen ganz ausdrücklich nennt!

Kleon.

Wohlan, ich will dich prüfen an Kennzeichen erst,
Ob wirklich du zu den Sprüchen des Gottes irgend stimmst.
Und zwar zuvörderst Eines nur befrag' ich dich:
In welches Lehrers Schule giengst als Knabe du?   1236

Wursthändler.

Von Fleischern durch Ohrfeigen lernte ich Musik.

Kleon.

Was sagst du da? für ſt   „Ha, wie der Spruch mir greift an's Herz!"
Sei's drum.
Doch welchen Kunstgriff lerntest beim Ringmeister du?

Wursthändler.

Zu stehlen, es abzuschwören, frech darein zu sehn.

Kleon.

„O Phöb' Apollon, Lykier, was verhängst du mir?"   1240
Und welches Handwerk treibst du seit ein Mann du bist?

Wursthändler.

Wursthandel trieb' ich und gab mich auch ein Bischen her.

Kleon.

O weh mir Unglückseligem! Nichts, nichts bin ich mehr!
„Noch eine schwache Hoffnung ist es die uns trägt."
Nur so viel sage mir noch: ob wirklich auf dem Markt   1245
Du deinen Blutwursthandel, oder am Thore treibst?

Wursthändler.

Am Thore, wo man Pöckelfleisch wohlfeil verkauft.

V. 1240. Aus dem Telephos des Euripides.
V. 1244. Anspielung auf eine Wendung des Euripides, z. B. Orestes 68.

Kleon sinkt nieder.

„Weh mir, so ist des Gottes Seherspruch erfüllt.
Nun rollt hineinwärts mich, den Mann des Mißgeschicks!

Indem er den Kranz abgibt:

Leb' wohl, mein Kranz, leb' wohl! wie ungern trenn' ich mich   1250
Von dir! Besitzen wird dich bald ein andrer Mann,
Im Stehlen größer nicht, jedoch vielleicht an Glück."

Er sinkt zusammen.

Wursthändler nimmt den Kranz und hängt ihn an eine Bildsäule.

Zeus, Hort von Hellas, dir gebürt der Siegeskranz!

Chorführer.

Heil dir, dem herrlichen Sieger! Nun gedenke auch
Daß groß durch mich du worden; wenig bitt' ich nur: 1255
Nur Phanos laß mich, deinen Actenschreiber, sein.

Demos zum Wursthändler.

Und deinen Namen sage mir.

Wursthändler.

Agorakritos,
Denn nur von Händeln auf dem Markte nähr' ich mich.

Demos.

Dem Agorakritos also vertrau' ich selbst mich an,
Und diesen Paphlagonier übergeb' ich ihm.   1260

Agorakritos.

Fürwahr, o Demos, treulich werd' ich pflegen dein;
Gestehen sollst du daß du Keinen je gesehn
Der's besser meinte mit der Gaffenäer Stadt.

Alle ab.

V. 1248—52. Die Verse parodieren solche aus dem Bellerophon und
der Alkestis des Euripides.

V. 1256. Phanos, nach dem Zusammenhange hier und Wespen
1220 vielleicht der vertraute Geheimschreiber des Kleon.

V. 1263. Gaffenäer (Maulaffen) statt Athenäer.

Chorgesang.

Erster Halbchor.

Strophe.

„Was Schöneres kann zum Beginnen
Oder zum Schluß man besingen   1265
Als der rasch hinfliegenden Rosse Bewält'ger?"
    Nur nichts auf Lysistratos.
Noch den obdachlosen Thumantis, um wieder
    Ihn zu kränken mit Bedacht!
Denn auch der, du lieber Apollon, er hungert   1270
    Ewig, mit strömenden Thränen
Umfaßt er den Köcher im heil'gen Pytho,
    Als bedrängt von bitt'rem Mangel.

Erster Chorführer.

Epirrhema.

Schlechte Bürger anzugreifen ist gewiß nicht tadelnswerth:
Sondern Ehre bringt's bei jedem Guten der es recht erwägt.   1275
Wäre nun der Mensch der vieles Schlimme von sich hören soll
Selbst bekannt genug, ich dächte eines lieben Mannes nicht;
Nun ist aber Arignotos keinem Menschen unbekannt,
Falls er nur was weiß ist kennet und den Schlachtgesang versteht;
Dieser nun hat einen Bruder, ihm an Sitten nicht verwandt,   1280
Den Ariphrades, den Schurken: doch das will er eben sein:
Doch er ist nicht blos ein Schurke (nicht einmal hätt' ich's erwähnt),
Noch ein Erzhallunk: er hat sich noch dazu was ausgedacht.

V. 1264 ff. Die zweite Parabase, aber nur die vier letzten Bestand-
theile derselben enthaltend. Das Maß der Strophe und Gegenstrophe ist dakty-
lisch-trochäisch; der Anfang derselben je Anfang eines Pindarischen Hymnus.
    V. 1267. Lysistratos, auch Acharner 855 und Wespen 787 als
hungerleiderischer Parasit genannt. Thumantis, den der delphische
Apollon verhungern läßt, scheint ein Wahrsager gewesen zu sein.
    V. 1278. 1281. Arignotos und Ariphrades, Söhne des Automenes,
auch Wespen 1275 ff in gleicher Weise erwähnt, der Erstere als ein be-
liebter Kitharöde.

Seine eigne Zunge schäumet er in niederträcht'ger Lust,
In den Hurenhäusern leckt er auf den eckelhaften Schleim,　1285
Und besudelt sich den Bart mit Unflath von der Metzen Rand,
Dichtet Polymnestos-Lieder, ludert mit Dionichos.
Wer nun einen solchen Menschen nicht verabscheut wie die Pest,
Nimmermehr aus Einem Becher soll er trinken je mit uns!

Zweiter Halbchor.
Gegenstrophe.

„Oft hab' ich in nächtlicher Stille,　1290
　Tief in Gedanken versunken,
　Drüber nachgedacht, wie es komme denn doch daß"
　　Schändlich frißt Kleonymos.
Denn von ihm heißt's, wenn bei vermöglichen Leuten
　　Grab er auf der Waide sei,　1295
Aus dem Brodschrank gehe er nimmer heraus, ob
　Alles zusammen ihn bitte:
Auf, Edler! wir fleh'n auf den Knieen, geh doch,
　Hab' Erbarmen mit dem Tische!

Zweiter Chorführer.
Antepirrhema.

Die Trieren, sagt man, kamen jüngst zusammen zum Gespräch; 1300
Eine nahm dabei von ihnen, welche älter war, das Wort:
„Habt ihr nicht gehört, ihr Jungfern, was man in der Stadt erzählt?
Unser hundert, heißt's, verlange gen Karthago — wißt ihr wer?
So ein ganz heilloser Bürger, Sauermost Hyperbolos!"
Doch empörend habe dieses, unerträglich sie bedeucht,　1305

V. 1287.　Beide waren Verfasser unzüchtiger Lieder.

V. 1293.　Kleonymos, hier als gefräßig geschildert. Vgl. V. 958
und 1372.

V. 1300—15.　Dieses Epirrhema soll nach den Scholien von Eupolis verfaßt sein.

V. 1302.　Aus Euripides' Alkmäon.

V. 1304.　Hyperbolos, der auch sonst als Lampenhändler verspottete Demagog (Wolken 1060); Karthago, s. zu V. 174.

Und gesagt hab' eine zweite, der noch nie ein Mann genaht:
„Gott verhüt' es! Nimmer soll mir b e r gebieten: müßt' es sein,
Lieber will ich hier veralten und den Würmern sein zum Fraß;" --
„Auch Naukraten nicht, des Nausen Tochter, nein, ihr Himmlischen!
So gewiß auch ich aus Fichten und aus Holz gezimmert bin." 1310
„Wollen's dennoch die Athener, segeln wir, so rath' ich euch,
Zum Theseion oder zu der Hehren Tempel, Schutz zu steh'n.
Nie als unser Führer soll der Stadt er lachen ins Gesicht:
Nein, er fahre nur für sich allein zum Henker, wenn er will,
Mache stoll die Trög' auf welche sonst er seine Lampen lud." 1315

Agorakritos. Chor, später Demos.

Agorakritos.

Schweigt andachtsvoll und verschließet den Mund, laßt ruhen die Zeu-
genverhöre,
Die Gerichtshöf alle verschließet sofort, die sonst das Ergötzen der
Stadt sind,
Und über das neuaufblühende Glück singt, ihr Zuschauer, das Danklied.

Chor.

O Lichtstrahl du für das heil'ge Athen und den Inseln ein rettender Helfer.
Was bringst du für glückliche Kunde, darob wir die Straßen erfüllen
mit Fettdampf? 1320

Agorakritos.

Umkochend den Demos zum Jüngling hab' ich den Häßlichen lieblich
gestaltet.

Chor.

Wo ist er denn jetzt, du Schöpfer von so anstaunenswerthen Gedanken?

Agorakritos.

Er wohnt in dem veilchenbekränzten Athen, der altehrwürdigen Heimat.

V. 1309. Die Namen sind aus dem Worte ναῦς, Schiff, gebildet.
V. 1312. Die Hehren, die Erinyen oder Eumeniden. Ihr Tempel, wie der des Theseus, diente als Asyl.

Chor.

Wie kann ich ihn sehn? Was trägt er nunmehr für Gewand? Wie ist
er geworden?

Agorakritos.

Ganz so wie vordem beim gemeinsamen Mahl mit Miltiades und
Aristeides.   1325
Gleich sollt ihr ihn schaun: schon höret ihr ja laut knarren die Thüre
des Vorhofs.

Der Hintergrund öffnet sich und man erblickt das alte Athen.

Auf, jauchzt ihr zu, der sich zeigenden altehrwürdigen Stadt der Athene,
Der bewunderten, liederbesungenen Stadt, wo er wohnt, der gepriesene
Demos.

Chor.

Wohlhäbige, veilchenbekränzte, o du preiswürdige Stadt der Athene,
Laß sehn uns ihn, der Hellenen zusammt und unseres Landes Allein=
herrn!   1330

Demos tritt hervor, verjüngt und in alterthümlicher festlicher Tracht.

Agorakritos.

Dort ist er zu schaun mit Cikaden im Haar und prangend im Staate der
Vorzeit,
Nicht duftend nach Muscheln, nach Frieden allein, und mit Myrrhen
gesalbt und mit Balsam.

Chor.

Heil dir, o du König von Hellas, Heil! wir alle, wir freuen mit dir uns,
Denn unserer Stadt werth zeigest du dich, der Trophäen in Marathon
würdig.

Demos.

Du theuerster Mann, komm näher zu mir, Agorakritos!   1335
Wie thatst du mir wohl daß du mich drinnen umgekocht!

V. 1329. Aus Pindar. Vgl. Acharner 637 ff.
V. 1331. Die ältesten Athener trugen goldene Cikaden als Haar=
schmuck, zur Andeutung ihres einheimischen Ursprungs.
V. 1332. Muscheln, Stimmsteine der Geschworenen. Also eine
neue Variante für die „Richterwuth" der Athener.

Agorakritos.

Du, Armer, weißt gar nicht, wie zuvor du gewesen bist
Und was du thatest: vergöttern würdest du mich sonst.

Demos.

Was hab' ich, sag's, vordem gethan und wie war ich denn?

Agorakritos.

Vorerst, wenn Einer in der Volksversammlung sprach: 1340
„O Demos, ich bin dein Herzensfreund und liebe dich,
Ich trage für dich Sorge, und schaffe allein dir Rath";
Wo diese Eingangsformeln Einer angebracht,
Da schlugst du die Flügel, trugest hoch die Hörner.

Demos.

Ich?

Agorakritos.

Doch der betrog dich schön dafür und gieng davon.   1345

Demos.

Was sagst du? Solches that man mir, und ich merkte nichts?

Agorakritos.

Ja, deine Ohren waren wie ein Sonnenschirm:
Bald aufgespannt, beim Zeus! bald wieder zugemacht.

Demos.

So unverständig ward ich und so altersschwach?

Agorakritos.

Ja wohl, bei Zeus! Und sprachen dann der Redner zwei,   1350
Der Eine rieth Kriegsschiffe zu bau'n, der Andere
Das Geld zum Richtersold zu verwenden: oh, da lief
Der Soldverfechter dem Schiffsfürsprecher immer vor.

Demos sucht das Gesicht zu verbergen.

He du! Was hängst du den Kopf so? Hältst du nicht mir Stand?

Demos.

Ach meiner frühern dummen Streiche schäm' ich mich.   1355

Agorakritos.

Du trägst ja nicht die Schuld davon; beruh'ge dich!

Nur Jene die dich so geprellt. Jetzt sage mir:
Wenn irgend ein schurkischer Staatsanwalt je wieder sagt:
„Ihr habt, o Richter, ferner nicht das liebe Brod,
Wofern ihr nicht in diesem Fall ein Schuldig sprecht";   1360
Was wirst mit solchem Staatsanwalt du machen? sprich!

Demos.

Ich heb' ihn in die Höhe, häng' ihm an den Hals
Den Hyperbolos und schleudr' ihn in das Bárathron.

Agorakritos.

Das heißt einmal doch recht gesprochen und mit Verstand!
Laß sehn, wie willst du sonst die Verwaltung führen? sprich!   1365

Demos.

Für's Erste zahl' ich allen Kriegsmatrosen, gleich
Sobald sie landen, ihre Löhnung unverkürzt.

Agorakritos.

Da wirst du manchen abgesessnen Steiß erfreu'n!

Demos.

Zum Zweiten, wer als Hoplite in der Liste steht
Wird keinenfalls mehr umgeschrieben nach Vergunst;   1370
Nein, wie er einmal eingeschrieben ist, so bleibt's.

Agorakritos.

Das war ein Hieb aufs Schildgehenk des Kleonymos.

Demos.

Auch spreche kein Unbärtiger in der Versammlung mehr!

V. 1360. Wenn nicht durch Verurtheilungen und Confiscationen wieder Geld in die Staatskasse fließt.

V. 1363. Barathron, ein Abgrund hinter der Burg zu Athen, in welchen Verurtheilte geworfen wurden.

V. 1372. Kleonymos (1293), oft als Feigling mitgenommen, weil er einmal auf der Flucht den Schild dahintengelassen (Wolken 351), scheint seinen Namen auf irgend einem Wege von der Kriegerliste wegge= bracht zu haben. Sein Schildgehenk hatte iu Folge dessen Ruhe.

Agorakritos.

Wo soll denn Straton sprechen dann und Kleisthenes?

Demos.

Die Bübchen mein' ich die da in Salbenbuden sich   1375
Zusammensturen und also schwatzen hin und her.

„Gewitreich ist Pbaiar: die feine Schule merkt man wohl:
Denn fließend ist er und durchschlagend schließerlich,
Sentenzenreich, durchsichtig und ergreiferisch,
Den Lärmern ganz vorzüglich packerisch."   1380

Agorakritos.

Und du dem Schwätzerischen nicht einstecherisch?

Demos

Bewahre Gott! nur zwingen will ich sie allesammt,
Statt hier Beschlüsse zu machen, auf die Jagd zu geh'n.

Agorakritos.

Auf dieß empfange diesen Klappstuhl hier, dazu
Den schmucken Jungen, der ihn dir nachtragen soll;   1385
Und lüftet dichs, so nimm zum Klappstuhl selber ihn.

Demos setzt sich drauf.

O Seligkeit, in den alten Stand gesetzt zu sein!

Agorakritos.

So kannst du sprechen, wenn ich die Friedensmädchen erst
Für dreißig Jahre dir übergeben. Ihr Mädchen schnell!
Mädchen treten herein.

Demos.

O herrlicher Zeus, wie schön sie sind! Beim Himmel sag',   1390

V. 1374. Beites glatte, geleckte Stutzer.
V. 1377. Pbaiar, Sohn des Erasistratos, Redner und Staatsmann von der Partei des Nikias und einige Jahre später Stratog. Eupolis nannte ihn den „besten Schwätzer, aber unfähigsten Redner". — Der
Dichter zeichnet die Herrchen wie sie mit Kunstausdrücken der Schule um sich
werfen.
V. 1383. Jagd, als männliche Uebung und Heilmittel der Weichlichkeit.
V. 1389. Die Friedensverträge als reizende Mädchen personifiziert.

Aristophanes.   7

Ist mir's erlaubt sie durchzubreißigjährigen?
Wie kamst du denn zu ihnen?

Agorakritos.

        Hat sie nicht der Kerl
Versteckt da drinnen, damit nur du sie nicht bekämst?
Ich übergebe sie jetzt dir, auf das Land hinaus
Zu zieh'n mit ihnen.

Demos.

        Aber dem Paphlagonier,   1395
Der das gethan hat, sag' was thust du ihm dafür?

Agorakritos.

Nichts Arges, außer daß er mein Geschäft bekommt:
Wurnhandel treiben unter'm Thor soll er allein,
Zusammenmanschend Hundefleisch mit Eselszeug;
Betrunken zank' er mit Gassendirnen sich herum.   1400
Und sein Getränke soll des Bads Abwasser sein.

Demos.

Vortrefflich hast du ausgedacht was er verdient:
Mit Gassendirnen und Badern sich herumzuschrei'n.
Dich lad' ich in das Prytaneion nun dafür
Und auf den Platz wo jenes Scheusal bisher saß.   1405
Empfange dieses grüne Kleid und folge mir.
Doch Jenen führet mir hinaus an sein Geschäft.
Damit ihn seh'n die Fremden, die er stets gezwackt!

———

II. Die Wolken,

von

W. S. Teuffel.

Einleitung.

Die Aufführung der Wolken erfolgte unter dem Archon Isarchos, Ol. 89. 1 oder 423 v. Chr., an den großen Dionysien: das Stück fiel aber durch, indem Kratinos mit seiner Pytine (Weinflasche) den ersten Preis erlangte, Ameipsias' Konnos den zweiten, und Aristophanes erst den dritten erhielt. Wie sehr den Dichter diese Zurücksetzung gegen den alten Kratinos, welchen er in den Rittern als einen heruntergekommenen Invaliden geschildert hatte, und gegen den mittelmäßigen Ameipsias kränkte, sehen wir aus V. 520 ff. unseres Stückes. Gegen dieses ihm ungerecht scheinende Urteil appellierte der Dichter alsbald an die Leser durch Veröffentlichung des Stückes in seiner ursprünglichen Gestalt, in welcher es noch im alexandrinischen Zeitalter vorhanden war. Später jedoch entschloß er sich zu einer Umarbeitung desselben, sei es daß er selbst von dessen Mangelhaftigkeit sich überzeugt hatte oder um durch die Umarbeitung ein Recht zu gewinnen es auf einem (andern) Theater von Neuem zur Aufführung zu bringen. Denn daß er ursprünglich wirklich eine nochmalige Aufführung im Sinne hatte beweist auch seine Parabase (V. 518 ff.). Es ist möglich, wiewohl unerweislich, daß durchgefallene Stücke, selbst wenn sie inzwischen umgearbeitet worden waren, in dem allgemeinen Theater nicht wieder aufgeführt werden durften: man kann auch vielleicht aus einzelnen Andeutungen der Parabase (obwohl nicht aus V. 525 ff.) folgern daß Aristophanes die zweite Bearbeitung für ein anderes Publicum

bestimmte als dasjenige war welches die erste verworfen hatte. In
dieser Beziehung ist vermuthet worden daß das Theater welchem
Aristophanes diese zweite Bearbeitung zugedacht hatte etwa das im
Peiräeus war, weil dieses nächst dem (allgemeinen) Stadttheater
in dem größten Ansehen stand, und daß die ländlichen Dionysien die
Gelegenheit waren an welcher die Wiederaufführung Statt finden
sollte.   Diese Absicht scheint der Dichter gehegt, aufgegeben und
wieder aufgenommen zu haben, bis er zuletzt definitiv dieselbe fallen
ließ.   Wenigstens ist ein solches Schwanken zu schließen aus den
mancherlei geschichtlichen Anspielungen in dem Stücke wie es jetzt
vorliegt, welche sich nicht blos auf die Zeit der überlieferten Auffüh=
rung beziehen (V. 186), sondern auch auf Vorkommnisse aus dem
nächsten Jahre (V. 581 ff.), sowie auf solche welche dem dritten Jahre
nachher angehören (V. 553 f.).   Wird es hiedurch wahrscheinlich daß
der Dichter mehrere Jahre an der Absicht festgehalten habe sein Stück
umgearbeitet wieder auf irgend welche Bühne zu bringen, so fehlt es
andererseits nicht an thatsächlichen Umständen welche der überlieferten
Nachricht daß die zweite Bearbeitung niemals wirklich aufgeführt wor=
den sei zur Bestätigung dienen.   Ein Umstand dieser Art ist insbeson=
dere die Beschaffenheit in welcher das Stück auf uns gekommen ist.
Es finden sich nämlich, wie der Verfasser an einem anderen Orte aus=
führlich nachgewiesen hat *, in dem Stücke Lücken (V. 888 und 1104),
Wiederholungen und mehr oder weniger starke Incongruenzen (beson=
ders V. 700 ff. 723 ff. 1105 ff.), von welchen mit Sicherheit anzu=
nehmen ist daß der Dichter, wenn er die Umarbeitung seines Stückes
Behufs der Wiederaufführung oder Herausgabe zu Ende geführt hätte,
sie ausgefüllt, ausgeglichen und beseitigt haben würde.   Daß aber
trotz dieser Nichtvollendung doch vielleicht ein Sohn des Dichters das
Stück herausgab wie er es im Nachlaß des Aristophanes finden mochte,
und daß durch diese Umarbeitung dennoch die ältere Bearbeitung
allmählich verdrängt wurde — denn das Erhaltene ist die zweite Bearbei=

---

* In der Zeitschrift Philologus, VII. S. 525—553.

tung — läßt sich vollkommen gut begreifen. Denn jene Mängel sind nicht so zahlreich und nicht so auffallend — wie hätten sie sonst so lange unbemerkt bleiben können? — daß sie ein Verdammungsurteil über die ganze neue Bearbeitung begründet hätten und daß die vielen und großen Vorzüge welche dieselbe vor der ursprünglichen voraus hatte dadurch hätten in Schatten gestellt werden können. Es ist uns nämlich über das Verhältniß der neuen Bearbeitung zur ersten eine sich durch sich selbst empfehlende positive Nachricht erhalten. Nach dieser hätte der Dichter an der ursprünglichen Gestalt seines Stückes zweierlei Arten von Veränderungen vorgenommen: erstens Verbesserungen im Einzelnen und Kleinen, welche sich fast über alle Theile des Stückes erstrecken und in Streichungen, Zusätzen, Abänderungen in der Aufeinanderfolge und Vertheilung an die Personen bestehen; zweitens vollständige Umarbeitung ganzer Partieen. Als Fälle der letzteren Art werden in derselben Quelle namhaft gemacht die Parabase, der Wettkampf zwischen den beiden Logoi, sowie die Schlußscene. Der Gegensatz zu der ersteren Art von Aenderungen, sowie die Zusammenstellung mit der Parabase, welche ihrem ganzen Inhalt nach völlig neu sein muß, beweist daß auch die beiden andern Scenen in der ersten Bearbeitung entweder gar nicht (wie wahrscheinlich die mit dem übrigen Bestande des Stücks mehrfach schwer vereinbare Kampfscene) oder doch wesentlich anders waren, und damit das Stück in seiner ersten Gestalt einer Hauptzierde entbehrte. Zugleich aber erklärt uns dieser Umstand eine Anzahl von Inconvenienzen in der jetzigen Fassung des Stückes. Außerdem läßt sich von V. 561—564 (607—627 u. 694—697, 707—730, 740—743 wenigstens wahrscheinlich machen daß sie in der ersten Bearbeitung noch keine Stelle hatten, wogegen von V. 700—706, 731—739, 805—813, 1105—1130 (vielleicht auch 112 ff. 575—580, 1115 ff.) um so glaublicher ist daß sie noch aus jener herstammen.

Der Inhalt des Stückes, wie es jetzt vorliegt, ist folgender. Der Ruf der neumodischen Redekunst, durch die man in allen Processen den Sieg gewinnen könne, ist bis zu dem ungeschliffenen, durch sein Weib

und seinen Sohn in Schulden gerathenen Strepsiades gedrungen, und
nachdem er einen vergeblichen Versuch gemacht hat seinen Sohn Pheidippides zu bewegen daß er sich diese Weisheit aneigne entschließt er
sich selbst bei Sokrates, als dem Inhaber jener Geheimnisse, in die
Schule zu gehen. Er bekommt von dem Treiben des Sokrates und
seiner Jünger einen Begriff, und wird vorläufig in die Anfangsgründe
von Sokrates' Lehre eingeweiht, namentlich von der Gottheit der Wolken überzeugt. Der eigentliche Unterricht aber wird hinter der Bühne
begonnen (V. 1—509). In dieser Zwischenzeit unterhält der Chor
die Zuschauer (Parabasis). Der Versuch dem Strepsiades die Feinheiten der Grammatik ꝛc. beizubringen scheitert an dessen Hartköpfigkeit (V. 627—813). Auf wiederholte dringende Bitte läßt sich endlich doch Pheidippides herbei Schüler des Sokrates zu werden: die
Vertreter der guten und der schlechten Sache, der alten und der neuen
Zeit, führen vor ihm einen Zweikampf auf, in welchem der ungerechte
Redner den Sieg und als Siegespreis den Pheidippides davonträgt;
welchen nun Sokrates in seinen Unterricht nimmt (V. 814—1112).
Nach einer kurzen Pause, welche nur durch ein Epirrema ausgefüllt
ist (V. 1113—1130), ist dieser Unterricht bereits beendigt, Pheidippides
kommt völlig modernisiert aus dem Hause des Sokrates, und gibt Proben
seiner neuen Kunst die dem Vater Mut machen seine Gläubiger höhnisch
abzuweisen. Bald aber kehren sich die Früchte der neuen Bildung gegen den Vater selbst, so daß ihm vor derselben graut, er auf den alten
Weg der Ehrbarkeit und Einfachheit zurückkehrt und dem Verderber
der Jugend und Gottesleugner Sokrates das Haus über dem Kopfe
anzündet (V. 1131—1510).

   Die Haupttendenz des Stückes ist somit gegen die neue sophistische
Bildung gerichtet, als deren Vertreter Sokrates dargestellt ist. Hierin
liegen gleich die Grundgebrechen des Stücks: das vergebliche Ankämpfen
gegen die in sich berechtigte neue Zeit und das unberechtigte Identificieren des Sokrates mit den Sophisten.

   Was das Erste betrifft so kann man dem Aristophanes Recht geben in Allem was er gegen die neue Zeit sagt, man kann mit ihm den

Abfall von der alten Zucht, Einfalt und Sinnigkeit beklagen, die Ab-
kehrung vom Handeln, das selbstgenügsame Zurückziehen vom öffentlichen Leben, die kecke schrankenlose Entfesselung der Subjectivität verdammen, — und doch diesen Kampf völlig nutzlos finden. Denn einmal war das was Aristophanes der neuen Zeit entgegenstellt, die gute
alte Zeit, etwas Abgethanes, Ausgelebtes, Abgestorbenes, welches
wieder ins Leben zu rufen eitles Beginnen war; sodann ist das was er
so bezeichnet gar nicht die wirkliche alte Zeit, sondern ein willkürlich
ausgemaltes Ideal, ein Phantasiegebilde. Nur dann sind die Waffen
mit denen er für diese angebliche alte Zeit ficht alle entnommen aus
der Rüstkammer der neuen Zeit, die Mittel welche der Dichter in An-
wendung bringt geeignet den Zweck vielmehr zu vereiteln. Er tritt
z. B. für den Volksglauben in die Schranken, verfolgt diejenigen welche
ihn untergraben mit seinem Hasse und seinem Hohne, — und thut doch
selbst das Mögliche um denselben lächerlich zu machen (z. B. 372 ff.
607 ff. 1507.)! Eine besonders charakteristische Erscheinung der neuen
Zeit war die Sophistik. Gegenüber von der unbefangenen Hingabe
an die Substanz des Staates, wie sie in der früheren Zeit Sitte gewesen war, der Unterwerfung des Einzelnen unter das im Herkommen
verkörperte allgemeine Bewußtsein in Staat und Religion, setzte die
Sophistik die Subjectivität auf den Thron. Der Mensch ist das Maß
aller Dinge — war bekanntlich ihr Fundamentalsatz, der rückhaltloseste
Subjectivismus auf dem Gebiete des Denkens wie des Handelns ihr
System. An die Stelle der Satzungen setzten sie die Vermittlung durch
Gründe, die Beziehung auf Zwecke, und in übermüthiger Lust rüttelte
das frei und Herr gewordene Ich an dem morschen Gebäude der alten
Zeit. So weit steht Sokrates auf demselben Boden mit den Sophisten: auch er stellt das lebendige Ich über die erstarrte Ueberlieferung
im Glauben und im Leben; auch er macht statt der Götter und der
Natur das Subject selbst zum Gegenstande seiner Forschung. Insofern konnte oberflächliche Betrachtung ihn mit den Sophisten verwech-
seln, und Aristophanes hat in dieser Beziehung Genossen an vielen Andern, wie z. B. Eupolis und besonders später den Richtern des Sokrates.

Und doch unterscheidet sich Sokrates andererseits ganz wesentlich von der Sophistik. Nicht das empirische, singuläre Ich, wie bei den Sophisten, nicht der einzelne Mensch nach seiner Zufälligkeit und seiner Selbstsucht war es welchem Sokrates das Recht zuerkannte gegenüber vom Herkommen sich geltend zu machen, sondern das mit objectivem Inhalt erfüllte Subject, das Ich als Träger und Darstellung des Absoluten, das denkende und das sittliche Ich. Zu diesem principiellen Unterschiede kamen noch mehr in die Augen fallende äußerliche Unterscheidungsmerkmale. Während die Sophisten aus ihrer Kunst ein Gewerbe machten, für die Mittheilung derselben sich theuer bezahlen ließen, und an den Tischen der Reichen herumschmarotzten, so nahm Sokrates von seinen Schülern — mit Ausnahme kleiner Geschenke — Nichts und führte für seine Person ein völlig einfaches, bedürfnißloses Leben. In den Wolken zwar ist nur die letztere Eigenthümlichkeit anerkannt, in der erstern Beziehung dagegen Sokrates gleichfalls mit den Sophisten zusammengeworfen (V. 98. 910 ff. 876.); doch widerstreitet dieß allem geschichtlich Beglaubigten vollkommen. Indessen da einmal Aristophanes von der (irrigen) Voraussetzung ausgieng daß Sokrates von den Sophisten principiell nicht verschieden sei, so hatte er wenigstens ein künstlerisches Recht alle Eigenthümlichkeiten der Sophisten in der Person des Sokrates zusammenzufassen, alle Sünden derselben auf sein Haupt zu laden, zumal da Sokrates überdieß unter allen Philosophen dieser Richtung der einzige war welcher aus Athen selbst stammte, somit gleichsam für die Komödie, welche selbst in ihrer Art ein Staatsinstitut genannt werden kann, offiziell vorhanden war. Daraus erklärt sich die Mischung von Porträtähnlichkeit mit völlig fremdartigen Zügen in dem Bilde des Sokrates wie es Aristophanes entwirft. Die Porträtähnlichkeit wurde nicht nur durch die Gesichtsmaske herbeigeführt, welche die an sich schon sehr auffallenden und unschönen Züge des Sokrates in übertreibender Nachahmung wiedergab, sondern in dem Stücke selbst auch findet sich genug Derartiges. So die Gewohnheit des Sokrates unbeschuht zu gehen, sein stierer Blick, seine Kahlköpfigkeit, seine Abhärtung, die Eigenthümlichkeiten seiner Lehrart und seiner Ausdrucksweise,

namentlich seine Inductionsmethode und seine Sitte Analogien aus
den einfachsten alltäglichsten Verhältnissen (auch dem Thierleben) zu
entlehnen, — alles dieses sind Züge des historischen Sokrates, dessen Person eben so naturwahr geschildert ist als die Darstellung seiner Lehre
von Mißverständnissen und Irrthümern wimmelt, wohin namentlich die
fixe Idee gehört als beschäftige sich Sokrates mit naturphilosophischen
Grübeleien. Auch fehlen in der Zeichnung des Sokrates Züge welche
für ihn ganz besonders bezeichnend sind, wie seine Ironie und sein Glauben an das Daimonion, ein Umstand der es wahrscheinlich macht daß
der Dichter zur Zeit der Abfassung seines Stückes den Philosophen
überhaupt noch nicht zureichend kannte, daß seine Kenntniß **über das**
auf der Oberfläche Liegende und allgemein Gewußte oder Geglaubte
nicht hinausgieng. Er bekämpfte in Sokrates nur den Philosophen
und den vermeintlich sophistischen Philosophen, den Wühler gegen das
Bestehende. In dieser Auffassung des Sokrates trifft Aristophanes mit
dem älteren Cato zusammen, welcher gleichfalls den Sokrates wegen
seiner destructiven Tendenz, wegen seiner Untergrabung des naiven
Verhaltens zur Substanz des Staates, als gefährlich bezeichnete und
nicht minder als alle übrigen Philosophen verdammte (Plutarch
Cat. mai. 23). Der Angriff des Aristophanes auf Sokrates ist also
seinem Ausgangspunkte nach ein ehrlich gemeinter, principieller. Der
Dichter **sah die** Grundmauern des Staates wanken und schlug erbittert
auf diejenigen los die er Stein um Stein herauszieben und aus dem
drohenden Einsturze selbstsüchtig die eigene Person retten sah. Er be-
dachte dabei nicht daß ein solches Thun unmöglich sein würde, wenn
nicht an dem Gebäude selbst schon alle Fugen gelockert und gelöst wä-
ren, sondern er folgte nur der Eingebung seines Eifers. Allmählich
aber erkannte er daß er Sokrates Unrecht gethan habe, indem er ihn
mit dem Schwarm der Sophisten zusammenwarf, kam auch selbst immer mehr von der unbedingten Parteinahme für die alte Zeit ab, und
die Aeußerungen die sich in den Vögeln und den Fröschen über Sokrates finden sind, verglichen mit den Wolken, bereits blose Neckereien, die
den Eindruck machen als wollte Aristophanes dadurch sich mit Ehren

zurückziehen; in dem platonischen Gastmahl aber erblicken wir ihn völlig
in den Kreis der Freunde des Sokrates übergetreten, ein Beweis weiter
daß die früheren Angriffe auf Mißverständniß beruhten, nicht aber gegen
besseres Wissen und Gewissen unternommen waren. Die aufdämmernde
Erkenntniß dieses Mißverständnisses war es vielleicht hauptsächlich
was dem Dichter die Umgestaltung der Wolken verleidete und bewirkte
daß dieselbe am Ende völlig ins Stocken gerieth.

Aus diesem Grundfehler des Stückes, dem Mißgriffe in Bezug
auf Wahl und Fassung des Stoffes, sind die übrigen Mängel desselben
und seine ungünstige Aufnahme beim Publicum und den Richtern ab-
zuleiten. Jene Mängel bestehen in der Trockenheit, Kleinlichkeit und
Schwerfälligkeit eines Theiles vom Stücke, welche durch zahlreiche
einzelne geistreiche Gedanken, lebendige Schilderungen, und die meister-
hafte Stilisirung, die mannichfaltige und durchgefeilte Rythmik nur un-
vollkommen verdeckt wird, da sie dem Stoffe selbst anklebt. Denn die
Sophistik war wenigstens nach ihrer theoretischen Seite kein Gegenstand
der Komik. Auch das Unbefriedigende des Schlusses hängt mit der
Grundtendenz zusammen. Der scheinbare Hauptheld und Mittelpunkt
des Stückes ist Strepsiades, und damit daß er von seiner selbstsüchtigen
Vorliebe für die neue Zeit geheilt und dafür gestraft wird sollte eigentlich
das Stück abschließen. Aber wenn auch Hauptperson der Handlung ist
Strepsiades doch nicht Hauptgegenstand des Interesses, sondern dieses
zieht überwiegend Sokrates auf sich. Nachdem daher die eigentliche
Handlung bereits ihr Ende erreicht hat wird aus dem Schlusse selbst
noch die daraus für Sokrates sich ergebende Consequenz gezogen, auch
an diesem noch die poetische Gerechtigkeit geübt, wiewohl die Bestra-
fung des Sokrates wenigstens in so weit ungerecht ist als Strepsiades
sie vollzieht, da dieser selbst sich dem Sokrates aufgedrängt und dessen
Lehre zur Unredlichkeit benützt hat. Auch der Chor wird in diese In-
consequenz hineingezogen. So treffend und glücklich es ist daß die
leeren lustigen Wolken zu den windigen Speculationen und den Luftschlössern des Stückes den Chor bilden, so wenig stimmt es zu ihrem
eigentlichen Charakter daß sie schließlich wie sittliche Mächte, wie Rache-

geister, wie Erinnen sich gebärden, und behaupten sie locken geflissentlich
den der einmal schlimme Pfade betreten immer weiter auf denselben
fort, bis er endlich, am Abgrunde angelangt, zur Erkenntniß seines Fehlers komme und lerne daß Gottesfurcht die Bedingung des Glückes sei
(B. 1458 ff.). Consequenter wäre es gewesen wenn sie schließlich ihres
Lieblings Sokrates sich angenommen, die Feuersbrunst gelöscht, ihn
selbst irgendwie erhöht hätten; aber diese Forderung der künstlerischen
Consequenz zu erfüllen erlaubte dem Dichter seine ernsthafte eigentliche
Tendenz nicht. Denn auch die Wolken, wie die Ritter, sind ein Tendenzstück, einseitig Partei nehmend für die alte Zeit, und konnten eben darum
auch nur von Seiten derer welche diese Tendenz theilten volle Zustimmung und Anerkennung erlangen. Nun fand aber die Sophistik eben
darum solchen Anklang weil sie vollkommen zeitgemäß war, weil sie
einer schon vorher unbewußt vorhandenen Richtung zum Bewußtsein
half und Worte lieh; der Vertheidiger des alten Glaubens war somit
von vorn herein in ungünstiger Stellung, er erschien als der Zurück-
gebliebene, als der Thor der sich vermesse der Strömung des Zeitgeistes
sich entgegenzustellen, er kämpfte gegen das Bewußtsein des Publicums
selbst an, und schon hieraus müssen wir es erklärlich finden **daß die**
Richter und das Publicum kalt blieben.

Für Sokrates war darum das Stück nur insofern nachtheilig als
es einen schon vorher vorhandenen falschen Begriff über sein Thun und
Treiben und seine Grundsätze nährte und weiter verbreitete, was für
den Augenblick zwar Nichts auf sich hatte, unter veränderten Umständen
aber doch ihm verderblich werden konnte und es auch geworden ist.
Denn wenn es auch ganz und gar widersinnig ist das Stück des Aristophanes mit der 23 Jahre später erfolgten Verurteilung des Sokrates
in directen Zusammenhang zu bringen, so hat doch Plato in der Ver-
theidigungsrede die er den angeklagten Sokrates halten läßt (Apol. p.
18 B.) darauf hingewiesen **daß** Aristophanes mit dazu beigetragen habe
die Athener von Kindheit auf mit Vorurteilen gegen Sokrates zu erfüllen. Dieß wird Sokrates von Anfang an bedauert haben, so wenig
er durch die satirischen Hiebe verletzt werden konnte, da sie größten-

theils ihn gar nicht trafen. Es ist daher an sich nicht unwahrscheinlich daß Sokrates wirklich, wie jeder Athener der nicht eben krank oder verreist war, bei der Aufführung der Wolken zugegen gewesen und mitgelacht habe: ja als die im Theater anwesenden Fremden fragten, wer denn eigentlich dieser Sokrates sei, soll er von seinem Sitze aufgestanden sein und in dieser Stellung rollende ausgeharrt haben, damit man das Original allgemein sehen könne. Freilich rührt diese Anekdote von einem sehr unzuverläßigen Gewährsmanne her, von Aelian, demselben der mit Andern die alberne Nachricht bringt Aristophanes sei zum Angriffe auf Sokrates bestochen gewesen. Solche Gewährsmänner tragen die eigene Gemeinheit in die Seele des Dichters über, um sie aus derselben wieder herauszulesen. Noch überboten wird aber der sittliche Schmutz durch den Unverstand bei solchen Scribenten welche gar noch behaupten die Sophisten seien es gewesen welche den Aristophanes bestochen hätten.

Nach Allem diesem halten wir es für eine Selbsttäuschung des Dichters wenn er (Wesp. 1046 f. Wolk. 522) die Wolken für sein bestes Stück erklärt. Er meint dieß wegen der Mühe die er darauf verwandt, er liebt dieses sein Kind am zärtlichsten weil seine Geburt ihm die meisten Schmerzen gemacht. Aber diese schwere Geburt hatte darin ihren Grund daß der Dichter im Stoffe sich vergriffen hatte, und keine Vorzüge der Ausführung konnten diesen ersten Fehler gut machen: vielmehr lastet der Druck dieses Fehlers auch auf der Ausführung: die Charaktere sind alle typisch, Sokrates der Vertreter der Sophistik, Strepsiades der alten Generation, Pheidippides der jeunesse dorée, die beiden Logoi abstracte Personificationen: die Trockenheit und Schiefheit des Stoffes macht oft daß der Dichter, um witzig zu sein, sich abquält, und doch seinen Zweck nicht erreicht: die Handlung ist dürftig, so daß das Stück, bei allem Interesse das es darbietet, und auch in seiner überarbeiteten Gestalt, unter den früheren Stücken namentlich den Acharnern ganz entschieden nachsteht. Unter den mit Aristophanes concurrirenden Komödien aber ist uns die Pytine des Kratinos mit ihrer humoristischen Selbstpreisgebung und ihrer lustigen Gründung bekannt

genug daß wir das Urteil der Richter, welche ihr den ersten Preis zu=
sprachen, nur vollkommen billigen können, was auch auf die Bevorzu=
gung des Konnos von Ameipsias ein günstiges Licht wirft, von welchem
Stücke wir wenigstens so viel (mit Wahrscheinlichkeit) wissen daß darin
Sokrates wahrheitsgemäßer geschildert war als in den Wolken.

Die Rollen des Stückes waren ohne Zweifel in der Weise ver=
theilt (beziehungsweise zur Vertheilung bestimmt) daß

der erste Schauspieler (Protagonist) den Strepsiades und den
gerechten Redner darstellte;

der zweite (Deuteragonist) den Sokrates, den ungerechten Red=
ner und den Pasias;

der dritte (Tritagonist) den Schüler, den Pheidippides und den
Amynias.

Die übrigen Personen sind völlig stumm oder sprechen nur wenige
Worte (wie Xanthias, der Diener des Strepsiades, der Zeuge, Chaire=
phon, und die weiteren Schüler des Sokrates), und ihre Rollen wurden
daher von Statisten gegeben.

Personen.

Strepsiades, ein attischer Gutsbesitzer.

Pheidippides, dessen Sohn.

Diener des Strepsiades.

Schüler des Sokrates.

Sokrates.

Der gerechte Redner.

Der ungerechte Redner.

Pasias,   } Wechsler.
Amynias,   }

Ein Zeuge.

Chairephon.

Chor der Wolken.

   *   *   *

Aufgeführt in Athen unter dem Archon Isarchos.
Olymp. 89, 1. — v. Chr. 423.

Es ist Morgendämmerung. Straße von Athen, in welcher die Häuser des Strepsiades und des Sokrates einander gegenüberliegen. In das erstere sieht man hinein und erblickt Strepsiades und Pheidippides im Bette; im Hintergrunde Diener

Strepsiades.

U — ju! U — ju!
Allmächtiger Zeus, welch' langes Ding ist so 'ne Nacht!
Nicht durchzubringen! Wird's denn gar nicht wieder Tag?
Und doch schon längst hab' ich den Hahnenschrei gehört!
Die Diener schnarchen! Vor Alters — hätten sie's da gewagt?   5
Aus hundert Gründen kriege dich der Henker, Krieg,
In dem ich ja nicht einmal das Gesinde prügeln darf!
Und auch der wackre junge Herr da neben mir
Erwacht die ganze Nacht nicht, sondern faulenzt,
In ein halbes Dutzend Pelze bis über den Kopf vermummt!   10
In Gottes Namen — ich hulle mich ein und schnarche auch. —
Ach nein, ich kann nicht schlafen: mich Armen beißt zu sehr
Das Geldverbrauchen, Roßefüttern, die Schuldenlast
Um dieses Söhnchens willen. Doch er, in langem Haar,
Stolziert zu Roße, lutschiert das Zweigespann herum,   15
Und träumt auch nur von Roßen. Ich aber bin des Tods
Wenn ich den Mond in die Zwanzigerzahl eintreten seh';

V. 1—262 iambische Trimeter.
V. 7.   Strenge behandelte Sklaven liefen zum Feinde über.
V. 14.   In langem Haar, vgl. Ritter 580.
V. 17.   Zwanzigerzahl, das letzte Drittel des Monats. Auf den letzten (beziehungsweise ersten) waren die Zinsen fällig.

113

Denn ach, die Zinsen wachsen. — Bursche, mache Licht
Und bring das Hausbuch her, damit ich nachsehn kann
Wie Vielen ich schuldig bin und berechnen den Zins davon! —   20
Laß sehn was bin ich schuldig? „Dem Pasias zwölf Pfund".
Zwölf Pfund dem Pasias? Wofür? Was braucht' ich denn?
„Für den Kauf des Koppahengstes". Ich Unglückseliger!
Ein Aug' aus dem Kopfe gäb' ich wenn's nicht geschehen wär'!

    Pheidippides im Schlafe.

Philon, das gilt nicht! Bleib du nur auf deiner Bahn!   25

    Strepsiades.

Da habt ihr das Leiden das mich zum armen Mann gemacht!
Auch selbst im Schlafe träumt er nur von Reiterei.

    Pheidippides wie oben.

Wie viele Gänge jagt beim Rennen das Kriegsgespann?

    Strepsiades.

Mich, deinen Vater, jagst du freilich manchen Gang. —
Doch welche „Schuld bedrückt mein Herz" nächst Pasias?   30
„Drei Pfund für Sitz und Räder dem Amynias".

    Pheidippides wie oben.

Erst laß das Pferd sich wälzen, und dann mit ihm nach Haus!

    Strepsiades immer lauter.

Ja, Schlingel, aus meinem eignen hast du mich fortgewälzt,
Da unterlieg' ich bald im Prozeß, ein And'rer droht
Für den Zins mich auszupfänden . . .   35

    Pheidippides erwachend.

      Vater, was gibt es denn?
Was murrst und knurrst und wälzst du dich die ganze Nacht?

    Strepsiades.

Drum beißt mich so ein leidiger Pfandcommissär im Bett.

  V. 21. Zwölf Pfund (Minen), ungefähr 290 Thlr. oder 520 fl.;
drei Pfund (V. 31), ungefähr 75 Thlr. oder 130 fl.
  V. 23. Koppahengst, vgl. Ritter 603.
  V. 28. Eine Art der Wettkämpfe am Panathenäenfeste.
  V. 30. Parodie einer euripideischen Phrase.

Pheidippides.

So laß mich doch ein Bißchen noch schlafen, du närr'scher Kauz.

legt sich auf die andere Seite.

Strepsiades.

Schlaf meinethalben: doch die ganze Schuldenlast,
Das sag' ich dir, fällt noch dereinst auf deinen Kopf! –   40
Ach! (Seufzt.)
O hätte der Henker die Kupplerinn geholt die mich
Beschwatzte daß ich zum Weibe deine Mutter nahm!
Wie lebt' ich so behaglich auf meinem Bauerngut
In meinem Schmutze, ohne Besen und Scheererei,
Und hatte Bienen, Schaafe, Oliven im Ueberfluß!   45
Drauf nahm' ich zum Weibe die Schwestertochter des Megakles,
Des Sohnes von Megakles, ich Bauer die Städterinn,
Die stolze, verwöhnte, die eingefleischte Koisyra.
Am Hochzeittage, als ich mit ihr das Bett bestieg,
Roch ich nach Most, nach Käse und Wolle die Hüll' und Füll',   50
Sie ihrerseits nach Salben, Safran und Schnäbelwerk,
Verthun, Verschlecken, nach Kolias- und Genetyllis-Fest.
Doch daß sie faul war sag' ich nicht: sie zettelte,
So daß ich oft zu ihr, das Gewand das ihr da seht
Vorhaltend, sagte: Weib, du zettelst gar zu arg!   55

Diener.

Es ist in unserer Lampe nicht ein Tropfen Oel.

Strepsiades.

O weh! Was brennst du mir auch die versoff'ne Lampe an?
Komm her, und laß dich prügeln.

Diener.

       Warum mich prügeln, Herr?

V. 46. **Megakles**, hochadliger Name, namentlich im Alkmäoniden-
geschlechte. Die Ahnfrau des letzteren hieß **Koisyra** (V. 45).

V. 52. Beides Beinamen der Aphrodite, unter welchen diese von den
Weibern verehrt wurde.

Aristophanes.   8

Strepsiades.

Weil einen der dicken Dochte du angezündet hast. —
Darauf, nachdem uns ein Sohn geboren war, da der,   60
Versteht ihr's, mir und meiner wackern Ehefrau,
Da zankten über seinen Namen wir uns sogleich.
Sie wollte daran was von Hippos haben, etwa so:
Xanthippos, oder Charippos, oder Kallippides;
Ich wollte nach dem Großpapa: Pheidonides.   65
So stritten wir uns eine Weile, zuletzt sodann
Vereinten wir uns und nannten ihn Pheidippides.
Dieß Söhnchen nahm sie auf den Schooß und hätschelt' es:
„Wenn du groß bist und auf dem Siegerwagen im Purpurkleid
Zur Stadt einfährst gleich Megakles —!" Nein, fiel ich ein,   70
Wenn du mit den Ziegen vom Steinabhang nach Hause fährst,
Gleich deinem Vater in warmen Schafpelz eingehüllt!
Doch meinen Worten gehorcht' er im Geringsten nicht,
Und hat mir über mein Geld ergossen die Pferdesucht.
Drum hab' ich die ganze Nacht nach einem Weg geforscht,   75
Und Einen Pfad gefunden der wunderherrlich ist;
Und kann ich zu dem ihn bereden, so bin von Gefahr ich frei.
Doch will ich vor allen Dingen ihn wecken aus dem Schlaf.
Wie weck' ich ihn am sanftesten doch? Wie greif' ich's an? —
Pheidippides, Pheidippideschen!   80

Pheidippides.
Vater, was?
Strepsiades.
Komm küsse mich und gib mir deine rechte Hand.
Pheidippides.
Da — und was weiter?
Strepsiades.
Sag' mir, hast du auch mich lieb?

V. 63. Hippos, Roß, also einen auf Roßhalten und Großthun an-
spielenden Namen.
V. 65. Pheidonides, Sparemann.

Pheidippides.
Ich schwör' es bei Poseidon dort, dem Roßgott!

Strepsiades.
Ums Himmelswillen, verschone mich mit diesem Roßgott;
Denn eben der ist ja an meinem Elend schuld.   85
Doch wenn du deinen Vater von Herzen wirklich liebst,
So gehorch mir, Sohn.

Pheidippides.
Gehorchen soll ich dir? In was?

Strepsiades.
Kehr' um von deinem bisherigen Wesen, und das bald,
Und geh' und lerne den Weg den ich dir empfehlen will.

Pheidippides.
Sag' an, was willst du?   90

Strepsiades.
Wirst du auch gehorchen?

Pheidippides.
Ja,
Bei Dionysos schwör' ich's.

     Strepsiades nimmt ihn vor's Haus.
So blicke denn dorthin:
Siehst du das Pförtchen drüben und das kleine Haus?

Pheidippides.
Ich seh's. Im Ernst, mein Vater, was soll es nun damit?

Strepsiades.
Das ist, mein Sohn, tiefsinniger Geister Denkanstalt.
Darinnen wohnen Männer, die beweisen dir   95
Aufs Haar hin daß der Himmel 'ne Art Hohldeckel sei,
Der über uns gewölbt ist, wir die Kohlen drin;
Und gegen baare Bezahlung lehren diese auch
Im Wortgefecht gewinnen, bei Unrecht oder Recht.

V. 83. Poseidon — Roßgott, s. Ritter V. 551 ff.

Pheidippides.

Und wer sind diese?

Strepsiades.

Den Namen kenn' ich nicht genau;   100
Gedankengrübler, gutgesinnte Bürger sind's.

Pheidippides.

Oho, ja Schufte sind's, ich kenne sie. Du meinst
Die Charlatans, Bleichschnäbel, Ohneschuhe doch,
Die Art des verrückten Sokrates und Chairephon?

Strepsiades.

He, he! sei still und schwatze mir nichts Kindisches!   105
Nein, wenn dir was an deines Vaters Brode liegt,
So werde mir ihrer einer und gib das Rösseln auf.

Pheidippides.

Nein, beim Dionysos, nicht, und schenktest du mir auch
Den ganzen Fasauenstall den Leogoras sich hält!

Strepsiades.

Geh, laß dich erweichen, du meinem Herzen Theuerster,   110
Komm, werde Schüler!

Pheidippides.

Und was lern' ich dann für dich?

Strepsiades.

Es heißt sie haben zweierlei Beweisekunst,
Die stärkere, wie auch immer sie sei, und die schwächere;
Von diesen beiden Redekünsten sagen sie
Gewinne die schwächre mit Reden, wo Unrecht sie hat.   115
Lernst also du mir nun diese Unrechtsredekunst, —
Von den Schulden in die ich dir zu lieb jetzt bin gestürzt
Bezahl' ich keinem Menschen einen Batzen dann.

V. 104. Chairephon, schwärmerischer Freund und Schüler des
Sokrates.
V. 109. Leogoras, berüchtigter Schlemmer der damaligen Zeit.
V. 110. Parodisch, vgl. Aeschyl. Schutzfl. 602 und Choeph. 1051.

Pheidippides.

Das kann ich nicht thun; nimmer ertrüg' ich der Ritter Blick,
Hätt' ich so eine schmierige Leichenphysiognomie.   120

Strepsiades.

Nun denn, bei Demeter, so kriegst du auch von mir Nichts mehr
Zu essen, du, dein Sattelpferd und dein Edelroß;
Ich jage dich zum Henker aus meinem Haus hinaus.

Pheidippides.

Oh! Mich wird ohne Pferde Onkel Megakles
Nicht lassen; so geh' ich hinein und kümmre mich Nichts um dich. 125
Ab.

Strepsiades.

Und ich — gefallen bin ich zwar, doch nicht besiegt.
Sobald ich den Segen der Götter mir habe erfleht geh' ich
Nun selbst, mich belehren zu lassen, in die Denkanstalt. —
Doch bring' ich Alter, schwach an Gedächtniß und Fassungskraft,
Die zugespitzt scharfsinnigen Reden in meinen Kopf? —   130
Nur frisch drauf los! Was drück' ich mich lange so herum
Und klopfe nicht an die Thüre? — Bursche, Bürschchen, he!

Schüler heraustretend.

Geh' du zum Geier! Wer ist's der an die Thüre klopft?

Strepsiades.

Strepsiades, des Pheidon Sohn, aus Kikynna.

Schüler.

Bei Zeus sehr ungeschliffen daß du gar so stark,   135
So unstudiert an unsre Thür getreten hast
Und einen gefundnen Begriff zur Fehlgeburt gebracht!

Strepsiades.

Verzeihe mir, ich wohne weit weg auf dem Land.
Doch sage mir, was ist das fehlgeborne Ding?

V. 134. Kikynna, attischer Demos, zur akamantischen Phyle gehörig.

Schüler.

Das darf ich nicht; den Schülern nur wird's anvertraut.   140

Strepsiades.

So sage mir's unbedenklich; denn der hier vor dir steht
Kommt eben um Schüler zu werben in Eure Denkanstalt.

Schüler.

Dann sag' ich's, doch als Geheimniß ist es anzusehn.
So eben fragte Sokrates den Chairephon:
Wie viel ein Floh wohl seines Maßes Füße hüpft?   145
Es bieß da nämlich einer in Chairephon's Augenbrau'n,
Und hüpfte dann hinweg, dem Sokrates auf den Kopf.

Strepsiades.

Wie hat er das denn ausgemessen?

Schüler.

Ganz geschickt:
Er zerschmolz ein Stückchen Wachs, und nahm alsdann den Floh
Und tauchte seine beiden Füße in das Wachs;   150
Wie nun er erkaltet war so hatte er Schuhe an,
Die zog er ihm vom Leibe und maß damit den Raum.

Strepsiades.

Allmächtiger Zeus, welch' überschwänglich feiner Geist!

Schüler.

Was sagst du vollends wenn du die andre Idee vernimmst
Des Sokrates!   155

Strepsiades.

Welche? Um Gotteswillen, sag' es mir!

Schüler.

Es fragte jüngst ihn Chairephon der Sphettier,
Was in Betreff der Schnaken seine Ansicht sei:
Ob durch den Mund sie blasen oder am Schwanz heraus?

V. 146. Chairephon (V. 104) war mit schwarzem Haare reich aus-
gestattet.
        V. 156. Sphettier, aus dem Demos Sphettos, der gleichfalls zur
akamantischen Phyle gehörte.

Strepsiades.

Und was hat Jener über die Schnake dann gesagt?

Schüler.

Er gieng von dem Satze aus, der Schnake Darm sei eng;   160
In Folge dieser Enge suche denn die Luft
Mit Gewalt sich Bahn zu brechen grade nach dem Schwanz;
Und weil an den Engpaß dann der Steiß sich hohl anschließt,
So töne dieser wider vermöge des Drucks der Luft.

Strepsiades.

'ne Art Trompete wäre denn der Schnaken Steiß?   165
Hoch lebe, dreimal hoch die Darmeinsichtigkeit!
Gewiß sich durchzuhelfen weiß leicht, angeklagt,
Wer einer Schnake Gedärm so durch und durch erkennt!

Schüler.

Jüngst aber ward ihm ein großer Gedanke weggeschnappt
Durch ein Eidechschen.   170

Strepsiades.

          Wie gieng das zu? Erzähle mir's.

Schüler.

Gerade stand er forschend nach des Mondes Bahn
Und Umlauf; wie er so mit offnem Mund aufblickt
Hat im Dunkel die Eidechs ihm vom Dach in den Mund gemacht.

Strepsiades.

Eine lustige Eidechs das — die den Sokrates bemacht!

Schüler.

Doch gestern, ja — da hatten wir Nichts zum Abendbrod.   175

Strepsiades.

Mag sein; was hat er dann Behufs des Brods gethan?

Schüler.

Mit feiner Asche bestreute der Meister den ganzen Tisch,

V. 177. Oder: Auf dem Ringplatz streute der Meister feine Asche hin;
dann V. 179: Und von dem Tische weg ꝛc.

Bog einen Bratspieß um und gebrauch' als Cirkel ihn,
Und von dem Ringplatz weg prakticiert' er ein Opferstück.

Strepsiades.

Und wir — wir staunen noch den alten Thales an?   180
Mach' auf, mach' auf geschwind mir Eure Denkanstalt,
Und laß so bald als möglich den Sokrates mich sehn!
Es drängt mich die Lernbegier. Mach doch die Thüre auf!

Es geschieht; man erblickt die Schüler des Sokrates in allerlei wunterlichen
Stellungen.

O Herakles, was sind für Wunderthiere das?

Schüler.

Was staunst du so? Wie kommen dir die drinnen vor?   185

Strepsiades.

Wie die Kriegsgefang'nen von Pylos, die Lakedaimonier. —
Jedoch was haben Jene zur Erde den Blick gekehrt?

Schüler.

Die suchen was unter der Erd' ist.

Strepsiades.
Also Zwiebeln wohl?

Ihr lieben Leute, da bemüht euch weiter nicht:
Ich weiß wo deren große und schöne zu haben sind. —   190
Und was machen Jene dort die so tief gebückt dastehn?

Schüler.

Sie verfolgen die Urgrundslehre bis unter den Tartaros.

Strepsiades.

Wozu denn aber blickt ihr Hintern himmelan?

Schüler.

Der treibt indessen für sich selbst Astronomie.   Zu den Schülern:
Ihr geht hinein, damit nicht Er uns hier ertappt!   195

Strepsiades.

Noch nicht, noch nicht! Sie mögen nur hier bleiben, bis
Ich ihnen ein Geschäftchen von mir hab' mitgetheilt.

V. 150. Thales sprüchwörtlich für einen Weisen.
V. 156. Pylos, vgl. die Ritter (bes. Einl. S. 9 ff.).

Schüler.

Es geht nicht an; da außen an der frischen Luft
Sich gar zu lang zu verweilen ist ihnen nicht erlaubt.

Strepsiades erblickt allerlei Geräthe.

Bei allen Göttern, was ist denn das hier? Sage mir's.   200

Schüler.

Dieß ist Astronomie.

Strepsiades.

Und dann dieß da — was ist's?

Schüler.

Geometrie.

Strepsiades.

Wozu ist aber dieses nütz?

Schüler.

Zum Landvermessen.

Strepsiades.

Für die Ausgelooßten wohl?

Schüler.

Nein, sondern die ganze Erde.

Strepsiades.

Wirklich hübsch gesagt!
Volksthümlich und praktisch kommt mir dieser Gedanke vor.   205

Schüler.

Und hier erblickst du die ganze Erde dargestellt.
Da liegt Athen.

Strepsiades.

Was sagst du da? Ich glaub' es nicht;
Denn nirgends seh' ich Geschworne sitzen zu Gericht.

Schüler.

Und doch ist dieß im Ernste das attische Gebiet.

Strepsiades.

Wo sind die Kikynner, meine Gaugenossenschaft?   210

V. 203. Für die in erobertes Land als Colonisten ausgesandten Bürger.

Schüler.

Hier sind sie mit darin. Euboia, wie du siehst,
Liegt hier in großer Ferne sehr lang hingestreckt.

Strepsiades.

Weiß wohl: von uns und Perikles ward es schön gestreckt.
Wo aber liegt Lakedaimon?

Schüler.

Wo es liege? Hier.

Strepsiades.

Wie nahe bei uns! Hört, grübelt doch darüber nach   215
Daß ihr uns dieses Nest weit weg vom Leibe schafft!

Schüler.

Das geht bei Gott nicht.

Strepsiades.

Um so schlimmer denn für Euch. —
Ei, wer ist doch der Mann in der Hängematte dort?

Schüler.

Er ist das.

Strepsiades.

Welcher Er?

Schüler.

Ha, Sokrates!

Strepsiades.

Sokrates!
Du, sei so gut und rufe mir ihn gehörig laut.   220

Schüler.

Das magst du selber thun; ich hab' nicht Zeit dazu.

Strepsiades.

O Sokrates,
Mein Sokrateschen!

B. 213. Anspielung auf die Unterwerfung der Insel durch Perikles, zu
Anfange des peloponnesischen Krieges, nachdem sie (in Folge des Druckes der
Abgaben) abgefallen war.

Sokrates.

Was rufst du mir, o Menschenkind?

Strepsiades.

Für's Erste sag' mir um Gotteswillen, was machst du da?

Sokrates.

In Lüften wandl' ich und überdenke die Sonne mir.   225

Strepsiades.

So, so, von der Hurde denkst du dich über die Götter weg?
Warum denn nicht von der Erde, wenn je?

Sokrates.

Ich hätte nie
Die überird'schen Dinge richtig ausgespäht,
Wär' schwebend nicht mein Denken, und hätt' ich den Begriff,
Den feinen, nicht gemischt mit der wahlverwandten Luft.   230
Hätt' ich am Boden von unten zum Obern hin geschaut,
Nie hätt' ich's gefunden, nimmermehr.   Denn die Erde zieht
Unwiderstehlich des Denkens Feuchtigkeit an sich.
Ganz ebenso ergeht es ja der Kresse auch.

Strepsiades.

Was sagst du?   235
Das Denken zieht in die Kresse die Feuchtigkeit hinein? —
Komm jetzt, mein Sokratöschen, und steig herab zu mir,
Und lehre mich das weßwegen ich hergekommen bin.

Sokrates.

In welcher Absicht kamst du?

Strepsiades.

Reden lernt' ich gern.
Denn die Zinsen und Plagegeister von groben Gläubigern,   240
Die rauben und plündern mich aus, und pfänden mir Hab' und Gut.

Sokrates.

Wodurch geriethst in die Schulden du unvermerkt hinein?

Strepsiades.

Die Roffekrankheit rieb mich auf, die schrecklich frißt.

Drum lehre die zweite von deinen Redekünſten mich,
Die nichtsbezahlende. Lohn, ſo viel du verlangen magſt,   245
Krieg' ich dann, das ſchwör' ich bei allen Göttern, dir.

Sokrates.

Bei welchen Göttern ſchwörſt du? Fürs Erſte ſind bei uns
Die Götter nicht im Curs.

Strepſiades.

Mit was denn ſchwöret Ihr?

Sind Eure vielleicht von Eiſen, wie in Byzant man hat?

Sokrates.

Begehrſt du die göttlichen Dinge zu lernen aus dem Grund,   250
Wie's wirklich ſteht damit?

Strepſiades.

Bei Zeus, wenn's möglich iſt.

Sokrates.

Und mit den Wolken ſelber zu pflegen Zwiegeſpräch,
Die unſre Götter ſind?

Strepſiades.

Ei, freilich wünſch' ich das.

Sokrates.

So ſetze dich auf dieſen heil'gen Schragen hin.

Strepſiades.

Sieh nur, ich ſitze ſchon.   255

Sokrates.

Nun gut, ſo nimm denn hier

Den Kranz.

Strepſiades.

Wozu denn einen Kranz? Ach, Sokrates,

Daß ihr mich nur nicht opfert am Ende, wie Athamas!

V. 249. In der Handelsſtadt Byzant (j. Conſtantinopel), einer dori=
ſchen Colonie, bediente man ſich als Scheidemünze eiſernen Geldes.
V. 257. Athamas, Herrſcher in Böotien, Vater von Phrixos und
Helle, wollte dieſe ſeine Kinder tödten, ſie entflohen aber. Zur Sühne ſollte

126

Sokrates.

Nein, sondern dieses Alles thun wir Jedem der
Die Weih' empfängt.

Strepsiades.

Und was habe dann ich zuletzt davon?

Sokrates.

Im Reden wirst du durchtrieben, ein Plappermaul, und fein   260
Wie Staub, — doch bleibe ruhig!

Strepsiades.

Bei Gott, da lügst du nicht:
Vor lauter Bestreuen werd' ich zuletzt noch ganz zu Staub.

Sokrates.

Andächtiges Schweigen geziemet dem Greis, und es lausche sein Ohr
dem Gebete!

Allwaltender Herr, unmeßbarer Dunst, der du hältst in der Schwebe
die Erde,

Und du strahlender Aether, ihr Göttinnen hehr, blitzdonnergewaltige
Wolken,   265

Macht Euch auf den Weg, ihr erhabenen Frau'n, und erscheint in der
Höhe dem Denker.

Strepsiades.

Halt, halt, noch nicht!   Laßt erst mich zuvor dieß umziehn wider die
Nässe!

Ach daß ich zum Unstern grad' auch heut' aus dem Haus gieng ohne
den Filzhut!

Sokrates.

Kommt, kommt denn, gefeierte Wolken, und laßt Dem Eure Gestalt
sich enthüllen!

Athamas selbst geopfert werden und stand schon bekränzt am Altare, als ihn
Herakles rettete.   Sophokles hatte diesen Stoff (wohl kurz zuvor) behandelt.
    V. 263—274.   Anapästische Tetrameter.
    V. 267.   Dieß, den Mantel, über den Kopf ziehn.

Ob auf des Olympos geheiligten Höh'n, den beschneieten Gipfeln, ihr
lagert, 270
Ob heilige Reigen den Nymphen ihr führt in des Vaters Okeanos
Gärten,
Ob etwa am Ufer des Nil ihr schöpft von dem Wasser in goldenen
Eimern,
Ob jetzt den mäotischen See ihr bewohnt und die schneeige Klippe des
Mimas: —
O erhört mich und nehmet das Opfer und blickt voll Gnade herab auf
die Frommen!

Chor.
Strophe.

Wolken, ihr ewiger Born,   275
Auf, laßt sehen das thauigte Wesen, das leichtlenkbare,
Weg von dem brausenden Vater Okeanos,
Hin zu den ragenden Gipfeln der Berge, den
Waldumlockten, und   280
Blicken hinunter auf strahlende Burgen, zur
Heiligen Erde, der Saatenernährenden,
Nieder zum Rauschen der Ströme, der göttlichen,
Hin zum Brausen des Meeres, dem donnernden!
Denn hell leuchtet in flimmerndem Glanze des Aethers   285
Auge, das schlummerlose.
Auf denn! Wir schütteln von unsern unsterblichen

V. 270 ff. Wie sonst bei der Anrufung von Göttern eine Mehrheit von Lieblingsaufenthalten derselben zur Auswahl aufgeführt wird, so hier die verschiedenen Himmelsgegenden in folgender Ordnung: Nord, West, Süd, Ost. Für jede Gegend wird theils ein berühmter theils ein entfernter Punkt genannt, von welchem dennoch die Wolken, dem Sokrates zu Gefallen, sich herbemühen. Sokrates richtet sich bei der Anrufung je nach der betreffenden Himmelsgegend. — Olympos, die bekannte Bergreihe im Norden Grie- chenlands, die Grenze zwischen Makedonien und Thessalien. — Die Wolken führen einen Tanz zu Ehren der Nymphen auf, besagt, des bildlichen Aus- drucks entkleidet: der Regen befruchtet die Quellen. — Mäotischer See, das asow'sche Meer. — Mimas, Gebirge Kleinasiens, Nebenzweig des Tmolos.

V. 275—290. Vom Chore noch hinter der Bühne gesungen. Die Maße sind vorherrschend daktylisch.

Leibern den regnichten Nebel und schauen mit
Fernblickendem Auge zur Erde.   290

Sokrates.

Ihr hochehrwürdigen Wolken, ihr habt sichtbarlich erhöret mein
Rufen! —
Hast nicht du die göttliche Stimme zumal und das Brüllen des Donners
vernommen?

Strepsiades.

Da kniee ich ja, ihr Gefeierten, schon, und es drängt mich den Knall
zu erwidern
Aus dem eigenen Bauch, so entsetzliche Angst, solch Zittern erregt mir
der Donner!
Ob Recht es nun ist, jetzt, jetzt geht's los, ob Unrecht — kurzum, ich
protz' ab.   295

Sokrates.

Mensch, lasse die Possen und mach' es mir nicht wie die Hefengesellen
gewöhnlich.
Andächtig! Von Göttinnen setzt mit Gesang sich ein mächtiger Schwarm
in Bewegung.

Chor.
Gegenstrophe.

Mädchen mit traufendem Haar,
Auf, zu der Pallas gesegnetem Land, um zu schauen des Kekrops 300
Liebliche Heimat, die Heldenerzeugende:
Wo Scheu herrscht vor den hehren Geheimnissen,
Wo bei den heiligen

V. 291—297. Anapästische Tetrameter.

V. 296. Hefengesellen, Bezeichnung der komischen Dichter, weil
anfänglich die bei einer komischen Darstellung Mitwirkenden ihr Gesicht mit
Hefe bestrichen, um sich unkenntlich zu machen.

V. 300. Die Wolken haben sich gesammelt und bestimmen nun das
Ziel ihrer Wanderung näher. Land der Pallas und Heimat des Kekrops
ist Attika, das als gottesfürchtig gepriesen wird. Heilige Weihen, die
eleusinischen Mysterien. Allmählich wird auf die dionysische Festfeier über=
gelenkt, von welcher diese Aufführung selbst ein Theil ist.

Weihen die Halle sich öffnet den Schauenden,
Wo für die himmlischen Götter Geschenke, und   305
Hochanstrebende Tempel und Bildnisse
Sind und das heilige Nah'n zu den Seligen,
Festlich bekränzete Opfer und Schmäuse der Götter,
Fehlend zu keiner Jahreszeit;   310
Jetzt, bei des Lenzes Beginn, dionysische
Lust und das Brausen der Chöre, der kämpfenden,
    Und die rauschende Muse der Flöten.

                    Strepsiades.

Bei dem höchsten der Götter beschwör' ich dich, sprich, wer sind denn,
                        o Sokrates, diese,
Die so ernst und so schön ich da singen gehört? Doch nicht wohl gar
                        Heroinen?   315

                    Sokrates.

Nein, sondern die Wolken, die himmlischen, sind's, für den Tagdieb gött-
                        liche Mächte,
Die Sinn und Begriff und Redegeschick uns, ihren Verehrern, verleihen,
Und die Zaubererkunst und das Reden drum 'rum, das Berücken des Ohrs
                        und Begeistern.

                    Sokrates.

Drum hat doch als ihr Lied sie vernahm mir die Seele die Flügel ge-
                        hoben,
Drum will sie mir auch Haarspalten bereits und den Rauch scharfsinnig
                        erörtern,   320
Und mit Sprüchlein zu stechen den Spruch und dem Satz einen andern
                        entgegenzustellen
Hat sie Lust! Ist's möglich darum, so verlangt mich nunmehr sie zu schauen
                        von Antlitz.

                    Sokrates.

Nun so blicke denn hin nach dem Parnes dort; denn ich sehe bereits sie
                        herabziehn

    V. 323.   Parnes, Berg im Norden Attika's, gegen Böotien hin.

Stillschweigenden Schritts.

Strepsiades.

Wo? wo? Zeig' mir's.

Sokrates.

Dort schreiten daher sie in Schaaren,

Durch Schluchten hindurch und verwachsnes Gesträuch, dort seitwärts.

Strepsiades.

Aber was ist das? 325

Ich sehe ja Nichts.

Sokrates.

Am Eingang dort.

Strepsiades.

Jetzt wirklich mit Mühe ein Bischen

Sokrates.

Jetzt aber doch wohl, sonst glaub' ich du hast Schmalzklumpen wie Kürb=
sen im Auge.

Strepsiades.

Jetzt freilich, beim Zeus: ihr Gefeierten, ihr! Schon füllen sie völlig
den Raum aus.

Sokrates.

Doch wußtest du nicht und glaubtest du nicht daß diese da Göttinnen
seien?

Strepsiades.

Nein wahrlich, für Nebel und Thau und für Rauch hab' sonst ich sie
immer gehalten. 330

Sokrates.

Nein, wisse fürwahr daß diese es sind die ein Heer von Sophisten er=
nähren,

V. 326. Der Eingang zur Orchestra, zwischen der Bühne und dem
Zuschauerraume. In diesem Falle der linke, von den Zuschauerplätzen aus,
weil der Chor vom (Aus=) Lande kommt.

V. 331. Sophisten im weiteren Sinne, Künstler aller Art umfas=
send, wie sie im Folgenden specificiert sind.

Aristophanes.   9

Heilkünstler, Propheten, für Thurien recht, Tagdiebringfingergelockte,
Und des kyklischen Chors liebdrechselndes Volk, und den Himmel begaf=
fende Gaukler,
Die füttern für Nichts sie, die müßige Schaar, weil ihnen zu Ehren
sie singet.

Strepsiades.

Drum singen sie auch von des feuchten Gewölks glanzschlängelnd ver=
derblichem Sturmschritt,   335
Von des hundertköpfigen Typhos Lock' und der fürchterlich brausenden
Windsbraut,
Von der luftigen, flüchtigen, kralligten Schaar luftmeerdurchschwim=
mender Vögel,
Und den Wassern des thauigten Regengewölks, — und verschlingen
zum Lohne dafür dann
Prachtstücke des stattlichsten, köstlichsten Aals und Geflügelbraten von
Drosseln!

Sokrates.

Und verdienten sie das um die Wolken denn nicht?   340

Strepsiades.

Nun erkläre mir aber, wie kommt es
Daß, wenn in der That doch Wolken sie sind, gleich sterblichen Weibern
sie aussehn?
Die droben die sind doch anderer Art.

V. 332. Thurion, an der Stelle des alten Sybaris in Unteritalien,
wurde im Jahr 444 v. Chr. (Ol. 84, 1) von Athen aus colonisiert. An der
Spitze der Ansiedler stand der Seher und Orakeldeuter ("Prophet") Lampon,
welcher als Vertreter für die ganze Classe (trügerischer) Wahrsager gesetzt
ist. — Das letzte Wort des Verses ist eine komische Formation zu Bezeich=
nung müßiggängerischer Stutzer (Ringetragen und Haarpflege).

V. 333. Kyklische Chöre sind ursprünglich solche welche eine
Kreisstellung (um einen Altar) haben, in der historischen Zeit Merkmal des
Dithyrambos. Durch die dithyrambischen Dichter (bes. Kinessas und später
Philorenos) war in der Musik und Sprache Künstelei und Geschraubtheit
eingerissen. V. 335 ff. ist eine parodische Nachahmung ihrer Redeweise.

V. 336. Typhos (Typhoeus, auch Typhaon, Typhon), s. Ritter 511.

Sokrates.

Laß hören, von welcher denn die sind?

Strepsiades.

So genau zwar weiß ich es nicht, doch sind der verzettelten Wolle sie
ähnlich,

Nicht Weibern, beim Zeus, im Entferntesten nicht; doch die da haben
ja Nasen!

Sokrates.

Antworte mir nun was ich fragen dich will.

Strepsiades.

Dann sage geschwind was du wünschest. 345

Sokrates.

Hast nicht auch schon wenn du blicktest hinauf du 'ne Wolke gesehen,
Kentauren

Gleich, oder dem Panther, dem Wolfe, dem Stier?

Strepsiades.

O freilich, beim Zeus, und was ist's dann?

Sokrates.

Sie verwandeln sich ganz wie es ihnen beliebt: und erblicken sie einen
Behaarten,

So einen der Warmen, mit zott'gem Gesicht, wie etwa den Sohn
Xenophantos',

So verhöhnen sie dessen verrückten Geschmack und verwandeln sich selbst
in Kentauren. 350

Strepsiades.

Wie aber, wie geht's wenn den Simon sie, den Staatsschatzplünderer,
sehen?

●

V. 344. Die Mitglieder des Chors haben ein grotesk-komisches Wei-
bercostüm, namentlich colossale Nasen.

V. 346. Kentauren, eine Zusammensetzung aus Mensch und Roß.

V. 348 ff. Behaarten, s. V. 14. — Warmen, in obscönem Sinne.
— Sohn des Xenophantos, der Dithyrambendichter Hieronymos. —
Kentauren hier weil sie in ihrer Pferdehälfte haarig und überdieß durch
sinnliche Lüsternheit verrufen waren.

V. 351. Simon, eine politische Person aus damaliger Zeit.

Sokrates.

Dann stellen sie deſſen Natur treu dar und verwandeln ſich plötzlich
in Wölfe.

Strepſiades.

Drum, als ſie den ſchildwegwerfenden Mann, den Kleónymos, geſtern
erblickten,
Da ſind von dem Blick auf die Memme ſogleich ſie darüber zu Hirſchen
geworden!

Sokrates.

Und ſo ſind jetzt, wo ſie Kleiſthenes ſah'n, ſie darüber zu Weibern geworden.   355

Strepſiades.

Nun ſo ſeid mir gegrüßt, ihr erhabenen Frau'n: und jetzt, wenn der
Sterblichen Einem,
So entfeſſelt, Durchlauchtigſte, doch auch mir die den Himmel durch-
tönende Stimme.

Chor.

Sei uns denn gegrüßt, altfränkiſcher Greis, du Jäger nach weiſen Gedanken!
Und du, ſcharfſinnigſten Faſelns Prophet, ſag' an uns was du be-
gehreſt!
Von den Luftauskünſtlern der jetzigen Zeit willfahren wir Andern ſo
leicht nicht,   360
Als etwa dem Prodikos, der es verdient durch Kunſt und Weisheit,
und dir dann

V. 353. Kleonymos, ſ. Ritter 1372.

V. 355. Kleiſthenes, Sohn des Sibyrtios, als weibiſch weichlich
und zerfahren und ekelhaft lüderlich oft von dem Dichter gehechelt.

V. 359. So läßt Ariſtophanes, unter Einmiſchung ſeines eigenen Ur-
teils, die Wolken ihren Verehrer und Apoſtel, den Sokrates, titulieren.

V. 361. Prodikos von Keos, einer der früheſten und geachtetſten
Sophiſten, auch noch Lehrer des Sokrates. Bekannt iſt ſein Herakles am
Scheidewege.

Weil du auf den Straßen die Nas' hoch trägst und die stierenden Augen
umherwirfst,

Und, barfuß stets, viel Uebles erträgst und um unseretwillen so stolz
blickst.

Strepsiades.

O Erde, die Stimme, wie heilig sie ist, wie erhaben und übernatürlich!

Sokrates.

Drum sind auch diese ja Götter allein, und alles das Andre — Ge=
fasel.   365

Strepsiades.

Doch Zeus, bei der Erde beschwör' ich dich, sprich, der Olympier, ist
er uns nicht Gott?

Sokrates.

Bah, was für ein Zeus? Sei nur kein Thor. Einen Zeus gibt's nicht.

Strepsiades.

O, was sagst du?

Wer regnet denn dann? Das mußt du mir jetzt vor allem dem An=
dern erklären.

Sokrates.

Wer? Diese, natürlich: ich will es dir gleich mit gewichtigen Grün=
den beweisen.

Sprich, hast du einziges Mal in der Welt ohn' Wolken ihn regnen ge=
sehen?   370

Und regnen doch müßt' er bei heiterer Luft und die Wolken inzwischen
verreist sein.

Strepsiades.

Beim Apoll, da hast du den vorigen Satz in der That ganz trefflich
erhärtet.

Und ich, ich glaubte bis heutigen Tags Zeus pisse durch Siebe herunter!

Doch sag', wer ist's der Donnert, was mir stets Zittern und Beben
verursacht?

V. 362 f. Vgl. Platon's Gastmahl p. 221 (S. 351 der Uebers.
von Eusemius) und oben Einleitung S. 104 f.

Sokrates.

Sie donnern indem ſie ſich wälzen.

Strepſiades.

Wie ſo? Tollkühner, erkläre mir's näher. 375

Sokrates.

Wenn von reichlichem Waſſer gefüllet ſie ſind und genöthigt ſich
ſelbſt zu bewegen,

Von der Schwere des Regens heruntergedrückt nothwendig, und vollen
Gewichtes

Aufeinandergerathen, ſo platzen ſie dann und erregen im Platzen ein
Krachen.

Strepſiades.

Zum Bewegen jedoch wer nöthiget ſie? Iſt das nicht Zeus der ſie
treibet?

Sokrates.

O nein, der ätheriſche Wirbel bewirkt's. 380

Strepſiades.

Wie — Wirbel? Das war mir entgangen,

Daß Zeus nicht iſt und an ſelbiges Statt Herr Wirbel nunmehro regieret!

Doch haſt du mich noch nicht über den Grund des Gekrachs und des
Donners belehret.

Sokrates.

Ei hörteſt du nicht was ich eben geſagt, wie die Wolken, mit Waſſer
gefüllet,

Wenn die eine alsdann an die andere prallt, mit Gekrach von der Spannung zerplatzen?

Strepſiades.

Sag' an, wie machſt du mir glaubhaft dieß?

Sokrates.

An dir ſelbſt will ich's dir erläutern. 385

Iſt dir nie an den Panathenäen paſſiert daß mit Brühe der Bauch dir
gefüllt war

V. 366. Panathenäen, das höchſte Feſt in Athen, zu Ehren der

Und in Folge davon du Beschwerden empfandst und ein Rumpeln denselben durchknurrte?

Strepfiades.

O ja wohl, beim Apoll, und es macht mir alsbald curios und geräth
mir in Aufruhr,

Und die lumpige Brühe verführt ein Geschrei und ein Tosen gerad wie
der Donner:

Erst halblaut nur: bambam, bambam, dann wachsend an Kraft:
bababambam.   390

Und drücke ich los, dann donnert es laut: bababambam, g'rad wie die
Wolken.

Sokrates.

Drum sieh, wenn vom Bäuchlein, klein wie es ist, so gewaltige Knäller
du lässest,

Wie sollte die unausmeßbare Luft nicht fürchterlich donnern und tosen?

Strepfiades.

So, daher kommt's daß im Namen sogar sich der Donner und Brum-
mer so ähnelt!

Nun sage mir aber, von wannen der Blitz mit dem feurigen Strahle
daherfährt,   395

Der, wenn er uns trifft, uns zu Asche verbrennt, manchmal nicht tödtet,
doch röstet?

Den sendet ja Zeus, das ist doch klar, meineidige Frevler zu strafen.

Sokrates.

O warum nicht gar, altgläubiger Narr, o du vorsintflutliches
Wesen!

Wenn er wirklich mit Blitzen den Meineid straft, wie kommt's daß nie
er den Simon,

Athene Polias, die kleinen alljährlich gefeiert, die großen in jedem dritten
Olympiadenjahr.   Dabei gab es Opferfleisch in Hülle und Fülle zu essen,
und Manche scheinen es für eine Ehrensache gehalten zu haben eine solide
Indigestion auf Staatskosten davon heimzubringen.

   V. 399.   Simon, V. 351.

Den Kleónymos oder Theóros verkohlt, die doch meineidig gewiß
sind?   400
Was trifft er den eigenen Tempel vielmehr und die heilige Sunionsspitze
Und die mächtigen Eichen? Was fällt ihm ein? Ist denn meineidig
die Eiche?

Strepsiades.

Weiß nicht: doch hast du, wie's scheint, ganz Recht. Was ist denn nun
aber der Blitz wohl?

Sokrates.

Wenn ein trockener Wind aus der Höhe daher sich einmal in den Wol-
fen verfangen,
Dann treibt er wie Blasen von innen sie auf, und getrieben vom eigenen
Drange
Durchbricht er dieselben und fähret hinaus mit Getöse in Folge der
Spannung: 405
Und die rasche Bewegung und seine Gewalt macht daß er sich selber
entzündet.

Strepsiades.

Beim Zeus, ganz ähnlich ist mir's auch selbst beim Diasienfeste er-
gangen:
Da briet ich für meine Gevatter 'ne Wurst und vergaß Einschnitte zu
machen:
Die trieb sich denn auf, und auf Ein Mal war sie mit Krachen zerplatzt
und der Dreck mir   410
In die Augen gespritzt, und das ganze Gesicht war so mir erbärmlich
versenget!

Chor.

Du Sterblicher, der du aus unserem Mund die erhabene Weisheit begehrt hast.

V. 400. Kleonymos, V. 353. Durch seine Feigheit hat er seinen
Bürgereid verletzt, niemals die Waffen zu schänden. — Theoros, eine
andere Art von Schlechten, als Schmarotzer, Ehebrecher und Dieb bezeichnet.
V. 401. Sunion, s. Ritter 560.
V. 408. Diasien, Sühnfest zu Ehren des Zeus Meilichios (des
Gnädigen), mit milden Opfergebräuchen. Vgl. V. 864.

Wie wirst du gesegnet dereinst in Athen und unter dem Volk der
Hellenen,

Wenn Gedächtniß du hast und ein Denker du bist und das Mühsal=
dulden dir einwohnt

In der Seele, und niemals müde du wirst, in dem Stehen sowohl wie
im Gehen: 415

Wenn ohne zu murren den Frost du erträgst und vermagst zu verzichten
aufs Frühstück,

Und des Weins dich enthältst und den Turnplatz fliehst und die übrigen
Werke der Thorheit:

Wenn du allzeit, wie dem verständigen Mann es geziemt, für das Beste
erachtest,

In Geschäften, im Rathen und Zungengefecht als Sieger das Feld zu
behaupten.

Strepsiades.

Nun, was dieses betrifft: unbeugsamen Sinn und das bettdurchwal=
zende Grübeln   420

Und den sparsamen, sich abzwackenden Bauch, der gern Brennnesseln
zur Kost nimmt, —

Was dieses betrifft, da ließ' ich getrost in der That selbst Erz auf mir
schmieden.

Sokrates.

Und wirst du nun denn als Gottheit fortan kein anderes Wesen be=
trachten

Als unsere Schule: das Chaos umher, und die Wolken, die Zunge, —
die Drei nur?

Strepsiades.

Nie sprech' ich ein Wort mit dem anderen mehr, und träf' ich sie auch
auf der Straße,   425

Noch werde ich je Schlachtopfer und Wein darbringen denselben, und
Weihrauch.

V. 414 ff. Wenn du bist wie Sokrates, vgl. Platon Gastmahl
p. 220.   S. 379 f. der Uebers. von Susemihl.

Chor.

Nun ſag' uns getroſt was von uns du begehrſt; denn wir werden gewiß
dich erhören,

Weil Ehr' und Bewunderung uns du gewährſt und bemüht biſt weiſe
zu werden.

Strepſiades.

Durchlauchtige Frauen, ſo bitt' ich denn Euch nur um die winzige
Gnade,

Daß allen Hellenen im Rednertalent ich um dritthalb Meilen voraus
ſei.   430

Chor.

Das ſeie von uns dir in Gnaden gewährt; drum ſoll von dem heutigen
Tag an

Im verſammelten Volk nicht Einer ſo oft mit dem Antrag ſiegen als
wie du.

Strepſiades.

Mit politiſchen Reden verſchonet mich nur! mich gelüſtet nach Solcherlei
gar nicht:

Nur um für mich ſelber zu drehen das Recht und den Gläubigern fein
zu entſchlüpfen.

Chor.

Leicht iſt dir gewähret wonach du dich ſehnſt: nichts Großes begegrſt
du damit ja.   435

So ergib dich getroſt denn mit Seele und Leib zur Behandlung an
unſere Prieſter.

Strepſiades.

Das thu' ich, in vollem Vertrauen zu Euch: denn es drücket die bittere
Noth mich,

Von den Roſſen, den Koppagezeichneten, her und der Heirat, welche
mich aufrieb.

Nun mögen ſie machen was ihnen beliebt.

Hier dieſer mein Leib iſt ihnen von mir   440

B. 438. Koppa, V. 23.

140

Ueberlaſſen zum Prügeln, zum Hunger und Durſt,
Für den Schmuß und den Froſt und das Hautabziehn;
Nur muß ich den Schulden entgehen dafür;
Und mag ich dann heißen im Munde der Welt
Keck, zungengerüſtet, verwegen und frech,   445
Abſcheulicher Menſch und ein Lügenſchmied,
Ein Wortausklauber und Rechtesverdreh'r,
Ein Landrecht, Klapper, ein Pfifſikus, Aal,
Fuchs, Schleicher, und Heuchler, und Urſchmußfleck,
Marktſchreier, und Schuſt, Windfahne und Kelch,   450
    Schmaroßergeſicht.
Und ob man mich ſo auf der Straße benennt,
Nur immer gethan was Spaß euch macht:
    Und wofern Ihrs verlangt,
Bei Demeter, zerhackt mich zu Würſten und gebt   455
    Sie den Herrn Philoſophen zu eſſen.
                Chor.
Willenskraft wohnt dieſem inne
Nicht verlegne, ſchnell entſchloßne. Wiſſe denn:
Lerneſt du dieß, ſo verleihn wir dir unter den Menſchen
    Himmelhohen Nachruhm.   460
                Strepſiades.
Was hab' ich davon?
                Chor.
Du wirſt in Gemeinſchaft mit mir
Das beneidetſte Leben der Welt hinleben ewig.
                Strepſiades
Soll ich denn wirklich erleben   465
Dieſes noch?
                Chor.
Freilich, ſo daß tagtäglich vor deinem Gemach ſich Schaa-
    ren lagern,
Sehulich verlangend ſich dir zu eröffnen, mit dir zu beſprechen,   470

Um Rechtshändel und Klagen um viele Talente,
Würdig für Geister wie du bist, durchzuberathen mit dir. — 475
Zu Sokrates:
Jetzt mache dich du an den Graukopf hier und belehr' ihn in dem was
du vorhast,
Durchschüttle zur Prüfung seinen Verstand und erprob' erst wie er ge-
sinnt ist.

Sokrates.

Wohlan, beschreibe mir vor Allem deine Art,
Damit ich, mit dieser bekannt wie sie ist, dann demgemäß
Sogleich mit neuen Waffen dir zu Leibe geh'.   480

Strepsiades.

Um Gotteswillen, hast du mich zu belagern vor?

Sokrates.

Das nicht; in Kürze will ich dich befragen nur —
Ob du Gedächtniß hast?

Strepsiades.

Ja, zweierlei bei Gott:
Ist Jemand mir 'was schuldig — ein sehr verläßliches,   485
Bin ich der Schuldner — leider! — ein sehr vergeßliches.

Sokrates.

Besitzt du wirklich in dir zum Reden Fähigkeit?

Strepsiades.

Zum Reden nicht gerade, jedoch zum Prellen wohl.

Sokrates.

Wie eignest du dann dich zum Schüler?

Strepsiades.

O gewiß ganz gut.

Sokrates.

Wohlan denn, aufgemerkt! Werf' ich was Weises auf
In Betreff der himmlischen Dinge, so schnapp' es alsbald weg.   490

Strepsiades.

Herr Je! Erschnappen soll ich die Weisheit wie ein Hund?

Sokrates.

Das ist ein ungebildeter Mensch, gemein und roh! —
Ich fürchte daß du noch Schläge brauchen wirst.
Laß sehen, was thust du wenn Einer dich schlägt?

Strepsiades.

Ich steck' es ein,
Drauf wart' ich ein Weilchen ruhig und thue mir Zeugen ein,   495
Dann wart' ich wieder ein Bischen und reiche die Klage ein.

Sokrates.

So komm' und ziehe den Rock aus.

Strepsiades.

Hab' ich mich verfehlt?

Sokrates.

Nein, sondern Brauch ist's einzutreten ohne Rock.

Strepsiades.

Haussuchung halten will ich ja aber drinnen nicht.

Sokrates.

Nur ausgezogen! Wozu die Possen?   500

Strepsiades.

Nur noch eins:
Wenn ich recht fleißig bin und eifrig lerne, sag',
Wem unter den Schülern werd' ich ähnlich werden dann?

Sokrates.

Du wirst an Art dann völlig gleich dem Chairephon.

Strepsiades.

O weh mir Armem! Also werd' ich ein Gespenst!

V. 499. Das Recht in einem verdächtigen Hause Nachsuchung nach
Gestohlenem zu halten hatte zu Athen jeder Bürger. Damit aber dabei
keine Unlauterkeiten vorgiengen mußte der Nachsuchende möglichst unbekleidet
eintreten, ganz wie bei der römischen furti conceptio per lancem et
licium.

V. 503 f. Chairephon (s. zu V. 104) war von Person mager
und blaß.

Sokrates.

Laß jetzt das Schwatzen bei Seit' und folge mir sogleich   505
Hieher, geschwind!

Strepsiades.

Dann mußt du zuvor in jede Hand
Mir 'nen Honigkuchen geben: ich fürchte mich so sehr
Vor dem Eingang da hinunter, als gieng's zu Trophonios.

Sokrates.

Vorwärts! Was drückst du dich lange noch an der Thür' herum?

Beide ab. Der Chor ist allein noch auf seinem Platze, und indem er eine
Schwenkung gegen die Zuschauer hin macht spricht er durch seinen
Führer:

Chor.

Zieh' hin denn mit Segen, du hast es verdient   510
Durch mut'gen Entschluß.

Möge dem Mann Glück fallen zu,

Weil er in seinen Jahren,

Weit in dem Alter vorgerückt,

In Jugendarbeiten den Geist   515

Willig versenkt, und selber sich

Gibt in die Zucht der Weisheit!

Parabase.

Ihr Zuschauer, höret mich an, denn ich sage grad heraus
Euch die Wahrheit, beim Dionys, der mich großgezogen hat.
Möcht' ich siegen doch so gewiß und ein Meister scheinen Euch   520
Als ich wirklich, fest überzeugt daß Ihr seine Kenner seid
Und daß dieses komische Stück sei mein bestes noch bis jetzt.

V. 508. Trophonios, unterirdischer Heros und Orakelgott, zu Le-
badeia in Boiotien verehrt. Zur Einfahrt in seine dortige Orakelhöhle
nahm man einen Honigkuchen mit, um damit die in derselben erwarteten
Bestien zu beschwichtigen.

V. 510 ff. Eupolideisches Maß:

$$- \smile | - \smile | - \smile \smile - || - \smile | - \smile | - \smile -.$$

V. 522. Dieses Stück, die Wolken, welche demnach schon in der

Euch zuerst zu kosten es bot, dieses Stück das sicherlich
Mir die meiste Mühe gemacht. Doch ich ward von plumpen Kerls
Unverdienter Weise besiegt. Darum zank' ich jetzt mit Euch, 525
Euch den Kennern, denen zu Lieb ich mir all die Mühe gab.
Dennoch werd' ich wissentlich nie Euch die Weisen geben preis.
Denn seit hier von Männern für die schon zu sprechen Freude macht
„Tugendsam und Lüderlich" einst vollen Beifall ernteten,
Die ich, weil noch ledig ich war, Mutter werden durfte nicht, 530
Mußt' aussetzen — mütterlich nahm sie ein andres Mädchen auf,
Doch Ihr selber waret dem Kind treulich Vater, Lehrer, Freund —
Seitdem ist mir sicher verbürgt Eure Urteilsfähigkeit.
Gleich Elektra, welche ihr kennt, tritt denn dieses Stück vor Euch

ersten Bearbeitung — wenigstens in der Hauptsache — so waren wie in der
jetzigen.

V. 523. Euch zuerst, dem attischen Gesammtvolk, ohne es zuerst
auf einer Lokalbühne sein Glück versuchen zu lassen.

V. 524. Plumpe Kerls nennt der Dichter in seiner Gereiztheit seine
siegreichen Nebenbuhler Kratinos und Ameipsias.

V. 529. „Tugendsam und Lüderlich", das erste Stück unsers Dichters,
die Daitaleis, aufgeführt ein Jahre vor den (ersten) Wolken; so benannt
nach den beiden Hauptcharakteren des Stückes, zwei Brüdern, einem in alter=
thümlicher Einfachheit, Geradheit und Genügsamkeit erzogenen, und einem
neumodisch gebildeten und damit zugleich sittenlosen. Dieses Stück nennt
der Dichter hier allein, trotzdem daß er seitdem schon glänzendere Siege er=
rungen, weil es wesentlich die gleiche Tendenz verfolgt hatte wie die Wol=
ken, nämlich den Kampf gegen das neumodische Wesen. Wenn damals —
meint der Dichter — das Publikum seine Tendenz billigte, so hätte es bei
den Wolken dasselbe thun sollen. Aber in vier Jahren konnte die Stimmung
bei einem Publikum wie das attische war leicht umschlagen; auch war in
dem früheren Stücke schwerlich ein Sokrates unbegründeter Weise für die
ganze neumodische Bildung verantwortlich gemacht.

V. 530. Weil ich noch nicht im Vollbesitz der staatsbürgerlichen Rechte
war (wegen Mangels des erforderlichen Alters), zu welchen auch gehörte
daß man vom Archon für sich die Zuweisung eines reichen Bürgers ver=
langen konnte, welcher die Kosten der Aufführung eines Stückes zu überneh=
men hätte.

V. 531. Ein andres Mädchen, wahrscheinlich der Dichter Phi=
lonides.

V. 534. Wie Elektra bei Aeschylos Choeph. V. 164 ff. in der Locke

Spähend ob so seiner Geschmack sei noch unter Euch zu Haus;   535
Sie kennt, wird sie ihrer gewahr, ihres Bruders Locke schnell.
Seht wie züchtig tritt es vor euch: denn es läßt fürs Erste nicht
Vornen sich das lederne Ding niederhängen angenäht,
Oben roth und furchterlich dick, daß die Knaben lachen drob,
Macht Kahlköpfe nicht zum Gespött, heyst im Kordax nicht herum,   540
Noch führt hier ein Alter das Wort, der mit seinem Stocke drein
Nach den Andern schlägt, um dadurch zuzudecken schlechten Witz;
Nicht mit Fackeln stürzt es herein, schreit nicht laut Juh, Juh!
Nein, sich selbst und seinem Gehalt seh vertrauend tritt es auf.
Und ob solch ein Dichter ich bin trag' ich doch nicht hoch den Schopf,   545
Führe nicht das Nämliche Euch zwei und drei Mal truglich auf,
Sondern immer anderen Stoff bring' erfindsam ich daher,
Keiner je dem vorigen gleich, und doch jeder reich an Geist.
So stieß ich, so mächtig er war, doch den Kleon auf den Bauch,
Mochte aber, als er im Staub lag, nicht treten mehr auf ihn.   550
Doch die Andern, seit sich einmal Blößen gab Hyperbolos,
Stampfen auf dem Armen, so wie seiner Mutter, stets herum.
Eupolis vor Allen — er schleppt seinen Marikas heran,

die sie auf dem Grabe ihres Vaters findet alsbald Haar ihres Bruders
Orestes erkennt, so wird diese Komödie aus dem Beifall den ihr ihr spendet
erkennen daß ihr noch dieselben feinen Kunstkenner seit welche meinem Erst-
lingsstücke ihren Beifall spendeten.

V. 538.   Den Phallos, das obligate Requisit der ältesten Komödie.

V. 540.   Kahlköpfe, wie Aristoph. selbst frühe war, was andere Komiker ausgebeutet zu haben scheinen. — Kordax, ein aus Asien nach Hellas
herübergekommener üppiger Tanz, der Komödie eigenthümlich.

V. 549.   Durch die „Ritter", s. dieses Stück.

V. 550.   Nachdem er, im Vollbesitze der politischen Macht, vor Amphipolis gefallen war.

V. 551.   Hyperbolos, der Nachfolger des Kleon in der Leitung des
athenischen Volkes, und in demagogischen Künsten diesen wo möglich noch
überbietend. Worin die hier gemeinte Blöße bestand ist nicht bekannt;
übrigens vgl. V. 623 ff.

V. 553.   Eupolis, neben Kratinos und (dem etwas jüngeren) Aristophanes der bedeutendste Dichter der alten attischen Komödie. In seinem

Plündert unsre Ritter darin stümperhaft, als Stümper, aus,

Fügt ein altes trunkenes Weib um des Kordar willen bei, 555

Das er stahl aus Phrynichos' Stück, wo das Ungeheu'r sie fraß.

Wieder kommt Hermippos und macht auch was auf Hyperbolos;

Auch die Andern werfen nunmehr alle auf Hyperbolos,

Ahmen mir die Bilder vom Aal nach, die ich zuerst gebraucht.

Wer nun solche Dinge belacht freue sich an Meinem nicht; 560

Habt Ihr aber Freude an mir und an meinen Dichtungen,

Wird man Euren guten Geschmack anerkennen später noch.

> Den in der Höhe waltenden
> Mächtigen Götterherrscher Zeus
>   Ruf' ich zuerst zum Reigen; 565

Marikas (welcher Name den passiven Hauptbelten gleich als Nichtgriechen kennzeichnete), aufgeführt im dritten Jahre nach der Aufführung der Wolken (also Ol. 89, 4), scheint Hyperbolos ebenso durchgenommen worden zu sein wie Kleon in den Rittern.

V. 554. Dagegen behauptete Eupolis ein Recht zur Benützung der „Ritter" zu haben, da er sie mitverfaßt habe; vgl. oben S. 92 zu Ritter V. 1300 ff.

V. 556. Phrynichos, älterer Zeitgenosse des Aristophanes, gleichfalls Komiker, aber zweiten Ranges. In einem seiner Stücke hatte er den Mythus von Andromeda travestiert, wonach diese Tochter der äthiopischen Fürstin Kassiopeia die Selbstüberhebung ihrer Mutter und die hiedurch über das Land gerufene Ueberschwemmung dadurch sühnen mußte daß sie einem Seeungeheuer geopfert werden sollte. Davon erlöste sie die Dazwischenkunft des Perseus, der das Unthier erlegte. In der Parodie aber scheint die Retterin ein altes Weib gewesen zu sein, das im Rausche der Bestie in den Rachen lief oder sonstwie an Andromeda's Stelle trat. Boshaft identificiert Aristophanes die Alte des Eupolis mit der des Phrynichos: die schon Gefressene tischt jener abermals auf.

V. 557. Hermippos, derber Komiker der älteren Zeit, mit ausgeprägter Richtung aufs Politische und Persönliche, was namentlich Perikles zu fühlen bekam.

V. 559. Das Bild steht Ritter V. 864 ff. Die Entlehnung war aber nicht nothwendig eine bewußte.

V. 563 ff. Strophe, bestehend aus choriambischen und daktylischen Versen. Anrufung von Göttern welche mit den Wolken, als solchen, in irgend welcher Beziehung stehen: Zeus, der Höhengott, dann Poseidon (566), der Aether (statt des unteren Luftraumes), und Helios.

Aristophanes. 10

Dann den Gewalt'gen der den Dreizack in der Hand
  Hält und die Erd', das salz'ge Meer
    Wild aus den Angeln hebet.
Ferner den Vater von uns, den gepriesenen
Aether, den würd'gen Erhalter des Lebens von Allem   570
  So wie den Roßlenkenden Gott,
    Der mit seinem glänzenden Strahl
  Leuchtet über der Erde, groß
    Bei den Göttern und Menschen.

Jetzt, ihr hochwohlweisen Männer, richtet euern Sinn hieher.   575
Denn wir wollen euer Unrecht Euch vorhalten ins Gesicht.
Uns, die wir von allen Göttern weit am meisten Eurer Stadt
Nützen, bringt allein Ihr dennoch weder Wein noch Opfer dar,
Während wir doch Euch behüten. Wenn einmal im Unverstand
Ihr beschließet auszurücken, donnern oder tröpfeln wir.   580
Ferner, als den gottverhaßten paphlagon'schen Gerber Ihr
Euch zum Feldherrn auserkoren, runzelten wir gleich die Brau'n
Und gebärdeten uns grimmig: „und der Donner brach durch Blitz."
Ihre Bahn verließ Selene, und der alte Helios
Nahm aus seiner Himmelsampel alsogleich den Docht zu sich,   585
Und erklärt': wenn Kleon Feldherr sei so leucht' er euch nicht mehr.

V. 575 ff. Epirrema (trochäische Tetrameter), enthaltend eine scherz=
hafte Darlegung der Verdienste und Wichtigkeit der Wolken.

V. 580. Donner und Regen gehörten zu den Götterzeichen von übler
Vorbedeutung, die daher die Vornahme einer wichtigeren öffentlichen Hand=
lung unmöglich machten.

V. 581. Paphlagon'schen Gerber, Kleon; s. die Ritter. Zum
Strategen gewählt wurde derselbe nur Ol. 89, 2. 422 v. Chr., ein Jahr
nach der Aufführung der Wolken (das Epirrema, oder wenigstens dieser Theil
desselben, gehört also der zweiten Bearbeitung an), um in Thrakien gegen
Brasidas zu befehligen, wobei er im Spätsommer desselben Jahres vor Am=
phipolis seinen Tod fand.

V. 583. Persiflierende Anführung eines nicht glücklichen Ausdruckes
von Sophokles. Das Ganze bezieht sich auf ein schweres Gewitter das am
Nachmittage von Kleons Wahl ausgebrochen zu sein scheint und das die Sonne
und (weil es noch in die Nacht hinein dauerte) den Mond den Blicken entzog.

Doch umfonst: Ihr wählet Kleon. Heißt es ja daß diefe Stadt
Meiftens dumme Streiche mache; was dann aber Ihr gefehlt
Werde durch der Götter Gnade ftets zum Beften doch gelenkt.
Wie auch diefes Nutzen bringen könne weifen leicht wir nach. 590
Wenn den Kleon Ihr der Unterfchlagung und Beftechlichkeit
Ueberführt und ihm den Nacken tüchtig mit dem Blocke fchnürt,
Kehrt die alte Ordnung wieder, trotzdem daß Ihr Euch verfehlt;
Und fo wird auch dieß zum Beften Euch und Eurer Stadt gedeih'n.

    Nahe mir du auch Fürst Apoll, 595
    Delier, der des Kynthosbergs
      Felfiges Horn bewohnet:
    Ephefosgöttin, du auch, die thronet in gold=
    Starrendem Haus, wo Lydiens
      Töchter dich hoch verehren. 600
    Komme, du unferer Heimat Beherrfcherin,
    Aigisbewaffnete Göttin des Staates, Athene;
      Du der du wohnft hoch am Parnaß
      Und beim Fackelnfcheine erglänzft
      Unter delphifcher Bakchen Schaar, 605
        Schwärmergott Dionyfos!

Eben als hieher zu reifen wir uns hatten angefchickt,
Traf Selene uns und gab an Euch uns diefen Auftrag mit:
Erftens grüße fie die Bürger und Verbündeten Athens:
Zweitens fei fie Euch recht böfe: denn Ihr habt's ihr arg gemacht, 610
Da fie doch Euch Allen nütze, nicht mit Worten, nein mit Licht:

    V. 592. Block, Strafwerkzeug, in Athen auch gegen Freie zur Schär=
fung der Haft angewendet.
    V. 595 ff. Gegenftrophe. Anrufung von Apollon (urfprünglich Son=
nengott), Artemis, Athene, Dionyfos. — Kynthos, Berg auf Delos. —
Haus, der nachmals von Herostratos in Brand gefteckte prachtvolle Tem=
pel. — Auf dem oberften Gipfel des Parnaß kamen alle drei Jahre attifche
und delphifche Frauen zu nächtlichen Orgien — zu Ehren des Dionyfos (und
Apollon) — zufammen.
    V. 607 ff. Antepirrema (entfprechend V. 575 ff.).

Erstens monatlich für Fackeln Eine Drachme mindestens,
So daß Jeder, wenn er Abends ausgeht, seinem Sklaven sagt:
Heute kaufe keine Fackel, 's ist ja schöner Mondenschein.
Und noch andres Gute, sagt sie, thu' sie Euch; doch Ihr begeh't   615
Ganz verkehrt die Tage, werft sie durcheinander kunterbunt;
So daß jedesmal die Götter, sagt sie, grimmig sie bedräu'n
Wenn sie, um ein Mahl betrogen, leeren Magens kehren heim,
Weil sie nicht das Fest getroffen das auf diesen Tag doch fällt.
Wann Ihr opfern müßtet — foltert Ihr und haltet Sitzungen.   620
Oftmals aber, wenn wir Götter einen Fasttag just begehn,
Wenn wir etwa um Sarpedon oder Memnon trauern, — da
Spendet Ihr und laßt's Euch wohl sein.   Darum als Hyperbolos
Heuer heil'ger Bote wurde haben wir, die Götter, ihm
Seinen Kranz vom Haupt gerissen: denn so wird ihm eher klar   625
Daß man seines Lebens Tage nach dem Mondlauf ordnen muß.

Sokrates.

Beim Athem sei's geschworen, beim Chaos, bei der Luft,
Nie hab' ich einen so bäurischen Kerl gesehn, noch der

V. 612. (Eine Drachme (Frank) erspare Jeder monatlich durch den
Mondschein.   Oeffentliche Straßenbeleuchtung gab es in Athen nicht.
V. 615 ff. Die Verwirrung in der Zeitrechnung, welche durch die Nicht=
übereinstimmung des bürgerlichen und des natürlichen Jahrs allmählich ein=
gerissen hatte, suchte zu Athen der Astronom Meton zu heben durch seinen
19jährigen Cyklus (innerhalb dessen je im siebenten Jahr ein Monat einge=
schaltet werden sollte), der aber erst zwischen Ol. 92 und 116 in Athen amt=
liche Geltung erhielt.
V. 620 ff. An Festtagen nehmet ihr Handlungen der Werktage vor,
und umgekehrt, wenn wir im Himmel Fasten haben, weil der Todestag eines
Götterlieblinges ist, und wir weder Speise noch Trank zu uns nehmen dür=
fen, da bringt ihr Trankopfer dar. — Sarpedon, Lykierfürst, Sohn des
Zeus: Memnon, Sohn der Eos, Aethiopenkönig; Beide vor Ilion ge=
fallen.
V. 624 f. Heil'ger Bote, zu der Herbstversammlung der Amphik=
tyonen in Anthela, der Demeter zu Ehren. Der Zweck derselben war ur=
sprünglich und wesentlich religiös. In dieser Eigenschaft hatte er auch einen
Kranz auf.

So unbeholfen, linkisch und vergeßlich war!
Da lernt er ein Paar ganz kinderleichte Grübelei'n,   630
Und hat sie vergessen noch eh' er sie kann. Trotz alledem.
Ruf' ich hieher ihn, vor die Thüre an das Licht.
Strepsiades! komm' heraus und bringe den Schragen mit!
Strepsiades.
Ja, aber vor lauter Wanzen bring' ich ihn nicht vom Fleck.
Sokrates.
Geschwind, nun setz' ihn nieder und merke auf!   635
Strepsiades.
Geschieht.
Sokrates.
Wohlan denn, was willst du nunmehr erlernen zu allererst
Von dem was du nie dein Leben lang gehört? Sag' an.
Die Maße, oder den Tonfall oder der Worte Brauch?
Strepsiades.
Die Maße will ich! Es ist ja gar nicht lange her,
Da ward ich vom Mehlverkäufer um zwei Maß Mehl! geprellt!   640
Sokrates.
Nicht danach frag' ich, sondern welches Maß du für
Das schönste hältst, den Trimeter oder Tetrameter?
Strepsiades.
Ein Viermäßlein gefällt bei Weitem am Besten mir.
Sokrates.
Du schwatzest Unsinn, Mensch.
Strepsiades.
So wette denn mit mir
Ob nicht der Maße vier das Viermäßlein enthält?   645
Sokrates.
So geh' zum Henker, Tölpel, mit deinem harten Kopf!
Da wird es reißend vorwärts gehn beim Fall des Tons!

V. 642 f. Tetrameter = Viermaß. (Ein „Maß" hieß bei den Athenern ein Choinir Getreide. Vier sind dem Strepsiades also lieber als drei

Strepsiades.

Was nützt mich aber der Fall des Tones für das Brod?

Sokrates.

Fürs Erste daß du in Gesellschaft angenehm
Erscheinst und jedesmal vom Tacte sagen kannst   650
Wie man ihn nennt, ob Krieger= oder Finger=Tact?

Strepsiades.

Den Fingertact? den kenn' ich gut.

Sokrates.

So sag' ihn denn.

Strepsiades.

Das ist doch wohl kein andrer als der mit dem Finger hier;
Vor Zeiten, als ich klein war, war's dagegen der.

Sokrates.

Du bist ein plumper Lümmel!

Strepsiades.

Ich will halt, Jammermensch,   655
Von allem Diesem Nichts erlernen.

Sokrates.

Was denn sonst?

Strepsiades.

Das Eine nur, das Eine: die Unrechtsredekunst!

Sokrates.

Da mußt du Andres vorher noch erlernen, wie:
Vierfüß'ge Thiere welche richtig männlich sind.

Strepsiades.

Was männlich ist das weiß ich, bin ich nicht verrückt: 660
Der Widder ist's, der Bock, der Stier, der Hund, der Spatz.

V. 651. Zwei Tacteintheilungen, von denen die Benennung des zwei=
ten dem Strepsiades Anlaß gibt zu plumper Zotenreißerei.

V. 658 ff. Witzeleien über die von den Sophisten — nicht von Sokra=
tes — begonnenen und betriebenen Forschungen über die Sprache.

V. 661. Die Aufführung des Spatzen unter den vierfüßigen Thieren
wird ignoriert und nur die formelle Seite davon aufgefaßt.

Sokrates.

Da siehst du was du machst: du nennest Spatz sowohl
Das Weibchen, wie du ebenso das Männchen nennst.

Strepsiades.

Wie so? Wie meinst du das?

Sokrates.

Wie so? Nun — Spatz und Spatz.

Strepsiades.

Ja, beim Poseidon! Aber wie nenn' ich künftig sie? 665

Sokrates.

Das Weibchen nennst du Spätzinn, das Männchen aber Spatz.

Strepsiades.

Hem, Spätzinn also! Gar nicht übel, bei der Luft!
Zum Dank für diese einz'ge Unterweisung schon
Füll' ich mit Gerste dir die Mulde rings herum.

Sokrates.

Sieh da schon wieder 'was Andres! Du gibst der Mulde ja, 670
Die weiblich doch gewiß ist, männliche Form.

Strepsiades.

Wie fern
Geb' ich der Mulde männliche Form?

Sokrates.

Gerade so
Wie du Kleonymos Memme nennst.

Strepsiades.

Wie so? Sag an

Sokrates.

Die Mulde geht bei dir ganz nach Kleonymos.

Strepsiades.

Nein, Freund, die Mulde geht Kleonymos ganz ab, 675
Daher er in rundem Mörser sein Mehl zu kneten pflegt.
Wie soll ich aber künftighin denn sagen?

Sokrates.

Wie?

Die Muldinn, wie du Diebinn und dergleichen sagst.

Strepsiades.

Die Muldinn weiblich?

Sokrates.

Ja, dann drückst du recht dich aus.

Strepsiades.

Aha, so gieng's: die Muldinn, die Kleonyminn!   680

Sokrates.

Nun mußt du ferner von den Eigennamen noch
Erlernen welche männlich, welche weiblich sind.

Strepsiades.

Ich weiß wohl welche weiblich sind.

Sokrates.

So nenne sie.

Strepsiades.

Lysilla, Philinna, Kleitagora, Demetria.

Sokrates.

Und welche Namen sind dann männlich?   685

Strepsiades.

Tausende:
Philorenos, Melesias, Amynias.

Sokrates.

Was schwatzest du? Die sind doch sicher männlich nicht.

Strepsiades.

Die sind bei Euch nicht männlich?

Sokrates.

Keineswegs; denn sieh:
Begegnest du Amynias — wie rufst du ihm?

V. 684. Namen anrüchiger Frauenspersonen.
V. 686. Lauter Personen von höchst zweifelhafter Männlichkeit.

Strepsiades.

Wie ich ihm rufe? Komm, Amynchen, komme her! 690

Sokrates.

Siehst du? So nennst du selber Amynias ein Weib.

Strepsiades.

Und hab' ich da nicht Recht, weil er zu Feld nicht zieht?
Indeß — wozu erlern' ich was ein Jeder weiß?

Sokrates.

Das ist, bei Gott, nicht wahr. Doch setz' dich hier.

Strepsiades.

Wozu?

Sokrates.

Speculiere über deinen Handel etwas aus. 695

Strepsiades.

Nur hier, um Gotteswillen, nicht! Wenn schlechterdings
Es sein muß, laß mich's lieber auf dem Boden thun!

Sokrates.

Das geht einmal durchaus nicht.

Geht ab.

Strepsiades sich setzend.

O ich Unglückskind.
Wie werden heute die Wanzen sich an mir rächen noch!

Chor.

Eifrig studiert! Jetzt frisch ans Werk! 700
Tummle dich recht und nimm dich
Nunmehr zusammen.
Und wenn du auf schwierige Fragen stöß'st,
Spring rasch auf andre
Gedanken weg: der süße Schlaf
Seie von deinem Aug' verbannt. 705

Strepsiades.

Weh mir, weh! Weh mir, weh!

Chor.

Was haſt du? Was fehlt dir?

Strepſiades.

Ich Armer bin des Tods! Empor aus dem Hocker kriecht
Ein ganzes Heer Wandsbecker und beißt mich jämmerlich; 710
Und das Fleiſch an den Rippen nagen ſie ab,
Au weh! Und die Seele zapfen ſie ab,
Au weh! Und die Hoden zwacken ſie ab,
Und wühlen ſich tief in den Hintern hinab,
 Und ich ſink' ins Grab. 715

Chor.

Ach, äußere nicht unmäßig den Schmerz.

Strepſiades.

Meint Ihr? Und doch
Iſt dahin mein Geld, und dahin mein Teint,
Mein Leben dahin und der Stiefel dahin,
Und zu aller der Noth muß wach ich die Zeit 720
 Hinſingen, bis daß
Ich ſelber beinahe dahin bin.

Sokrates zurückkommend.

He da, was machſt du? Studierſt du nicht?

Strepſiades.

 Ich? Freilich ſehr,
Beim Poſeidon.

Sokrates.

Und was haſt du bis jetzt denn ausgedacht?

Strepſiades.

Ob wohl von den Wanzen an mir 'was übrig gelaſſen wird. 725

V. 710. Wandsbecker, ſpielende Andeutung der Wanzen, wie im
Original Koreis (Wanzen) und Korinthioi. Die Korinther waren wegen
ihrer Lüderlichkeit und kaufmänniſchen Unbarmherzigkeit verſchrieen, worauf
ſich das Folgende bezieht.

V. 719. Die Stiefel hat er ausziehen müſſen, um zu ſein wie Sokrates (V. 103. 363), der ſie ihm dann confisciert hat. Vgl. V. 858.

Sokrates.

Daß du beim Henker wärst!

Strepsiades.

Das bin ich, Lieber, schon.

Sokrates.

Nur nicht so weichlich, sondern wickle recht dich ein!
Es gilt jetzt auszusinnen eine Raubidee
Und einen feinen Schlich.

Strepsiades.

Herr Je, wo krieg' ich wohl
Den Lügenpelz, zu prellen meine Gläubiger?   730

Sokrates.

Ich muß vor Allem nach dem da sehen, was er macht.
He du da, schläfst du?

Strepsiades.

Beim Apollon, nein, ich nicht.

Sokrates.

Nun, hast du etwas?

Strepsiades.

Nein, beim Zeus, ich nicht.

Sokrates.

Gar Nichts?

Strepsiades.

Nichts — außer meinem Ding da in der rechten Hand.

Sokrates.

Wirst nicht dich gleich einhüllen und ans Studieren gehn?   735

Strepsiades.

Worüber, mußt du erst mir sagen, Sokrates.

B. 731. Die Vergleichung mit B. 723 macht es handgreiflich daß hier
zweierlei einander ausschließende Darstellungen aus den zwei Bearbeitungen
durcheinander gemischt sind; vgl. meine Abhandlung im Philologus VII.
S. 325—333.

Sokrates.

Bring's du zuerst heraus und sage was du willst.

Strepsiades.

Du hast zehntausendmal gehört schon was ich will:
In Betreff der Zinsen, daß kein Gläub'ger 'was bekommt.

Sokrates.

Wohlan, so hülle dich ein und fasse den Begriff   740
In seiner Feinheit, überdenke die Frage dir
Und theile richtig ab und prüfe.

Strepsiades.
        O weh, o weh!

Sokrates.

Sei ruhig, und wenn ein Gedanke dich verlegen macht,
So laß ihn und gehe weiter; später denk' ihn dann
Im Geiste von Neuem durch und wäg' ihn hin und her.   745

Strepsiades.

O liebstes Sokratesdien!

Sokrates.
        Alter, nun was gibt's?

Strepsiades.

Denk nur: ich hab' jetzt eine Zinsenraubidee.

Sokrates.

So laß sie sehen.

Strepsiades.
        Höre, sag' mir doch —

Sokrates.
        Was denn?

Strepsiades.

Wie wär's wenn eine Here ich kauft' aus Thessalien
Und zöge bei Nacht den Mond herab und würd' ihn dann   750

V. 742.   Der Schmerzensruf ist durch die Wanzen veranlaßt.

Einsperren fest in ein scheibenrundes Futteral,
Gleich einem Spiegel, und hielt' ihn so gefangen dann?
                    Sokrates.
Was würde das dir nützen denn?
                                      Strepsiades.
                              Das fragst du noch?
Wenn der Mond in der Welt aufgehen würde nirgends mehr,
So würd' ich die Zinsen nicht bezahlen.   755
                    Sokrates.
                              Wie denn dieß?
                    Strepsiades.
Weil man bekanntlich nach Monden immer das Geld verzinst.
                    Sokrates.
Bravo! Nun leg' ich dir was And'res Feines vor:
Gesetzt auf fünf Talente hätte dich Wer verklagt,
Wie würdest du dich davon losmachen? Sage mir's.
                    Strepsiades.
Wie? Wie? Ich weiß nicht: aber ich will's erforschen gleich).   760
                    Sokrates.
Halt nur nicht immer das Denken so fest um den Leib geschnürt,
Entfeßle den Geist, laß lustig ihn flattern in der Luft,
Den Fuß am Faden befestigt, dem Maienkäfer gleich.
                    Strepsiades.
Gefunden hab' ich die schlauste Klagbeseitigung,
Wie du mir selbst zugeben mußt!   .   765
                    Sokrates.
                    Und welche denn?
                    Strepsiades.
Du hast gewiß bei Arzneienhändlern den Stein gesehn,
Du weißt — den schönen, ganz durchsicht'gen, womit man Feu'r
Anzündet?

V. 752. Die (Metall=) Spiegel wurden vor dem Anlaufen und Rostig=
werden durch ein Futteral geschützt.

Sokrates.

Du meinst das Brennglas, wenn ich recht versteh'.

Strepsiades.

Ja freilich. Wie wär' es nun wenn ich nähme dieses Glas
Und würde, so oft der Schreiber die Klagschrift wider mich   770
Einschreibt, in einiger Ferne so in die Sonne stehn
Und schmelzen ihm unter der Hand der Klagschrift Worte weg?

Sokrates.

Sehr fein, bei den Chariten, wirklich!

Strepsiades.

Ach Gott, wie froh ich bin
Daß mir die Fünftalentenklage gestrichen ist!   775

Sokrates.

Auf denn und mache dich rasch an Folgendes.

Strepsiades.

Was denn? Sprich.

Sokrates.

Wie würdest bei einem Processe du wenden die Klage ab,
Wenn's schon am Verlieren ist, weil dir's an Zeugen fehlt?

Strepsiades.

Oh, ganz bequem und leicht.

Sokrates.

So sprich.

Strepsiades.

So höre denn:
Wenn nur noch Eine Sache vor meiner ist, so lauf'
Ich davon, noch ehe man mich aufruft, und erhänge mich.   780

Sokrates.

Bah, Unsinn!

Strepsiades.

Nein, bei den Göttern, es ist mir Ernst; denn bin
Ich todt, so klagt gewiß Niemand mehr wider mich.

Sokrates.

Dummheiten! Pack dich fort! Dich lehr' ich nimmermehr.

Strepsiades.

Warum denn das, um Gotteswillen, Sokrates? 785

Sokrates.

Du vergißt ja alsbald wieder was du kaum gelernt;
Zum Beweise sag' mir einmal was ich hier dich zuerst gelehrt?

Strepsiades.

Laß sehen, was war das Erste? Wart' — was war es doch?
Wie hieß das Ding worin der Teig geknetet wird?
Ach Gott, was war's doch?

Sokrates.

Daß du bei den Geiern wärst,
Du grundvergeßlicher, unbeholfner alter Tropf! 790

Strepsiades.

Du lieber Gott, wie wird's mir Armem nun ergehn!
Verloren bin ich, lern' ich das Zungendreschen nicht.
So gebt denn Ihr, ihr Wolken, mir einen guten Rath.

Chor.

Der Rath den wir dir geben, Alter, lautet so:
Besitzst du einen Sohn der schon erwachsen ist, 795
So schicke den an deiner Statt in Unterricht.

Strepsiades.

Ich habe freilich einen, er ist ein pracht'ger Bursch,
Doch lernen mag er eben nicht; was fang' ich an?

Chor.

Du duldest das?

Strepsiades.

Drum ist er stark und strotzt von Kraft
Und stammt aus Koisyra's hochfliegendem Geschlecht. 800
Indessen ich geh' ihn herzuholen; und will er nicht.

V. 800. Koisyra, V. 48.

So werd' ich unfehlbar ihn jagen zum Haus hinaus. —
Zu Sokrates:
Du, wart' auf mich ein Weilchen und geh' indeß hinein.   (Ab.)
Chor.

Nun merkst du welch reichen Gewinn Uns du verdankest, die wir

Allein sind Götter?   605

Bereit ist der Mann zu vollbringen was

Du immer forderst;

Du siehst wie er betroffen ist, Sichtlich erregt der Narr

jetzt ist: 610

Sauge darum jetzt bis auf's Blut gründlich ihn aus,

Und geschwind; denn gern entfliehn im Nu

Solche Gelegenheiten.

Sokrates ab in sein Haus hinein. Aus dem seinigen tritt **Strepsiades** mit **Pheidippides.**
Strepsiades.

Fürwahr, beim Nebel, länger duld' ich im Haus dich nicht!

Geh hin und iß an den Säulen des Megakles dich satt!   815
Pheidippides.

O Wunderlicher! Vater, sag', was hast du denn?

Du bist nicht recht bei Sinnen, beim olymp'schen Zeus.
Strepsiades.

Ei seht nur, seht den „olympischen Zeus"! Die Albernheit!

An Zeus noch zu glauben wenn man in solchem Alter ist!
Pheidippides.

Was findest du denn daran zu lachen eigentlich?   820
Strepsiades.

Daß du so kindisch bist und hinter der Zeit zurück.

Indessen komm 'mal her, damit du gescheiter wirst:

V. 801 ff. Gegenstrophe zu V. 700 ff., aber um drei Verse länger als die Strophe..

V. 815. Megakles, V. 124. Hyperbolische Andeutung daß in dem vornehmen; aber ökonomisch herabgekommenen Hause für seinen Magen schlecht gesorgt wäre.

Ich will dich etwas lehren wodurch du zum Manne wirst.
Daß du mir aber keinem Menschen sonst es sagst!

Pheidippides.

Da bin ich; was ist's?

Strepsiades.

Du schwurst da eben noch bei Zeus.   825

Pheidippides.

Ja freilich.

Strepsiades.

Siehst du nun wie gut das Lernen ist?
Pheidippides, ein Zeus existiert gar nicht.

Pheidippides.

Wer denn?

Strepsiades.

Der Wirbel herrscht und hat den Zeus vom Thron gesturzt.

Pheidippides.

Bah, welcher Unsinn!

Strepsiades.

Wisse daß dem also ist.

Pheidippides.

Wer spricht denn Solches?   830

Strepsiades.

Sokrates, der Melier,
Und Chairephon, der selbst den Schritt der Flöhe kennt.

Pheidippides.

So weit schon bist du im Wahnsinn daß du Männern glaubst
Die völlig übergeschnappt sind?

Strepsiades.

Nimm dein Maul in Acht

B. 828. Vgl. B. 380 ff.

B. 830. Melier heißt Sokrates mit boshafter Hindeutung auf den
von der Insel Melos gebürtigen Philosophen Diagoras, der als Atheist
verschrieen war und deßhalb zu Athen in die Acht erklärt wurde.

Aristophanes.   11

Und rede mir nichts Schlimmes wider Männer die
Verständig sind und weise, von denen aus Sparsamkeit   835
Nie einer in seinem Leben sich scheeren und salben ließ,
Noch je ein Bad betrat um sich zu waschen.   Du
Dagegen verbadest mir mein Geld als wär' ich todt!
Drum geh' geschwind derthin und lern' an meiner Statt!

Pheidippides.

Was kann man aber bei denen Gescheidtes lernen wohl?   840

Strepsiades.

Meinst du? Ich sage dir: was Weises die Welt besitzt.
Da wirst du erkennen daß unwissend und dumm du bist.
Doch wart' auf mich ein Weilchen hier.   Ich komme gleich
Ins Haus hinein.

Pheidippides allein

Ach Gott, was fang' ich mit meinem verrückten Vater an?
Soll ich des Wahnsinn's ihn überführen vor Gericht?   845
Vermeld' ich den Sargansertigern daß er von Sinnen ist?

Strepsiades,
kommt zurück mit einem männlichen und einem weiblichen Sperling.

Laß sehen, sag' mir einmal wofür du diesen hältst?

Pheidippides.

Für einen Spatzen.

Strepsiades.
Richtig! aber diesen hier?

Pheidippides.

Für einen Spatzen.

Strepsiades
Beide gleich? Wie lächerlich!

Das thu' in Zukunft nimmer, sondern diese hier   850
Mußt Spätzinn du benennen und diesen da als Spatz

V. 845. Um ihn für mundtodt erklären und der Selbstverwaltung seines Vermögens entheben zu lassen.

V. 846. Oder soll ich in seinem verrückten Wesen ein Zeichen erblicken
daß es mit ihm dem Ende zugeht?

Pheidippides.

Spätzinn? Ist das die Weisheit die du hast gelernt
Als neulich du zu den Himmelsstürmern giengst?

Strepsiades.

Oh und noch vieles Andre.   Nur hat mein alter Kopf
Gleich wieder vergessen was er jedesmal gelernt.   855

Pheidippides.

Darüber hast du denn auch den Mantel verloren wohl?

Strepsiades.

Verloren? Oh, das nicht, nein: nur verspeculiert.

Pheidippides.

Und die Stiefel — wo hast du sie hingebracht, Wahnsinniger?

Strepsiades.

Gleich Perikles hab' ich die für den „laufenden Dienst" verthan.
Doch vorwärts; komm' wir wollen gehen; wenn du dann   860
Dem Vater gefolgt so sünd'ge zu! Ich hab' ja auch
Wie du sechs Jahr alt — noch weiß ich's — mich einst anstammeltest,
Für den ersten Obolos den ich als Richtersold bekam,
Für den zum Diasienfest dir ein Wägelchen gekauft.

Pheidippides.

Fürwahr, du wirst mit der Zeit es schwer bereuen noch!   865

Strepsiades.

Schön daß du endlich folgst. —

V. 859.   Als im J. 445 die Spartaner einen Einfall in das Gebiet
von Attika machten bestach Perikles ihre Führer, Pleistoanar und Kleandridas,
daß sie dasselbe unverwüstet ließen.   Bei der öffentlichen Rechenschaftsab-
legung bediente sich Perikles in Bezug auf die fragliche Geldsumme des Ausdrucks: er habe sie „für den laufenden Dienst" (oder nothwendige Ausgaben)
verwendet, wobei sich die Athener um so eher beruhigten, da die Art der
Verwendung ein öffentliches Geheimniß gewesen zu sein scheint.   Wenigstens wurden die beiden Schuldigen in Sparta dafür hart bestraft.

V. 863.   Das Taggeld der Geschworenen wurde demnach ungefähr
12 Jahre vor der Aufführung der Wolken, also von Perikles, eingeführt,
bestand aber zuerst nur in einer kleinen Entschädigung (von einem Obolos
oder Batzen), die erst später (von Kleon) auf das Dreifache erhöht wurde.

V. 864.   Diasienfest, s. V. 408.

Geht auf's Haus des Sokrates zu und klopft.

He! He da, Sokrates,
Komm' schnell heraus.   Ich bringe da dir meinen Sohn,
Der lange genug sich gesträubt.

Sokrates heraustretend.

Drum ist er noch ein Kind,
Und nicht durchtrieben noch in unsrem Hängewerk.

Pheidippides.

Laß du dich selber hängen, damit du durchtrieben wirst!   870

Strepsiades.

Geh' du zum Geier! Seinem Lehrer flucht der Mensch!

Sokrates.

Hört doch „laß du dich hängen!" wie rinselhaft das Wort
Und mit wie breitem Munde er's ausgesprochen hat!
Wie wird ein solcher Mensch die Klagentziehekunst,
Das Prozeßausdüfteln und Wegischwadronieren erlernen je?   875
Doch — um ein Talent hat das Hyperbolos gelernt.

Strepsiades.

Sei ruhig, nimm' ihn zum Schüler: er hat von Natur Talent.
Noch wie er ein winziges Bübchen war, da baut' er schon
Daheim sich Häuser auf und schnitzelte Schiffe aus,
Verfertigte sich aus Leder kleine Wägelchen,   880
Und aus Aepfelschalen macht' er Frösche, du glaubst es nicht.
Daß aber nur die beiden Reden er recht erlernt,
Die beßere — sei's was will — und dann die schlechtere,
Die lauter Unrecht redend die beßre zu Boden wirft:
Wo nicht, so doch die ungerechte jedenfalls!   885

V. 869 f. Im Sinne des Sokrates: noch nicht in unserer Schule gebildet.
Die geschraubten Worte in denen das ausgedrückt wird mißversteht aber Pheidippides so als handelte es sich um das Ausreißen als Bildungsmittel,
und erwidert daher entrüstet mit der Einladung an Sokrates sich selbst zu hängen, wenn er mit derlei Hängankalten Bekanntschaft haben wolle.

V. 876. Wiewohl — wenn du die Kosten nicht scheuest wird er trotz seiner
Unbildung es doch noch weit bringen. Hat doch selbst Hyperbolos (V. 551),
so unfähig er an sich ist, es endlich gelernt — freilich um schweres Geld.

Sokrates.

Es werden die beiden-Reden ihn unterrichten selbst.

Strepsiades.

Ich bleibe nicht dabei. Doch höre, vergiß nur nicht
Daß allem und jedem Recht er widersprechen lernt!

Strepsiades und **Sokrates** ab. Der **Chor** singt ein Lied, das nicht erhalten ist. Es treten auf in komischen Charaktermasken der Redner der gerechten und der der ungerechten Sache. **Pheidippides** steht in der Mitte
zwischen Beiden.

––––

Anwalt der gerechten Sache.

Komm' nur hieher und lasse dich sehn
Vor dem Publikum hier, so vermessen du bist!   890

Anwalt der ungerechten Sache.

Ganz wie dir beliebt. Viel sicherer noch
Vor der Menge von Zeugen vernicht' ich dich ja.

Der Gerechte.

Du mich? Wer bist du?

Der Ungerechte.

Die Rede.

Der Gerechte.

— des Trugs.   895

Der Ungerechte.

Doch werd' ich dich schlagen, obwohl du mir meinst
Ueberlegen zu sein.

Der Gerechte.

Durch welcherlei Kunst?

Der Ungerechte.

Mit den neuen Ideen die ich schöpf' aus mir.

Der Gerechte.

Die blühen ja leider vermöge der Gunst
Des verblendeten Volks.

Der Ungerechte.

Des gebildeten Volks!

Der Gerechte.

Ich vernichte dich ganz.

Der Ungerechte.

Wie machst du es? sprich.   800

Der Gerechte.

Mit den Waffen des Rechts.

Der Ungerechte.

Das stürz' ich dir gleich durch Gegenbeweis.
Ich behaupte: ein Recht existiert gar nicht.

Der Gerechte.

Existiert gar nicht?

Der Ungerechte.

Sag' an wo es ist?

Der Gerechte.

Bei den Himmlischen dort.

Der Ungerechte.

Wenn das Recht dort wäre, wie käm's daß Zeus,
Der in Fesseln den eigenen Vater doch schlug,   905
Noch lebt?

Der Gerechte.

Pfui, pfui! das wächst gar noch,
Das ist zu arg! Einen Speinapf her!

Der Ungerechte.

Blödsinniger Greis, du verstehst Nichts mehr.

Der Gerechte.

Unlumpiger Bursche, du scheust Nichts mehr.

Der Ungerechte.

Das riecht mir wie Rosen.   910

V. 905. Vater, den Kronos. Zeus hätte als Vatermörder den Tod
verdient; wer aber selbst das Recht so schwer verletzt hat kann nicht dessen
Hüter sein.

> Der Gerechte.

Und ärmlicher Wicht!

> Der Ungerechte.

Das ist mir ein Lilienkranz.

> Der Gerechte.

Erzschuft!

> Der Ungerechte.

Wie in Gold du mich fassest bemerkest du nicht.

> Der Gerechte.

Das galt doch vor Alters bei Jedem für Blei.

> Der Ungerechte.

Jetzt aber betracht' ich es Alles als Schmuck.   915

> Der Gerechte.

Du verwegener Kerl!

> Der Ungerechte.

Altmodischer Narr!

> Der Gerechte.

Du bist dran Schuld

Daß jetzt kein Knabe zur Schule mehr will.

Einst kommt noch die Zeit wo Athen dich erkennt,

Wie Verderbliches du die Verblendeten lehrst.

> Der Ungerechte.

Wie du starrest vor Schmutz!   920

> Der Gerechte.

Um so schmucker bist du.

Doch früher — da giengst du als Bettler einher,

Gabst dich für den Mysier Télephos aus.

V. 921 ff. Früher warst du bettelarm, ein Telephos, der, beim Einfalle der Griechen in Mysien von Achilleus schwer verwundet, nach dem Orakel nur durch den Urheber der Wunde selbst Heilung finden konnte, daher in kläglichem Aufzuge sich zu Achilleus begab und mit den Spänen seines Speers wirklich geheilt wurde. Euripides hatte den Stoff in einer „Telephos" betitelten Tragödie behandelt, und dieses Stück wird hier als ein Symptom der neuen Zeit behandelt.

Aus dem Schnappsack zogst
Du Pandéletosbrocken und nagtest daran.

Der Ungerechte.

O köstliche Weisheit —   925

Der Gerechte.

O närrische Thorheit —

Der Ungerechte.

An die du mich mahnst!

Der Gerechte.

Von dir und der Stadt,

Die dich noch ernährt,
Der du ihr die Söhne zum Laster verführst!

Der Ungerechte.

Der wird doch nicht dein Schüler, du Zopf!

Der Gerechte.

Wenn die Seele gerettet zu sehen er wünscht,   930
Nicht blos in dem Schwatzen geübt sein will.

Der Ungerechte.

Laß toben den Narren und komme zu mir!

Der Gerechte.

Dich soll es gereu'n wenn du Hand an ihn legst!

Chor.

Laßt ab von dem Kämpfen und Schimpfen und Droh'n!
Und entwickelt dafür   935
Du was du vor Alters die Menschen gelehrt,
Du aber wie jetzt
Man die Jugend erzieht, daß, wenn er gehört
Euch Beide, den Lehrer er wähle sich selbst.

Der Gerechte.

Gern will ich es thun.

V. 924. Pandeletos war ein Rechtsschwätzer und Sykophant.
Also rechtsverdreherische, sophistische Sprüche.

Der Ungerechte.

Auch ich will's thun.

Chor.

Gut, wer nimmt nun als der Erste das Wort?   940

Der Ungerechte.

Das lasse ich dem.

Dann nehm' ich das was er selber gesagt
Und beschieße mit neu'n Wortschöpfungen ihn
Und mit neuen Ideen, daß zu Boden er sinkt.
Und zuletzt, wenn er nur sich zu mucksen noch wagt,   945
Dann werden die Augen, das ganze Gesicht,
Ihm meine Sentenzen, ein Hornissenschwarm,
Wundstechen, bis völlig er hin ist.

Chor.

Nun zeigen uns Beide sogleich, bauend auf ihre Künste
Mit Kopf und Mundstück und mit hochtrabenden Grübeleien,   950
Welcher von ihnen Zweien als besser im Wort erscheinen wird.
Hier auf dem Platz dreht sich der Kampf ganz um den Ruhm weise
zu sein: 955
Dieß ist der Preis um den den Kampf unsere Freunde wagen.
Komm du denn heran der die Aeltern geschmückt mit dem Kranz
untadliger Sitten,
Laß schallen das Wort deß du dich erfreust, sag' an dein Wesen und
Wirken.   960

Der Gerechte.

So beschreibe denn ich wie es früherer Zeit mit der Bildung der
Knaben bestellt war,
Als ich, der Vertreter des Rechts, noch blüht' und die Sittsamkeit
noch im Branch war.
Da hatte vor Allem vom Kind kein Mensch ein verwegenes Mucksen
zu hören:
Dann mußte die Jugend des nämlichen Gaus auf den Straßen ge-
ordnet daherziehn

In die Kitharaschule, im leichtesten Kleid, ob Flocken wie Gerste es
schneite.   965

Dort lernten sie dann auswendig ein Lied — nicht übergeschlagen die
Schenkel —

Bald „Pallas, der Städtezerstörerin Grimm", bald „Fernhindringen-
des Rufen",

In gehaltenem Ton, in gemessenem Takt, wie er schon von den Vätern
vererbt war.

Trieb einer dabei mutwilliges Zeug und versuchte sich etwa mit
Schnörkeln,

Wie dergleichen man jetzt in des Phrynis Manier liebt, widrigver-
schnörkeltes Wesen.   971

Da regnet' es Schläg' auf den Sünder herab der frech an den Musen
gefrevelt.

Auf dem Turnplatz dann, da hielt man sie an, wenn sie saßen, den
Schenkel zu strecken,

Auf daß Zuschauer von außen herein nichts Anstoß Gebendes sähen:
Und erhoben sie sich, dann mußten sie gleich in dem Sande verwischen
die Spuren,

Vorsichtig, damit von der blühenden Form kein Bild für die Lüsternen
bleibe.   • 975

V. 965. Kitharaschule, wo sie in der Musik unterrichtet wurden. Der zweite Hauptbestandtheil der hellenischen Erziehung, die Gym-
nastik, ist von V. 973 an abgehandelt. Uebergangen ist die Aufsicht des
Pädagogen (bis ungefähr ins zehnte Lebensjahr) und der Unterricht des
Grammatisten (im Lesen und Schreiben), vom 10—13ten Jahre, als keinen
wesentlichen Unterschied darbietend.

V. 966. Aufrecht und anständig dasitzend. Beweis der guten Aufsicht.

V. 967. Anfänge von alten religiösen Liedern, des Dithyrambifers
Lamprokles und Kydias (Kekeides?).

V. 971. Phrynis, Kitharöde aus Mytilene (auf Lesbos), aus der
Schule des Terpandros, welcher er aber zuerst eine Richtung ant's Weich-
liche und Künstliche gab. Olymp. 81, 1 trug er an den Panathenäen einen
musischen Sieg davon.

V. 973. Auf den Turnplätzen herrschte noch nicht die später eingerissne
Sittenlosigkeit. Der gymnastische Unterricht begann sobald die erforderlichen Körperkräfte vorhanden schienen.

Auch salbte ein Knabe sich damals nicht je über den Nabel hinunter;
Drum blüht' ihm das zarteste Flaumhaar auch um die Schaam, wie
an reifenden Quitten.
Auch machte ein Jüngling damals nie sich mit süßlichem Girren an
Männer,
Auf der offenen Straße dem Buhler sich selbst mit begehrlichen Blicken
verkuppelnd.   980
Auch durften bei Tische sie nie für sich selbst auswählen den Kopf an
dem Rettig,
Noch auch vor dem Mund der Erwachsenen weg von dem Anis und
Eppich sich nehmen;
Von den Fischen bekamen sie Nichts, und verpönt war Kichern und
Kreuzen der Schenkel.

Der Ungerechte.

Altfränkisches Wesen, Dipolienkram, voll lauter Cikaden im Schopfe,
In Kekeidas' Geschmack, ein Buphonienquark!

Der Gerechte.

Doch das sind eben die Mittel
Kraft deren ein Marathonskämpfergeschlecht einst meine Erziehung
heranzog.   985
Du aber gewöhnest die Jugend von früh sich in warme Gewänder zu
wickeln,
Daß hängen ich möchte mich wenn bei dem Tanz an dem Feste der
Panathenäen

V. 982. Anis und Eppich scheinen zur Würze auf dem Tisch ge-
standen zu haben wie etwa jetzt das Salz.

V. 984 f. Ausführung des Begriffs „altfränkisch". Dipolien, altes
athenisches Fest zu Ehren des Burg=Zeus, im Juni gefeiert. Ein Theil
davon waren die Buphonien, oder die Stiertödtung, wobei die dem alten
Cult widerstreitende Opferung eines Pflugstiers durch eigenthümliche Cere-
monien gerechtfertigt wurde, die der jüngeren Generation innpid vorkommen
mochten. Cikaden von Gold trugen die alten Athener im Haare, um sich
damit als Autochthonen zu bezeichnen (gemäß dem Glauben daß die Cikade
vom Thau lebe). Kekeidas, alter Dithyrambendichter.

Sie den Schild vor die Blöße sich halten, anstatt sich zu schämen vor
                                                 Tritogeneia.

Drum, Jüngling, wähle getrost nur mich, als die bessere Sache, zum
                                                 Führer;   990

Dann lernest du gründlich zu fliehen den Markt und die weichlichen
                                                 Bäder zu meiden,

Dich zu schämen des Schändlichen: wenn man darob dich verhöhnet,
                                                 in Zorn zu entbrennen;

Und mit Achtung dich zu erheben vom Sitz wenn ein älterer Mann sich
                                                 dir nähert;

Nicht wider die eigenen Eltern dir je Unart zu erlauben, und sonst auch

Unschönes zu fliehn, und der Keuschheit Bild aus dir selbst rein wider-
                                                 zuspiegeln,   995

Und zu stürzen dich nie in der Tänzerin Haus, daß nicht in der Glut
                                                 des Verlangens

Dich mit Apfelbewerfen ein Dirnchen verlockt und den ehrlichen
                                                 Namen dir raubet;

Wirst nie was behaupten dem Vater zum Trotz, niemals ihn Japetos
                                                 nennen,

Und zum Vorwurf machen das Alter dem Mann der einst dich als
                                                 Küchlein gepfleget.

Der Ungerechte.

Wenn, Jüngling, diesem hierin du gehorchst, ich beschwör' es beim Gott
                                                 Dionysos,   1000

V. 988. An den großen wie an den kleinen Panathenäen gehörten
zum Festprogramm Waffentänze (Pyrrhichen) der Epheben. Statt dabei
den Schild frei zu halten lassen die verweichlichten Jünglinge der Gegenwart
ihn sinken und halten ihn fröstelnd vor den Leib, statt sich (ob ihrer Unmänn-
lichkeit) zu schämen vor Tritogeneia, Pallas Athene, der mannhaften
Göttin welcher das Fest gilt.

V. 997. Apfelbewerfen, ein Liebeszeichen.

V. 998. Japetos, Sohn des Uranos, Bruder des Kronos und hier,
wie sonst der Name des Letzteren, neckende Bezeichnung eines altfränkischen
Mannes.

Dann wirst du Hippokrates' Jüngelchen gleich, und man wird Brei=
kindchen dich nennen.

Der Gerechte.

Nein, strotzend von Kraft und in fröhlichem Blüh'n auf dem Turnplatz
wirst du dich tummeln,

Nicht treibend zerdroschenes Stichelgeschwätz auf dem Markt, wie die
heutige Jugend,

Nicht immer und immer dich schlagend herum ob ärmlicher Bettel=
prozesse,

Nein, sondern zum Hain Akademos hinab wettlaufen im Schatten des
Oelbaums,   1005

Um die Stirne den Kranz frischglänzenden Rohr's, an der Seite des
sittsamen Freundes,

In des Epheu's Dufte, der Muße Genuß, von der Pappel mit
Blättern beworfen,

In des Frühlings Wonne, wenn flüsternd herab zu der Ulme sich neigt
die Platane.

Wenn du treulich befolgst was ich dir gesagt,

Wenn mit Eifer und Ernst du zu Herzen es nimmst,   1010

Dann hast du zum Lohn stets stattliche Brust,

Frischglänzende Farb', breitschultrigen Wuchs,

Und die Zung' hübsch kurz, das Gesäß hübsch groß,

Das Gemächt hübsch klein.

Doch treibst du es so wie die heutige Welt,   1015

V. 1001. Die Söhne des berühmten Arztes Hippokrates, Tele=
sippos, Demophon und Perikles, hatten nicht ihres Vaters glänzenden Geist
und dienten daher öfters den Komikern als Zielscheibe.

V. 1005. Akademos (alt: Hekademos), ein Wohlthäter Athens aus
alter Zeit (daher als Heros verehrt), Stifter des nach ihm benannten Platzes
(nordwestlich von Athen, am Kephissos) mit einem Gymnasium, der von
Kimon mit Baumpflanzungen geschmückt worden war.

V. 1006. Aus weißem Rohr ist der Kranz, im Unterschied von den
üppig duftenden der lebenden Generation. Ebenso im folgenden Vers der
Epheu zur Bezeichnung eines Turnerkranzes. — Gymnastische Uebungen
in der freien Gottesnatur.

So bekommst du fur's Erste ein blasses Gesicht,
Schmalschultrigen Wuchs, schwindsüchtige Brust,
Und die Zunge gedehnt, das Gesäß gar klein,
Das Gemächt gar groß, und die Volksred lang;
Er beschwatzt dich sogar
Daß Alles was häßlich ist schön dir erscheint   1020
Und als häßlich was schön.
Und am Ende beschmutzt er dir Seele und Leib
Mit Antimachos' häßlicher Wollust.

Halbchor.

O du, der schönthurmige, der herrliche Weisheit übet,   1025
Wie duftet süß sittlichen Ernstes Blüte aus deinen Reden!
Beneidenswerth waren denn doch die Männer der damaligen Zeit.
Auf dieses mußt, prunkender Kunst Meister, du jetzt   1030
Bringen zu Markt was Neues, denn der hat gefunden Beifall.
Gewalt'ger Kraftanstrengung, scheint's, bedarfst du wider diesen,
Wenn du ihn überbieten willst und nicht verspottet werden.

Der Ungerechte.

Längst würgt' es auch im Innern mich, ich brenne vor Verlangen
Durch Gegengründe alles dieß zu Boden ihm zu werfen.   1035
Denn eben darum ward ich ja genannt die schlecht're Sache
Von unsern Denkern, weil zuerst von Allen ich ersonnen
Den Rechten und Gesetzen stets schnurstracks zu widersprechen. 1040
Und wahrlich diese Kunst ist mehr als vierzigtausend Thaler
Werth, daß man die schlecht're Sache wählt und doch den Sieg davonträgt.
Gib Acht wie ich die Zucht auf die er pocht zu Schanden mache.
Fürs Erste sagt er, warmes Bad werd' er dir nicht gestatten;
Und doch was ist der Grund daß du die warmen Bäder tadelst? 1045

Der Gerechte.

Weil dieser Brauch verderblich ist und Männer macht zu Memmen.

V. 1023. Antimachos, sonst unbekannter Wollüstling.
V. 1044. Vgl. V. 991.

Der Ungerechte.

Halt' ein! Schon hab' um den Leib ich dich gefaßt daß kein Entfliehn ist.
Gib Antwort mir: wer dünket dir der männlichste der Söhne
Des Zeus an Mut, und welcher hat vollbracht die meisten Thaten?

Der Gerechte.

Ich schätze: tapfrer ist kein Mann als Hérakles gewesen.   1050

Der Ungerechte.

Wo sahst du kalte Bäder nun nach Herakles benennen?
Und doch wer war mannhafter je?

Der Gerechte.

Da haben wir's, das ist es
Was immerfort das junge Volk den ganzen Tag sich vorschwatzt
Und was daher die Bäder füllt, die Ringeschulen leer macht.

Der Ungerechte.

Das Leben auf dem Markte dann — das tadelst du, ich lob' es; 1055
Denn wär's was Schlimmes — stellte wohl Homeros nicht den Nestor
Als Redner auf dem Markte dar und seine Weisen alle.
Von hier aus geh' ich weiter denn, zur Zunge, die zu üben
Dem Jüngling dieser widerräth, wogegen ich ihn's heiße.
Dann meint er: sittsam müß' er sein; ein zweiter grober Schnitzer. 1060
Wem hast du je gesehen daß durch Sittsamsein 'was Gutes
Zu Theil geworden wäre? sprich! beweise daß ich irre.

Der Gerechte.

Oh Viele! Zum Beispiel Peleus hat dadurch das Schwert bekommen.

V. 1048. Syllogismus: Herakles ist doch gewiß höchst mannhaft;
nun aber heißen warme Bäder Heraklesbäder: also können warme Bäder
doch unmöglich das Gegentheil von mannhaft sein.

V. 1051. So heißen z. B. die schon von den Römern benützten Ther=
men bei Mehadia im Banat noch jetzt Herkulesbäder. Vielleicht sollte die
Benennung daran erinnern daß nur einer der tüchtig gearbeitet (wie Hera=
kles) ohne Nachtheil eine solche Erholung gebrauchen könne.

V. 1055. Tadelst, V. 991. Aber natürlich nur an Unerwachsenen,
wovon der Gegner sophistisch absieht.

V. 1056. Homeros, vgl. Ilias I, 247.

V. 1063. Peleus, Sohn des Aiakos, flüchtete sich wegen einer un=

Der Ungerechte.

Das Schwert? Da hat der arme Tropf 'was Schönes denn gewonnen!

Hyperbolos vom Lampenmarkt dagegen hat durch Schlechtſein 1065

Ein Schwert zwar nicht, jedoch dafür manch hübſch Talent gewonnen.

Der Gerechte.

Der Thetis Hand verſchaffte auch ſein Sittſamſein dem Peleus.

Der Ungerechte.

Sie gieng auch bald genug ihm durch: er war ihr viel zu ſittſam,

War nicht ſo luſtig im Bett mit ihr die ganze Nacht zu ſchwärmen;

Strapaziert zu werden liebt das Weib: du biſt ein alter Klepper. 1070

Was Alles ſolches Sittſamſein umfaßt bedenke, Jüngling,

Wie vielen Lebensfreuden du dabei entſagen müßteſt,

Den Knaben, Weibern, dem Becherſpiel, dem Schmauſen, Trinken, Lachen;

Und ohne dieſe Freuden, ſag', verlohnt ſich's da zu leben?

Genug. Ich wende mich zu dem wozu Natur uns antreibt. 1075

Du haſt geſündigt, haſt geliebt und wardſt ertappt im Ehbruch:

Du biſt verloren, denn du kannſt nicht reden. Wenn du mich wählſt,

Folg' deinen Trieben, spring' und lach' und halte Nichts für Sünde.

Trifft dich ein Mann bei ſeiner Frau, ſo halt' ihm nur entgegen:

vorſätzlichen Tödtung nach Jolkos zu Akaſtos, deſſen Gattin ſich in ihn ver=
liebte und, als er ihren Wünſchen nicht entſprach, ihn bei Akaſtos verleum=
dete als habe er ihr nachgeſtellt. Dafür verſteckte Jener dem Peleus, als er
auf der Jagd in der Wildniß eingeſchlafen war, ſein Schwert, um ihn
wehrlos den wilden Thieren preiszugeben. Aber die Götter retteten den
Unſchuldigen, indem ſie ihm ein anderes, von Hephaiſtos gefertigtes, Schwert
zuſchickten.

V. 1065. Der Lampenmarkt iſt des Hyperbolos (V. 551 ff.)
Heimat, ſofern er Lampenhändler war (Ritter 1315). Schlechtſein,
Beſtechlichkeit, Unterſchleife u. dergl.

V. 1067. Thetis, Nereide, um deren Hand Zeus und Poſeidon ſich
beworben hatten, die ſie aber dem Peleus überließen. Nachdem ſie von
dieſem den Achilleus geboren hatte verließ ſie denſelben, als er ſie hinderte
ihr Kind unſterblich zu machen. Hier aber iſt die Trennung frivol motiviert.

V. 1073. Becherſpiel, wobei es galt mit dem Reſte des Weines
im Becher ſo auf die Schale einer aufgehängten Wage zu treffen daß die=
ſelbe den Kopf eines darunter geſtellten Männchens berührte.

Kein Unrecht habeſt du gethan, beruf' auf Zeus dich kecklich   1080
Der auch der Lieb' und ſchönen Frau'n nicht widerſtehen könne,
Und wie nun ſollteſt du, der Menſch, mehr als der Gott vermögen?

Der Gerechte.

Doch bringt dein Rath ihm den Rettigkeil, mit Aſche Glattraſieren,
Weiß dann er einen Grund dafür daß nicht er Weitarſch ſeie?

Der Ungerechte.

Und wenn er Weitarſch iſt — was ſchadet das ihm dann?   1085

Der Gerechte.

Was könnt' ihm Schwereres begegnen je als dieß?

Der Ungerechte.

Beſieg' ich dir dieſen Satz, was ſagſt du dann dazu?

Der Gerechte.

Nichts mehr, was könnt' ich auch?

Der Ungerechte.

Wohlan, ſo ſage mir:
Wer wird als Staatsanwalt beſtellt?

Der Gerechte.

Weitärſche.   1090

Der Ungerechte.

Ja, das mein' ich auch.
Und dann die Tragödienſchreiber ſind — ?

Der Gerechte.

Weitärſche.

Der Ungerechte.

Ja, da haſt du Recht.
Volksredner ferner, was ſind die?

V. 1083. Beſchimpfende Strafen welche der beleidigte Ehemann an
dem auf friſcher That Ertappten vollziehen durfte.
V. 1090. Das mit dem ehrlichen Voß gewählte derbe Wort bezieht
ſich auf die widerliche hellenische Art der Lüderlichkeit. Daß die in die neu-
moriſchen Künſte (wie Redekunſt) Eingeweihten auch durch Sittenloſigkeit
ſich auszeichnen behauptet der Dichter auch ſonſt, ſ. Ritter 880.

Ariſtophanes.   12

Der Gerechte.

Weitärsche.

Der Ungerechte.

Siehst du also ein   1095
Daß völlig du im Irrthum bist?
Und unter dem Publikum zähle, wer
Die Mehrheit hat.

Der Gerechte.

Ich zähle schon.

Der Ungerechte.

Was findest du?

Der Gerechte.

Weitärsche sind, o großer Gott,
Weitaus die Meisten.   Diesen da
Den kenn' ich wohl, und Jenen dort,   1100
Und hier den mit dem Lockenkopf.

Der Ungerechte.

Was sagst du drum?

Der Gerechte.

Wir sind besiegt, o Hurerpack:
Um Gotteswillen fangt
Mir meinen Mantel auf, ich geb'
In Euer Lager über.

Sokrates.

Wie ist es? Willst du deinen Sohn hier jetzt mit dir   1105
Fortnehmen, oder lehr' ich ihn die Redekunst?

V. 1104. Um sich's beim Laufen bequemer zu machen wirft er sein
Obergewand ab, auf die Orchestra, springt demselben dann nach und geht
durch den Seitengang ab.   Der Gegner aber zieht triumphierend mit Phei=
dippides ab.   Die unmittelbar folgenden Verse (1105—1114) sind damit
freilich nicht zu vereinigen.   Dieselben sind ein Ueberrest der ersten Bear=
beitung, der vom Herausgeber der zweiten nicht mit der jetzigen Gestalt
des Vorhergehenden in Einklang gebracht ist.

Strepsiades.

Ja lehr' ihn nur und prügl' ihn durch, und sieh mir zu
Daß auf sein Mundwerk wird: auf der einen Seite recht
Für kleine Processe, jedoch den andern Backen, der
Mach' ihm so scharf daß der für die größ'ren Fälle reicht.   1110

Sokrates.

Sei ruhig, als feinen Sophisten führst du bald ihn heim.

Pheidippides.

Vielmehr als blassen Jammermenschen, glaube ich.

Chor.

So ziehet hin: doch fürcht' ich, dich wird dieß noch gereuen.
Was die Richter Vortheil haben wenn sie diesem Chor sein Recht
Freundlich angedeihen laßen — wollen jetzt wir sagen an.   1115
Erstlich, wenn bei guter Zeit ihr euer Feld umbrechen wollt,
Werden euch zuerst wir regnen und den Andern hintendrein.
Euer Korn dann und die Reben nehmen wir in unsre Hut
Daß sie nicht die Dürre schädigt noch des Regens Uebermaß.   1120
Doch wenn Einer uns mißachten will, der Mensch die Göttinnen,
Mög' aus unsrem Mund er hören was von uns er leiden wird:
Weder Wein wird er bekommen noch was sonst von seinem Gut.
Denn sobald Oelbäum' und Reben ihm zu sproßen fangen an,   1124
Werden wir sie zerhau'n: mit solchen Schleudern schlagen wir darein.
Sehen wir ihn Ziegel brennen, regnen und zerschmettern wir
Ihm mit eierrunden Schloßen alle Ziegel auf dem Dach.
Macht er Hochzeit selber oder ein Verwandter oder Freund,
Regnen wir die ganze Nacht durch, daß er wohl sich wünschen wird
Daß er in Aegypten wäre, statt zu fällen schlechten Spruch.   1130

V. 1129. So daß der Fackelzug zum Hause der Neuvermählten, sammt
dem Gesang und aller Fröhlichkeit zu Waßer wird.

V. 1130. In Aegypten, so weit als möglich weg von dem Schauplatz seiner Mißgriffe, „da wo der Pfeffer wächst".

Strepsiades

kommt mit einem Mehlsack auf dem Rücken, den er absetzt und an den Fingern zu zählen anfängt.

Der fünfte, vierte, dritte, dann zweitletzte noch.
Alsdann von allen Tagen der zuallermeist
Mir Angst und Schaudern macht und mir ein Grenel ist,
Gleich ist er da nach jenem, der alt= und neue Tag.
Denn Jeder dem ich etwas schuldig bin, der schwört,   1135
Die Sporteln hinterlegend werd' er vernichten mich,
So sehr ich bitte nur um ein Bischen Billigkeit:
„Mein Bester, nur im Augenblick jetzt nimm das nicht,
Bei jenem gönne mir Frist, erlaß mir das" — da heißt's:
So kämen sie nie zu ihrem Geld, und schimpfen mich,   1140
Ich treib's nicht ehrlich, und sagen sie zieh'n mich vor Gericht.
Nun mögen sie mich verklagen: es ficht mich wenig an,
Hat nur Pheidippides brav reden hier gelernt.
Das werd' ich sehr bald wissen: ich klopf' an die Denkanstalt.
He, Bursche, Bursche!   1145

Sokrates heraustretend
Ich küsse dich, Strepsiades.

Strepsiades.
Ich gleichfalls; aber nimm vor Allem diesen da;

Auf den Mehlsack deutend.

Es gebürt sich dem Lehrer zu bringen den Zoll der Bewunderung.

V. 1131. In dem letzten Drittel des Monats zählten die Athener rückwärts, den zehnten (oder neunten, achten), neunten u. f. f. bis zum letzten (dem Tage des Mondwechsels), der zugleich der erste des folgenden Monats war. Dieser hieß darum der alt und neue Tag (V. 1134), und war dasjenige was jetzt der ultimo für die Börsenmänner, der Tag an welchem die Schuldenliquidationen Statt fanden.

V. 1136. Gleich zum Beginn des Processes mußten in Athen die Gerichtssporteln von beiden Theilen hinterlegt werden, und der unterliegende hatte dann dieselben der Gegenpartei zu ersetzen. Die Gerichtssporteln (gegen einen) hinterlegen ist daher so viel als einen Proceß einleiten (gegen Jemand).

Und dann von meinem Sohne sag' ob er versteht
Die bewußte Redekunst, den kürzlich du fortgeführt?

Sokrates.

Er versteht sie. 1150

Strepsiades.

Herrlich! hohe Göttin Prellerei!

Sokrates.

So daß du jeder belieb'gen Klag' entrinnen kannst.

Strepsiades.

Auch wenn der Gläub'ger Zeugen hat daß ich geborgt?

Sokrates.

Dann noch viel eher, und wenn er deren tausend hat.

Strepsiades.

Glückselig ruf' jetzt ich denn aus vollster Brust
Ein Jubellied. Heult ihr Groschenwäger, heult, 1155
Ihr selbst mit eurem Capital und Zins aus Zins;
Ihr werdet künftig mir kein Haar mehr krümmen je!
Weilt mir doch unter dem Dach
Hier ein vortrefflicher Sohn,
Schwertscharf, blitzschleudernder Zunge! 1160
Mein Hort, des Hauses Retter, der Feinde Qual ist der,
Löser der Noth, die schwer drückte des Vaters Herz!

Zu Sokrates.

Laufe geschwind und ruf ihn aus dem Haus zu mir.

Sokrates ab in sein Haus.

O geliebtestes Kindlein, verlasse das Haus,
Da der Vater dich ruft.

Sokrates

kommt mit dem käsebleichen Pheidippides zurück.

Da hast du den Mann! 1165

Strepsiades

sinkt seinem Sohn in die Arme.

Theuerster, Theuerster!

Sokrates.

Da nimm ihn hin und gehe.

Ab in sein Haus

Strepsiades.

Juchhe, Kind, Juchhe, Juchhe, Heissassa!   1170
Wie freut mich's erstens diese Farb' an dir zu sehn:
Jetzt endlich siehst du aus wie die baare Negation
Und Protestation, es steht dir prächtig jetzt
Das landesübliche „Was sagst du?" und jener Schein
Des Gekränktseins, wenn man Unrecht selbst geübt; ich kenn's;   1175
Und aus dem Antlitz spricht dir ganz der att'sche Blick.
Jetzt sei mein Retter, wie du mein Verderben warst.

Pheidippides.

Vor was denn hast du Angst?

Strepsiades

Vor dem alt= und neuen Tag.

Pheidippides.

Wie? gibt's denn einen Tag der wäre alt und neu?

Strepsiades.

Der Tag auf den sie mir mit Sportelnerlegen drohn.   1180

Pheidippides.

Dann sind verloren für sie die Sporteln: nimmermehr
Kann doch derselbe Tag zugleich zwei Tage sein.

Strepsiades.

Nicht sein kann das?

Pheidippides.

Wie sollt' es denn? Dann könnte auch
Dieselbe ein altes Weib und junges Mädchen sein.

Strepsiades.

So heißt es aber im Gesetz.

V. 1176. Der attische Blick hat den Ausdruck des Selbstvertrauens
und der Selbstzufriedenheit.

Pheidippides.

So versteht man wohl   1185
Des Gesetzes wahren Sinn nicht recht.

Strepsiades.

Was ist sein Sinn?

Pheidippides.

Der alte Solon war ein geborner Freund des Volks ...

Strepsiades.

Das hat mit dem alt= und neuen Tag noch Nichts zu thun.

Pheidippides.

Der hat zwei Tage nun für die Klagen festgesetzt,
Den alten und den neuen Tag, damit alsdann   1190
Das Sportelnhinterlegen sind' am Neumond Statt.

Strepsiades.

Warum dann fügt' er den alten hinzu?

Pheidippides.

Damit, mein Freund,
Der Beklagte Einen Tag vorher sich Ende ein
Und selbst von der Klage los sich machen kann: wo nicht
Man am Morgen des Neumonds schreite wider denselben vor. 1195

Strepsiades.

Wie kommts dann aber daß die Behörden am Neumond nicht
Die Sporteln nehmen, sondern am alt= und neuen Tag?

Pheidippides.

Drum halten sie's, scheint's, so wie die Opferkoster thun:
Damit sie möglichst schnell die Sporteln schnappen weg,
Deßwegen kosten sie schon sie einen Tag zuvor.   1200

Strepsiades.

Bravo!

Zum Publikum gewendet.

Ihr Wichte, was hockt ihr und glotzt so dumm darein?

V. 1191. Neumond, der Tag nach dem „alt und neuen", also der
zweite des Monats.

Steinklötze seid ihr, zur Beute für uns Weise da,
Seid Nullen, die puren Schafe, leeres Kachelnwerk!
Drum muß ich doch auf mich und meinen Sohn da jetzt
Zur Feier des hohen Glückes ein Loblied stimmen an.   1205
                              Singt:
          „O du glückseliger Mann,
          Wie weis' und klug selbst du bist
          Und welchen Sohn ziehst du dir!"
          So sagen mir Freunde jetzt
          Und Nachbarn bald,   1210
Voll Neid wenn durch dein Wort du siegreich die Rechtshändel führst.
Doch führ' ich dich ins Haus zuerst, will dich dort bewirten.
                    Beide ab. Es tritt auf
                         Pasias,
     ein wohlbeleibter Capitalist, in Gesellschaft eines Zeugen.
So? soll ein Mann wegwerfen von seinem Eigenthum?
Nein nimmermehr! Doch hätt' ich's freilich besser gleich   1215
Ihm rundweg abgeschlagen, statt jetzt Scheererei
Zu haben, indem ich, um zu gelangen zu meinem Geld,
Als Zeugen dich herschleppen muß, und obendrein
Zum Feinde mir mache diesen meinen Nachbarsmann.
Doch nie, so lang' ich lebe, mach' ich dem Vaterland   1220
Unehre, sondern (laut) lade Strepsiades —
               Strepsiades herauströtend.
                              Wer da?
          Pasias fortfahrend.
Vor Gericht auf den alt= und neuen.
               Strepsiades.
                    Ihr seid Zeugen mir
Daß auf zwei Tage er gesagt hat. Und weßhalb?
          Pasias.
Von wegen der zwölf Pfund die du von mir empfiengst als du
Den Schecken kauftest.
     V. 1219. Nachbarsmann, den Strepsiades.

Strepsiades.

Schecken? Höret doch einmal, 1225
Da Ihr doch Alle wißt wie ich hasse die Rösselei!

Pasias.

Und die du, beim Zeus, zu zahlen bei den Göttern schwurst.

Strepsiades.

Ja wohl; denn, beim Zeus, zu jener Zeit verstand noch nicht
Pheidippides mir die unbezwingliche Redekunst.

Pasias.

Und gedenkst du darum mir die Schuld zu bestreiten jetzt? 1230

Strepsiades.

Was hätte von all dem Lernen ich denn gewonnen sonst?

Pasias.

Und willst du das bei den Göttern eidlich leugnen mir,
Wenn ich's von dir verlange?

Strepsiades.

Bei welchen Göttern denn?

Pasias.

Bei Zeus, bei Hermes, bei Poseidon.

Strepsiades.

Ja, beim Zeus,
Ich gebe noch drei Batzen drein wenn ich schwören darf.

Pasias.

Der Henker hole dich noch für die Frechheit die du zeigst! 1235

Strepsiades.

Mit Salzbrüh' ausgescheuert wäre zu brauchen der.

Pasias.

Weh! daß du mich verhöhnst.

Strepsiades.

Sechs Imi faßt er leicht.

V. 1237. Zur Antwort stellt Strepsiades den Gläubiger mit seinem
Wanste unter den Gesichtspunkt eines Fasses, zu dessen Verrichtungen er
sich unter der angegebenen Voraussetzung qualificieren würde.

Pasias.

Beim großen Zeus und allen Göttern! ungestraft
Verhöhnst du mich nicht.

Strepsiades.

　　　　Die Götter machen mir vielen Spaß,　1240
Und Wissende finden es komisch wenn man schwört bei Zeus.

Pasias.

Fürwahr das wirst du schwer noch büßen mit der Zeit.
Doch ob du mir das Geld willst zahlen oder nicht,
Antworte, daß ich fortkann.

Strepsiades.

　　　　Wart' ein Weilchen noch:
Im Augenblicke bring' ich klare Antwort dir.　　　　1245
　　　　Geht ins Haus hinein.

Pasias zum Zeugen.

Was meinst du daß er thun wird? Glaubst du daß er zahlt?
　　Der Zeuge antwortet mit einer stummen Gebärde.

Strepsiades,
kommt zurück mit einer Mulde.

Wo ist der welcher das Geld von mir verlangt? — Du, sag',
Was ist dieß hier?

Pasias.

　　　　Was dieses sei? 'ne Mulde ist's.

Strepsiades.

Und du bist solch ein Mensch und forderst von mir das Geld?
Nicht zahl' ich einen Batzen einem Manne je　　　　1250
Der mir ins Gesicht die Muldinn Mulde nennen kann!

Pasias.

Du wirst nicht zahlen also?

Strepsiades.

　　　　Nein, so viel ich weiß.
Und nun geschwinde vorwärts Marsch und trolle dich
Von meiner Thüre fort!

Pasias.

Ich gehe, und wiffe nur:
Hinterleg' ich die Sporteln nicht, so will ich des Todes sein. 1255
Ab.

Strepsiades ruft ihm nach.

So verlierst du außer deinen zwölf auch diese noch.
Doch thut mir's herzlich leid daß dieß dir widerfährt
Dieweil du im Unverstande „Mulde“ haft gesagt.

Amynias tritt wehklagend auf

„O weh, weh, mir!“

Strepsiades.

„Halt ein! halt ein!“
Wer ist denn der Jammersänger da? 's hat doch nicht 1260
Von Karkinos' Göttern einer diesen Schrei gethan?

Amynias.

„Ach! wer ich seie, das zu hören wünschet ihr?
Ein Mann des Unglücks!“

Strepsiades.

So? dann geh du deines Wegs.

Amynias.

„O grimmer Gott, o räderbrecherisch Geschick
Von meinen Rossen! Pallas wie verderbst du mich!“ 1265

Strepsiades.

Was hat Tlepolemos denn dir je zu Leid gethan?

V. 1256. Weil er sicherlich vor Gericht unterliegen wird.

V. 1261. Karkinos, Tragiker jener Zeit (Vater des Tragikers Xe=
nokles), welcher mit Vorliebe Jammergestalten auf die Bühne gebracht zu
haben scheint. Die Anführungszeichen bedeuten daß die betreffenden Worte
parodisch sind.

V. 1266. Tlepolemos, Sohn des Herakles, tödtete den Freund
des Letzteren, Likymnios, zu Tiryns, wie es nach unserer Stelle scheint (un=
vorsätzlich) beim Wagenrennen. Der Stoff war von Xenokles behandelt, und
ein Theil der obigen Worte ist der betreffenden Tragödie desselben (betitelt
Likymnios) entnommen.

Amynias.

Verspotte mich nicht, mein Freund, nein, heiße deinen Sohn
Vielmehr mir das Geld heimzahlen das er von mir empfieng,
Zumal ich ins Unglück jetzt hineingerathen bin.

Strepsiades.

Was soll denn das für Geld sein?

Amynias.

                    Das er von mir entlehnt.   1270

Strepsiades.

Da scheint mir's wirklich auch daß du im Unglück bist.

Amynias.

Beim Wagenrennen stürzt' ich, die Götter wissen's, ja.

Strepsiades.

Als wärst du auf den Kopf gefallen faselst du.

Amynias.

Heißt das gefaselt wenn mein Geld ich wieder will?

Strepsiades.

Unmöglich bist du selber ganz gesund.   1275

Amynias.

                      Wie so?

Strepsiades.

Dein Hirn traf, wie mich dünkt, 'ne Art Erschütterung.

Amynias.

Und dich betrifft, wie mich dünkt, beim Zeus, Vorforderung,
Wenn du das Geld mir nicht bezahlst.

Strepsiades.

                      Ei, sage mir:
Was meinst du, daß bei jedem Regen jedesmal
Zeus neues Wasser regne, oder Helios   1280
Das nämliche Wasser wieder von unten zieh' herauf?

Amynias.

Das weiß ich nicht und ist mir auch ganz einerlei.

Strepsiades.

Wie hättest nun du ein Recht das Geld zu bekommen je,
Wenn du von den überird'schen Dingen nichts verstehst?

Amynias.

Bist du bei Geld nicht, zahlt mir wenigstens den Zins   1285
Aus dem Capital.

Strepsiades.

Den Zins? Was ist das für ein Thier?

Amynias.

Was Anderes als daß mit jedem Monat, jedem Tag
Die Summe Geldes größer und immer größer wird,
Indeß allmählich die Zeit verstreicht?

Strepsiades.

Gut definiert.

Wie aber? Vom Meere meinst du daß es größer sei   1290
Jetzt als vordem es war?

Amynias.

Nein, sondern gleich, beim Zeus;
Es wäre nicht in der Ordnung wenn es größer wär'.

Strepsiades.

Also das Meer, du Gottverdammter, wächst um Nichts
An Größe, trotz der Ströme Zufluß, aber du
Willst haben daß dein Geld stets größer werden soll?   1295
Packst nicht sogleich du dich von meinem Hause weg?
Gib mir den Stachel.

Reißt ihm die Peitsche aus der Hand und schlägt ihn damit.

Amynias zum Publikum.

Ihr könnt bezeugen was er that.

Strepsiades.

Nur vorwärts! Wozu zaudern? Schecke, trabst du nicht?

Amynias.

Heißt das nicht injurieren?

Strepsiades.

Tummle dich! Ich will
Den Stachel unter den Hintern, Handgaul, treiben dir!   1300
Du fliehst? Nun gut, ich hätte sonst dir warm gemacht
Sammt deinen Rädern allen und deinem Zweigespann!

Ab ins Haus zurück.

Chor.

Strophe.

Wie schlimm ist's doch wenn man das Unrechthandeln liebt!
   Der Greis in der Tollheit
     Will an sich reißen durch Betrug   1305
     Das Geld das er geliehn erhielt.
     Es kann nicht fehlen daß ihn heut
      Treffen wird noch etwas das
      Diesen abgefeimten Schelm
       Unversehens
      Zum Lohne für die Schelmerei'n   1310
       Die er begonnen züchtigt.

Gegenstrophe.

Ich denke nämlich daß ihm bald das wird zu Theil
     Was längst er begehrt hat,
     Daß ihm sein Sohn ein Meister sei
     Durch Gegengründe allem Recht   1315
     Zu widersprechen, so daß siegt
      Jeder dem zur Seit' er steht,
      Ob auch das wofür er spricht
      Völlig schlecht ist.
      Doch bald, doch bald wird wünschen er
       Sein Sohn wär' stumm geboren!   1320

Strepsiades,

stürzt heulend aus dem Hause. Hinter ihm drein Pheidippides.

O weh, o weh!
Ihr Nachbarn, Vettern, Stammgenossen, steht mir bei,
Helft, helft mir, ich werde geschlagen, aus Leibeskräften helft!

O weh, mein Kopf, mein Backen! O weh mir armem Mann!
Verruchter, deinen Vater schlägst du?

Pheidippides.

Ja wohl, Papa.   1325

Strepsiades.

Da seht, er gesteht es selbst daß er mich schlägt.

Pheidippides.

Gewiß.

Strepsiades.

Verruchter, Vatermörder, Räuberspießgesell!

Pheidippides.

O sage mir dieses noch einmal und mehr dazu!
Du weißt ja welchen Spaß mir rechtes Schimpfen macht.

Strepsiades.

Arschlocher du!

Pheidippides.

Streu' nur der Rosen viele mir.   1330

Strepsiades.

Den Vater schlägst du?

Pheidippides.

Und werde beim Zeus beweisen auch
Daß ich mit Recht dich schlug.

Strepsiades.

O du Verruchtester,
Wie wär' es möglich den Vater mit Recht zu schlagen je?

Pheidippides.

Ich werd' es beweisen und siegen mit Gründen über dich.

Strepsiades.

Du willst darin mich besiegen?

V. 1330. Das Schimpfwort, das mit dem Maßstab einer fessellosen
und sittlich herabgekommenen Zeit gemessen sein will, in dem Sinne wie
V. 1090 ff.

Pheidippides.

    Bei Weitem und ohne Müh';   1335
So wähle, welche von beiden Sachen du führen willst.
        Strepsiades.
Von welchen beiden?
        Pheidippides.
        Die stärkere oder die schwächere.
        Strepsiades.
Beim Zeus, es wäre wirklich wahr, mein Theuerster,
Daß ich dem Recht zu widersprechen dich lernen ließ,
Wenn du beweisen würdest es seie recht und gut   1340
Daß jeder Vater von seinen Söhnen Schläge kriegt.
        Pheidippides.
Doch hoff' in der That ich so klar es darzuthun daß du,
Nachdem du mich angehört, selbst Nichts dagegen sagst.
        Strepsiades.
Ich will doch hören was du gar noch sagen wirst.
        Halbchor.
        Strophe.
    Jetzt, Alter, ist's an dir zu sehn auf welche Art   1345
        Den Mann du besiegest:
    Denn hätt' er nicht worauf er baut, so wär' er nicht
        So keck und vermessen.
    Auf Etwas pocht er sicher: unbestreitbar ist
        Entschlossen der Sinn ihm.   1350
Aus was jedoch von vornherein der Streit sich hat entsponnen,
Das mußt zum Chor du sagen erst: das wirst du schlechterdings thun.
        Strepsiades
Nun ja, was erster Anlaß war daß wir in Streit geriethen
Will ich erzählen. Wie ihr wißt begiengen wir ein Festmahl,
Und da ersucht' ich ihn zuerst zur Leier vorzutragen   1355
Das Liedchen vom Simonides „der Widder ward geschoren."

    V. 1356. Simonides aus Keos, berühmter Lyriker zur Zeit der

Da fuhr der auf: altmodisch sei das Klimpern und das Singen
Beim Trinkgelag, dem Weibe gleich das Gerstenkörner mahle.

Pheidippides.

Und hast du da nicht gleich verdient daß ich dich schlag' und trete,
Weil singen du mich hießst, als ob die Gäste Grillen wären?   1360

Strepsiades.

Ja, ja, ganz ebenso wie jetzt so sprach er schon im Hause,
Und sagte von Simonides er sei ein schlechter Dichter.
Ich hielt das Anfangs ruhig aus, so schwer es auch mir wurde,
Dann aber bat ich ihn, so doch zum Myrtenzweig mir etwas
Aus Aeschylos zu sprechen. Da erwidert er mir alsbald: 1365
Ach was! Mir scheint der Aeschylos der Hinterste von den Dichtern:
Ein Polt'rer, ohne Zusammenhang, maulsperrig, aufgedunsen.
Ihr könnt Euch denken wie mir dieß das Herz in Aufruhr brachte;
Gleichwohl verbiß ich meinen Zorn und sagte: nun, so sprich denn
Mir etwas aus den Neueren, so etwas recht Gescheides.   1370
Gleich sang er aus Euripides ein Stück worin der Bruder —

Perserkriege. Das hier gemeinte Lied war für einen Sieger gefertigt dessen
Gegner Krios, d. h. Widder, geheißen hatte. Mit Anspielung auf diese
Appellativbedeutung des Namens hatte Simonides sein Lied begonnen:
„Nicht übel geschoren ward der Widder".

B. 1358. Ein griechisches Mahllied haben wir noch: „Mahle, Mühle,
mahle! Mahlet doch auch Pittakos, Der im großen Mytilene Auf dem
Thron sitzt." — Die neumodische Art der Tischunterhaltung wären geist-
reichelnde sophistische Gespräche.

B. 1360. Grillen (Cikaden), deren Sache das Singen ist, während
sie fast keine materiellen Bedürfnisse haben, da sie (nach dem Glauben der
Alten) vom Thaue leben.

B. 1364. Einen Myrtenzweig hatte der in der Hand welcher ein
Lied vortrug, wie die Redner einen Stab; eine Sitte die ursprünglich einen
religiösen Sinn hatte, später aber als praktisch beibehalten wurde.

B. 1365. Aeschylos ist der Dichter der guten alten Zeit Athens;
eine so despectierliche Aeußerung über ihn verletzt daher den Strepsiades im
Innersten.

V. 1371. Einen Stoff dieser Art hatte Euripides wirklich in seinem
Aiolos behandelt, wo der Sohn des Aiolos, Makareus, seine leibliche
Schwester Kanache verführt.

Aristophanes.   13

Daß Gott in Gnaden uns bewahr'! — — entehrt die eig'ne Schwester!
Da hielt ich's länger nicht mehr aus und macht' ihn gleich herunter
Mit vielen schweren Schmähungen: da gab nun, wie natürlich,
Ein Wort das andre, bis zuletzt der da vom Tische aufsprang,   1375
Mich niederdrückte, prügelte, mich würgte und mich wundschlug.

Pheidippides.

Und nicht mit vollem Recht, da du Euripides nicht preisest,
Den grundgescheiden?

Strepsiades.

Der gescheid? Du — wie soll ich dich nennen?
Allein kann krieg' ich wieder Schläg'.

Pheidippides.

Und das, beim Zeus, mit Recht auch.

Strepsiades.

Wie so mit Recht? Du frecher Mensch, hab' ich dich nicht erzogen, 1380
Auf all dein Lallen väterlich geachtet, was du meinest?
Wenn „Brü" du riefst, verstand ich das und reichte dir zu trinken,
Verlangtest du nach Pappap, lief ich gleich und brachte Brod dir:
Kaum hattest du Aeäh gesagt, so nahm ich dich und trug dich
Zur Thür' hinaus und hielt dich hin. Und jetzt was thut du? würgst
mich,   1385

    Und ob ich schrie und ob ich rief
    Ich müsse kacken, hörtest nicht,
    Ließt nicht, Verruchter, mich hinaus .
    Zur Thure, sondern drücktest mich,
    Bis drinn ich Acäh machte!   1390

Chor.

Ich denke daß den jungen Herren nun das Herz
    Hüpft, was er entgegne.
Denn wenn nach solchem Thun es diesem noch gelingt
    Mit Reden zu siegen,

    V. 1377. Euripides gehört zur Clique der sophistisch Gebildeten.

Dann gäben wir den ältern Männern um ihr Fell   1395
      Auch nicht eine Erbse.
Nun ist's an dir, Erfinder du und Schleud'rer neuer Sätze,
Vollwicht'ge Gründe auszuspähn, daß du im Recht zu sein scheinst.

                    Pheidippides.

Wie süß ist's doch vertraut zu sein mit neuen feinen Dingen
Und auf den überkomm'nen Brauch heruntersehn zu können!   1400
So lang ich nämlich einzig Sinn für Roß und Wagen hatte
Vermochte ich drei Worte nicht zu sprechen ohne Anstoß;
Nun aber, seitdem dieser selbst hiervon mich abgebracht hat
Und ich scharfsinnigen Idee'n und Grübelei'n mich widme,
Getrau' ich mir zu zeigen daß den Vater prügeln Recht ist.   1405

                    Strepsiades.

In Gottes Namen roße denn; für mich ist's ja doch besser
Ich halte dir der Gäule vier als hole selbst mir Beulen.

                    Pheidippides.

Ich komme auf den Satz zurück bei dem du mich gehört hast,
Und frage dich zuerst ob du als Knaben mich geschlagen?

                    Strepsiades.

Gewiß, aus Sorge für dein Wohl und Liebe.   · 1410

                    Pheidippides.

                              Nun, so sag' mir:
Muß ich nicht billig Liebe dir in gleicher Art erweisen,
Und jetzt dich schlagen, da ja dieß, das Schlagen, Liebe heißet?
Warum denn sollte deine Haut gesichert sein vor Schlägen,
Die meine aber nicht? Und doch auch ich bin freigeboren!
„Die Kinder sollen heulen, doch der Vater nicht?"   !415
Einwenden wirst du daß dieß so für Kinder eingeführt sei.
Darauf erwidr' ich dir: es sind „die Alten doppelt Kinder".

      V. 1415. Der Vers, als parodisches Citat schon durch sein abweichen=
des Maß kenntlich, ist nach Eurip. Alkestis 691 gebildet.
      V. 141?. Griechisches Sprichwort, ungefähr in dem Sinne des deut=
schen: Alter schützt vor Thorheit nicht.

Und billig kriegt der Alte mehr zu heulen als ein Junger,
Je eher Pflicht für ihn es ist vor Fehlern sich zu huten.

Strepsiades.

Doch nirgends ist es eingeführt daß Väter Solches leiden. 1420

Pheidippides.

Wars aber nicht ein Mensch der dieß von Anfang eingeführt hat,
Wie du und ich, und hat er nicht die Alten erst beredet?
Und hab' denn ich nun mind'res Recht ein neu Gesetz zu geben
Den Söhnen, daß sie künftighin die Väter wiederschlagen?
Die Schläge die wir kriegten eh noch dieß Gesetz gemacht war 1425
Erlassen wir und gönnen's Euch daß wir umsonst zerbläut sind.
Sieh nur einmal die Hähne an und andre solche Thiere:
Die wehren wider die Väter sich; und doch -- was unterscheidet
Denn sie von uns, als daß sie nicht wie wir Beschlüsse kritzeln?

Strepsiades.

Nun — wenn du doch die Hähne dir in Allem nimmst zum Muster, 1430
Was frißt du nicht auch Mist wie sie und schläfst auf einer Stange?

Pheidippides.

Das ist 'was Andres, Freund, und wär' auch Sokrates' Geschmack nicht.

Strepsiades.

Drum schlag' auch nicht, sonst wirst du wohl dereinst dich selbst ver-
schlagen.

Pheidippides.

Wie so!

Strepsiades.

Wie ich berechtigt bin dich abzustrafen, also
Bist du's bei deinem Sohne, wenn dir einer wird. 1435

Pheidippides.

Und wenn nicht —
Dann habe ich umsonst geheult und du verhöhnst mich sterbend.

Strepsiades.

Mir, Männer meines Alters, scheint's als ob er ganz Recht hätte;

Man sollte diesen, mein' ich, auch was billig ist bewill'gen:
Denn wenn wir Unrecht handeln, dann verdienen wir die Ruthe.

Pheidippides.

Betrachte noch den weitern Satz. 1440

Strepsiades.

Nein, dann bin ich verloren!

Pheidippides.

Vielmehr verdrießt dich dann vielleicht nicht mehr was du erlitten.

Strepsiades.

Wie so? sag' an, wie willst du mir daraus noch Nutzen schaffen?

Pheidippides.

Die Mutter prügl' ich ebenso wie dich.

Strepsiades.

Was sagst? was sagst du?
Der Frevel wäre größer noch!

Pheidippides.

Doch wie, wenn ich als Anwalt
Der schwächern Sache zeige dir, 1445
Pflicht sei's die Mutter durchzubläu'n?

Strepsiades.

Was dann es sei? Wenn dieß du thust,
So steht dir gar Nichts mehr im Weg
Zu stürzen dich ins Schinderloch
Sammt Sokrates 1450
Und deiner schwächern Sache!
Euch, Wolken, dank' ich alles dieses Herzeleid:
Euch hatt' ich all mein Sach' anheimgestellt.

Chor.

Vielmehr du selber bist an deinem Unglück Schuld,
Dieweil du dich zu schlimmem Thun gewendet hast. 1455

B. 1438. Diesen, den Söhnen, der jüngern Generation.

B. 1443. In Wahrheit drang Sokrates auf unbedingte Achtung der
Mutter durch die Kinder, s. Xenophons Denkw. II, 2.

Strepsiades.

Warum denn habt Ihr das mir nicht sogleich gesagt,
Mich ungelehrten alten Mann aestachelt noch?

Chor.

So machen wir es jedesmal, so oft wir sehn
Daß Jemand sich gelüsten läßt nach schlimmem Thun,
Und ruhen nicht bis wir ins Unglück ihn gestürzt,   1460
Auf daß er lerne was die Götter fürchten heißt

Strepsiades.

Weh mir! ihr Wolken, das ist schlimm, wiewohl gerecht.
Ich hätte freilich nicht das Geld das ich entlehnt
Betrüglich an mich reißen sollen. —

Zu Pheidippides:

Lieber, jetzt
Vernichte den Chairephon, den Verruchten, und Sokrates   1465
Zur Strafe, die so frech betrogen dich und mich!

Pheidippides.

Nein, meinen Lehrern möcht' ich Nichts zu Leide thun.

Strepsiades.

Doch! Ehrfurcht mußt du hegen vor Zeus, dem Väter-Gott.

Pheidippides.

Ei, seht mir „Zeus, den Väter-Gott"! Altmod'scher Mensch!
Gibt's einen Zeus denn?

Strepsiades.

Sicher.

Pheidippides.

Nein, o nein; es herrscht   1470
Der Wirbel ja und hat den Zeus vom Thron gestürzt.

V. 1458 ff. Vgl. Einl. S. 106 f.

V. 1468. Du bist mir, als deinem Vater, Gehorsam schuldig. Ausgedrückt mit parodischer Anspielung auf eine Tragödienstelle.

V. 1471. Vgl. V. 828. Höhnisch bedient sich Pheidippides der Worte welche Strepsiades selbst früher gebraucht hat, und gibt diesem dadurch zugleich Gelegenheit seine Gotteslästerung zurückzunehmen.

Strepsiades.

Nein, nicht vom Thron gestürzt, ich hab' es nur gemeint,
Verführt durch diesen Wirbelkopf. O weh mir Thor,
Daß ich dich Töpferwerk für einen Gott ansah!

Pheidippides.

So schwatze dein verrücktes Zeug dir selbst da vor.   1475

Ab ins Haus.

Strepsiades.

Weh über den Wahnwitz! Wie verrückt ich wirklich war
Die Götter fortzujagen dem Sokrates zulieb!

An ein Hermesbild sich wendend.

Doch, lieber Hermes, sei nur ja nicht bös auf mich
Und reibe mich nicht ganz auf, sondern verzeihe mir,
Mir der ich durch Geschwätze meinen Verstand verlor;   1480
Und gib mir Rath ob ich durch Klagen vor Gericht
Sie verfolgen solle, oder was dir sonst gefällt.

Legt sein Ohr an das Götterbild und ruft dann plötzlich:

Hast Recht! Prozeßkrämern, meinst du, soll ich nicht,
Vielmehr sobald wie möglich ihr Haus den Schwätzern da
Anzünden über'm Kopf. —

Ruft einem Sklaven.

He, Xanthias, herbei,   1485
Bring' eine Leiter heraus und vergiß die Axt mir nicht;
Dann steige dort hinauf an der Denkanstalt und hau'
Das Dach zusammen, wenn wirklich deinen Herrn du liebst,
Bis ihnen auf den Kopf du das Haus geworfen hast!

Xanthias thut das Befohlene.

Und mir bring' Einer von Euch 'ne brennende Fackel her: 1490
Ich mache daß von ihnen Mancher heute mir
Schwer büßt, und wenn sie noch so sehr Aufschneider sind.

Zündet das Haus des Sokrates an.

V. 1473. Ein Bild des Wirbels, als der Gottheit der Sokratiker, ist — in möglichst ärmlicher und gemeiner Gestalt — vor dem Hause des Sokrates aufgestellt zu denken.

Schüler

stürzt aus dem brennenden Hause heraus und ruft:

O weh, o weh!

Strepsiades.

An dir, o Fackel, ist's des Feuers viel zu spei'n.

Schuler.

He, Mensch, was machst du?

Strepsiades.

Was ich mache? Wie ihr seht   1495

Halt' ich mit den Balken des Hauses ein spitz'ges Zwiegespräch.

Chairephon *ebenso.*

O weh, wer steckt das Haus uns über'm Kopf in Brand?

Strepsiades.

Derjenige dem ihr seinen Mantel genommen habt.

Chairephon.

Du bringst uns um! Du bringst uns um!

Strepsiades.

Das will ich auch,

Wenn diese Art nicht meine Hoffnungen verräth   1500

Und ich zuvor nicht stürze und breche mir den Hals.

Sokrates *tritt zornig aus dem Hause.*

He du, was thust du eigentlich, du auf dem Dache da?

Strepsiades.

„In Lüften wandl' ich und überdenke die Sonne mir."

Sokrates.

O wehe, weh' mir Armem, ich ersticke noch!

Fällt daven.

Chairephon.

Und ich, Unseliger, ich verbrat' und verbrenne noch!   1505

Lauft dem Sokrates nach.

V. 1498. Vgl. V. 656.
V. 1503. Worte des Sokrates in V. 225.
V. 1505. Der dürre Chairephon ist der Gefahr des Verbrennens be=
sonders ausgesetzt, wie es auch absichtlich ist daß seine Worte ein Nachhall
von denen des Sokrates sind.

Strepsiades ruft ihnen nach.

Was fiel Euch' ein auch daß mit den Göttern ihr triebet Hohn
Und nach Selene's Sitze spähtet frechen Blicks?

Zu seinem Diener.

Verfolge sie, wirf sie, hau' sie! Aus hundert Grunden thu's,
Zumeist jedoch dieweil sie Götterfrevler sind!

Strepsiades und sein Diener rennen den Philosophen nach. Die Bühne ist
leer.

Chorfuhrer zum Chor.

Jetzt schreitet hinaus, denn wir haben für heut in dem Reigen genug
nun geleistet. 1510

III. Die Vögel,

von

C. F. Schnitzer.

Einleitung

Die Aufführung der „Vögel" fällt in die Zeit der größten Hoff=
nungen Athens nach außen und der furchtbarsten Aufregung im In=
nern. Es war die Zeit als die stolzeste Flotte der alten Welt unter
Alkibiades' Befehlen von Athen nach Sikelien ausgesegelt war; aber
auch die des berüchtigten Hermokopidenprocesses, der Alles in Athen
in Angst und gegenseitigen Argwohn versetzte. Die Aufführung fand
nämlich statt an den großen Dionysien (Monat März) des Jahrs
414 v. Chr.

In der Nacht vom 10. auf den 11. Mai des Jahrs 415 v. Chr.
wurden fast alle Hermesbilder (Hermen) in der Stadt verstümmelt.
Einzelne Fälle von derartigem Straßenunfug waren auch sonst vorge=
kommen, aber ein so ausgedehnter Frevel, in Einer Nacht vollbracht,
mußte auf die Vermutung einer weitverzweigten Verschwörung führen.
Einige wollten zwar die Sache für einen gewöhnlichen Unfug erklären;
Andere vermuteten, die Korinther haben den Frevel angestiftet, um
durch ein so schlimmes Vorzeichen die Gefahr von ihrer Tochterstadt
Syrakus abzuwenden: aber Niemand wußte die Thäter zu nennen.
Diese Ungewißheit ließ dem Argwohn und der Verdächtigung freien
Spielraum. Gleich am Morgen nach der That wurde der Rath zusam=

menbestellt und das Volk zu einer außerordentlichen Versammlung berufen. Auf den Antrag des Peisandros wurde für die erste Anzeige ein Preis von zehntausend Drachmen gesetzt und eine Untersuchungscommission ernannt, in welcher namentlich Peisandros, Diognet und Charikles saßen. Man erfuhr nichts. Eine Volksversammlung nach der andern wurde gehalten; schon begannen die Parteien auf der Pnyx (dem Versammlungsplatze) sich gegenseitig zu verdächtigen: es wurde beschlossen, wer irgend etwas von Religionsverletzung in Erfahrung gebracht habe solle es anzeigen, und nach dem Antrag des Kleonymos auf die zweite Anzeige ein weiterer Preis von tausend Drachmen gesetzt; Alles ohne Erfolg. Aber den Parteiintriken war durch die erweiterte Aufforderung zur Denunziation Thür und Thor geöffnet, und alsbald zog sich die ganze Bewegung, mit völliger Aufgebung des religiösen Interesses das der Hermenfrevel hätte erwecken sollen, in den politischen Argwohn gegen den einzigen Mann zusammen der dem riesenhaften Unternehmen das Athen vorhatte noch einen glücklichen Ausgang hätte verschaffen können. "Man legte der Sache eine höhere Bedeutung bei." sagt Thukydides (VI, 28), "denn es schien nicht blos eine schlimme Vorbedeutung für den Zug, sondern das Werk einer Verschwörung zum Umsturz der Volksherrschaft zu sein;" und die Gegner wußten den Verdacht auf den Alkibiades zu lenken, der durch seinen Uebermut und seine Geringschätzung alles dessen was Andern heilig sei auch eines solchen Frevels sich fähig bewiesen habe. Die Aussagen der Angeber (Hintersaßen und Sklaven) ergaben zwar nichts über die Hermenverstümmelung, wohl aber wurde Alkibiades beschuldigt die Mysterien nachgeahmt und dabei den Hierophanten gespielt zu haben. "Dieß ergriffen," fährt Thukydides fort, "vornämlich diejenigen die dem Alkibiades aufsäßig waren, weil er ihren Absichten auf dauernden Einfluß beim Volke im Wege stand, denn sie hofften die Ersten zu sein, wenn sie nur ihn beseitigt hätten. Diese vergrößerten die Sache und schrieen, man habe bei der Nachäffung der Mysterien und bei der Hermenverstümmelung den Sturz der Demokratie beabsichtigt, und es sei nie etwas der Art geschehen woran er nicht Theil genommen hätte."

So schrieen die welche bald nachher die Demokratie wirklich gestürzt haben. „Alkibiades vertheidigte sich vorläufig gegen diese Beschuldigungen und erklärte sich bereit vor der Abfahrt sich einer Untersuchung zu unterwerfen, denn die Kriegsrüstungen waren bereits vollendet; habe er so etwas verübt so wolle er Strafe leiden, werde er aber losgesprochen, so wolle er Feldherr bleiben. Aber seine Feinde fürchteten er möchte, wenn er seinen Proceß jetzt führen müßte, das Heer für sich haben und das Volk möchte gelinder mit ihm verfahren, aus Rücksicht darauf daß die Argiver und ein Theil der Mantineer hauptsächlich um seinetwillen an dem Zuge Theil nahmen. Sie schoben daher andere Redner vor, welche den Antrag stellten, er solle jetzt absegeln und den Zug nicht aufhalten; nach seiner Rückkunft aber solle er in bestimmter Frist gerichtet werden. Ihre Absicht war noch größere Beschuldigungen gegen ihn aufzubringen, wozu sie in seiner Abwesenheit leichter die Belege zu bekommen hofften, und ihn dann zurückkommen zu lassen und zu richten. Es wurde beschlossen Alkibiades solle sich einschiffen." So Thukydides, der die Namen der Gegner nicht nennt. Man kennt sie aber aus einer Rede des Andokides und aus Plutarch. In einer Volksversammlung, welche die drei Feldherren vor ihrer Abfahrt halten ließen, trat Pythonikos auf und führte den Sklaven Andromachos vor, der die Anzeige machte daß Alkibiades mit noch andern Personen, die er nannte, im Hause des Polytion die Mysterien gefeiert habe. Die Genannten flohen. Bald darauf kam Teukros, ein reicher Metöke (Hintersaße), von Megara, wohin er geflohen war, gegen sicheres Geleit zurück und denunzierte eine andere Mysterienverletzung und Hermenverstümmelung von Seiten der Hetärie (geheime Verbindung) des Euphiletos; den Alkibiades nannte er nicht. Eine dritte Anzeige machte Agariste, eine Frau, von einer Mysterienentweihung im Hause des Charmides, welcher Alkibiades angewohnt habe. Eine vierte der Sklave Lydos von einer Mysterienfeier im Hause seines Herrn, Pherekles, bei welcher unter Andern Leogoras, Vater des Andokides, zugegen gewesen sei; von Alkibiades wußte er nichts. Die meisten Bezeichneten flohen, wurden später verurteilt und ihre Güter confisciert;

die Zurückbleibenden wurden bis auf Einen alle hingerichtet. Auf diese Anzeigen höchst verdächtiger, wahrscheinlich erkaufter Zeugen gründete Androkles die Eisangelie (Anklage von Staatswegen): „Alkibiades, des Kleinias Sohn, habe eine Hetärie gestiftet um eine Revolution zu machen und habe mit derselben im Hause des Polytion die Mysterien geschändet," über welche in der von Thukydides erzählten Weise in der Volksversammlung verhandelt und der vorhingenannte Beschluß gefaßt wurde. Derselbe Androkles, der nach Alkibiades' Entfernung an die Spitze der demokratischen Partei gelangte, trat bald nachher mit jenen Inquisitoren, Peisandros, Charikles u. A., offen zur oligarchischen Partei, wurde aber, nachdem er für ihre Zwecke verbraucht war, unter der Herrschaft der Vierhundert, dem Alkibiades zu Gefallen, von dieser ermordet (Wesp. 1187): während Charikles nachher noch unter den dreißig Tyrannen erscheint.

Am 9. Juni 415 segelte die stolze Flotte ab: die Untersuchung wurde auf die Angaben des Teukros hin eifrig fortgesetzt. Die Untersuchungscommission erklärte, der begangene Hermenfrevel sei nicht das Werk einiger Weniger, er zwecke vielmehr auf den Umsturz der Demokratie ab, man müsse weitere Nachforschungen anstellen, die bisherigen Ergebnisse genügen nicht.

Am 24. Juli kam die Nachricht aus Argos, Alkibiades Gastfreunde hätten dort einen Versuch gegen die Demokratie gemacht: ein Spartanerheer erschien auf dem Isthmus, man glaubte, sie seien im Einverständniß mit den Verschworenen ins Feld gerückt: die Stadt war in der furchtbarsten Aufregung. Eine Reihe falscher Denunziationen folgte noch, die alle zu keinem Ergebniß führten. Das Einrücken des spartanischen Heeres in Böotien, die oligarchische Bewegung in Argos wurde auf Rechnung des Alkibiades geschrieben, und je weniger durch die bisherige Untersuchung der Verdacht daß der Hermenfrevel aus einer revolutionären Verschwörung hervorgegangen sei sich bestätigt fand, um so mehr setzte sich gegen Alkibiades durch die Bemühungen seiner Feinde der Argwohn tyrannischer Bestrebungen im Volke fest. Eine neue Anzeige von Thessalos, Sohn des Kimon, daß

Alkibiades in seinem eigenen Hause die Mysterien entweiht hab, wurde angenommen, der Feldherr in Anklagestand versetzt und das Staatsschiff Salaminia Anfangs August abgesandt, um ihn vorzuladen. Er folgte auf seinem eigenen Schiffe, denn Angesichts des Heeres ihn verhaften zu lassen hatte man nicht gewagt; und als sie nach Thurii (in Unteritalien) kamen, verschwand er nebst seinen Mitangeklagten und flüchtete sich in den Peloponnes. In Athen wurde er zum Tod verurteilt, sein Vermögen confisciert, und durch Priester und Priesterinnen feierlich der Fluch über ihn ausgesprochen. Als er dieß vernahm äußerte er gelassen: Ich will ihnen zeigen daß ich lebe. Und er hielt Wort. Von Elis wandte er sich nach Sparta und gab den Spartanern alle die Mittel an mit denen sie den Krieg gegen Athen erfolgreich fortsetzen konnten, die Ausrüstung einer Flotte, die Befestigung Dekeleia's in Attika u. A., was nachher dem Krieg für Athen eine so unheilvolle Wendung gab. Doch für die erste Zeit des Feldzugs schien noch Alles gut zu geben. Das Heer war bei Olympieion in der Nähe von Syrakus glücklich gelandet und hatte die Syrakusaner in der ersten Schlacht besiegt.

In diese Zeit, eh' die spartanische Flotte nach Sikelien gieng, fällt, wie gesagt, die Aufführung der Vögel (März 414). Das Stück gibt nur wenige und leise Andeutungen über die Vorgänge jener grauenvollen Zeit Athens: aber die ganze, kaum durchlebte düstere Stimmung und der furchtbare Gebrauch den die Parteisucht von der Angst des Volkes vor vermeintlicher Religionsgefahr gemacht hatte bildet den dunkeln, stummen Hintergrund zu dieser heitersten aller Dichtungen, in welcher der seiner Freiheit bewußte Geist aus dem Wirrwarr der Gegenwart sich in das Reich der Träume und Luftschlösser flüchtet.

Betrachten wir nun den Gang des Stückes. Zwei bejahrte Athener wandern aus, um bei dem Vogel Tereus (Wiedhopf) eine neue, sichere und angenehme Wohnstätte zu erfragen. Die Abneigung gegen das ewige Processieren und die Furcht vor Angebereien, die sie durch ihre Namen Peisetärus und Euelpides, so wie durch die Scheu vor

dem Staatsschiff Salaminia verrathen, treiben sie hinaus in das Weite.
Durch Wahrsagervögel (Krähe und Dohle) werden sie auf weiten Irr=
wegen dahin geleitet. Tereus empfängt sie gütig, und auf seine Ver=
sicherung daß unter den Vögeln leidlich gut zu leben sei entschließen sie
sich schnell da zu bleiben. Auf einmal kommt dem Einen der Athener,
Peisthetäros (offenbar mit Beziehung auf die Hetärien — dem
Bunde vertrauend oder Treubündler), der Gedanke eine Stadt im Ge=
biet der Vögel zu erbauen, dadurch die Götter von der Menschheit ab=
zusperren und den Vögeln die von Anbeginn ihnen zugehörige Welt=
herrschaft wieder zu verschaffen. Wiedhopf ist entzückt von dem Vor=
schlag und ruft die Vögel zur Versammlung, um darüber zu beschließen.
Diese kommen, sehen aber die beiden Athener für Vogelsteller an und
wollen in der ersten Aufwallung ihnen die Augen ausbacken und sie
zerfleischen. Doch lassen sie sich besänftigen, und Peisthetäros darf
seinen Antrag in aller Form entwickeln: Er beweist ihnen ihr ur=
sprüngliches Anrecht auf die Weltherrschaft und zeigt wie sie wieder
dazu gelangen können. Die Vögel ergreifen begierig den Vorschlag,
dessen Ausführung sie dem Urheber überlassen, indem sie ihre thätige
Hülfe zusagen. Die beiden Unternehmer lassen sich vom Wiedhopf
durch den Genuß eines Würzelchens in Vögel umgestalten, indessen der
Chor der Vögel, die uns schon als Weltherrscher fühlen, seine eigene
Herrlichkeit verkündet und den Zuschauern die Wohlthaten anpreist die
sie von und bei den Vögeln zu erwarten haben. Die beiden Athener
kommen befiedert wieder auf die Bühne, und zuerst wird nun der neuen
Stadt ein Name geschöpft. Wolkenkukuksburg soll das Luftgebäude
heißen und der Urheber sendet seinen Sancho Pansa Euelpides (—
Hoffegut, nicht ohne Beziehung auf den Hoffnungsschwindel der Athe=
ner, die sich von ihren Treubündlern leiten ließen) ab, um bei dem
Riesenbau mit Rath und That zu helfen. Denn nur in fernen Luft=
räumen wird das Werk ausgeführt. Zu gleicher Zeit beginnt aber
Peisthetäros die Einweihung der Stadt. Wie bei neuen Ansiedelungen
gewöhnlich, so erscheinen nun auch hier allerlei Speculanten,
die in der neuen Stadt ihre Rechnung zu finden hoffen. Ein Poet, ein

Wahrſager, der Aſtronom Meton, ein Geſetzhändler, ein Commiſſär
eilen herbei; aber ſie Alle weiſt Peiſthetäros, wie kurz zuvor auch den
Prieſter der die Weihe vornehmen wollte, von dannen, den Poeten mit
einem Almoſen, die Andern mit der Peitſche. Nichts von dem alten Plun‐
der wird in die neue Heimat eingelaſſen. Abermals preist der Chor in
einer zweiten Parabaſe ſeine ſegenbringende Macht und ſeine eigene
Glückſeligkeit, und erklärt den Zuſchauern und den Richtern was ſie von
den Vögeln im günſtigen oder im ungünſtigen Fall zu erwarten haben.
Inzwiſchen iſt der Bau der Rieſenſtadt mit überraſchender Schnellig‐
keit vollendet. Wie ein Märchen, wie eine Lüge ſteht die Luftſtadt ſelbſt
dem Peiſthetäros da. Kaum aber iſt ſie fertig, ſo kommt die Nachricht
daß die Götterbotin Iris durch die Thore der Luftſtadt geflogen ſei.
Iris wird arretiert und verhört, ſie bekennt daß ſie den Menſchen den
Befehl des Zeus bringen ſoll, den hungernden Göttern Opfer zu
ſpenden. Sie wird verhöhnt, dießmal noch freigelaſſen, aber mit der
Warnung daß hinfort kein Gott mehr durchpaſſieren dürfe, und mit der
Ankündigung daß die Menſchen keinem Gott mehr, ſondern nur den
Vögeln opfern dürfen. Von den Menſchen aber kommt der an ſie ge‐
ſandte Bote mit ihrer Huldigung zurück und überreicht dem Peiſthe‐
täros einen Kranz für ſeine Verdienſte. Die Menſchen ſind vogeltoll
und wollen ſchaarenweiſe in die Luftſtadt wandern und ſich beflügeln
laſſen. Peiſthetäros läßt ganze Körbe voll Federn dazu herrichten. Es
kommt: ein ungerathener Sohn, den er mit geſunden Lehren heimſchickt;
der Dithyrambendichter Kineſias, den er hinausdrillt; ein Sykophant,
den er hinausreitſcht. Allen hat er „Flügel gemacht“. Die über‐
ſpannten Verehrer des neuen Syſtems werden eben ſo ſtreng abgewie‐
ſen wie vorher die Speculanten der alten Mißbräuche. Nun ſtehen wir
am Punkt der Entſcheidung. Die Götter ſind mürbe geworden. Eine
Göttergeſandtſchaft iſt unterwegs, mit unbeſchränkter Vollmacht den
Frieden herzuſtellen. Der alte Freund der Menſchen und Rebelle gegen
die Götter, der Titane Prometheus, iſt ihr vorausgeeilt, um dem Vo‐
gelarchon insgeheim die Noth der Götter zu verrathen und die nöthigen
Rathſchläge zu geben, wie er zur Alleinherrſchaft in der Welt gelangen

können. Die Abgesandten der Götter, Poseidon, Herakles und ein Barbarengott, erscheinen und bewilligen, nachdem sie sich ungeheuer lächerlich gemacht, am Ende Alles. Zuerst verlangt Peisthetäros nur den Scepter des Zeus, in dessen Abtretung, nachdem Herakles schon durch den Bratenduft der Vögel, die Peisthetäros als Rebellen abge-schlachtet hat, kirre geworden ist, auch Poseidon einwilligt. Dann erst rückt er mit der Forderung die ihm Prometheus eingegeben heraus: Zeus solle ihm die Basileia (Königsgewalt, Souveränetät) zum Weibe geben. Dagegen sträubt sich Poseidon und will gehen. Herakles hält ihn zurück, und nachdem er auch den Triballen (den Barbarengott) auf seine Seite gebracht, muß sich Poseidon der Majorität unterwerfen. „In dieser Scene," sagt Seeger, „geht es mit den Göttern vollends schnell bergab: erst sind sie für unfähig erklärt die Menschen, die ihrer lachen, zu bestrafen: dann spricht man von ihnen, ja sie sprechen selbst von sich, wie ordinäre Menschenkinder; daß Zeus einmal sterben muß ist eine Sache die sich von selbst versteht; endlich erfahren wir gar wie die Götter, gleich dem letzten Spießbürger von Athen, unter Solons Gesetzen stehen." Peisthetäros hat vollständig gesiegt. Er begleitet die Gesandten persönlich in den Olymp, um seine Braut Basileia und den Donnerkeil des Zeus zu empfangen, und kommt mit ihr im Glanze eines allmächtigen Gebieters zurück. Der Brautzug geht über die Bühne nach dem unsichtbaren Palast in Wolkenkukuksburg, und die Komödie schließt mit einem Hochzeitgesang auf den neuen Zeus und seine Basileia.

Schon aus dieser Darlegung des Plans mag es klar sein was der Grundgedanke des phantastischen Stückes ist. Niemand wird leug-nen daß die beiden Athener, der Eine „ganz Kopf, ganz Umsicht, ganz Project und Speculation", der Andere „Hans Hoffegut, ein atheni-scher Particulier der besten Art, immer lustig, nie überrascht, nicht von großer Courage, ohne eigenen Willen, stets räsonnirend, anstellig zu Allem" (wie ihn Droysen zeichnet), mit einander das ganze athenische Wesen darstellen. Ebensowenig wird man leugnen daß die Luftschlösser welche die Athener auf den sikelischen Feldzug gebaut hatten dem Dichter

bei der Conception dieses Lustspiels vorgeschwebt haben. Aber es
gehört der ganze ungewöhnliche (wo nicht wunderliche) Scharfsinn
eines Süvern dazu, bis in die kleinsten Züge eine Karikatur des Alkibiades und seines sikelischen Eroberungsplanes darin zu finden, eine
satirische Allegorie worin der alte Peisthetäros den Alkibiades vor-
stellt, Euelpides seinen Anhang, die Vögel mit der Luftstadt, die Athener mit ihrer Seemacht, und die Götter mit den Menschen die Spartaner mit ihren Bundesgenossen repräsentieren, und am Ende durch
die Hochzeit des Peisthetäros mit der Basileia die Vermählung der
Ueberredungskunst mit der Herrschaft, oder die Lehre daß Alkibiades
auf die sikelische Expedition seine Tyrannis gründen werde, versinn-
bildlicht sein soll.   Alkibiades war seit einem halben Jahre politisch
todt: wie konnte der Dichter, der ihm sonst gar nicht abhold ist, ihn
unter diesen Umständen des Strebens nach der Tyrannei bezichtigen?
Die Aussichten des sikelischen Feldzugs waren bedeutend herabge-
stimmt; wie mochte der Dichter sie noch zum Gegenstand einer ganzen
Komödie machen? Und was hätte ihn abgehalten den Alkibiades, die
Spartaner rc. rc. zu nennen? In solcher Weise zu allegorisieren ist
nie seine Sache gewesen. — Mit dem Gange des Stücks weit eher noch
zu vereinigen wäre die der Süvern'schen gerade gegenüberstehende Ansicht Kannegießers (in Ersch u. Gruber's Encycl.): der Sinn des Ganzen sei, in den jetzigen kritischen Umständen müsse man einen Mann
von Talent wie Alkibiades mit unumschränkter Gewalt an die Spitze
des Staates stellen: aber ein solcher Vorschlag habe freilich nicht deutlicher ausgesprochen werden dürfen. Gerade diese Unmöglichkeit macht
aber einen solchen Vorschlag selbst undenkbar zu einer Zeit wo Alkibiades zum Tod verurteilt war und bereits als Feind seiner Vaterstadt auftrat. Statt dieser speziellen Beziehungen findet Beck eine
allgemeine Charakteristik der Fehler welche die Athener in letzter Zeit
begangen, gleichsam das komische Resultat der Expedition und des
Hermokopidenprocesses, obgleich er selbst fühlt daß der Schluß des
Stücks gegen seine Meinung spreche. Noch mehr verallgemeinert
wurde diese Ansicht von Ottfr. Müller (Gesch. der griech. Literatur

II, 245): das Stück sei eine Satire auf die athenische Leichtfertigkeit und Leichtgläubigkeit, auf das Bauen von Luftschlössern und das träumende Erwarten eines Schlaraffenlebens; eine Ansicht die der Uebersetzer Hieronymus Müller als eigenes Urteil wiederholt. Bohtz findet in der Wolkenkukuksburg die Stätte des verirrten Geistes, des Wahns, kurz ein Allerweltsnarrenhaus (das Komische u. v. Komödie S. 176). Diese Verallgemeinerung leidet aber, abgesehen davon daß sie gar nicht im Charakter der alten Komödie liegt, schon an dem innern Widerspruch daß sie die Austreibung aller faulen, nichtsnutzigen Gesellen aus der neuen Stadt in dem so aufgefaßten Plane nirgends unterbringen kann. Bei dieser scheinbaren Schwierigkeit die Tendenz des Dichters herauszufinden, hat A. W. Schlegel (Dram. K. u. Lit. I, 31) diese Komödie schlechthin für ein humoristisches Spiel ohne Zweck und Bedeutung erklärt. Er sagt: „Die Vögel glänzen durch die keckste und reichste Erfindung im Reich des phantastisch Wunderbaren und ergötzen durch die fröhlichste Heiterkeit: es ist eine lustige, geflügelte, buntgefiederte Dichtung. Dem alten Kritiker kann ich nicht beistimmen, der die große Bedeutung des Werkes darein setzt daß hier die allgemeinste und unverhohlenste Satire auf die Verderbtheit des athenischen Staats, ja aller menschlichen Verfassung, zu finden sei. Vielmehr ist es die harmloseste Gaukelei, welche Alles berührt, die Götter wie das Menschengeschlecht, aber ohne irgendwo auf ein Ziel einzudringen." Diese Lustigkeit malt Droysen zu einem „Traumathen" aus, womit man sich die Langeweile der blasierten Zeit nach der schrecklichen Aufregung der vorangegangenen Monate vertreibt: eine Ansicht die auch Bernhardy in seiner griech. Literatur (II, 990) wiederholt: „Die Darstellung scheint, unbekümmert um einen Zweck, im objectiven Genuß der Luftgebilde zu schwelgen." „Dem Dichter ist hier ein geistiges Spiel aus der unbedingten Freiheit des Gemüts gelungen, und er weiß dieses vollkommene Bild der attischen Selbstgenügsamkeit in größter Reinheit fern von dem Anschein des Zwecks und der kritischen Stimmung zu halten" (S. 980).

Mehr die Entstehung dieses poetischen Gebildes als seine Ten-

213

denz zu erklären dient dasjenige was Roscher (Leben, W·ck und Zeit=
alter des Thukydides, Götting. 1842, S. 324 f.) in ſ iner Verglei=
chung des Aristophanes und Thukydides über die Vöge' ſagt: „Die
Stimmung welche dem ganzen Stücke zu Grunde liegt iſt das über=
mütige Gefühl der Machtfülle, ihrer Freiheit zugleich und ihrer Zügel=
loſigkeit. Zur Hälſte iſt der Dichter ſelbſt davon ergriffen, trunken
davon und ſtolz darauf; zur Hälſte ſieht er außerhalb, nüchtern und
ſpöttiſch. Die Athener damals mit Vögeln zu vergleichen mochte
einem witzigen Kopf ziemlich nahe liegen. Ihre unſtäte, flüchtige,
aber geiſtvolle Natur, ihre merkantile und militäriſche Beweglichkeit,
ihre dem Gegner leicht als Anarchie erſcheinende Staatsverfaſſung,
ſeit der großen Peſt endlich ihr Sprengen jedes alten Bandes von
Zucht, Pietät und Gottesfurcht: Alles dieß fand im Reiche der Vögel
ſeine vollkommenſte Parallele. Nun gar zu jener Zeit, wo Alkibiades'
Entwürfe nach Innen und Außen die letzten Schranken der Demokratie
hinweggeräumt, wo das junge Athen die entſchiedenſte Herrſchaft er=
langt hatte, wo es mit hochmütigem Hinwegſehen über die bisherigen
Gegner recht eigentlich ausgezogen war die Welt zu erobern! Hatte
doch ſchon Nikias in ſeiner denkwürdigen Rede vor Eröffnung des ſy=
rakuſiſchen Feldzugs den treffenden Ausdruck μετέωρος (meteoriſch, in
der Luft ſchwebend) auf die damalige Lage des Staates angewandt.
Kein Wunder alſo daß Aristophanes mit ſeiner ſchöpferiſchen Genia=
lität dieſelbe Idee ins Komiſche hinüberſpielte." — Es kann übrigens
kaum einen größeren Bewunderer dieſes Stückes geben als eben Roscher,
der ſeine „Erörterung der Vögel" alſo ſchließt: „Je tiefer ich in die
Einzelheiten dieſes Werkes eindringe, deſto höher ſteigt mein Entzücken
darüber. Voll Bewunderung ſtehe ich ſtill. Meine Kniee beugen ſich
vor dem Künſtler der in der Schöpfung, in der Begeiſterung eines
ſolchen Dichters ſeine eigene Herrlichkeit offenbart hat."

Will man durchaus den Inhalt des Stücks in eine philoſophiſche
Formel bringen, ſo bleibt uns nichts übrig als ihn ſo zu faſſen: daß
die alte Götterwelt im Bewußtſein der Zeit bereits überwunden, daß
der ſchlichte Volksglaube für den denkenden Theil des Volkes aufge=

löst und vernichtet sei und nur noch die Macht des selbstbewußten Rechts und der Sittlichkeit bestehe, die allein den Staat retten könne. Das ist der Grundgedanke dieser Komödie, wenn man sie ihrer hu- moristisch-phantastischen Form entkleidet. In dieser Auffassung allein findet auch die Reinigung der Phantasiestadt von allem schlechten Ge- lichter ihre genügende Erklärung; und darf man bei dem Komiker noch die Absicht auf eine bestimmte Wirkung im athenischen Volke vor- aussetzen, die er durch Form und Inhalt dieses Stücks bezwecken mochte, so liegt die Erklärung derselben in der vorausgeschickten Er- örterung sehr nahe. Etwas war noch neu aus der kaum durchlebten Angst- und Schreckenszeit: das Gefühl der thörichten Verblendung eines leichtgläubigen und mißtrauischen Volkes durch das Geschrei über Religions- und Staatsgefahr. Die Erinnerung an diese ver- zweifelte Stimmung konnte wohl ein Dichter am Tage der allgemei- nen Volksbelustigung nicht besser auslöschen als durch diesen geistigen Triumph über die finstere Macht des Wahns und seines Gefolges — des Fanatismus.

Ob der Dichter auch so verstanden wurde, ist eine andere Frage, deren Beantwortung jedoch über die Richtigkeit unserer Auffassung nicht entscheidet. Diese herrliche Komödie erhielt den zweiten Preis; der erste wurde den Komasten (Nachtschwärmern) des Ameipsias zu Theil. Der Dirigent unseres Stücks war auch dießmal Kallistratos.

Die Scene verändert sich nicht, denn die Wolkenburg sehen die handelnden Personen selbst nur von der Ferne. Die Vogelmasken mit Schnäbeln, Kämmen, Büchsen, Sporen ꝛc. mag man sich so komisch als möglich vorstellen. Die Schauspieler und Choreuten waren nicht be- fiedert, wie etwa der Papageno in der Zauberflöte; höchstens trugen sie ein Paar Fittige und vielleicht den üblichen Phallus in einen Vogel- schweif umgestaltet. Tereus, der Wiedehopf, ist, wie er selbst erklärt, ohne Federn. Begreiflich jedoch daß die Kleidung, namentlich die Bedeckung der Beine (vgl. V. 67), dazu passen mußte. Die vier vor dem Auftreten des Chors hereinstolzirenden Vögel, der Flammbart, der Meder, der Wiedehopf und die Kropfgans, werden für Musiker gehalten, die wahrscheinlich, wie der Rabe und die Nachtigall, eine Flöte (in Form der Hoboe oder des Clarinets) als Schnabel ange= bunden trugen.

Die Scholiasten theilen den Vögelchor in zwölf männliche und zwölf weibliche Personen.

Das Bühnenpersonal vertheilt sich also:

Erster Schauspieler: Peisthetäros.

Zweiter Schauspieler: Euelpides (der nach V. 847 nicht wieder erscheint); Poet, Astronom, Meton, Gesetzhändler, Bote, zweiter Bote, Herold, Dithyrambenbichter Kinesias, Prometheus, Herakles. ·

Dritter Schauspieler: Diener des Wiedehopfs, Wiedehopf, Priester, Wahrsager, Commissär, Iris, ungerathener Sohn, Syko= phant, Poseidon, dritter Bote.

Der Triballe (als vierte Person in einer Scene) wurde ohne Zweifel durch einen Choreuten vorgestellt, wie auch der Vogelherold.

Perſonen.

Peiſthetäros.
Euelpides.
Ein Prieſter.
Ein Poet.
Ein Wahrſager.
Meton, der Geometer und Aſtronom.
Ein Geſetzhändler.
Ein Commiſſär.
Ein ungerathener Sohn.
Kineſias, ein Dithyrambendichter.
Ein Sykophant.
Boten und Herolde.

Der Wiedehopf.
Der Zaunſchlüpfer, Diener des Wiedehopfs.
Chor der Vögel.

Iris,
Prometheus,
Herakles,   } Götter.
Poſeidon,
Der Triballe,

Stumme Perſonen:
Baſileia. Sklaven.

*   *   *

Aufgeführt unter dem Archon Chabrias Olymp. 91, 2 v. Chr. 414.

Erste Scene.

Peiſthetäros und **Euelpides,** dieſer mit einer Dohle, jener mit einer Krähe auf der Hand, irren in einer wilden, felſigen, mit Geſträuch bewachſenen Gebirgsgegend. Nachher verſchiedene **Vögel** und **Chor** der Vögel.

Euelpides zur Dohle.

Gradaus beſiehlſt du, dorthin wo der Baum ſich zeigt?

Peiſthetäros zur Krähe.

Ei, daß du bärſteſt! Die dagegen krächzt „zurück".

Euelpides.

Was laufen wir, Verweg'ner, irr' hinauf hinab?
Wir kommen um, vergeblich kreuzend hin und her.

Peiſthetäros.

Ich Narr, der ich einer Krähe trauend einen Weg   5
Von mehr als tauſend Stadien umgegangen bin!

Euelpides.

Ich armer Tropf, der einer Dohle trauend ſich
Die Nägel an den Zehen abgelaufen hat!

Peiſthetäros.

Ja, wo in der Welt wir mögen ſein, ich weiß es nicht.

Euelpides.

Du — fänd'ſt du wohl von hier aus nach der Heimat dich?   10

Peiſthetäros.

Von hier — bei Gott! unmöglich ſelbſt Exekeſtides.

V. 1. Sie haben weiſſagende Vögel mitgenommen, die ihnen den Weg zu Tereus dem Wiedehopf zeigen ſollen; ihre widerſprechenden Anzeigen ſind ſelbſt ſchon eine Verſpottung der Wahrſagerei.
V. 11. **Exekeſtides.** Ein in Athen eingebürgerter Fremdling, weiter

Euelpides anstoßend.

O weh mir!

Peisthetäros.

Den Weg, Bester, wandle du allein.

Euelpides.

Da hat der Vogelheimer schön uns angeführt,
Der gallensücht'ge Käfigkrämer Philokrates,
Der log, die beiden weisen uns zu Tereus hin,   15
Dem Wiedehopf, der Vogel ward aus Vogelart,
Und hieng uns diesen Tharreleidessprößling an:

unten als Karier und ehemaliger Sclave bezeichnet (V. 763. 1527). Der
Sinn ist also: Er hat zwar von Karien aus den Weg nach Athen gefunden,
aber von hier aus fände er ihn nicht. Die Verspottung der Eindringlinge
ins athenische Bürgerrecht ist etwas Gewöhnliches in der Komödie.

V. 13. Vogelheimer. Eigentlich der vom Vogelmarkt (Orneä),
Vogelhändler, mit Anspielung auf den peloponnesischen Flecken Orneä, das
die Athener 2 Jahre vorher zerstört hatten. Vgl. V. 399.

V. 14. Philokrates. Unten V. 1072 wiedergenannt, mit Anspielung auf Melos, das nach Angabe des Thukydides (V, 116) ein Philokrates,
Sohn des Demeas, vollends bezwang, der die Männer tödtete, die Weiber
und Kinder aber (wie Vögel) auf dem Markt verkaufte. Daß er einen Vogel-
handel trieb geht aus beiden Stellen hervor.

V. 15. Tereus. Nach einer attischen Sage, welche auch Thukyd.
II, 29 erwähnt, heirathete Tereus, Fürst von Daulien (in Phokis), damals
von Thrakern bewohnt, Prokne, die Tochter des attischen Königs Pandion.
Diese bekommt das Heimweh nach ihrer Schwester Philomele. Tereus reist
nach Athen, um sie zu holen; auf dem Rückweg entehrt er sie und schneidet
ihr darauf die Zunge aus, damit sie ihn nicht verrathen könne. Dann versteckt er sie in einem Waldschloß und gibt sie für todt aus. Doch die Stumme
weiß durch eine kunstreiche Stickerei ihre Schwester Prokne von dem Gesche-
henen zu unterrichten. Diese holt sie und ermordet aus Rache ihren und des
Tereus Sohn Itys. Sie setzen das Herz des Sohnes dem Tereus zum Essen
vor, und als dieser nach dem Sohne fragt, wirft ihm Philomele das Haupt
des Kindes zu. Tereus ergreift eine Waffe, die Weiber fliehen und werden
auf ihr Flehen in Vögel verwandelt, Prokne in die Nachtigall, die daher
Ity, Ity ruft, Philomele in die Schwalbe; Tereus aber in einen Wiedehopf.
Spätere (z. B. Lukian) machen die Prokne zur Schwalbe und Philomele zur
Nachtigall, wie letzterer Name heute noch gebraucht wird.

V. 16. „Aus einem Menschen" — wollte er sagen; und sagt: aus den
Vögeln, zur Bezeichnung des leichtfertigen, sittenlosen Wesens. Schol.

V. 17. Tharreleides. Ein schwatzhaftes Männchen, dessen Söhn-

Die Dohl' um einen Obolos, die Kräh' um drei,
Und hatten beid' erst außer Beißen nichts gelernt.

Zur Dohle.

Was schnappst du wieder? willst du über die Felsen gar   20
Hinab uns führen? Wahrlich hier ist weit und breit
Kein Weg.

Peisthetäros.

Bei Zeus, auch nirgends hier der kleinste Pfad.

Euelpides.

Auch deine Krähe, sagt sie dir vom Wege nichts?

Peisthetäros.

Nicht ganz, bei Zeus, dasselbe krächzt sie wie zuvor.

Euelpides.

Was also sagt vom Wege sie?   25

Peisthetäros.

Ganz ungeniert

Die Finger mir noch abzuhacken droht sie mir.

Euelpides.

Ist's nicht ein Elend, wenn zum Geier wir zu geh'n
So sehr verlangen und völlig drauf gerüstet sind,
Und sollen den Weg zu finden nicht im Stande sein!

An die Zuschauer.

Wir leiden, o Männer, die ihr hier beim Spiele seid,   30
Mit Sakas an einer Passion, nur umgekehrt:
Er nämlich, nicht Stadtbürger, drängt mit Gewalt sich ein: —
Wir aber, von Stamm und von Geschlecht untadelhaft,

lein, nach Symmachos, Asopodoros hieß und auch von dem Komiker Tele=
kleides wegen seiner zwerghaften Gestalt verspottet wurde; die Dohle wird
ihrer Kleinheit wegen mit ihm verglichen. Schol. Die Dohle ist aber
auch der Vogel der Lascivität, was hieher eher Beziehung haben möchte, so
wie die Krähe als Hochzeitvogel. Mit der Krähe auf der Hand zogen Bett=
ler in Athen vor das Brauthaus und sangen ihr obscönes Krähenlied. Und
das Stück geht ja mit einer Hochzeit aus.

    V. 31. Sakas. So viel als Thrakier, ein Name der wie Myser,
Phrygier, Karier den Sclaven, den Eindringling in Athen bezeichnet und
hier von dem Dichter Akestor gebraucht wird.

Den Bürgern ebenbürtig, von Niemand gescheucht,
Entflogen aus der Vaterstadt mit Sack und Pack,   35
Nicht eben selbst sie hassend, jene gute Stadt,
Als ob sie nicht groß und glücklich wäre von Natur,
Und Jedem offen, Geld zu verprocessieren drin.
Die Grillen hört man einen Monat oder zwei
Wohl pfeifen auf den Zweigen, doch das Athenervolk   40
Verpfeift in lauter Processen seine Lebenszeit.
Das ist's warum wir Beide wandern diesen Pfad:
Mit Korb und Topf und Myrtenreisern schweifen wir
Umher und suchen einen händelfreien Ort,
Um ruhig dort zu bleiben unser Leben lang.   45
Zu Tereus geht nun unser Beider Pilgerfahrt,
Dem Wiedehopf: von ihm zu erfahren wünschen wir
Ob solch eine Stadt er wo gesehn, so weit er flog.

Peisthetäros.

He du?

Euelpides.

    Was gibt's?

Peisthetäros.

Die Krähe weist mich eben jetzt

Nach oben.   50

Euelpides.

    Auch die Dohle sperrt den Schnabel da
Nach oben auf, als zeigte sie mir dort etwas.
Es ist einmal nicht anders, hier sind Vögel wo.
Wir werden es bald erfahren, machen wir Geräusch.

Peisthetäros.

He, weißt du was? Schlag' an den Felsen mit dem Bein.

V. 43. **Korb und Topf** ꝛc. Opferapparat zur Einweihung der
neuen Heimat. Friede 947.
    V. 54. **Nach einem Kinderspruch.** Wenn Knaben Vögel sehen, so
rufen sie einander zu: Stoß das Bein an den Stein, und es fallen die Vögel
ein. Schol.

Euelpides.

Und du mit dem Kopf, damit das Geräusch verdoppelt wird.   55

Peisthetäros.

So nimm einen Stein und klopfe.

Euelpides.

Gern, wenn du befiehlst.

Klopft und ruft.

Bursch! Bursch!

Peisthetäros.

Was rufst du? Bursche nennst du den Wiedehopf?
Und solltest ihm statt „Bursche" rufen Huphuphup!

Euelpides.

Huphup! — Du lässest mich pochen noch ein zweites Mal?
Huphup! Hup!   .

Zaunschlüpfer mit aufgerissenem Schnabel.

Wer da? Wer verlangt nach meinem Herrn?   60

Beide entsetzen sich. Peisthetäros stürzt zu Boden. Krähe und Dohle
fliegen davon.

Euelpides zurückfahrend.

Apollon, Fluchabwender! welch' ein Rachen das!

Zaunschlüpfer tritt ebenfalls zurück

O weh mir Armem! Vogelsteller sind die Zwei.

Euelpides.

So was Erschreckliches! Hast du keinen bessern Gruß?

Zaunschlüpfer.

Tod euch!

Euelpides.

Wir sind ja keine Menschen.

Zaunschlüpfer.

Was denn sonst?

Euelpides.

Ich bin der Vogel Beberling aus Afrika.   65

B. 65. D. h. so weit her daß du mich freilich nicht erkennst.

Zaunschlüpfer.

Das ist ja nichts.

Euelpides.

Betrachte meine Füße nur!

Zaunschlüpfer.

Doch dieser, welch ein Vogel ist das? Sprichst du bald:

Pisthetäros.

Der Kackerling bin ich, aus dem Goldfasanenland.

Euelpides.

Doch, bei den Göttern, was bist du selber für ein Thier?

Zaunschlüpfer.

Ich bin ein Vogelsclave.   70

Euelpides.

Hat vielleicht ein Hahn

Im Kampf dich besiegt?

Zaunschlüpfer.

Nein, als mein Herr ein Wiedehopf

Geworden, da beschwor er mich ein Vogel mit

Zu werden, damit er Jemand hätte der ihn bedient.

Euelpides.

So braucht denn auch ein Vogel seine Dienerschaft?

Zaunschlüpfer.

Der wenigstens, weil, vermuth' ich, einst ein Mensch er war: 75

Bald äß' er nun phalerische Sardellen gern,

V. 66. Meine Füße, welche die Folgen der Angst an sich tragen, was der Andere noch deutlicher ausdrückt. Was Frösche 46 das Safrankleid in den Augen des Herakles, das deuten hier die (wahrscheinlich) gelben Füße an. Das Gleiche besagt wohl auch das „Goldfasanenland“.

V. 71. In den Hahnenkämpfen unterwirft sich der Besiegte unbedingt und für immer dem Sieger. Hahnenkämpfe wurden im Theater zu Athen alljährlich angestellt, zum Andenken an das Beispiel das Themistokles den Athenern durch einen solchen Kampf zur Aufmunterung gegeben.

V. 76. Aus dem Hafen Phaleron bei Athen, übrigens dort ein „armer Leute Essen“. Doch sagt Archestratos (bei Athen. 7, 295):

„Achte du, Koch, die Sardellen für Mist, nur die von Athen nicht,
Die Art meint mein Lied, die so schön der Jonier Schaum nennt,
Wähle dir frisch sie gefangen in heiliger Bucht von Phaleron.“

Da schlupf' ich nach Sardellen mit der Schüssel fort.
Wenn ihn nach Brei gelüstet, braucht er Quirl und Topf:
Ich schlürfe danach . . .

Euelpides an die Zuschauer.

Zaunschlüpfer heißt der Vogel da!

Zum Vogel.

Nun weißt du was, Zaunschlürfer? Rufe deinen Herrn   80
Zu uns heraus.

Zaunschlüpfer.

Doch eben schläft, beim Zeus, er kaum,
Nachdem er Schnecken und Myrtenbeeren hat verspeist.

Euelpides.

Geh nur und weck' ihn immerhin.

Zaunschlüpfer.

Zwar weiß ich wohl,
Er wird mir böse: doch Euch zu Liebe weck' ich ihn.

Ab.

Peisthetäros sich aufrichtend.

Daß du krevierest! Wie hast du mich zu Tod erschreckt!   85

Euelpides.

O weh mir Unglückseligem! Auch die Dohl' entflog
Im Schrecken mir.

Peisthetäros.

O feigstes aller Thiere du!
Du hast vor Angst sie fliegen lassen.

Euelpides.

Sage mir,
Du ließest die Kräh' nicht fliegen, als du zu Boden fielst?

Peisthetäros.

Nicht ich, bei Zeus!   90

Euelpides.

Wo ist sie denn?

Peisthetäros.

Sie flog davon.

Euelpides.

Du hießest sie nicht fliegen? Freund, du bist ein Held.

Wiedehopf hinter der Scene.

Mach' auf den Wald, damit ich tret' einmal hinaus.

Der Wiedehopf erscheint in tragischem Schmuck.

Euelpides.

O Herakles! Was ist das für ein Wunderthier?

Welch ein Gefieder! Welch ein Helmbusch neuer Art!

Wiedehopf.

Wer sind die nach mir fragen?   95

Euelpides.

    Die zwölf Olympier

Zerrupften dich ein wenig, scheint's.

Wiedehopf.

    Ihr spottet mein,

Ansehend dieß Gefieder? Fremdlinge, ja, ich war

Einst Mensch.

Euelpides.

  Nicht deiner lachen wir.

Wiedehopf.

    Worüber sonst?

Peisthetäros.

Dein Schnabel nur erscheint uns etwas lächerlich.

Wiedehopf.

Ja, so verunziert, leider, hat der Sophokles   100

In seinen Tragödien mich, den Tereus, dargestellt.

V. 94. Der Wiedehopf trägt auf dem Kopfe einen Federbusch, aus zwei Reihen aufrichtbarer Federn bestehend, und hat einen langen, dünnen, etwas gebogenen Schnabel.

V. 95. Die zwölf Olympier — die zwölf Hauptgötter — nach der gewöhnlichen Begrüßungsweise ist hinzudenken: mögen dir Glück (Gesundheit) verleihen; statt dessen sagt Euelpides halblaut etwas Anderes.

V. 100. Von der sophokleischen Tragödie „Tereus", worin er diesen verwandelt auftreten ließ, sind noch mehrere Fragmente vorhanden. In der gleichen Maske läßt ihn auch der Komiker auf der Bühne erscheinen.

Euelpides.

So bist du Tereus? Jetzt ein Vogel oder — Pfau?

Wiedehopf.

Ein Vogel bin ich.

Euelpides.

Wo blieben deine Federn dann?

Wiedehopf.

Sie sind mir ausgefallen.

Euelpides.

Also warst du krank?

Wiedehopf.

Nein; aber alle Vögel mausern bekanntlich sich   105
Zur Winterszeit; dann treiben neue Federn wir.
Nun sagt mir, wer ihr Beide seid.

Euelpides.

Wir? Sterbliche.

Wiedehopf.

Woher gebürtig?

Euelpides.

Woher die stolze Flotte stammt.

Wiedehopf.

Aha! Geschworne demnach?

Euelpides.

Nein, vom andern Schlag,
Den Abgeschwornen   110

Wiedehopf.

Wird dann dort auch solches Korn
Gesät?

B. 103. Beide, der Hahn und der Pfau, haben Federbüsche auf dem Kopfe. So gewöhnlich nun die Hähne, so selten waren Pfauen in Athen. Im Griechischen heißt aber der Hahn auch schlechtweg „Vogel".

B. 105. Der Wiedehopf ist blos mit Schnabel und Federbusch erschienen, im Uebrigen wie ein Mensch gestaltet. Schol.

B. 108. Die nach Sikelien bestimmte Flotte unter Anführung des Alkibiades. S. die Einl.

Euelpides.

Ein wenig findet man noch auf dem Land.

Wiedehopf.

Und welcherlei Verlangen führt Euch denn hieher?

Euelpides.

Mit dir zu sprechen wünschen wir.

Wiedehopf.

Worüber nun?

Euelpides.

Weil erstlich auch ein Mensch du warst vordem, wie wir,
Und deine Schulden hattest ehedem, wie wir,   115
Und auch nicht gern bezahltest ehedem, wie wir;
Zu einem Vogel aber umgestaltet, dann
Ringsum die Erd' umflogest und das weite Meer,
Und Alles was ein Vogel, was ein Mensch, erkennst.
Darum nun kommen flehend wir hieher zu dir,   120
Ob du eine Stadt, wohlwollig genug, uns nennen magst,
Um weich sich drin zu betten, wie im Zottelpelz.

Wiedehopf.

Du willst sie größer als die Stadt der Kranaer?

Euelpides.

Nicht größer, nein; jedoch behaglicher für uns.

Wiedehopf.

Aristokratisch also denkst du wahrlich.   125

Euelpides.

Ich?

Nichts minder! Schon Aristokrates ist mir ein Greu'l

Wiedehopf.

Und welche Stadt bewohnet ihr am liebsten wohl?

V. 123. Kranaer: Athener, von Kranaos, Nachfolger des Kekrops.
V. 125. Aristokrates im Original „des Skellios Sohn." Sein
Geschlecht war eines der vornehmsten in Athen, er selbst eines der Häupter
der oligarchischen Partei und später im Rath der Vierhundert.

Aristophanes.   15

Euelpides.

Wo unsre größten Sorgen wären solcher Art:
An meine Thüre käme früh ein guter Freund
Und spräche: Bei'm olympischen Zeus beschwör' ich dich,   130
Besuchet heut mich, du und deine Kinderchen,
Sobald sie gewaschen; ich hab' ein Hochzeitmahl bereit.
Und daß du mir ja nichts Anders vornimmst; oder sonst
Bleib' auch zu Hause, wenn es einmal mir schlecht ergeht!

Wiedehopf.

Bei Zeus! Gar mühevolle Dinge die du liebst!   135
                Zu Peisthetäros.
Was aber du?

Peisthetäros.

        Dergleichen lieb' auch ich.

Wiedehopf.

                Und wie?

Peisthetäros.

Wo eines hübschen Buben Vater, der mich trifft,
Gleichsam beleidigt, also sich bei mir beschwert:
„Ei schön daß meinen Knaben du, Stilbonides,
Den von der Schul' und aus dem Bad du kommen sahst,   140
Nicht küßtest, nicht beredetest, nicht in die Arme nahmst,
Nicht griffest zu, und bist mein Freund von den Vätern her!"

Wiedehopf.

Du Jammermensch, du! Böse Dinge die du liebst.
Doch gibt es eine glückliche Stadt, wie ihr sie wünscht,
Am rothen Meer gelegen.   145

Euelpides.

        Weh, nur keine Stadt
Am Meer, wo eines Morgens die Salaminia,

V. 139.   Stilbonides.   Wahrscheinlich ein bekannter Päderast.

V. 140.   In den Ringschulen (Gymnasien) befanden sich auch Väter,
die von den jungen Athenern häufiger besucht wurden als die Uebungsplätze.

V. 146.   Die Salaminia.   Das Staatsschiff, durch welches der im
Hermokopidenprocesse angeklagte Alkibiades von Sicilien zurückberufen wurde.

Mit einem Ladungsboten an Bord, auftauchen kann!
Uns eine Stadt in Hellas nennen kannst du nicht?

Wiedehopf.

Ei, wollt' ihr nicht nach Krätzedorf im Eleerland
Euch übersiedeln? 150

Euelpides.

Nein doch, weil mir ungesehn
Der Krätzige von Melanthios her ein Greuel ist.

Wiedehopf.

Dann gibt es andre, in Lokris die Opuntier;
Dort müßt ihr euch ansiedeln.

Euelpides.

Ich ein Opuntios?
Das möcht' ich ja nicht werden um ein Goldtalent.
Wie ist denn auch das Leben bei den Vögeln hier? 155
Das kennst du genau doch.

Wiedehopf.

Gut genug für alle Tag':
Fürs Erste muß man leben ohne Beutel hier . . .

Euelpides.

Da hältst du manche Fälscherei vom Leben fern.

Wiedehopf.

Wir picken in den Gärten weißen Sesam auf
Und Myrtenfrucht, Mohnkörner auch und Wassermünz'. 160

Euelpides.

Ein wahres Hochzeitleben das ihr führen müßt!

V. 149. Krätzedorf. Im Griechischen Lepreos, Städtchen in Elis,
von Lepra, Krätze. Dem Dichter ist es hier um einen Seitenhieb auf den
Tragiker Melanthios zu thun, den er nebst dessen Bruder Morsimos öfters
als Schlemmer durchzieht (Friede 805. 1009). Nach der Vermutung
des Schol. war seine Lebensart auf seinem Gesicht zu lesen.

V. 152. Opuntier. Von der Stadt Opus in Lokris, Opuntios
(Opuntier) ist zugleich der Name eines Atheners, der unten V. 1294 als
einäugig bezeichnet wird.

V. 161. Die genannten Pflanzen und Früchte wurden den Brautleuten

Peisthetäros, aus tiefem Nachdenken erwachend.

Ah! Ah!

Ja, hohe Bestimmung seh' ich in dem Vogelvolk

Und Macht, die ihr erlangen könnt, wenn ihr mir gehorcht.

Wiedehopf.

Worin dir gehorchen?　　　　　　　　　　　　　165

Peisthetäros.

Worin gehorchen? — Erstlich fliegt

Nicht mehr mit offenem Schnabel überall herum.

Das ist ein ganz unschickliches Betragen. Seht!

Wenn dort bei uns nach solchen Schwärmern Einer fragt:

„Wer ist der Vogel?" erwidert alsbald Teleas:

„Ein luft'ger Vogel Heimatlos, ein Flederwisch,　　　170

„Ein unbeständiger Ueberall= und nirgendswo."

Wiedehopf.

Das tadelst, beim Dionysos, du mit Recht an uns.

Was thun wir also?

Peisthetäros.

Bau't gemeinsam Eine Stadt.

Wiedehopf.

Was könnten wir, die Vögel, für eine Stadt erbau'n?

Peisthetäros.

Im Ernst? — O welches alberne Wort du gesprochen hast!　175

Da schau' hinab!

Wiedehopf, duckt sich nach unten.

Ich schaue wohl.

Peisthetäros.

Jetzt schau hinauf!

zum Geschenk gegeben: Myrte und Wassermünze zum Bekränzen, Mohn=
körner und Sesam als Reizmittel. Friede 869.

V. 169. Teleas. Selbst ein lockerer Vogel. Friede 1008. Wenn
es derselbe mit V. 1025 ist, so war er einer der Demagogen, deren Treiben
die Abwesenheit des Alkibiades Luft gemacht hatte.

Wiedehopf.

Ich schaue.

Peisthetäros.

Dreh den Hals herum.

Wiedehopf.

Ei ja, bei Zeus,

Den Hals mir zu verrenken, da bedank' ich mich.

Peisthetäros.

Du sahst etwas?

Wiedehopf.

Die Wolken und den Himmel, ja.

Peisthetäros.

Ist nun in Wahrheit dieses nicht der Vögel Statt?   180

Wiedehopf.

Statt? Wie denn das?

Peisthetäros.

Was man wohl auch die Stätte nennt.

Weil aus und ein gewandelt wird und Alles hier

Von Statten geht, drum eben nennt man jetzt es Statt;

Doch habt ihr angebaut es und befestigt erst,

Dann wird man's nicht mehr Stätte nennen, sondern Stadt.   185

Alsdann beherrscht die Menschen wie Heuschrecken ihr

Und laßt die Götter sterben melischen Hungertod.

Wiedehopf.

Wie?

V. 180. Statt, Stätte, Stadt. Nachahmung des griechischen
Wortspiels mit πόλος, πόλις, πολεῖται. Πόλος (Pol) war damals bei den
Naturphilosophen und pathetischen Dichtern ein sehr gangbarer Ausdruck;
nach dem Schol. bedeutete es früher nicht den Endpunkt der Are (Weltare),
sondern den Umkreis.

V. 187. „Melischer Hunger" war von der Belagerung der Insel
Melos her sprüchwörtlich geworden (wie fames Saguntina bei den Rö-
mern). Die Grausamkeit der Athener gegen die Melier schildert Thukyd.
V. 116. Es war 2 Jahre vor den Vögeln.

Peisthetäros.

Zwischen Erd' und Himmel ist ja doch die Luft.
Nun müssen w i r doch, wollen wir nur nach Delphi geh'n,
Zuerst um Durchpaß bitten die Böotier;   190
So laßt, so oft die Menschen opfern einem Gott,
Wofern den Zoll die Götter nicht entrichten euch,
Durch euer fremdes Stadtgebiet und Luftrevier
Den Dampf der Opferschenkel auch nicht mehr hindurch.

Wiedehopf.

Juchhe! Juchhe!   195
Bei der Erde Macht, bei Schlingen, Nebelgarn und Netz,
Nein, einen hübschern Gedanken hab' ich nie gehört!
Und gern mit dir zusammen baut' ich wohl die Stadt,
Wenn auch den andern Vögeln dieses wär' genehm.

Peisthetäros.

Wer soll den Vorschlag ihnen nun eröffnen?   200

Wiedehopf.

Du.

Ich lehrte sie — Barbaren waren sie zuvor —
Die Sprache verstehen, da ich schon lang bei ihnen bin.

Peisthetäros.

Wie willst du denn zusammen sie berufen?

Wiedehopf.

Leicht.

Ich trete nur hieneben ins Gebüsch geschwind
Und wecke da vom Schlummer meine Nachtigall,   205
Dann rufen wir sie: sobald sie unsrer Stimme Laut
Vernommen haben eilen sie im Flug herbei.

Peisthetäros.

O liebster du der Vögel, säume länger nicht,
Geh doch, ich bitt' inständig dich, so schnell du kannst,
Hinein in den Busch und wecke deine Nachtigall!   210

Der Wiedehopf singend hinter dem Gebüsch.

Auf, traute Gespielin, verscheuche den Schlaf,
Laß strömen der heiligen Lieder Musik
Aus der göttlichen Kehle, die klagend ertönt,
Wenn um Itys du weinst, unser Schmerzenskind,
Auswirbelnd in thränenbenetztem Gesang   215
    Deine bräunliche Brust!
Rein schwingt sich der Schall durch der Eibe Gezweig,
Nachhallend empor zu dem Throne des Zeus,
Wo lauschend der goldengelockte Apoll
In die elfenbeinerne Harf' eingreift,
Antwortend dem Klagegetön', und den Reih'n   220
    Der Olympier führt;
Da strömt von unsterblichen Lippen zumal,
    Einstimmend mit dir,
Auch der Seligen göttliche Klage.
        Flötenspiel hinter der Scene.

Peisthetäros.

O König Zeus! Welch eine Stimme des Vögelchens!
Wie überthaut's den ganzen Wald mit Honigseim!

Euelpides.

He, du!   225
        Peisthetäros.

    Was gibt's?

Euelpides.

    So schweige doch.

Peisthetäros.

        Warum denn auch?

Euelpides.

Noch eins zu singen, räuspert sich der Wiedehopf.

    Wiedehopf singt, mit Flötenbegleitung.

Epopopopopopopopopopoi
Jho, Jho, Jto, Jto, Hervor, Hervor!

Hervor hieher, mein Mitgefieder männiglich,
Das kornreiche Saat des Landmann's zumal   230
Beweidet, ihr, unzählige Gerstennäscherschaar,
     Und das behende Geschlecht
          Flinker Samenpicker mit den zarten Stimmchen,
          Die ihr in Furchen gedrängt
     Gern die Scholle mit dem feinen Ton umzwitschert, 235
          Fröhlich ob dem Wohllaut:
     Tio, tio, tio, tio, tio, tio, tio, tio!
Und von Euch was in den Gärten auf des Epheus
     Gezweig Waide sucht.
Und was auf Bergen schwärmt,   240
Oleasterbenäscher, Erdbeerenverschlinger,
     Geschwind flieget herbei auf meinen Lockruf:
          Trioto, trioto, totobrix!
Die ihr im Rohr sumpf'ger Bergschluchten euch
Scharfe Stechfliegen schnappt, Niederungen wohlbethaut 245
Und Marathons lachenderen Wiesengrund liebet,
     Auch buntfittiger Vogel du,
          Haselhuhn, Haselhuhn!
Ihr, die ihr über den Wogen des Meeres   250
Flattert in Schwärmen mit Seehalkyonen,

B. 230—36. Das Versmaß sind dochmische Dimeter:
$$\cup - \mid - \cup - \parallel \cup - \mid - \cup -$$
abwechselnd mit Jamben und Trochäen.

B. 238. Jonischer Rhythmus, ionici a minori
$$\cup \cup - - \mid \cup \cup - \underline{\cup} \mid \cup \cup - -$$
worauf wieder dochmische Verse folgen, oder aufgelöste Päonen (im Deut=
schen unmöglich), um das Getrippel und Geschwirre nachzuahmen.

B. 246. Die Sumpfgegend von Marathon war reich an Vögeln und
Stechfliegen.

B. 251. Seehalkyonen. Meeresvögel, deren Erscheinen Meeres=
stille verkünden soll. Daher „halkyonische Tage", unten B. 1594. Vgl.
Frösche 1309. Auch diesen Vogel läßt die Sage durch Verwandlung ent=
standen sein. Alkyone, Tochter des Morgensterns, war die Gattin ihres

Eilet herbei, zu vernehmen die Neuigkeit!
Denn wir versammeln nun alle Geschlechter hier
    Der halsausreckenden Vögel.
    Denn daher kommt uns scharfdenkend ein Greis,   255
        Unerhörten Verstandes,
    Ungewöhnlicher That Unternehmer zugleich.
        Kommt nun zur Berathung alle,
        Eilet, eilet, eilet, eilet!
        Torotorotorotorotix!   260
            Kikkawau! Kikkawau!
        Torotorotorotorolililir!

Peisthetäros.
Du, siehst du einen Vogel?

Euelpides.
                    Nein, beim Apoll, ich nicht;
Und gaffe doch mit offnem Maul zum Himmel auf.

Peisthetäros.
So ist der Wiedhopf, scheint es, vergebens ins Gebüsch   265
Getreten, um wie ein Regenpfeifer drein zu kräh'n.

Der Flammbart
erscheint auf der Orcheſtra.
    Torotix! Torotix!

Peisthetäros.
Freund! da kommt ja eben aber doch ein Vogel noch herbei.

Euelpides.
Ja, bei Zeus! ein Vogel. Was für einer ists? Doch nicht ein Pfau?

Peisthetäros,
    gegen den Wiedehopf, der wieder aus dem Busch kommt.
Dieser kann's am besten sagen. Welch ein Vogel ist denn das?   270

Bruders Kehr. Aus Uebermut nannten sich Beide gegenseitig Zeus und
Hera. Zur Strafe verwandelte Zeus sie in Meervögel mit ihren ursprünglichen Namen.
    V. 261. Kikkawau. Der Eulenruf. Schol.

Wiedehopf.

Keiner der gemeinen Vögel, die ihr alle Tage seht
Nein, ein Wasservogel.

Peisthetäros.

Tausend! Wunderschön und flammenroth!

Wiedehopf.

Ei natürlich; eben darum wird er Flammbart auch genannt.

Ein anderer Vogel tritt in die Orchestra ein.

Euelpides.

Du, o daß dich!

Peisthetäros.

Was denn schreist du?

Euelpides.

Sieh, ein andrer Vogel dort!

Peisthetäros.   .

Ja, bei Zeus, ein zweiter, „der die Heimat in der Fremde
           hat".   275

Zum Wiedehopf.

Wer denn ist der „musomantische, seltsame Bergsteiger" dort?

Wiedehopf.

Diesen Vogel nennt man Meder.

Peisthetäros.

Meder? Mächt'ger Herakles!

Ist's ein Meder, wie denn flog er ohne sein Kameel daher?

Ein dritter Vogel erscheint.

Euelpides.

Sieh, da kommt schon wieder Einer, einen Helmbusch auf dem Kopf.

Peisthetäros *zum Wiedehopf.*

Welches Wunderthier, so bist du nicht der einz'ge Wiedehopf?   280
Sondern das vielleicht ein andrer?

V. 273. Flammbart. Flamingo, ein Zugvogel, oberher purpur=
roth mit rosenrothen Flügeln und schwarzen Schwingen, statt des Schnabels
trägt er hier ein Clarinett am Munde, womit er sich V. 267 ankündigt.
    V. 275. 276. Anspielungen auf Verse aus der Tragödie (Sophokles'
Tereus und Aeschylos' Edonen nach dem Schol.).

Wiedehopf.

Dieser ist Philokles' Sohn,
Sohn von Wiedehopf, ich bin sein Großpapa, wie wenn man sagt:
Hipponikos, Sohn des Kallias, Kallias Hipponikos' Sohn.

Peisthetäros.

Also Kallias heißt der Vogel? Wie er die Federn fallen läßt!

Wiedehopf.

Als ein Mann von Adel, wird von Sykophanten er gerupft,   285
Und die Weiblein zupfen noch daneben ihm die Federn aus.
Eine Kropfgans watschelt herein.

Peisthetäros.

O Poseidon! noch ein andrer federnbunter Vogel dort!
Welchen Namen führt wohl dieser?

Wiedehopf.

Dieser heißt der Nimmersatt.

Peisthetäros.

Gibt es einen Nimmersatt noch außer dem Kleonymos?

Euelpides.

Wenn er aber Kleonymos ist, wie verlor er nicht den Busch?   290

V. 281. **Philokles.** Der Tragiker dieses Namens dichtete nach Sophokles ebenfalls einen Tereus oder Wiedehopf. Deßwegen sagt hier der eigentliche (sophokleische) Wiedehopf: ich bin sein Großpapa. Schol. Philokles war häßlich von Gestalt (Thesmophor. 168), seine Poesie hart und bitter (Wespen 462) und doch besiegte er mit seinem Tereus den Oedipus des Sophokles im Jahre 430.

V. 283. **Kallias.** Diese Eupatriden-Familie vererbte regelmäßig den Namen des Großvaters auf den ersten der Söhne. Dieser Kallias war der dritte des Namens, brachte sein reiches Erbe mit Dirnen und Sophisten durch, so daß er in Dürftigkeit starb. Der Sinn der Vergleichung ist also: „Wie der heruntergekommene Kallias zu seinem edeln und reichen Großvater, so verhält sich dieser ruppige Wiedhopf zu mir, dem echten Tereus".

V. 287. **Federnbunt.** Im Griechischen βαπτός, was auch betrunken heißt (wie bei uns „getauft"), und an die Bapten des Eupolis (in die thrakischen Orgien eingeweihte Wüstlinge und Trunkenbolde) erinnerte.

V. 289. **Kleonymos.** Der vielverspottete Ohneschild, nach Aristophanes gefräßig und feig (Wolken 352, Ritter 1293), der als einer der thätigsten Demagogen gegen die Hermenverstümmlung wütete.

Peisthetäros.

Doch wozu denn all das Buschwerk auf dem Kopf des Federviehs?
Kommen sie vielleicht zum Wettlauf?

Wiedehopf.

Grade wie die Karier
Sitzen gern sie hinterm Busche, guter Mann, zur Sicherheit.
Die Vögel rücken schaarenweise an.

Peisthetäros.

O Poseidon! siehst du, welch' ein Vogelungewitter sich
Zieht zusammen?

Euelpides.

Gott Apollon! Wolk' an Wolke, he! ohe!   295
Kaum vor flatterndem Gevögel ist der Eingang noch zu seh'n.

Peisthetäros.

Hier ein Rebhuhn, sieh! und jenes dort, bei Zeus, ein Haselhuhn;
Sieh, das ist die Purpurente, jenes ein Eisvogel dort.

Euelpides.

Wer denn ist's der hinterherläuft?

Peisthetäros.

Wer es sei? ihr Bader ist's.

Euelpides.

Gibts denn einen Vogel Bader?

Peisthetäros.

Gibt es keinen Sporgilos?   300
Sieh, die Eule da! . . .

Euelpides.

Was sagst du? bringt man Eulen nach Athen?

V. 292. Wettlauf. Eine Art desselben war das Rennen in voller
Rüstung mit dem Helmbusch. — Unsere Schnellläufer putzen sich jetzt noch
mit Federbüschen auf.

V. 299. Bader. Im Griechischen Keirylos (von κείρειν, scheeren);
Kerylos aber soll nach dem Schol. das Männchen des Eisvogels heißen.
Zugleich war in Athen ein Bartscheerer Namens Sporgilos, in dessen
Baderstube nach dem Schol. sich die Stutzer versammelten.

V. 301. „Eulen nach Athen“. Ein Sprüchwort vom unnöthigen

Peisthetäros.

Elster, Turteltaube, Lerche, Käuzchen, Weihrauchvogel, Weih,
Taube, Habicht, Ringeltaube, Kukuk, Rothfuß, Feuerkopf,
Wasserhuhn, Thurmfalke, Taucher, Fliegenschnapp, Beinbrecher, Specht.

Euelpides.

Ahi, ahi, was Vögel da!   305
Ahi, ahi, was Amseln da!
Wie das piepsend, wie es kreischend alles durcheinander rennt!
Drohen sie denn gar uns? Weh, schon sperren sie die Schnäbel auf,
Blicken bald auf dich und bald auf mich.

Peisthetäros.

So kommt auch mir es vor.
Sie ziehen sich zurück.

Chor der Vögel,
der sich inzwischen gesammelt hat, umhertrippelnd.

Wo — wo — wo — wo — wo — wo — wo — wo — wo —   310
Wo denn ist der mich gerufen? Wozugegen weilet er?

Wiedehopf.

Hier schon lange wart' ich eurer, „Freunden bin ich nimmer fern."

Chor.

We — we — we — we — we— we —   315
Welche angenehme Botschaft bringst du also jetzt an uns?

Wiedehopf.

Sicher, allgemein, gerecht, erfreulich, Allen förderlich.
Männer — hört' — zwei feine Denker, sind gekommen her zu mir.

Chor *erschrecken.*

Wo? Wie? Was sagst du?

Wiedehopf.

Von den Menschen, sag' ich, kamen zwei ergraute Männer her,   320
Und zu einem Riesenwerke brachten sie das Fundament.

Ueberhäufen, wo der Haufen schon groß genug ist, wie: Getreide nach
Aegypten führen, oder Safran nach Kilikien.

Chorführer.

O du größter aller Frevler, seit ich aufgefüttert ward,
Welch ein Wort!

Wiedehopf.

Erschrick nicht vor dem Wort.

Chorführer.

Was hast du mir gethan!

Wiedehopf.

Männer nahm ich auf, verlangend unsre Mitgenossenschaft.

Chorführer.

Diese That hast du begangen?   325

Wiedehopf.

Und ich freue mich der That.

Chorführer.

Und sie sind schon hier bei uns wo?

Wiedehopf.

So gewiß als ich bei Euch.

Erster Halbchor.

Strophe.

Ach! ach!

O verrathen durch Frevel! o Schmach!
Der befreundet uns war und gemeinsam mit uns
Kernreiche Gefilde bestrich,   330
Altheilige Satzungen hat er verletzt,
Eidschwüre der Vögel gebrochen,
Und in das Netz hat er mich verlockt, preisgegeben mich
Jenem freverischen Geschlecht welches, seitdem es besteht,
Mir zum Todfeind erwuchs.   335

Chorführer.

Doch mit dem Verräther reden später wir schon noch ein Wort;

V. 333—335. Päonischer Rhythmus ⌣⌣‒ | oder ‒⌣⌣ | oder ⌣‒⌣,
schließend mit Kretikern: ‒⌣ | , die im Deutschen manchmal auch in der
Mitte gebraucht werden müssen.

Diese beiden Alten, mein' ich, sollen büßen jetzt die Schuld
Und von uns zerrissen werden!

Drohende Bewegung des Chors.

Peisthetäros.

Weh, nun ist's um uns gescheh'n!

Euelpides.

Leider; schuld an diesem Unglück bist nur du allein. Wozu
Mußtest mich von dannen fuhren?

Peisthetäros.

Freund, damit du bei mir wärst.   340

Euelpides.

Um es bitter zu beweinen.

Peisthetäros.

Ei, da faselst du doch arg.
Denn wie kannst du weinen, wenn sie dir die Augen ausgehackt?

Zweiter Halbchor.
Gegenstrophe.

Hu! hu!
Nun darauf und daran! Laß los
Todfeindlichen blutigen Sturm, allseits   345
Haut ein mit der Fittige Schlag
Und umzingelt sie rings, daß heule das Paar
Und ein Schmaus sie werden dem Schnabel!
Nicht ein waldiges Gebirge, noch ein luftiges Gewölk,
Noch das grauliche Gewässer ist es das sie bergen soll,   350
Daß sie mir entflöhen, nein!

Chorführer.

Sie zu rupfen und zu beißen laßt uns länger zaudern nicht!
Wo ist der Hauptmann? Angegriffen! Mit dem rechten Flügel vor!

Euelpides.

Nun, da hast du's. Weh, wohin entflieh' ich Armer?

Peisthetäros.

Willst du steh'n?

Euelpides.

Soll ich mich zerreißen lassen?

Peisthetäros.

Wie denn hoffst du ihnen noch 355
Zu entflieh'n?

Euelpides.

Ich weiß es selbst nicht.

Peisthetäros.

Eben darum sag' ich dir:
Bleiben müssen wir und kämpfen: greifen nach den Töpfen wir!

Euelpides.

Ach, was kann ein Topf uns helfen...

Peisthetäros.

Eule greift uns dann nicht an.

Euelpides.

Gegen jene krummen Klauen?

Peisthetäros.

Nach dem Bratspieß greife rasch,
Streck' ihn fest dem Feind entgegen. 360

Euelpides.

Doch was schützt die Augen mir?

Peisthetäros.

Nimm den Essignapf dort, halt' ihn oder eine Schüssel vor.

Euelpides.

Ei, du Schlaukopf! Ja, das hast du schön strategisch ausgedacht!
In der Kriegslist überschnellst du selbst den großen Nikias.

Sie bewaffnen sich aus dem Geschirrkorbe.

Chorführer.

Hurrah! Marsch! Gefällt den Schnabel! Bleibe Keiner mir zurück!
Zerre, raufe, haue, kratze, schlag zuerst den Topf entzwei! 365

Der Chor rückt gegen die Bühne an.

V. 358. Eule. „Als Vogel der Athene wird sie die attischen Töpfe
in Ehren halten". Schol.
V. 363. Nikias galt mehr für schlau als tapfer.

Wiedehopf entgegentretend.

Sagt mir doch, warum denn, ihr der wilden Thiere schlimmste Brut,
Wollt ihr, ungekränkt, verderben und zerfleischen diese Zwei?
Sind ja Beide Stammgenossen, Blutsverwandte meiner Frau.

Chorführer.

Was? wir sollen ihrer gar noch eher schonen als des Wolfs?
Hätten wir an irgend ärgern Feinden uns zu rächen noch?   370

Wiedehopf.

Wenn sie Feinde von Natur zwar, doch im Herzen Freunde sind,
Und hiehergekommen, Euch zu lehren etwas Nützliches?

Chorführer.

Wie denn könnten diese jemals lehren uns was Nützliches,
Oder rathen, sie, die Feinde meiner Urgroßväter schon?

Wiedehopf.

Doch gerade von den Feinden lernt der Kluge mancherlei.   375
Denn die Vorsicht nur bewahrt uns; von den Freunden kannst du nun
Sie gewiß nicht lernen; doch der Feind, er nöthigt dich dazu.
So die Städte: nur von Feinden lernten sie, von Freunden nicht,
Hohe Mauern aufzurichten, Schiffe für den Krieg zu bau'n.
Solche Schule ja bewahret Kinder, Haus und Hab und Gut.   380

Chorführer.

Freilich, erst sie anzuhören muß ja wohl, wie uns bedünkt,
Nützlich sein; denn etwas Kluges lernt man auch vom Feinde gern.

Peisthetäros zu Euelpides.

Nachzulassen von dem Zorne scheinen sie. Tritt nun zurück!

Wiedehopf zum Chor.

Nur gerecht ist dieß, und mir auch dürft ihr's zu Gefallen thun.

Chorführer.

Traten wir doch nie in einer andern Sach' entgegen dir.   385

Peisthetäros zu Euelpides.

Lieber wollen sie mit uns doch Frieden haben; lege drum

V. 368. **Meiner Frau.** Prokne. Vgl. zu V. 15.

Aristophanes.   16

Weg den Topf und weg die Schüsseln.
Mit der Lanze nur, dem Bratspieß
Müssen wir umherspazieren
Innerhalb des Waffenplatzes,   390
An des Topfes Rand hinschielend,
Nah genug; nicht fliehen darf man.

Euelpides.

Meinst du? Aber wenn wir todt sind,
Wo denn werden wir begraben?

Peisthetäros.

Der Kerameikos nimmt uns auf dann;   395
Daß man öffentlich uns bestatte,
Melden wir sofort den Feldherrn:
Beide kämpfend mit den Feinden,
Fielen wir bei Vogelheim.

Chorführer zum Chor gewendet.

Tritt wieder zurück in das vorige Glied,   400
Und stecke den Mut zur Seite des Grimms,
Wie der Streiter den Speer, vornübergelehnt;
Wir erforschen indessen die Fremdlinge, wer
Und von wannen sie sind,
Und was ihre Absicht.   405

Zum Wiedehopf.

He, Wiedehopf, dich ruf' ich jetzt.

V. 391.   Der Topf als Helm.

V. 395.   Kerameikos.   Der „Töpferplatz" vor Athen, wo die öffent=
lichen Begräbnisse der im Kriege Gefallenen gefeiert wurden.   Da wir unter
unsern Töpfen fallen werden, meint Peisthetäros, so sind wir am ehren=
vollsten Platze aufgehoben.

V. 399.   Vogelheim.   Gr. Orneä (von ὄρνις, Vogel) zwischen
Sikyon und Korinth gelegen, eine spartanisch gesinnte Stadt, die zwei Jahre
vor Aufführung der Vögel von den Athenern belagert und geschleift worden
war (Thuk. VI, 7), ein Vorfall von welchem vielleicht mancher athenische
Bramarbas Großthaten zu erzählen wußte; zugleich das Vogelrevier, statt
unter den Vögeln.

Wiedehopf.

Und was zu hören, rufst du mich?

Chorführer.

Wer sind die Leute da, woher?

Wiedehopf.

„Gastfreund' aus Hellas' weisem Volk."

Chorführer.

Und welch Geschick treibt die Zwei her, zu uns Vögeln hier   410
    Sich zu wagen?

Wiedehopf.

Verlangen nach Deiner Art und der Gesellschaft mit Dir,
    Gänzlich dir vereint zu sein.

Chorführer.

    Ei, was?!
    Und welchen Antrag bringen sie?   415

Wiedehopf.

Unglaublich klingt es, unerhört.

Chorführer.

Erblickt er in seinem Aufenthalt dahier Gewinn,
    So daß mit meiner Hülf' er hofft
    Den Feind zu zwingen oder sonst
    Zu fördern seiner Freunde Wohl?   420

Wiedehopf.

Ein großes Glück verheißt er uns,
    Das Wort und Glauben übersteigt:
    Daß alles das dein Eigenthum
    Was hier und dort und überall
    Umher sei, das beweist er dir.   425

Chorführer.

Ist er verrückt, der Mensch?

Wiedehopf.

O, unerhört gescheid.

Chorführer.

Hat er Verstand im Kopf?

Wiedehopf.

O der verschlagenste Fuchs,

Voll List, Gewandtheit, Feinheit, lauter Pudermehl.   430

Chorführer.

Er rede, rede; ruf ihn mir!

Von der Beschreibung die du gibst

Juckt mir's in allen Federn.

Wiedehopf
zu den Begleitern der beiden Athener.

Auf du und du! packt diese Rüstung wiederum

Zusammen und zu guter Stunde hänget sie   435

In der Küche drinn, beim Bild des Feuergottes auf!

Zu Peisthetäros.

Und du erkläre wozu ich diese zusammenrief,

Nimm jetzt das Wort, belehre sie.

Peisthetäros.

Nein, beim Apoll!

Wofern sie nicht den gleichen Vertrag eingeh'n mit mir,

Den jüngst mit seinem Weibe jener Affe schloß,   440

Der Messerschmied, daß mich der Schwarm nicht beiße, nicht

An den Hoden zerre, nicht zerkratze . . .

Chorführer nach hinten deutend.

Meinst du den?

Das nimmermehr.

Peisthetäros.

O nein, die Augen meint' ich nur.

Chorführer.

Das geh' ich ein.

Peisthetäros.

Nun so beschwöre mir es gleich!

V. 440. Nach dem Schol. ein gewisser Panätios, welchen Aristophanes
auch in den „Inseln" genannt habe.

Chorführer.

Ich schwör's, so wahr ich mit allen Stimmen siegen will 445
Der Richter und Zuschauer insgesammt.

Peisthetäros.

Es gilt!

Chorführer.

Und halt ich's nicht — mit Eines Richters Stimme nur!

Vogelherold.

Merkt auf, ihr Völker! Jeder Bewaffnete soll für jetzt
Die Waffen nehmen, wiederum nach Hause ziehn
Und weiterer Kundmachungen gewärtig sein! 450

Erster Halbchor.

Strophe.

Arglistig ist immer der Mensch zwar von Natur
In jedem Thun, doch laß dich vernehmen vor mir!
Es gelingt vielleicht dir
Guten Rath zu ertheilen, den du mir erspäht hast,
Und zu größerer Macht mir 455
Zu verhelfen, die nur mein verblendeter Sinn nicht geahnt.
Drum was du erseh'n, mittheil' uns es.
Denn was immer du Gutes
Zu bewirken verstehst, Beiden wird's Gemeingut.

Chorführer.

Nun wohlan, zu was immer für einem Geschäft mit Bedacht du ent=
schlossen hieherkommst, 460
Sprich offen und frei; wir werden fürwahr nicht zuerst die Verträge
verletzen!

Peisthetäros mit **Pathos.**

Schon gährt es in mir, beim Zeus! und fürwahr aufgeht mir der Teig
des Gedankens,

Den ich ohne Verzug durchknete vor Euch. Bring, Bursche, den Kranz
                                          und ein Becken!
Gieß' über die Hände mir Wasser geschwind!

Euelpides.

                    Ei? Schmausen wir, oder was meinst du?

Peisthetäros zu Euelpides.

Kein Schmaus, beim Zeus! doch ich suche schon lang so ein recht maſt=
                                          ochsiges Kraftwort,   465
Das tief einschlüg' in der Vögel Gemüt.

Zum Chor.

                    So unendlich jammert mich Euer,
Die ihr Könige doch einst waret zuvor ...

Chorführer.

                        Wir Könige? Weſſen?

Peisthetäros.

                                          Ihr seid es
Ueber Alles was ist, und zuerst über mich, über Diesen und über den
                                          Zeus selbst;
Weit älter und früher ist Euer Geschlecht als Kronos zusammt den
                                          Titanen
Und die Erde.   470

Chorführer.

        Die Erde?

Peisthetäros.
Gewiß, bei Apoll!

Chorführer.

                    Beim Zeus, das wußt' ich ja gar nicht.

B. 463. Kranz und Becken. Vorbereitungen wie zur Opfermahl=
zeit. Auch die Redner bekränzten sich vor dem Auftreten.
    B. 469. Kronos. Vater des Zeus, Saturn. — Titanen. Söhne
des Himmels (Uranos) und der Erde (Gäa) unter ihrem Anführer Kronos
waren die ersten Beherrscher der Welt und wurden von Zeus gestürzt und in
den Tartaros gesperrt.

Peisthetäros.

Weil nichts du gelernt, nicht um dich gethan, nicht deinen Aesop du
gepeitscht hast,

Der's deutlich erzählt daß die Schopflerch' einst sei der Erste der Vögel
gewesen,

Vor der Erde sogar; und es sei gar bald ihr der Vater am Piepse ge=
storben:

Da die Erde noch nirgends vorhanden, so sei fünf Tage der Todte ge=
legen;

In der Noth nun habe den Vater sie dann in dem eigenen Köpfchen
begraben.   475

Euelpides.

Drum eben, so liegt denn der Vater der Lerch' auch jetzt noch begraben
in „Köpfen".

Peisthetäros.

Wenn älter demnach als die Erde sie sind, wenn älter sie sind als die
Götter,

So gebürt ihnen auch als dem ält'sten Geschlecht mit dem vollesten
Rechte die Herrschaft.

Euelpides.

Bei Apollon, gewiß. Drum laß dir nun auch fortan lang wachsen den
Schnabel.

Wiedehopf.

Ja, nicht so geschwind wird Zeus seinen Stab abtreten dem pickenden
Baumspecht.   480

B. 471. Des Phrygiers Aesop Fabeln waren ein allgemein beliebtes
Volksbuch. Die Schopflerche soll nach dem Schol. ein der Gäa geheiligter
Vogel gewesen sein. Daher wohl der Vorzug des Alters den ihr der Dich=
ter beilegt. Aelian (Naturgesch. XV, 5) erzählt mit Beziehung auf diese
Stelle folgende Anekdote, die vielleicht jener Fabel den Ursprung gegeben
hat: „Ein indisches Königspaar flüchtet vor seinem undankbaren ältesten
Sohne, in Begleitung des jüngsten. Auf der Reise sterben die Eltern, und
der fromme Sohn spaltet sich selbst den Kopf, um sie darin zu begraben.
Der indische Helios aber verwandelt ihn in einen schönen Vogel mit Krone
und Federbusch."

B. 476. Köpfen, Kephalä, Name eines attischen Demos.

Peisthetäros.

Daß Götter es nicht einst waren demnach die über die Menschen geboten

Und Könige waren, die Vögel vielmehr, dafür gibt's viele Beweise.

Zum Beispiel weis' ich vorerst Euch hin auf den Hahn, wie gewaltig
er herrschte

Im persischen Reiche, vor Allen zuerst, vor Dareios und vor Megabyzos,

Drum wird er der persische Vogel genannt noch heute von selbiger
Herrschaft.　485

Euelpides.

Drum schreitet er auch noch heute daher wie der mächtige König der
Perser.

Auf dem Kopf aufrecht die Tiara trägt von den sämmtlichen Vögeln
allein Er.

Peisthetäros.

So herrscht' er mit Macht großherrlich und weit damals daß heutigen
Tags noch

Vor seiner Gewalt damaliger Zeit, wenn er kaum läßt hören den
Frühruf,

Aufspringen vom Schlafe zum Tagwerk all', Grobschmied, Lohgerber
und Töpfer,　490

Schuhmacher, Barbier, Mehlhändler zusammt Kunstschreinlei'rschild=
fabrikanten,

Die laufen, in Eile beschuht in der Nacht . . .

Euelpides.

Da laß dir ein Stückchen erzählen:

Seintwegen verlor ich Aermster einmal einen Mantel von phrygischer
Wolle.

V. 484. Megabyzos. Der Heerführer des Dareios auf dem Zug
gegen Griechenland.

V. 487. Die aufrechtstehende Tiara (Kopfschmuck) war eine Aus=
zeichnung des Königs, alle übrigen Perser trugen sie mit rückwärts gelegter
Spitze.

Zum Kindschmaus war ich geladen zu Gast in der Stadt und trank mir
ein Räuschchen

Und verschlief dann; ehe die Anderen nur am Schmaus sind, krähte der
Hahn schon;   495

Da mein' ich es sei bald Tag, eil' heim Alimunt zu, strecke den Kopf
kaum

Zum Thore hinaus, und ein Gaudieb schlägt mit der Keule mich über
den Rücken,   ·

Daß ich stürze; ich will aufschreien, — doch der war auf und davon
mit dem Mantel.

Peisthetäros.

So ferner gebot den Hellenen der Weih damals als wirklicher König ...

Wiedehopf.

Den Hellenen?

Peisthetäros.

Und Er war's welcher zuerst den Gebrauch als König
sie lehrte,   500

Vor den Weih'n in den Staub sich zu werfen.

Euelpides.

Bei Gott Dionys! so wälz' ich mich einsmals

Bei des Weih's Anblick, und dieweilen ich da rücklings mit offenem
Maul lag,

Da fuhr mir das Obolosstück in den Hals, — leer schleppt' ich nach
Hause den Mehlsack.

V. 494. Kindschmaus. Im Griechischen „zum zehnten Tag"; an diesem nämlich wurde dem neugebornen Kinde der Name gegeben.

V. 496. Alimunt, ein Flecken ußern der langen Mauern. Innerhalb dieser ist's die ganze Nacht helle von Fackeln und Laternen, die hin- und hergehen; außerhalb derselben ist dunkle Nacht.

V. 501. Vor den Weihn. Störche und Weihe wurden bei ihrer Ankunft ehrfurchtsvoll begrüßt, als glückbringende Vögel für den Einzelnen, wie sie für Alle den Frühling brachten. Vgl. „Wem der Kukuk schreit" in Geibels Gedichten. Wie man im Orient vor Königen sich niederwirft, so ist auch der Weih König derer die ihn so anbeten.

V. 503. Die gemeinen Griechen trugen die Geldstücke im Munde zwischen Kiefer und Backen.

Peiſthetäros.

In Aegypten ſodann und im ganzen Gebiet Phönikiens herrſchte der
Kukkuf,

Und ſobald ſein „Kukku" der Kukkuk rief, da begaben ſich alle Be=
wohner   505

Phönikiens raſch auf die Felder hinaus, um Waizen und Gerſte zu
ärnten.

Euelpides.

Dort alſo datiert ſich das Sprüchwort her: „Kukkuk! in das Feld
ihr Beſchnittnen!"

Peiſthetäros.

Und ſie walteten mit ſo ſtrenger Gewalt daß, wenn auch irgend ein
König

In den Städten gebot der Hellenen, ſo ein Agamemnon, ein Me=
nelaos,

Auf der Spitze des Scepters ein Vogel ihm ſaß, um zu theilen wo er
ein Geſchenk nahm.   510

Euelpides.

Ei ſieh! das wußt' ich gerade noch nicht. Drum nahm es mich alle=
mal Wunder

Wenn ein Priamos da mit des Vogels Geleit auf die tragiſche Bühne
hervortrat,

Wie dieſer ſich hob und Lyſikrates ſcharf beobachtete, ob er Geſchenk
nahm.

Peiſthetäros.

Doch der ſtärkſte Beweis noch von allen iſt der: Zeus ſelbſt, der jetzige
König,

V.505. Dort erſcheint der Kukkuk um die Erndtezeit (Heſiod, Werke und
Tage). Daß die Aegypter beſchnitten waren ſagt Herod. II, 104. Ueber
das Sprüchwort, das Erasmus (Adagia, p. 687) aus unſerer Stelle ent=
nimmt, weiß man nichts Weiteres.

V. 510. Auf der Spitze des Scepters war zur Verzierung gewöhnlich
ein Vogel angebracht, wie auf dem des Zeus der Adler gedacht wurde.

V. 513. Lyſikrates, ein der Beſtechlichkeit verdächtiger Feldherr.

Da steht er und trägt einen Vogel, den Aar, auf dem Haupte, dieweil
       er der König;   515
Eine Eule die Tochter sodann, und Apoll, als sein Dolmetscher, den
       Habicht.

Euelpides.

Bei der Demeter! ganz richtig bemerkt. Doch wozu denn diese Be=
       gleitung?

Peisthetäros.

Daß dann wenn ein Opfernder ihnen etwa in die Hand, wie's Opfer=
       gebrauch ist,
Das Gekröse gelegt, sie, die Vögel, voraus vor Zeus das Gekröse sich
       nehmen.
Auch schwur kein Mensch bei den Göttern voreinst, bei den Vögeln schwur
       man allein nur;   520
Und Lampon schwört noch heutigen Tags beim Zeisig, wenn er Be=
       trug spielt.
So haben vor Zeiten euch Alle zumal als groß, als heilig geachtet;
  Jetzt sieht man für Sklaven und Tölpel euch an:
  Noch mehr, ja gerad' als wäret ihr toll,
  So schießt man nach euch; in den Tempeln sogar 525
  Gibts Feinde genug die lauern euch auf
  Mit Schlingen und Garn, Leimruthen, Geheg.
  Fangnetzen und Fallen und Sprenkel=Geflecht,
  Und man bringt schockweis' euch gefangen zu Markt;
  Da feilschen die Käufer und greifen euch aus. 530
  Und nimmer genug, wenn es denn sein muß,

V. 515. Auf dem Haupte. Der Statue nämlich; sonst gewöhn=
lich auf der Hand des Gottes.

V. 521. Lampon. Ein einflußreicher Wahrsager, der im Pryta=
neion gespeist wurde, ein verschmitzter Priester. — Beim Zeisig, statt
beim Zeus. Im Griechischen „bei der Gans" (τὸν χῆνα st. τὸν Ζῆνα).
Von Lampon sagt der Schol. „er schwur bei der Gans, als einem mantischen
(wahrsagenden) Vogel". Auch Sokrates, der Niemand täuschen wollte,
schwur so, und seine Schüler nahmen die Sitte an.

Daß gebraten sie euch vorsetzen bei Tisch:
Da kommt noch geriebener Käse dazu,
Weinessig und Baumöl, Knoblauchsaft
Mit Honig und Fett durcheinandergerührt;   535
Dann schütten die siedende Brühe sie heiß
      Grad über euch hin,
Als wäret ihr stinkende Aeser.

Chor.

Gegenstrophe.

O genug, o genug der betrübten Kunde hast
  Du hergebracht, Mensch! Ach, wie bewein' ich die Schmach, 540
      Meiner Väter Feigheit,
Solche Herrlichkeit, von den Ahnen ererbt, mir
     So leicht zu verscherzen!
Doch es führt ja gewogen ein Gott und ein günstig Geschick
  Mir daher jetzt dich, als Thronretter;   545
    Denn vertrauend allein d i r
Meine Jungen und mich, werd' ich sicher wohnen.

Chorführer.

Was aber zu thun, das lehre du jetzt; denn es lohnt nicht der Mühe
                           zu leben,
Wenn nicht wir den erblichen Königsthron, wie's sein mag, wieder-
                           erobern.

Peisthetäros.

Drum rath' ich zuerst: eine e i n z i g e S t a d t zu erbauen für alles
                        Gevögel;   550
Dann müßt ihr den Luftkreis rings um euch her und den Raum zwi-
                      schen Himmel und Erde,
Wie Babylon einst, mit Mauern umziehn aus großen gebackenen
                      Quadern.

Wiedehopf.

O Kebriones und Porphyrion, welch furchtbar erhabener Stadtbau!

V. 553. K e b r i o n e s und P o r p h y r i o n. Hier Vögelnamen, sonst
aber auch Giganten, die ebenfalls Himmelsstürmer waren   Schol.

Peifthetäros.

Und sobald dann fertig der Bau dasteht, dann fordert von Zeus ihr die
Herrschaft;

Und sagt er nicht Ja, und weigert er sich und besinnt sich nicht schnell
eines Beffern, 555

Dann fündiget heiligen Krieg ihm an und verbietet den sämmtlichen Göttern

Durch euer Gebiet auf Besuche zu geh'n mit dem hochaufstrebenden
Speere,

Wie früher sie zu den Alfmenen so oft eh'brecherisch niederge-
stiegen,

In der Alopen und in der Semelen Schoß; und versuchen sie's wieder, so leget

Ihr ihnen ein Vorhängschloß an den Knopf, daß sie lassen die Weiber
in Ruhe. 560

An das Menschengeschlecht dann rath' ich zugleich einen Vogel zu senden als Herold:

Da die Vögel nun Könige seien, so müssen den Vögeln sie opfern in
Zukunft,

Nach ihnen sodann auch den Göttern, wie sonst, doch sei in geziemen-
der Weise

Von den Vögeln je Einer dem Gotte gepaart, wie er eben für Jeglichen paffe:

Wer dann Aphroditen ein Rauchwerk bringt, der opfere Samen dem
Bleßhuhn; 565

V. 556. Heiligen Krieg. Heilige Kriege heißen sonst die für das
Besißthum der Götter geführten, so der 40 Jahre vor den Vögeln (Thukyd.
I, 12), in welchem die Athener den Tempel zu Delphi den Delphiern wieder
abnahmen und den Phokeern übergaben; ebenso ein älterer vom Jahre 590
gegen die tempelräuberischen Krissäer.

V. 559. Alope, Tochter des Kerkyon, die dem Poseidon den Hippo-
thoon gebar. Alfmene, Mutter des Herakles, Semele, die des Dionysos, beide von Zeus, sind bekannt.

V. 565. Samen — Waißen. Abgekochter Waißen oder Gerste
reizen zum Liebesgenuß. Schol.

Wenn Einer ein Schaf dem Poseidon weiht, der ehre die Ente mit
Waizen;
Wer ein Rind dem Herakles, opfre zugleich ihre Honigkuchen der
Möve;
Und opfert man Widder dem Könige Zeus, so ist auch Zaunschlüpfer
ein König,
Dem eher noch als Zeus selbst sich geburt unverschnittene Schnacken
zu schlachten.

Euelpides.

Das wär' eine Lust, ein geschlachteter Schnack — „Nun donnere Zan,
der Gewalt'ge."   570

Chorführer.

Wie werden denn aber für Götter, und nicht für Dohlen, die Menschen
uns anseh'n,
Die wir fliegen und Fittige tragen am Leib?

Peisthetäros.

O wie thöricht! hat ja doch
Hermes
Auch Flügel und fliegt, doch ist er ein Gott, und der anderen Götter
so viele:
So Nike mit goldenen Schwingen, sie fliegt, und es fliegt beim Zeus!
ja der Eros,
Von der Iris auch sagt doch Homeros sie sei zu vergleichen der schüch=
ternen Taube...   575
Und schleudert nicht auch Zeus nieder zu uns, wenn er donnert, geflü=
gelten Blitzstrahl?

V. 566. Die Ente als Schwimmvogel dem Poseidon als Meer=
gott zugesellt.
V. 567. Möve. Eben so gefräßig wie Herakles.
V. 570. Zan. Alterthümlicher Name für Zeus, aus einer Tragödie.
V. 574. Nike. Eine Siegesgöttin mit goldenen Flügeln (die ihr
später gestohlen wurden) stand auf der Burg von Athen.

Chorführer.

Doch wenn für ein Nichts auch ferner sie uns die verblendeten Sterblichen achten,

Und für Götter allein die dort im Olymp?

Peisthetäros.

Dann soll eine Wolke von Spatzen,

Saatpickendes Volk auszieh'n und die Saat wegschnappen von ihren
Gefilden.

Dann mag Demeter den Hungernden nur anfüllen die Säcke mit
Waizen! 580

Euelpides.

Das läßt sie, bei Zeus, wohl bleiben; gib Acht, wie viel Ausflüchte
sie vorbringt!

Peisthetäros.

Laßt ferner die Raben dem Jammergespann mit dem sie die Erde be-
pflügen,

Und der Heerd' aushacken die Augen, damit sie erfahren daß Euer die
Macht ist;

Dann heile sie wieder der treffliche Arzt, der Apollon; er dient ja um
Lohn gern.

Euelpides.

Nur laßt mich zuvor mein Stierchengespann noch in möglichster Eile
verhandeln! 585

Peisthetäros.

Doch achten sie dich für das Leben, für Gott, dich für Kronos und
Erd' und Poseidon,

Wird ihnen der Güter die Fülle bescheert.

Wiedehopf.

O nenne der Güter mir Eine.

V. 581. Wie die athenischen Staatsmänner für versprochene Getreide-
spenden.

V. 584. Lohn nahm der Gott von Laomedon für den Bau der Mauern
von Troja, und von dem arkadischen Fürsten Admet, dem er diente. Zugleich
gilt es den athenischen Aerzten.

Peisthetäros.

Erst werden der knospenden Rebe nicht mehr Heuschrecken die Augen
zerfreßen,

Denn von Käuzen und Sperbern nur Eine Schwadron wird, sie zu ver-
tilgen, genug sein.

Gallwespen und Fliegen auch werden hinfort nicht mehr ihre Feigen
benagen,   590

Rein wird ablesen das ganze Geschmeiß eine einzige Truppe von
Drosseln.

Chorführer.

Doch sie zu bereichern, wo nehmen wir's her? Denn nach Reichthum
trachten sie heftig.

Peisthetäros.

Wenn Jemand um Erze die Vögel befragt, sie verleih'n die ergiebig-
sten Gruben.

Seefahrten zu machen mit reichem Gewinn, das werden dem Seher
sie zeigen,

So daß kein Schiffer verunglückt mehr.

Wiedehopf.

Und wie so, daß Keiner verunglückt? 595

Peisthetäros.

Wenn Einer um Rath fragt wegen der Fahrt, wird immer ein Vogel
verkünden:

„Jetzt fahre nicht ab, denn ein Sturm zieht auf". — „Jetzt fahre, denn
guten Gewinn bringt's".

Euelpides.

Gleich kauf' ich ein Schiff mir und stech' in die See! nicht länger ver-
bleib' ich bei Euch noch.

Peisthetäros.

Auch zeigen sie ihnen die Schätze noch an, die in früherer Zeit man
vergraben,

Voll blinkenden Silbers: sie wissen's allein. Drum heißt es ja auch in
dem Sprüchwort: 600

„Einen Schatz hab' ich, doch es weiß kein Mensch wo er liegt, das
weiß nur ein Vöglein".

Euelpides.

Ich verkaufe das Schiff und kauf' einen Karst, dann grab' ich die Töpfe
mit Geld aus.

Wiedehopf.

Wie verleihen sie ihnen Gesundheit dann? Bei den Göttern doch
wohnt Hygieia.

Peisthetäros.

Wenn's ihnen nun aber so recht wohl geht, ist das nicht vollste
Gesundheit?

Glaub' nur daß ein Mensch dem's übel ergeht niemals recht wohl sich
befindet.   605

Wiedehopf.

Wie gelangen sie aber zum Alter einmal? Denn dieß auch wohnt im
Olympos.

So sterben die Menschen als Kinder hinweg?

Peisthetäros.

Nein drei Jahrhunderte legen

Noch ihnen die Vögel hinzu.

Wiedehopf.

Und woher denn?

Peisthetäros.

Woher? Aus dem eigenen Vorrath.

„Fünf Menschengeschlechter — du weißt es ja doch — durchlebt die geschwätzige Krähe".

V. 603. Hygieia. Die Göttin der Gesundheit.

V. 609. Hesiod sagt (Frgm. CLXIII. Göttl.):

Neun Geschlechter durchlebt die geschwätzige Krähe von Männern
Frischausdauernder Kraft; und der Hirsch drei Alter der Krähe;
Drei Hirschleben begreift das des Raben; aber der Phönix
Dau'rt neun Rabengeschlecht'; und wir zehn Alter des Phönix,
Wir schönlockige Nymphen, des Aegiserschütterers Töchter.

Aristophanes.   17

Euelpides zum Publikum.

Potz tausend, um wie viel besser als Zeus uns Diese zu Königen
taugen! 610

Peisthetäros ebenso.

Und warum auch nicht?
Wir brauchen zuerst nicht Tempel von Stein
Zu erbauen für sie, und mit Thüren von Gold
Zu verschließen, o nein! denn sie wohnen ja gern
Im Dornengesträuch und im Eichengebüsch; 615
Für Vögel sogar vornehmeren Rangs
Wölbt immer der Dom eines Oelbaums sich.
Dann werden wir nicht nach Delphi hinauf
Und zum Ammon nicht mehr pilgern hinfort,
Um zu opfern daselbst; wir treten hinein 620
In des Erdbeerbaums, der Olive Gezweig,
Mit Waizen und Gerste versehen, und steh'n
Mit erhobenen Händen zu ihnen hinauf,
Von dem Guten ein Theil zu bescheeren; das wird
Sogleich uns gewährt
Für das wenige Korn das wir hinstreu'n. 625

Chorführer.

Ehrwürdiger Alter, zum trautesten Freund aus dem bittersten Feind
mir geworden,
Nie soll es gescheh'n, nie werd' ich hinfort untreu dir werden mit
Absicht.

Chor.
Epode.

Das Herz voll Mut durch deiner Worte Kraft,
Gedroht jetzt hab' ich und beschworen sei's:
Wenn du eingehst den Bund 630

V. 619. Zum Orakel des Zeus Ammon in einer libyschen Oase
(das Ammonium) wurden viele Wallfahrten gemacht. Auch Alexander be=
suchte es.

Redlich, treu, gerecht und heilig,
   Untrüglich, mit mir,
      Wider die Götter ziehst,
   Zu Schutz und Trutz mir gleichgesinnt,
   So sollen Jene länger nicht   635
      Meinen Scepter schänden!

Chorführer.

Nun wohlan, was mit Kraft vollbracht sein muß, da stellen wir uns
                                                      in die Reihen;
Doch was mit Verstand überlegt sein will, das Alles vertrauen wir
                                                      dir an.

Wiedehopf.

Fürwahr, bei Zeus! zu Schläfrigkeit ist keine Zeit
Jetzt mehr für uns, noch gar zu Siegvernickerei;
Zu handeln gilt es eiligst jetzt. Doch tretet nur   640
Vorerst mit mir in meine Nestbehausung ein,
Wie man bei uns es findet, Reisig, Heu und Stroh;
Und nennet uns auch Eure Namen.

Peisthetäros.
Herzlich gern.

Ich heiße Peisthetäros.

Wiedehopf.
Und wie Dieser da?

Peisthetäros.

Euelpides von Thria.   645

Wiedehopf.
Seid willkommen mir,

Ihr Beide.

Peisthetäros.

Wir danken schönstens.

V. 639. Anspielung auf Nikias, dessen Name Sieg bedeutet (Nike)
und der doch vor lauter Bedenklichkeit nie zum Sieg gelangen kann, der berühmte Rival des Kleon, des Alkibiades ꝛc., das Haupt der Oligarchen.

Wiedehopf.

Nun so tretet ein.

Peisthetäros.

Wir folgen, führ' uns an der Hand hinein.

Wiedehopf.

So komm!

Er geht.

Peisthetäros sich besinnend.

Halt! Steur' doch den Dings da noch einmal zurück.

Laß seh'n, erklär' uns: Wie denn können wir, Ich und Der,

Nichtfliegend mit euch den Fliegenden zusammensein?   650

Wiedehopf.

Gar leicht.

Peisthetäros.

Bedenke was Aesopos uns erzählt

Im Fabelbuch bekanntlich, wie dem Fuchs einmal

Die Gemeinschaft mit dem Adler schlimm genug bekam.

Wiedehopf.

Sei ohne Sorgen; gibt es doch ein Würzelchen,

Das kauet ihr, und Flügel wachsen euch sofort.   655

Peisthetäros.

So sei's, wir geh'n mit dir hinein.

Zu den Bedienten:

He, Xanthias

Und Manodoros, nehmet dieß Gepäck zu euch.

V. 651. Aesopos. Vielmehr Archilochos, statt dessen hier der be=
kannte Fabeldichter genannt ist. Die Fabel ist diese: Adler und Fuchs
wollen zusammen leben. Der Adler horstet auf einem Baume, unter wel=
chem der Fuchs hauste. Als dieser einmal heimkommt findet er daß der
Adler seine Jungen geholt hat, und stößt Verwünschungen gegen den Treu=
losen aus, die auch in Erfüllung gehen. Der Adler schleppt mit einem
Stück Opferfleisch eine glühende Kohle in sein Nest, das davon in Flammen
geräth. Die Jungen fallen herunter, und der Fuchs frißt sie vor den Augen
des Adlers auf. — Peisthetäros deutet nur auf den ersten Theil der Fabel.

Chorführer.

Noch ein Wort! noch ein Wort! Du höre!

Wiedehopf.

Was willst du?

Chorführer.

So führe mit dir nun die Gäste
Und bewirte sie gut; doch die Nachtigall, sie, die melodische Musen=
gespielin,
Sie ruf' uns heraus und laß sie bei uns, um mit ihr uns hier zu er=
götzen.   660

Peisthetäros.

Ach ja, bei Zeus, gewähre dieses ihnen doch,
Und ruf' uns her das Vögelchen aus dem Rohrgebüsch.

Euelpides.

Ja, bei den Göttern, rufe sie heraus, damit
Auch wir des Anblicks deiner Nachtigall uns freu'n.

Wiedehopf.

Wenn Ihr es wünscht, so muß ich freilich.   665
Ins Gebüsch rufend:
Prokne, komm
Zu uns heraus und zeige dich den Gästen da!
Die Nachtigall erscheint als Flötenspielerin mit der Vogelmaske.

Peisthetäros.

Verehrter Zeus! ha, welch' ein schönes Vögelchen!
Wie zartgebaut, wie blendend weiß!

Euelpides.

Ei, glaubst du mir,
Ich spielte gern mich zwischen ihre Beine durch?

Peisthetäros.

Was die mit Gold behängt ist, wie ein Jüngferchen!   670

Euelpides.

Es ist mir so als müßt' ich küssen sie geschwind.

Peisthetäros.

Du alter Narr! da sieh den Bratspießschnabel an.

Euelpides.

Ei was? Da muß man, wie vom Ei, die Schale nur
Vom Köpfchen ihr abschälen und sie küssen d'rauf.

Er nimmt ihr die Maske ab und küßt sie.

Wiedehopf zieht ihn fort.

Kommt, laßt uns geh'n!   675

Peisthetäros.

Mit gutem Glück geh' du voran!

Alle ab in das Gebüsch, außer der Nachtigall.

Erste Parabase.

Chorlied.

Kommation.

Traute du, Blondköpfchen,
O theuerstes Vögelchen,
Meiner Lieder Begleiterin,
Nachtigall, o Gespielin!
Bist du da? Willkommen!   680
Die du süßen Gesang mir bringst!
Von hellklingender Flöte laß
Frühlingstöne erschallen. Auf!
Stimm' an Festanapäste!

Flötenspiel der Nachtigall.

Chorführer an die Zuschauer.

Auftritt des Chors.

Schaut auf, dumpflebendes Menschengeschlecht, hinfälligem Laube ver-
gleichbar,   685

V. 672. Bratspießschnabel. Die an den Mund gebundene Flöte
(Clarinett).

V. 685. Die Parabase, die nach Dreysens Ausdruck die „große

Unmächtige Zwerge, Gebilde von Lehm, hinwankende Schattengestalten,

Ihr Eintagsfliegen, der Flügel beraubt, traumähnliche Jammer=
geschöpfe,

Auf, leihet ein Ohr den Unsterblichen, uns, die wir immer und ewig
gewesen,

Den ätherischen, die kein Alter beschleicht, Unvergängliches sinnenden
Wesen,

Daß gründlich ihr lernet von uns und genau was alle die himmlischen
Dinge, 690

Die Entstehung der Vögel, der Götter Geburt und der Flüsse, der Höll'
und des Chaos,

Und als Wissende künftig ihr dann aus dem Grund meinthalben den
Prodikos ausspeist.

Nur Chaos und Nacht und des Erebos Grau'n war erst und des
Tartaros Oede,

Nicht Erde und Himmel, noch Luft war da. Tief unten in Erebos'
Schoße

Da gebieret die schattenbefiederte Nacht ihr uranfängliches Wind=
ei; 695

Aus diesem entsproß in der rollenden Zeit Umschwung der verlangende
Eros,

Von goldenen Flügeln den Rücken bestrahlt und behend wie die wir=
belnde Windsbraut.

Dogmatik der Vögelreligion" enthüllt, knüpft an eine homerische Verglei=
chung, Il. VI, 146:

Gleich wie die Blätter im Walde, so sind die Geschlechter der Menschen,
an eine pindarische, Pyth. VIII, 135:

Ein Taggeschöpf. Was ist Jemand? Was Niemand?
Des Schattens Traum ist der Mensch,

so wie an Ausdrücke der Tragiker an und, entwickelt kosmogonische Phan=
tasien nach Orpheus und Hesiod in karikierender Weise.

V. 692. Prodikos. Der Dichter verspottet die Kosmogonien, die
Naturphilosophen und die Sophisten. Vgl. zu den Wolken 359.

V. 695. Windei. Das Urei, aus dem nach Orpheus die Welt ent=
sprang, ist dem Komiker ein Windei.

Dem befiederten nächtigen Chaos gepaart in des Tartaros weitem
Geklüfte,

Aushecte dann dieser das Vogelgeschlecht und führte zuerst an das
Licht uns.

Noch war ein Geschlecht der Unsterblichen nicht, bis von Eros Alles
gemischt ward;   700

Erst als mit dem Einen das Andre sich paart' entstand Erd', Himmel und Meerflut,

Und der seligen Götter gesammtes Geschlecht, das unsterbliche. Darum
ja sind wir

Bei weitem die ältesten Götter. Und daß wir wirklich entstammen dem
Eros

Ist vielfach klar: denn wir fliegen, wie Er, und gesellen uns gern zu
Verliebten.

Manch reizenden Knaben, der hoch sich verschwor, hat noch an der Neige
der Jugend   705

Durch unsre Gewalt manch liebender Freund ihm gefällig zu werden
genöthigt,

Der bald eine Wachtel, ein Perlhuhn gab, eine Gans, einen persischen
Vogel.

Was Großes es unter den Sterblichen gibt kommt Alles von uns, von
den Vögeln:

Fürs Erste verkünden die Zeiten des Jahrs wir, Frühling und Winter
und Sommer;

An die Saatzeit mahnet der Kraniche Schwarm, wenn er krächzend nach
Afrika wandert,   710

Und dem Seemann räth er, das Steuer sofort aufhängend zur Ruh'
sich zu legen,

Dem Orest, einen Mantel zu weben, um nicht im Frost einen rauben
zu müssen.

    V. 712. Orestes. Der nächtliche Kleiderdieb, der eine Manie dafür
vorschützte. Schol.

Wann später der Weih dann wieder erscheint, so verkündet er mildere
Jahreszeit,

Wo die Frühlingsschur man den Schafen bereits abschiert; drauf mahnt
euch die Schwalbe

Daß es Zeit jetzt ist zu versilbern den Pelz und ein leichteres Röckchen
zu kaufen.   715

Kurz, Ammon sind wir und Delphi für euch, und Dodona und
Phöbos Apollon:

Nur wenn ihr zuvor uns Vögel befragt, dann macht ihr euch an die
Geschäfte,

An die Kaufmannschaft, an Vermögenserwerb und zumal an ein Ehe-
verlöbniß.

Als Vogel ja gilt doch Alles bei euch was Kunde bezeichnet der
Zukunft:

Ein fliegend Gerücht heißt „Vogel" bei euch, und das Niesen benennet
ihr „Vogel",   720

Zum „Vogel" wird jegliches Zeichen, ein Laut, ja der Knecht und der
Esel ist „Vogel".

Nun, ist 's nicht klar wie die Sonne: für euch sind wir der Orakel-
Apollon?

Wenn ihr uns demnach als Götter erkennt,
Stehn euch weissagende Musen zu Dienst,
Und Wetter und Wind, wie Sommer und Frost,   725
Und mäßige Glut. Wir verstecken uns nicht
Und setzen uns nicht vornehm und bequem
Dort hinter die Wolken hinauf, wie der Zeus;

V. 720. Vögel. So hieß bei den Griechen jede Vorbedeutung, wie
bei den Römern augurium, auspicium von avis (au-). Vogel.

V. 721. Esel. Das Wortspiel ist nur griechisch verständlich. Ein
Zeichendeuter wird über einen Kranken befragt. Er sieht zufällig (das ist
eben das Wesentliche des Wahrzeichens) einen gefallenen Esel wieder auf-
stehen und hört Jemand sagen: Sieh, ὄνος ὢν (der Esel) ist wieder auf!
Das wiederholt der Wahrsager in anderer Sylbentheilung: ὁ νοσῶν (der
Kranke) ist wieder auf.

Nein, unter euch weilend verleihen wir euch,
Euch selbst und den Kindern und Kindeskindlein,   730
Reichthumswohlfahrt,
Gut Leben und Segen und Frieden und Ruh'
Und Jugend und Scherz, Festreigen und Tanz,
Von dem Huhn selbst Milch!
Ja ihr werdet am Ende so matt als satt
Von der Fülle des Glücks: 735
So werdet ihr schwimmen in Reichthum.

Erster Halbchor.

Strophe mit Flötenbegleitung der Nachtigall.

Muse der Haine —

Die Flöte.

— Tiotio tiotio tiotio tiotinx —

Tönereiche, mit der ich oft
In Waldesschlucht, auf den Gipfeln der Berge   740
— Tiotio tiotio tiotinx —
Sitzend vertraulich auf laubiger Esche Gezweig
— Tiotio tiotio tiotinx —
Aus der rauschenden Kehl' ausströme des Sangs
Heilige Weisen dem Pane zu Ehren,   745
Festliche Chöre der Mutter des Waldes,
— Totototototototototinx —
Denen, gleich der emsigen Biene,
Phrynichos immer entsaugt des Gesangs, des ambrosischen,
                          lieblichen Honig,   750

V. 733. Hühnermilch, Wespen 508. Undenkbar Gutes, von dem
Sprüchwort: Dem geben die Hühner Milch.
V. 745. Pan. Pan und Kybele als Berg= und Waldgötter. Pan,
der krummnasige, gehörnte Hirtengott mit Bocksfüßen und Schweif, der
harmlose Dämon der Mittagsruhe.
Kybele, die Mutter der Götter, hält ihren Reigen in den Bergen; in
ihrem Gefolge schwärmt Pan.
V. 750. Phrynichos. Ohne Zweifel derselbe dessen Aristophanes
öfters ehrenvoll erwähnt, der Tragiker, Vorgänger des Aeschylos. Frösche
910. 1300. Wespen 120. 369 gerühmt wegen seiner lyrischen Chöre.

Heimsend süßen Wohllaut.
Tiotiotiotinr.

Chorführer.
Epirrema.

Wünscht von euch Zuschauern Jemand künftighin sein Leben froh
Mit den Vögeln hinzuspinnen, komm' er nur zu uns herauf.
Denn was hier bei euch als schändlich vom Gesetz verboten ist,   755
Alles das ist unter uns, den Vögeln, schön und wohlgethan.
Ist's ein Frevel nach dem Recht hier, seinen Vater durchzubläu'n,
Dort bei uns ist's eine Tugend wenn der Sohn den Vater packt,
Auf ihn losschlägt und ihn fordert: „Wehr dich, hebe deinen Sporn!"
Ist bei euch gebrandmarkt Einer, weil er weggelaufen ist,   760
Wird bei uns ein Solcher heißen „buntgeflecktes Haselhuhn."
Hat sich eingeschwärzt ein Phryger hier, so gut wie Spintharos,
Wird er als Rothflügler gelten von Philémons Vetterschaft.
Ist ein Sklav' er und ein Karer, gleich dem Exekestides,
Schaff' er Hahnen sich bei uns nur, und er hat der Ahnen gnug.   765
Wenn des Peisias Sohn die Thore den Verräthern öffnen will,
Braucht er Rebhuhn nur zu werden, seines Vaters ächte Brut,
Denn bei uns ist's keine Schande wenn er durch die Zäune schlüpft.

V. 757. Hier, sagt der Dichter, d. h. in Athen, denn wir sind nicht
in der Handlung, sondern in der Parabase (in der Wendung an die Zuschauer).

V. 760. Gebrandmarkt. Weggelaufene und wieder eingefangene
Sklaven wurden gebrandmarkt. Aber Mancher der vorher Sklave war
hat sich in Athen zu einem einflußreichen Herrn aufgeschwungen.

V. 762. Phryger. Viele Sklaven waren aus Phrygien. Spintharos und Philammon sonst unbekannt.

V. 764. Exekestides s. z. V. 11.

V. 765. Hahnen — Ahnen. Im Griechischen πάππους, was
eine Art Vögel und zugleich Ahnen bedeutet. Wer bei der Musterung der
Bürger keine attischen Ahnen und Geschlechtsgenossen (seine Phratrie)
nachweisen konnte wurde als Eindringling aus dem Bürgerrecht aus-
gestoßen.

V. 766. Peisias' Sohn. Der Schol. vermutet daß er die Hermo-
kopiden begünstigt und ihnen zur Rückkehr geholfen habe. (S. d. Einl.)

Zweiter Halbchor.
Gegenstrophe, wie Strophe.

Gleichwie die Schwäne
— Tiotio tiotio tiotio tiotinx —   770
Oft in tausendstimmigem Klang
    Zujauchzen mit schlagenden Flügeln Apollo'n,
— Tio tio tio tiotinx —
Sitzend in Reih'n an des flutenden Hebros Gestad'
— Tio tio tio tiotinx —   775
Und es bringt durch die Wolken des Aethers der Schall,
Buntes Gewimmel des Wildes erschrickt drob,
Wogen besänftigt die Stille des Himmels
— Totototototototototinx —
Und der Olympos hallet wider,   780
Staunen ergreift die Gebieter, die himmlischen Musen und
                                         Grazien stimmen
Ein in lautem Jubel.
        Tiotio tiotinx.
Chorführer.
Anterirrema.

Nichts ist besser, nichts bequemer, als mit Flügeln sein versehn.   785
Zum Exempel, wenn von euch Zuschauern wer beflügelt wär'
Und der Hunger an den Chören der Tragöden herzlich satt,

V. 774. Hebros. Ein Fluß in Thrakien, die mythische Heimat des
dem Apollon heiligen Schwans. Auch dieser Vogel war früher Mensch, ein
Sohn Apollons. Nicht blos aus der Kehle sang er, sondern auch sein
Flügelschlag erklang im Weben des Windes. Die ersten Gesangschwäne
der Fabel bei das Land der Ligyer, deren König Kyknos (gr. Schwan), aus
Kummer über den Fall seines Vetters Phaethon in einen Schwan verwandelt
wurde. Dann wurden sie am Kayfros, am Hebros und anderen Flüssen
heimisch. (Aelian, Thiergesch. IX, 1.)

V. 776. Stille des Himmels. So still auch der Gesang der Musen
und Sirenen das Meer und die Winde (Thesmoph. 41).

V. 786. Aus dieser Stelle schließt man daß das Fest am frühen Morgen mit den Tragödien begann und Abends mit den Komödien schloß. So
muß es wenigstens bei der Aufführung dieses Stücks gewesen sein.

Flög' er weg von hier und käme so nach Haus zum Morgenbrot,
Dann gesättigt huscht' er eben zur Komödie wieder her.
Oder einen Patrokleides wandelt ein Bedürfniß an: 790
Nicht zu schwitzen in den Mantel braucht' er's, nein, er flög' hinweg,
Ausgedampft und ausgelüftet flöge dann er wieder her.
Oder buhlt von euch wohl Einer heimlich, wer es immer sei,
Und erblickt den Mann der Schönen auf den Rathsherrnbänken hier:
Höb' auch er die Flügel unvermerkt und flöge weg von euch,   795
Büßte seine Lust geschwind und säß' in Kurzem wieder da.
Darum, Flügel zu bekommen, ist denn das nicht Alles werth?
Schwang sich doch Diitrephes auf Flügeln nur aus Korbgeflecht
Auf zum Hauptmann, dann zum Reiterobersten, und ist aus Nichts
So ein großer Herr geworden, wie ein Roßhahn stott und stolz.   800

Zweite Scene.

Peisthetäros. Euelpides. Beide kommen befiedert aus dem Gebüsch.
Chorführer.

Peisthetäros lachend.

So macht sich das denn! Nein, bei Zeus, da hab' ich doch
Mein Lebetag kein lächerlicheres Ding gesehn.

Euelpides.

Worüber lachst du?

V. 790. Patrokleides. Der Schol. gibt ihm den Beinamen Che-
sas (Schiffer), wahrscheinlich aus einer Komödie.

V. 798. Diitrephes (vgl. 1442). Er bereicherte sich mit dem
Handel von Korbflaschen und benutzte sein Vermögen zum Emporkommen
im Heere. Daraus macht der Komiker: Er wurde auf Korbflügeln empor-
getragen und ist jetzt bereits ein großer Vogel. Von ihm erzählt Thukyd.
VII, 29 daß er (im J. 413) ein thrakisches Hülfscorps, das den Athenern
entbehrlich war, zurückgeleiten sollte und mit demselben unterwegs die böo-
tische Stadt Mykalessos eroberte. — Der „Roßhahn", eine Erfindung des
Aeschylos, Frösche 932.

Peisthetäros.
Ueber deinen Schwingenwuchs.
Wem meinst du in deinem Federnschmuck wohl gleich zu sehn?
Der Gans die je ein Stümper eilig hingekleckst! 805

Euelpides.
Du einer Amsel welcher man den Schopf gerupft.

Peisthetäros.
So gleichen wir den Vögeln jetzt, nach Aeschylos,
„Das nicht durch fremde Federn, nein, die eigenen."

Chorführer.
Wohlan, was jetzt thun?

Peisthetäros.
Einen Namen erst der Stadt
Verleihen, groß und weitberühmt. Dann opfern wir 810
Den Göttern alsbald.

Euelpides.
Dieser Meinung bin ich auch.

Chorführer.
Laß hören: welchen Namen schöpfen wir der Stadt?

Euelpides.
Beliebt's den großen Namen von Lakedämon ihr
Zu geben, Sparta sie zu nennen?

Peisthetäros.
Herakles!

V. 805 f. Gans — Amsel. Im Griechischen sind diese Namen
männlichen Geschlechts.

V. 808. Nicht durch fremde Federn. In den Myrmidonen des
Aeschylos kam die Stelle vor:

Wie eine Fabel uns der Libyer erzählt,
Rief einst der Aar, getroffen von des Bogens Pfeil,
Indem er die Besiederung betrachtete:
Nicht fremde Federn sind das, unsre eigenen,
Die uns verderben.

Nachdem sie von dem Würzelchen gekostet (V. 652), sind ihnen die Fe=
dern von selbst gewachsen.

Ihr sollt etwas von Spart' ansetzen meiner Stadt?   815
Nicht meiner Bettstatt, wenn's noch andre Gurten gibt.

Euelpides.

Wie also soll ihr Name sein?

Chorführer.

Von hier entlehnt,
Den Wolken und dem überirdischen Weltenraum,
Ein rechtes Maul voll.

Peisthetäros.

Willst du — Wolkenkukuksburg?

Chorführer.

Juchhe, huchhe!
Ein schöner, herrlicher Name den du da erfandst!   820

Euelpides.

Das also ist dasselbe Wolkenkukuksburg
Allwo die vielen Schätze des Theagenes
Und Aeschines' ganzer Reichthum liegt?

Peisthetäros.

Ja, sicher auch
Das Phlegrafeld, wo die Götter einst großprahlerisch
Die erdentsproßnen Riesen niederschmetterten.   825

Chorführer.

Ein „fetter" Bissen diese Stadt! Doch welcher Gott
Wird Schutzpatron? Wem weben wir das Festgewand?

V. 815. Spart. Ein Strauch, aus dessen Bast Seile und Taue ge=
dreht wurden. Lygeum spartum, Linné. Dann das Seil selbst. Plinius
Naturgesch. XIX, 2. XXIV, 9.
V. 822 f. Theagenes. Dieser, wie Aeschines des Sellos Sohn,
ein Windbeutel und Großprahler.
V. 824. Phlegrafeld, „Brandstätte". So hieß eine Gegend in
Makedonien und eine andere in Campanien wo sich Spuren vulkanischer
Ausbrüche fanden. Die Sage machte sie zum Schauplatz des Kampfes der
Giganten gegen Zeus. Für Aristophanes ist es der Schauplatz großer Re=
nommisterei, womit die Mythologie ihre Götter verherrliche.
V. 826. „Fett." So hörten die Athener gern ihren heimatlichen
Boden nennen. Acharn. 639.
V. 827. Festgewand. Der Schutzgöttin von Athen, der Athene,

Euelpides.

Soll nicht Athene bleiben als Stadtschirmerin?

Peisthetäros.

Wie könnte wohl in Ordnung eine Stadt bestehn
Wo eine Göttin, Weib geboren, in voller Wehr   830
Gewappnet dasteht, Kleisthenes aber am Webestuhl?

Euelpides.

Doch wer beschirmt die Veste dann, die pelargische?

Chorführer.

Ein Vogel unsrer Gattung, persischen Geblüts,
Der allerwärts der rüstigste Kämpfer wird genannt,
Des Ares Küchlein.   835

Euelpides.

O du Küchlein, hoher Herr!
Wie taugt der Gott zu wohnen auf der Felsenburg!

Peisthetäros zu **Euelpides.**

Nun hurtig, steige du in den Luftraum jetzt hinauf

wurde in jedem dritten Jahr einer Olympiade ein neuer Festteppich (Peplos)
gewoben und auf die Burg gebracht. Die Feier der Panathenäen.

V. 831. Kleisthenes. Wegen seines weibischen Charakters öfters
verspottet, Wolken 354. Frösche 57. Das Weben war Sache der Frauen.

V. 832. Pelargische, d. h. Storchenmauer, statt pelasgische, die
Urmauern von Athen, der Haupttheil der Burgveste (Akropolis) in Athen.

V. 833. Persischen Geblüts. Der Hahn, vgl. 277. 485.

V. 835. Des Ares Küchlein. Wie Aelian II, 28 erzählt, sah
Themistokles bei dem Auszug gegen die Barbaren zufällig ein Paar Hähne
mit einander kämpfen. Er blieb aber nicht müßiger Zuschauer, sondern ließ
das Heer Halt machen und redete es also an: Diese Kämpfer ringen nicht
um ein Vaterland, nicht für heimische Götter, noch für die Gräber ihrer
Väter, nicht für Ruhm und Freiheit, nicht für ihre Kinder, sondern Jeder
damit er nicht unterliege und dem Andern weichen müsse. Durch diese An-
rede ermutigte er die Athener. Und zum Andenken an diese Aufmunterung
zur Tapferkeit wurden seit den Perserkriegen alle Jahre in Athen Hahnenkämpfe veranstaltet, so daß also das was der Dichter hier sagt den Zuschauern stets gegenwärtig war.

V. 836. Der Gott, d. h. der Hahn als Symbol, jetzt Vertreter des
Ares. Der Witz ist nicht ganz verständlich. Ist nicht Alkibiades gemeint?

Und hilf beim Bau den Maurern als Handlanger dort,
Zieh aus den Rock, trag' ihnen Stein' und lösche Kalk,
Reich' ihnen Kübel, von der Leiter fall' herab,   840
Bestelle Wächter, halte stets die Glut gedeckt,
Mach' deine Runde mit der Glock' und — schlaf' dabei;
Send' einen Herold zu den Göttern dort hinauf
Und einen andern zu den Sterblichen da hinab,
Von dannen hieher meinethalb.   845

Euelpides bei Seite.
Du bleibe hier

Und heule meinthalb.

Peisthetäros.
Geh wohin ich dich sende, Freund!

Denn ohne dich wird von dem Allem nichts geschehn.
Euelpides ab.
Ich aber will den neuen Göttern opfern und
Den Priester rufen der den Festzug leiten soll.
Zu den Bedienten:
Bursch, Bursche, bringt Weihwasser und den Opferkorb!   850
Geht ab.

Chor.

Strophe.

Ich rausche zu, stimme bei,
Deinen Vorschlag heiß' ich gut:
Großer, festlicher Zug
Walle feierlich zu den Göttern,
Und dazu des Dankes Zeichen   855
Fall' ein Schaf zum Opfer.

V. 840. Von der Leiter fall' herab. Komischer Ausdruck statt
steige schnell auf und ab.

V. 841. Die Wächter hielten bei Nacht Glut eingescharrt, um durch
angezündete Fackeln Kunde von etwas zu geben.

Aristophanes.   18

„Voran, voran, du pyth'scher Jubelschall dem Gott!"
Mitdudle Chäris seinen Singsang.
Ein Rabe aus dem Chor bläst die Flöte.
Peisthetäros kommt mit einem Priester zurück.

Hör' auf zu blasen. Herakles, was soll es sein?
So toll? Beim Himmel, manche Narrheit sah ich schon,   860
Ein Rabenvieh mit dem Flötenmaulkorb sah ich nie.
Zum Priester.
Ans Werk, du Priester, den neuen Göttern opfre jetzt.
Priester.
Das thu' ich. Doch wo ist der Bursche mit dem Korb?
Die Opfergeräthschaften werden ihm eingehändigt; dann spricht er:
„Betet zu der Hestia, der Vogelgöttin, und zum Weihn dem   865
Herdbeschirmer, und zu den Vogel=Olympiern und Olympierinnen,
Jedem und Jeder . . ."
Peisthetäros.
O Sunionhabicht, Heil, pelargischer Herrscher, dir!
Priester.
„Und zum Schwan, dem Pythier und Delier, und zur Wachtel=   870
mutter Leto, und zu der Artemis, der Distelfinkin . . ."

V. 857. **Pythischer Jubelschall.** Aus dem Peleus des Sopho=
kles. Der Päan ist gemeint. Ein Gesang zu Ehren Apollons mit Flöten=
begleitung. Schol.

V. 858. **Chäris,** ein schlechter zudringlicher Flötenspieler.

V. 861. **Flötenmaulkorb.** Die Flöte (Clarinett, Hoboe) wurde
zur Ermäßigung des Hauchs mit einem ledernen Riemen an den Mund fest=
gebunden.

V. 865. **Hestia,** Herdgöttin, die beim Opfer immer zuerst angerufen
wurde. Der **Weih** wird zum Herdbeschirmer, weil er mit dem Frühjahr
neue Saaten bringt.

V. 869. **Sunionhabicht.** Ein Beiname des Poseidon, der auf
dem attischen Vorgebirge Sunion angerufen wurde, war Suniaratos. —
Pelargisch = pelagisch ($\pi \acute{\epsilon} \lambda \alpha \gamma o \varsigma$), der Storchkönig st. Meerkönig.

V. 870. **Pythier und Delier.** Der Schwan, dem Apollon heilig,
der auf Delos geboren, in Pytho weissagte.

V. 871. **Wachtelmutter.** In Ortygia (alter Name für Delos)
gebar Leto den Apoll und die Artemis; Ortygia aber heißt Wachtelland.

Peiſthetäros.

Nicht mehr Kolänis, ſondern Diſtel-Artemis.

Prieſter.

„Und zu dem Spaßen Sabazios und der Straußin, der großen   875
Mutter der Götter und Menſchen,..."

Peiſthetäros.

O mächtige Straußin Kybele, Mutter des Kleokrit!

Prieſter.

„Daß ſie den Wolkenkukuksburgern verleihen Geſundheit und Wohl-
fahrt, ihnen und den Chiern..."

Peiſthetäros lachend.

Den „Chiern", ha! den allweg unvermeidlichen.   880

Prieſter.

„Und zu den Vogelheroen und Heroenſöhnen, und zum Porphyrion
und Pelikan und zur Kropfgans, zum Dildax und zum Birkhuhn und
zum Pfau und zum Trappen, zur Krickente und zum Stößer   885
und dem Reiher, zum Lämmergeier und zum Schwarzkopf und zur
Kohlmeiſe..."

Peiſthetäros.

Halt ein! Zum Geier! Schweige ſtill!.. Halloh, halloh!

Zu welchem Opfer, du Verrückter, ladeſt du   890
Seeadler her und Geier? Siehſt du nicht, wie ſchnell

V. 874. Kolänis. Ein Beiname der Artemis, von einem König
Kolänos, älter als Kekrops, der ihr in Myrrhinus ein Heiligthum geweiht
haben ſoll. Pauſan. I, 31, 3. — Zwiſchen dieſem Beinamen und dem Wort
Akalanthis (Diſtelfink) beſteht einige Lautähnlichkeit.

V. 875. Spaßen. Der Ueberſetzer hat dieſes Wort wegen der Lautähnlichkeit gewählt. Im Text heißt der Vogel „Phrygilos" mit Anſpielung
auf die phrygiſche Heimat des Sabazios. Unter dieſem Namen wurde nämlich Dionyſos in Phrygien verehrt.

Straußin. Ihrer Größe wegen an die Stelle der Urgottheit, Kybele
Rhea, geſetzt.

V. 880. Chiern. Nach dem Geſchichtſchreiber Theopomp im 12ten
Buch ſeiner Philippika ſchloßen die Athener die Chier (als treue Bundes-
genoſſen) ins öffentliche Gebet ein.

Ein einz'ger Weih das Alles hätte weggeschnappt?
Pack dich hinweg sammt deinen Priesterkränzen, fort!
Das Bischen Opfer bring' ich selber schon allein.

Er entreißt ihm die Geräthschaften, der Priester entfernt sich.

Chor.

Gegenstrophe.

So muß ich schon wieder zu=   895
Jauchzen dir ein ander Lied,
Hehr und weihevoll,
Zu der Besprengung, und die Götter
Laden, doch nur einen einz'gen,
Wenn ihr Fleisch genug habt.   900
Denn was an Opferstücken hier vorhanden ist
Ist weiter nichts als Haut und Knochen.

Peisthetäros.
Laßt opfernd uns zu den Vogelgöttern beten jetzt.

Ein zerlumpter, langhaariger Poet tritt auf.

Poet singend.
Wolkenkukuksburg, die glückselige,
Preise du, Muse,   905
Mit deiner Festlieder Weisen!

Peisthetäros.
Wo kommt denn dieses Wesen her? Wer bist du, sprich!

Poet wie vorher.
Ich ströme den süßtönenden Sang der Honiglieder,
„Emsiger Diener der hehren Musen,“
Mit Homeros zu reden.   910

Peisthetäros.
Ein Sklave demnach, und du trägst doch langes Haar?

B. 902. Haut und Knochen. Im Text: Hörner und Kinnbacken.
Mehr als Knochen wurde den Göttern nicht geopfert, denn Fleisch und edlere
Eingeweide wurden von den Opfernden selbst verzehrt.

Poet.

Nein, sondern wir, des Gesanges Meister, alle sind
„Emsige Diener der hehren Musen,"
Mit Homeros zu reden.

Peisthetäros.

Ein „emsiger Diener" wahrlich auch dein Kamisol, 915
Doch sprich, Poet, warum verließst du dich hieher?

Poet.

Gedichte hab' ich auf eure Wolkenkukuksburg
Gemacht und herrliche Dithyramben in großer Zahl
Und Mädchenchör' und Lieder nach Simonides.

Peisthetäros.

Das hast du Alles schon gemacht? Seit welcher Zeit? 920

Poet.

Seit lange, wahrlich lange preis' ich diese Stadt.

Peisthetäros.

Wie? feir' ich nicht im Augenblick den zehnten Tag
Und gebe dem Kindlein seinen Namen eben jetzt?

Poet.

Aber geschwind fliegt der Musen Kunde weit,
Gleichend dem Blitzschimmer der Rosse. 925
„O Vater du, Gründer Aetna's,
Der von Heilig und Hehr den Namen trägt,"
Gib mir, o gib mir
Was gnädig in deinem Haupte
Du willst verleihen mir von dir. 930

Peisthetäros.

Der Plagegeist macht lang uns noch Belästigung,
Wofern wir ihm nicht 'was geben, daß er weiter geht.
Zum Sklaven:
Hör' du, du hast ja Lederwams und Unterkleid,

V. 922. Zehnten Tag. S. zu V. 494.

Zieh' eines aus und gib dem weisen Dichter das.
Zum Poeten:
Da nimm das Wams: denn ganz erfroren scheinst du mir.   935
Poet, indem er es anzieht.
Nicht ungern empfängt das Geschenk,
Dieß da, die holde Muse von dir;
Du dafür nimm dir zu Herzen
Dieß pindarische Lied...
Peisthetäros.
So wird man dieses Menschen wahrlich nimmer los.   940
Poet.
„Im nomadischen Skythenvolk
Irrt Straton umher,“
Dem ein künstlich gewob'nes Kleid nicht wurde zu Theil;
Ruhmlos wandelt das Wams ohne Leibrock.
„O du verstehst mich schon.“   945
Peisthetäros.
Ich verstehe, du willst das Unterkleid auch noch dazu.
Zum Sklaven:
Zieh' aus: denn einem Dichter muß man Gutes thun.
Zum Poeten:
Da nimm auch dieß und mach' dich fort!

V. 935. Erfroren, d. h. ein frostiger Poet.

V. 942. Der Straton des pindarischen Liedes, welcher für Hieron als Wagenlenker den Preis gewonnen hatte und dafür mit einem Maulthiergespann beschenkt wurde. Da er sich nun auch noch einen Wagen dazu wünschte sagt Pindar von ihm:
Im nomadischen Skythenvolk
Irrt Straton umher,
Der des leichten Rollwagens Wohnung nicht sich erwarb,
Und des Ruhms beraubt wandelt...
Die skythischen Nomaden führen nämlich ihre Häuser (Zelte) auf Wagen, und wer einen solchen nicht besitzt ist geringgeschätzt. Schol. Vgl. Herodot IV, 11. 19.

V. 945. Anfang einer Hymne Pindars an Hieron.

Poet vergnügt.

Ich gehe schon,
Und bin ich erst in die Stadt gelangt, dann dicht' ich so:
„Preise, Goldthronende, du die fröstelnde, schauernde (Stadt)! 950
In beschneites, besä'tes Gefild
Kam ich herein, halloh!"
Geht ab.

Peisthetäros, indem er ihm die Peitsche weist.

Ja wohl, bei Zeus! Doch zeitig bist du diesem Frost
Entkommen, Dank dem Unterkleid das du hier bekamst. 955
Bei Zeus, ein solches Unheil hätt' ich nie geahnt,
Daß der sobald die neue Stadt auswitterte.
Zum Sklaven.
Mach' deinen Umgang wieder mit dem Weihekrug.
Indem er die Besprengung vornimmt.
Andächt'ge Stille!

Ein Wahrsager tritt auf.

Wahrsager abwehrend.

Nicht besprenge diesen Bock!

Peisthetäros.

Wer bist du? 960

Wahrsager.

Wer? Ein Seher bin ich.

Peisthetäros drohend.

Heule du!

Wahrsager.

Verblendeter! mißachte nicht das Göttliche.
Es gibt von Bakis einen Spruch der gerade zielt
Auf diese Wolkenkukuksburg.

B. 963. **Bakis.** Ein alter Wahrsager, von dem Orakel aufbewahrt
wurden, die Cicero mit den sibyllinischen vergleicht. Auch Herodot (VIII,
20) erwähnt seiner.

Peisthetäros.

Warum denn hast
Du nicht den Spruch verkündet eh' ich diese Stadt
Zu bauen begann?   965

Wahrsager.

Ein Götterwink verwehrte mir's.

Peisthetäros.

Nun ja, noch Zeit ist's anzuhören deinen Spruch.

Wahrsager entrollt sein Papier und liest:

„Aber wenn Wölfe dereinst miteinander und grauliche Krähen
Wohnen im nämlichen Raum der Sikyon trennt und Korinthos ..."

Peisthetäros.

Was hab' ich denn zu schaffen mit den Korinthiern?

Wahrsager.

Was Bakis hier andeutet ist der Raum der Luft. —   970
„Opfert zuerst Pandoren den schneeweißwolligen Widder;
Doch wer zuerst ankommt als Verkündiger meiner Orakel,
Diesem verehrt ein saubres Gewand und neue Sandalen ..."

Peisthetäros.

Steht das darin, die Sandalen auch?

V. 967. Wölfe. Wölfe und Krähen sind Lieblingsfiguren der alten
Orakel. Hier das Unverträglichste mit einander. Die Athener heißen hier
Wölfe entweder als falsche Freunde (Lykophile, Wolfsfreundschaft) oder als
Päderasten (Platons Phädr. 18.).

Sikyon von Korinthos. Dazwischen liegt Ornea, Vogelheim.
Ein gewisser Aesop fragte das Orakel nach dem Weg zum Reichthum und
erhielt zur Antwort:
Siedle dich an in dem Raume der Sikyon trennt von Korinthos.

Der Schol. sagt, das war fruchtbares Land. Die Antwort ist aber,
wie gewöhnlich, zweideutig. Zwischen Sikyon und Korinth liegt auch der
Meerbusen. Sie konnte also auch auf den Seehandel bezogen werden.

V. 969. Athenisches Sprüchwort Was gehen mich die Korinthier
an? — Athener und Korinthier, Rivalen zur See, waren meistens Feinde.

V. 971. Pandoren Pandora, die Allgeberin (hier die Erde), weil
auch der Wahrsager sein Geschenk bekommen will.

Wahrsager.

Da nimm das Buch.

„Reiche den Becher ihm auch und fülle die Hand mit Gekröse…“ 975

Peisthetäros.

Mit Gekröse? Steht das auch darin?

Wahrsager.

Da nimm das Buch.

„Wenn nun, göttlicher Junge, du thust nach meinem Gebote,
Wirst du ein Adler in Wolken; doch wenn du die Gabe verweigerst,
Wirst nicht Täuber du werden, fürwahr, noch Adler, noch Grünspecht.“

Peisthetäros.

Das Alles steht da drinnen auch? 980

Wahrsager.

Da nimm das Buch.

Peisthetäros.

Dann stimmt der Spruch mit diesem da durchaus in Nichts,
Den vom Apoll ich eigenhändig niederschrieb:

von der Peitsche ablesend:

„Aber sobald dir ein Mensch, so ein ungebetener Schwätzer,
Kommt und die Opfernden stört und begehrt das Gekröse zu kosten,
Klopf’ ihm tüchtig den Raum der die Hüft’ ihm trennt von der
Hüfte.“ 985

Wahrsager.

Das scheint mir fader Spaß zu sein.

Peisthetäros schwingt die Peitsche.

Da nimm das Buch.

„Nur nicht seiner geschont, und wär’ es ein Adler in Wolken,
Sei ’s auch Lampon, oder der große Prophet Diopeithes.“

V. 982. Vom Apoll. Und Apoll ist mehr als Bakis.

V. 988. Ueber Lampon s. zu V. 121. Diopeithes, ein seit den Umtrieben gegen Perikles einflußreicher hierarchischer Fanatiker, der das Volk mit Orakeln betrügt, sonst auch als Schmarotzer wie Lampon gezeichnet. ♥

Wahrsager.

Und steht das wirklich drinnen auch?

Peisthetäros.

Da nimm das Buch.

Indem er ihn hinauspeischt.

Und scheerst du dich zum Henker?   990

Wahrsager.

Weh, ich armer Mann!

Peisthetäros.

Nun läufst du bald, um anderwärts zu prophezei'n?

Der Wahrsager entflieht.

Der Astronom Meton tritt auf, mit mathematischen Instrumenten.

Meton.

Ich komme zu euch . . . .

Peisthetäros.

Schon wieder eine Plage da?

Was willst du hier beginnen? Welcher Gestalt dein Plan?

Was deine Absicht? Welcher Kothurn trägt dich daher?

Meton.

Triangulieren will ich euch den Raum der Luft   995

Und morgenweis abtheilen.

Peisthetäros.

Bei den Göttern, sprich,

Wer bist du, Mensch?

Meton.

Wer ich sei? Meton bin ich, den

Ganz Hellas und Kolonos kennt.

Peisthetäros.

So sage mir,

Was ist das für Geräthe?

V. 997. Meton. In den Wolken (V. 605 ff.) wird über ihn als
Kalenderverbesserer gescherzt, wie die Komödie mit allen Neuerungen thut.
„Hellas und Kolonos." Etwa wie wenn man von jenem Reitermantel
sagte: „Ihn kennt Europa und Brouzell". In Kolonos, einem attischen
Flecken unweit Athens, seinem Heimatort, soll übrigens Meton ein astro-
nomisches Weihgeschenk (eine Art Sternwarte?) errichtet haben.

Meton.

Meßzeug für die Luft.

Denn sieh einmal, der Form nach ist die weite Luft   1000
Durchaus dem Kohlendeckel ähnlich. Leg' ich nun
Von oben dieses Richtmaß hier, den Winkel, an,
Und setze den Zirkel... du verstehst?

Peisthetäros.

Verstehe nichts.

Meton.

Das Lineal anlegend meß' ich nun, damit
Der Kreis zum Viereck werde dir, und mitten drin   1005
Der Markt, gerade Straßen müssen dann nach ihm
Hinführen als zum Mittelpunkt, wie allerwärts
Von einem Stern, der selber rund ist, grad hinaus
Die Strahlen gehn.

Peisthetäros.

Ein zweiter Thales ist der Mann.
Hör', Meton!   1010

Meton.

Was denn?

Peisthetäros.

Weißt, ich mein' es gut mit dir,
Drum folge mir und schiebe deines Wegs dich weg.

Meton.

Was hab' ich zu fürchten?

Peisthetäros.

Wie in Sparta, werden hier
Die Fremden ausgetrieben: Aufruhr herrscht bereits
Und Prügel regnet's in der Stadt —

Meton.

Seid ihr entzweit?

Peisthetäros.

Bei Leibe nicht.   1015

Meton.

Was ists denn sonst?

Peisthetäros.

Einmüthig ward
Beschlossen: Man stäube jeden Charlatan hinaus.

Meton.

Da muß ich weg mich stehlen.

Peisthetäros.

Ja, doch weiß ich nicht
Ob's nicht zu spät.
Peitscht ihn fort.
Der Aufruhr kommt dir schon zu nah.

Meton.

Au weh, ich Unglückseliger!

Peisthetäros.

Sagt' ich's nicht voraus?
Willst gleich dich selbst triangulieren weit hinweg?   1020
Meton entflieht.

Ein Bundescommissär tritt auf.

Commissär.

Wo sind die Consuln?

Peisthetäros.

Wer ist dieser Sardanapal?

Commissär.

Als Commissär durch Bohnenwahl komm' ich zu euch,
In diese Wolkenkukuksburg.

V. 1021. Consuln. Vertreter des Staats gegenüber von Fremden:
sonst auch Ausländer die ihre Vaterstadt in politischer und commerzieller
Beziehung vertraten, wie b. z. T. die Handelsconsuln.

V. 1022. Commissär. Aufseher wurden von Athen in die Bundes-
städte gesandt, um dort die Hoheitsrechte auszuüben.

Bohnenwahl. Zur Abstimmung bei Wahlen gebrauchte man weiße
und schwarze Bohnen.

Peisthetäros.
Als Commissär?
Wer sendet denn hieher dich?

Commissär.
Einfach dieß Diplom
Von Teleas.   1025

Peisthetäros.
So nimmst du gleich den Lohn dafür,
Hier nichts zu thun und weiter zu gehn?

Commissär.
Ja wohl, bei Gott.
Ich sollte zur Volksversammlung eben zu Hause sein,
Es kommt ein Geschäft vor das ich für Pharnakes gemacht.

Peisthetäros mit der Peitsche.
So nimm und gehe. Das ist der Sold der dir gebürt.

Commissär.
Was soll das heißen?   1030

Peisthetäros zuschlagend.
Volksversammlung für Pharnakes.

Commissär zum Chore.
Ich nehme Zeugen daß man mich schlägt, den Commissär.

Peisthetäros.
Wirst bald du dich schieben? Mit deinen Bohnenkapseln fort!
Der Commissär entflieht.
Ist's nicht empörend? Commissäre schicken sie
In die neue Stadt eh' nur den Göttern geopfert ist!

— — —

V. 1025. Teleas, der Volksredner der den Beschluß beantragt und durchgesetzt hat in Folge dessen der Commissär ausgesandt wird.

V. 1028. Pharnakes. Der persische Statthalter in Phrygien (Thuk. VIII, 6), der seinen geheimen Agenten in Athen natürlich gut be= zahlt. Der Commissär gibt mit der Berufung auf diese vornehme diploma= tische Bekanntschaft zugleich zu verstehen was er ungefähr anspreche.

Ein Gesetzverkäufer tritt auf.

Gesetzverkäufer liest:

„Wenn ein Wolkenkukuksburger einen Athener beleidigt . . .“　1035

Peisthetäros.

Was kommt nun da schon wieder für ein Schelmenblatt?

Gesetzverkäufer.

Ein Gesetzverkäufer bin ich, neue Verordnungen
Bring’ ich zu euch, sie feilzubieten.

Peisthetäros.

Welche denn?

Gesetzverkäufer.

„Bedienen sollen sich die Wolkenkukuksburger derselben Maße,　1040
Gewichte und Volksbeschlüsse wie die Heulenburger . . .“

Peisthetäros mit der Peitsche.

Bedienen will ich wie die Heulenburger dich.

Gesetzverkäufer.

Was kommt dich an?

Peisthetäros zuschlagend.

Gleich fort mit deiner Weisheit, fort!

Sonst spiel’ ich dir noch heute salz’ge Weisen auf.　1045

Gesetzhändler ab.

Der Commissär erscheint wieder mit einem Zeugen.

Commissär.

Ich lade den Peisthetäros wegen Mißhandlung vor auf den
Monat Munychion.

Peisthetäros.

Im Ernste, du? So wärest du noch immer hier?

Der Gesetzverkäufer zeigt sich auch wieder.

Gesetzverkäufer liest:

Wer aber die obrigkeitlichen Personen verjagt und nicht　1050
aufnimmt und gemäß dem Anschlag an der Säule . . .

V. 1040. Heulenburg. Anklingend an Eulenburg (Athen), von
welcher die neue Stadt als Colonie behandelt wird.
V. 1048. Munychion. April, der Monat nach der Aufführung des
Stücks.

Peisthetäros.

Das wird zu toll! So bist auch du noch immer da?

Indem er auf den Gesetzverkäufer losgeht.

Commissär.

Dich richt' ich zu Grund, zehntausend Drachmen zahlst du mir!

Peisthetäros gegen diesen dreinschlagend.

Vorerst zerschlag' ich deine Bohnenkapseln dir.

Commissär.

Gedenkst du wie du die Säule Nachts besudelt hast?

Peisthetäros.

Haha! nun faß' ihn Einer!   1055

Commissär und Gesetzverkäufer laufen davon.

Heda, läufst du nun?

Zu den Andern.

Laßt uns hineingehn unverzüglich nun von hier,

Damit wir drin den Göttern opfern unsern Bock.

Alle ab.

Zweite Parabase.

Erster Halbchor.

Strophe.

Jetzt werden mir Allumschauer,

Allwaltendem mir die Sterblichen all'

In flehender Andacht opfern.   1060

Denn der Erde Gebiet überwachen wir rings

Und beschützen das grünende Saatfeld,

Ausrottend die Brut zahllosen

Ungeziefers, die unten im Erdreich

B. 1054. Säule, die Hermessäule. Er droht ihm ihn als Hermo=
kopiden zu denuncieren. S. Einl. u. Frösche 366.

B. 1058. Allumschauer u. s. w. Beiname des Zeus, die der
Vögelchor sich beilegt.

Jegliches dem Kelche noch Entſprießendes mit gier'gem Zahn   1065
Oder auf den Bäumen angeſeſſen jede Furcht verzehrt,
          Und vertilgend was mit der Verwüſtung Grimm
          Wohlduftende Gärtlein gräßlich verheert:
Kriechendes, gefräßiges Gewürme, was nur
Unter meine Fittige geräth, es muß untergehn!   1070
          Chorführer, an die Zuſchauer gewendet.
                              Epirrema.
Eben wird am heut'gen Tage wiederholt bekannt gemacht,
Wer von euch erſchlagen werde Diagoras den Melier
Soll bekommen ein Talent, und von den Volkstyrannen wer,
Die ſchon todt ſind, einen todtſchlägt ſoll bekommen ein Talent! 1075
Wir deßgleichen wollen hier jetzt Folgendes ankündigen:
Wer von euch Philokrates, den Vogelſteller, tödtet ſoll
Ein Talent bekommen, wer ihn aber lebend liefert vier,
Weil er bundweis Finken feil hat, ſieben um den Obolos,
Weil er Krametsvögel aufbläst und ſie bloßſtellt jämmerlich,   1080
Und den Amſeln ihre Federn in die Naſenlöcher ſteckt,
Weil er Tauben fängt deßgleichen, in Verſchlägen hält verſperrt,
Und ſie ſelbſt ans Netz gebunden andre zu verlocken zwingt.
Solches wollen wir euch kund thun. Wer von euch Geflügel hält
Eingeſperrt im Hof, der laß es fliegen, ſo gebieten wir;   1085
Wollt ihr aber nicht gehorchen, ſollt gefangen ihr von uns
Vögeln dann bei uns gebunden umgekehrt Lockmenſchen ſein!
                    Zweiter Halbchor.
                        Gegenſtrophe.
          Glückſeliges Vögelgeſchlecht du,
          O befiedertes, welches in Winterszeit

V. 1073. **Diagoras.** Kam nach der Zerſtörung ſeiner Vaterſtadt
Melos nach Athen, wo er bereits als Atheiſt verſchrieen war und bald ſo
gefährlich ſchien daß man ſeinen Tod beſchloß. Er rettete ſich durch Flucht.
Die Athener ließen nun ausrufen: Wer den Diagoras todt bringe ſolle ein
Talent bekommen; wer lebendig, zwei. — Die „Volkstyrannen" ſind die
zum Tod verurtheilten, aber entflohenen Angeklagten im Hermokopidenprozeß,
beſonders Alkibiades.

Nicht braucht Flausrocksumhüllung.   1090
    Auch brennt uns nicht in des Sommers Glut
    Weitflammender heißer Strahl durch;
    Nein, sondern auf blumigen Auen
    Im Schoße der Blätter, da wohn' ich,
Während die begeisterte Cicade da ihr helles Lied   1095
Mitten in des Tages Glut sonnetrunken tönen läßt:
    Ueberwintr' in gewölbten Grotten darauf,
    Mit den Nymphen des Waldes in heiterem Spiel;
Aber im Lenz naschen wir der Myrte Frucht,
Mädchenhafte, schimmernde, der Charitinnen Gärtnerei.   1100

Chorführer.
Antepirrema.

Noch ein Wort des Preises wegen haben an die Richter wir,
Welche Güter, krönen sie uns, ihnen Allen wir verleihn,
Daß um Vieles reich're Gaben sie empfahn als Paris einst.
Denn zuerst, wonach am meisten jeder Richter doch begehrt,   1105
Soll es euch an Eulen niemals mangeln aus dem Laurion,
Nein, sie nisten ein bei euch sich, legen in die Beutel euch
Eier, brüten sie und hecken lauter kleine Dreier aus.
Außerdem noch sollt ihr wie in Göttertempeln wohnen dann,
Denn den Giebel eurer Häuser krönen mit dem „Adler" wir.   1110
Fällt euch zu ein Ehrenämtchen und ihr stecktet gern was ein,
Geben wir euch in die Hände eines Habichts scharfen Griff.
Seid ihr irgendwo zu Gaste, Vögelkröpfe leihn wir euch.

V. 1104. Paris, als Richter der Schönheit der drei Göttinnen,
Hera, Athene und Aphrodite.

V. 1106. Eulen. Vierdrachmenstücke mit dem Bild der Eule. Laurion, ein Silberbergwerk an der südöstlichen Spitze Attika's.

V. 1110. Der Giebel der Gebäude hieß in der Sprache der Baukunst
„Adler", entweder von der Aehnlichkeit der Giebelform mit ausgebreiteten
Flügeln, oder weil, besonders auf Tempeln, ein Adler gewöhnlich auf die
Spitze des Giebels gesetzt wurde.

Aristophanes.   19

Wollt ihr aber nicht uns krönen, setzt euch nur Blechkappen auf,
Wie die Götterbilder; denn wer keinen Blechschirm trägt von
euch,   1115
Geht er aus in frischem Mantel, dann besonders soll er schwer
Büßen uns, von aller Vögel Koth besudelt um und um.

Dritte Scene.

**Peisthetäros. Boten. Iris. Ein Herold. Ein ungerathener Sohn.
Kinesias. Ein Sykophant. Chor.**

Peisthetäros zurückkehrend.

Die Opferzeichen, meine Vögel! sind uns hold. —
Daß aber von dem Mauerbau kein Bote noch
Sich sehen läßt, zu melden wie es droben steht!   1120
Umherblickend.
Doch ja, da läuft schon Einer der alpheïsch keucht.

Bote athemlos.

Wo, wo 'st denn, wo? wo, wo 'st denn, wo? wo, wo 'st denn, wo?
Wo ist der Archon Peisthetäros?

Peisthetäros.

Der bin ich.

Bote.

Vollendet ist der Mauerbau.

Peisthetäros.

Das hör' ich gern.

V. 1114. **Blechkappen.** Die Statuen hatten Blechschilde zum
Schutz gegen das Wetter und die Verunreinigung der Vögel. Dieß ist der
Ursprung der Heiligenscheine; Monde nennt sie der Grieche.

V. 1121. **Alpheïsch.** Mit der Hast eines Wettrenners am Alpheios,
dem Flusse in der Ebene von Olympia (in Elis), wo die Kampfspiele ge=
feiert wurden. So der Schol. mit Berufung auf Symmachos, — er setzt
aber selbst hinzu: oder von dem raschen Lauf des Flusses selbst.

Bote.

Das schönste Werk von unvergleichlich großer Pracht,   1125
So daß darauf Proxenides von Prahlersheim
Und Theagenes entgegen mit zwei Wagen sich
Und Rossen dran, so groß wie das trojanische,
Bei dieser Brett' ausweichen könnten ....

Peisthetäros.
                                    Herakles!
Bote.

Und in der Höhe — denn gemessen hab' ich sie —   1130
Von hundert Klaftern.

Peisthetäros.
          O Poseidon, das ist hoch!
Wer hat sie denn zu solcher Höh' hinaufgebaut?

Bote.

Die Vögel, Niemand anders; kein ägyptischer
Handlanger, kein Steinhauer half, kein Zimmermann;
Nein, eigenhändig sie allein. Ich staune noch.   1135
Da kamen her aus Libyen dreißigtausend wohl
Von Kranichen, die zum Unterbau Gestein verschluckt.
Mit ihren Schnäbeln hieben es die Schnärze zu.
Zehntausend Störche strichen Ziegel ihrerseits,
Und Wasser schafften von unten in den Aetherraum   1140
Die Taucher und die andern Wasservögel all'.

Peisthetäros.
Wer trug den Lehm denn ihnen zu?

Bote.
          Ein Reihertrupp
In Kübeln.

V. 1126. Proxenides und Theagenes, aus der Zahl der Junker
in Athen, stets mit Roß und Wagen prunkend.
    V. 1138. Schnärze, oder Krexe, rallus crex, Linné, auch Wachtel=
könige, Wiesenknarrer genannt, zur Ordnung der Langfinger gehörig.

Peisthetäros.

Doch wie warfen sie den Lehm hinein?

Bote.

Das hatten sie, mein Bester, meisterlich ausgedacht:
Die Gänse patschten mit den Füßen drin herum   1145
Und warfen wie mit Schaufeln in die Kübel ihn.

Peisthetäros.

Was brächten doch die Füße Alles nicht zu Stand?

Bote.

Und auch, bei Zeus, die Enten schleppten aufgeschürzt
Backstein' herbei; die Maurerkelle hinter sich,
Lehrburschen ähnlich, flogen auch die Schwalben her,   1150
Und trugen Lehm in ihren Schnäbeln hoch hinauf.

Peisthetäros.

Wer möchte da nun Tagelöhner dingen noch?
Laß weiter hören. Das Zimmerwerk an der Mauer, wer
Hat das gemacht?

Bote.

Vögel waren die Zimmerer;
Die geschicktesten Baumhacker mit des Schnabels Beil   1155
Behackten rings die Thore. Das war ein Getös
Von ihrem Beilhieb, wie man's auf Schiffswerften hört.
Und jetzt ist droben mit Thoren Alles wohlverwahrt
Und wohlverriegelt und bewacht im Kreis umher;
Die Runde geht, man trägt das Glöcklein, überall   1160

V. 1147. Was brächten doch die Hände Alles nicht zu
Stand? hieß das Sprüchwort unter Menschen.

V. 1148. Aufgeschürzt. Die wilde Ente hat auf der vordern Seite
am untern Theil des Halses einen weißen Halbzirkel. Diesen nimmt der
Dichter für den Gürtel, mit dem sie bei der Arbeit sich aufgeschürzt habe.

V. 1149. Maurerkelle. Wenn sie die Flügel heben, so entsteht auf
dem Rücken der Schwalben die Figur der Maurerkelle (une truelle).

V. 1155. Baumhacker, im Griechischen Pelikane mit dem Wort=
spiel in Pelekys (Beil).

Stehn Wachen auf den Posten, Feuerzeichen sind
Auf allen Thürmen aufgesteckt. Doch laß mich gehn,
Mich abzuwaschen; sorge du fürs Andre selbst.

Bote ab.

Chorführer.

Was stehst du sinnend? Wunderst du dich etwa daß
Der Bau mit solcher Schnelligkeit zu Stande kam?   1165

Peisthetäros.

Wohl, bei den Göttern! staun' ich; und das ist es werth.
Es kommt in Wahrheit einer Lüge gleich mir vor.

Sich umwendend.

Doch seht, da kommt ein Wächter von dort oben her
Zu uns als Bote, rennend, Waffentanz im Blick!

Zweiter Bote.

Ohe, ohe, ohe, ohe, ohe, ohe!   1170

Peisthetäros.

Was gibt's so eilig?

Bote.

Schreckliches ist uns geschehn.

So eben ist der Götter Einer vom Hof des Zeus
Durch unser Thor hereingeflogen in die — Luft,
Von unsern Tagthurmwächtern, den Dohlen, unbemerkt.

Peisthetäros.

Entsetzliche That, ruchlose, der er sich erfrecht!   1175
Wer ist der Gott?

Bote.

Das weiß man nicht; wir wissen nur

Daß er Flügel trug.

Peisthetäros.

Ei, konnte man ihm nicht sofort

Die Grenzbereiter senden nach?

V. 1169. „Waffentanz im Blick", mit kampfglühenden Blicken (im
Stil der Tragödie).

Bote.

Wir schickten wohl
Ihm dreißigtausend Habichte, reißige Schützen, nach;
In Bewegung ist was irgend eine Kralle krümmt,   1180
Thurmfalke, Bussard, Geier, Uhu, Adler, Weih:
Vom Flügelschlag, von ihrem Rauschen und Gekreisch
Erdröhnt der Aether, wo sie suchen nach dem Gott.
Auch kann entfernt er nimmer sein.   Wohl ist er hier
Versteckt schon.   Ab.   1185

Peisthetäros.

Auf, nach Schleudern greift und Bogen schnell!
Hieher in Eile, meine ganze Dienerschaft!
Schießt auf ihn, stecht ihn! Eine Schleuder gebt auch mir!
              Getümmel.

Chor.
              Strophe.

Es erhebt Kampf sich hier,
Kampf sich unsäglicher,
Mir und der Götterschaar.   1190
Bewacht allzumal
Die wolkenumkränzte Luft,
Welche die Nacht gebar,
Daß unbemerkt nicht ein Gott
Wieder durchschlüpfe hier!   1195

Chorführer.

Es spähe Jeder rings herum und achte drauf,
Denn nahe schon „von luftdurchsegelnden Gottes Schwung
Läßt Rauschen sich vernehmen seines Flügelschlags".

V. 1188—95. Strophe und Gegenstrophe (1262—69) sind dochmisch:

V. 1197. Anklänge an Aeschylos, z. B. Prom. 269. 719. 924.

Iris erscheint über dem Gebüsch mit Flügeln und Reisehut und einem weiten,
in den Farben des Regenbogens spielenden Schleier.

Peisthetäros.

He, Mädchen, wo, wo fliegst du hin? Halt stille doch!
Sei ruhig, bleib dort stehen, hemme deinen Lauf! 1200
Wer bist du? woher? Gestehe gleich, woher du bist.

Iris, die sich niedergelassen.

Ich komme von den Göttern, den Olympiern.

Peisthetäros.

Wie lautet denn dein Name, Schlapphut oder Boot?

Iris.

Iris, die Schnelle.

Peisthetäros.

Paralos oder Salamis?

Iris.

Wie meinst du das? 1205

Peisthetäros zu den Vögeln.

Fliegt nicht ein Taubenstößer auf,
Das Ding da anzufassen?

Iris.

Fassen soll er mich?
Was soll da für ein Frevel gescheh'n?

Peisthetäros.

Du spürst es bald.

Iris kommt auf der Flugmaschine herab.

V. 1203. Schlapphut oder Boot. Das erstere, weil sie den
Petasos (großen Sonnen= oder Regenhut) trägt, wie Hermes im Inachos
des Sophokles fragt: Wer ist das Weibchen? Ein arkadischer Sonnenhut?
— Das Andere von den ausgebreiteten Flügeln, die Aeschylos (Prom. 465)
mit Segeln vergleicht, und dem bauschigen Schleier.

V. 1204. Paralos oder Salamis, d. h. Salaminia. Die bei=
den Staatsschiffe waren Schnellboote, und unter diesen Begriff subsumiert
Peisthetäros auch die Antwort der Iris.

V. 1205. Taubenstößer. Zweideutig.

Iris sich abwendend.

Das ist ja ganz verrücktes Zeug.

Peisthetäros.

Zu welchem Thor

Kamst du herein in unsre Stadt, du freches Ding?

Iris.

Ich weiß, bei Zeus, wahrhaftig nichts von einem Thor.   1210

Peisthetäros zum Chor.

Hört ihr das Frauenzimmer, wie es uns verhöhnt?

Zur Dohlenhauptwacht kamst du doch? Gesteh' es nur.

Hast einen Paß von den Störchen du?

Iris.

Was fällt dir ein?

Peisthetäros.

Bekamst du keinen?

Iris.

Bist du bei Trost?

Peisthetäros.

Kein Zeichen hat

Ein Vogelhäuptling dir persönlich aufgedrückt?   1215

Iris.

Mir hat noch Niemand etwas aufgedrückt, du Narr.

Peisthetäros.

Und dennoch fliegst in aller Stille du hier durch

Durch unser fremdes Stadtgebiet und Chaosreich?

Iris.

Wo sollen denn die Götter fliegen anders sonst?

V. 1208. Verrücktes Zeug. Die nüchterne Göttin findet Alles das höchst albern, denn sie sieht nur Luft und Leere wo die Vögel ihre prachtvollen Schlösser erbaut haben.

V. 1213. Paß. Classisches Vorbild der Pässe! Vgl. Plautus „Gefangene" II, 3, 90. Daß diese Fragen des Peisthetäros sehr lasciv gemeint sind liegt auf der Hand.

Peisthetäros.

Das brauch' ich nicht zu wissen. Hier einmal nicht mehr.   1220

Iris.

So fährst du fort zu freveln?

Peisthetäros.

Weißt du auch daß hier
Ergriffen von allen Iriffen du mit vollstem Recht
Mit dem Leben büßtest, würde dir der verdiente Lohn?

Iris.

Ich bin unsterblich.

Peisthetäros.

Dennoch sterben müßtest du.
Denn Unerträgliches, mein' ich, dulden wir von euch,   1225
Wenn wir die Welt beherrschen, und ihr Götter nur
Uns noch verhöhnen dürftet, nicht begriffet wie
Die Reih' an euch ist zu gehorchen dem Stärkeren.
Doch sprich, wohin du steuerst mit dem Flügelpaar?

Iris.

Ich? Zu den Menschen flieg' ich her vom Vater Zeus,   1230
Zu mahnen daß sie opfern den Olympiern,
„Und Schafe schlachten auf stierblut'gem Opferherd,
Mit Dampf die Gassen füllen.“

Peisthetäros.

Was für Göttern? Wie?

Iris.

Du fragst noch? Uns, den Göttern auf des Himmels Thron.

Peisthetäros.

Ihr wäret Götter?   1235

Iris.

Welche Götter gibt's denn sonst?

V. 1232. Aus verschiedenen Stellen der Tragiker: Aesch. Sieben
g. Theb. 43, Soph. Oed. auf Kol. 1491, Eur. Alk. 1156 und ein Frag-
ment aus dessen Plisthenes.

Peisthetäros.

Die Vögel sind der Menschen Götter, denen jetzt
Sie opfern müssen; nimmermehr, bei Zeus, dem Zeus.

Iris.

O Thor, o Thor du, reize nicht der Götter Zorn,
Damit nicht „Dike dein verdonnertes Geschlecht
Vom Grund ausreute mit dem Rachekarst des Zeus",   1240
Und „qualmend dich und deines Hauses Wandungen
Einäschre mit den Blitzen" — des Likymnios!

Peisthetäros.

So höre, Mädchen! Stille deinen Sprudelschwall.
Sie schwebt hin und her.
Halt stille! Bin ich ein Lyder oder Phryger, dem
Du mit dem Geschwätz Gespenster vorzumachen denkst?   1245
So wisse nur, wenn länger Zeus mich ärgern will,
Daß seinen Palast zusammt Amphions Hallen ich
„Einäschern werde durch den Blitzeträger Aar";
Porphyrionen laß ich in den Himmel los
Auf ihn, die Vögel mit dem bunten Parderfell,   1250

V. 1239. Dike.   Göttin der Gerechtigkeit
V. 1240. Rachekarst. Sophokles (fragm. incert.):
— „Ausgereutet vom goldnen Rachekarst des Zeus";
ähnl. Aeschyl. Agam. 516. — Die zwei folgenden Verse aus Eurip. Jon.,
Troerinnen, Phönissen ꝛc.
    V. 1242. Likymnios. Eine verlorne Tragödie des Euripides, worin
ein Mensch (nach Andern ein Schiff) vom Blitz „eingeäschert" wurde. Also
so viel als Theaterblitze.   Die Göttin selbst muß die vermeintliche Götter-
macht lächerlich machen.
    V. 1244. Lyder oder Phryger. Aus Eurip. Alkestis 649. So
dumm und abergläubisch wie ein Sklave.
    V. 1247. Amphions Hallen. Aus Aeschylos' Niobe. Amphion,
Gemahl der Niobe, befestigte Theben mit den Felsstücken die er durch sein
Saitenspiel vom Kithäron herlockte. Peisthetäros kehrt die Drohung des
Gottes gegen diesen selbst.
    V. 1249. Porphyrionen, s. zu V. 553. Hier Purpurhühner;
V. 1252 der Gigant.

Sechshundert oder mehr an Zahl; ihm hat ja schon
Ein einziger Porphyrion heiß genug gemacht.
Wenn aber du mich necken willst, so faß ich dich
Zuerst, die Botin, und fahre zwischen die Beine dir,
Der Göttin Iris selber, daß du dich wundern sollst   1255
Wie ich Alter drei Schiffsschnäbeln gleich noch stoßen kann.

Iris.

Zerberste du, sammt deinen Reden, alter Schalk!

Peisthetäros.

Du lässest dich nicht verscheuchen? Nicht? Husch! Husch! Klappklapp!

Iris sich hinweghebend.

Ob nicht mein Vater deine Frechheit dir vertreibt!

Peisthetäros.

Weh mir Betrog'nem! Wirst du nun nicht anderswo   1260
Hinstiegend dort „einäschern" einen Jüngeren?

Chor.
Gegenstrophe.

Abgesperrt seien sie,
Götter von Zeus' Geblüt,
Daß sie nicht ferner noch
Wandern durch unsre Stadt.   1265
Nimmer auch soll ein Mensch
Von dem bluttrunknen Grund
Hierhindurch senden zu den
Göttern den Opferdampf!

Peisthetäros.

Verdrießlich, daß der Herold der zu den Sterblichen
Gegangen, — ob er nimmermehr wohl wiederkehrt?   1270

Ein Herold herbeieilend

O Peisthetär', o Seliger du, o Weisester,
O Gepriesenster, Hochweisester, Mann vom feinsten Takt!
O Dreimalseliger! Laß mich athmen ...

Peisthetäros.

> Was bringst du? Sprich.

Herold.

Mit diesem goldnen Kranze hier, der Weisheit Preis,
Bekränzen dich und ehren alle Völker dich.   1275

Ueberreicht ihm einen Kranz.

Peisthetäros.

Schön Dank! Warum denn ehren mich die Völker so?

Herold

O Gründer du der hochberühmten Aetherstadt,
Du weißt nicht, welche Ehre du bei Menschen hast,
Wie viele Verehrer du dem neuen Reich gewannst.
Denn ehe noch du diese neue Stadt erbaut,   1280
War alle Welt Lakonennarren dazumal,
Trug langes Haar, litt Hunger, Schmutz, sokratelte,
Stolzierte mit Knotenstöcken; jetzt, ganz umgekehrt,
Sind Alle Vogelnarren, und mit Herzenslust
Nachäffen sie was immer nur die Vögel thun.   1285
Für's Erste, gleich am frühen Morgen aus dem Bett
Aufflattern Alle, gleichwie wir, zum Leibgericht,
Dann fallen sie in Schaaren über die Blätter her
Und weiden sich an Volksbeschlüssen satt daselbst.
Sie tragen auch die Vogelsucht so sehr zur Schau   1290

V. 1281. **Lakonennarren** Je mehr die Tapferkeit und Auf=
opferung für das Gemeinwohl abnahm, desto mehr suchte man sie durch
Nachäffung äußerer Zeichen denselben zu ersetzen. So wurde die Nach=
ahmung spartanischer Sitten und spartanischer Tracht zur Modesache in
Athen. Je vornehmer, desto auffallender trieb man es. Die denkenden
Athener lakonisierten freilich auch, sofern sie die dorische Verfassung mit ge=
ordneten Zuständen der ultrademokratischen Unruhe und der Tyrannei der
Schlokraten vorzogen. Daher der Dichter sie mit den spartanisch=thuenden
Gecken zusammenwirft und dieses Treiben ein „Sokrateln" nennt.
V. 1287. **Leibgericht,** Gerichte in beiderlei Sinn.
V. 1288. **Blätter.** Die Volksbeschlüsse wurden in Bücher einge=
tragen; zugleich sind die Baumblätter zu verstehen.

Daß Mancher schon von Vögeln seinen Namen führt:
So wurde Rebhuhn zubenannt ein hinkender
Weinschenk; dem Menippos aber rief man „Schwalbe" zu;
Und Rabe heißt Opuntios, der Einäugige,
Fuchsente Theagenes, Haubenlerche Philokles,   1295
Lykurgos Ibis, Chärephon die Fledermaus,
Syrakosios Elster; den Meidias dort nannte man
Die Wachtel, denn der Wachtel gleicht er auf ein Haar,
Wenn sie im Wettspiel auf den Kopf eins hat gekriegt.
Aus Vogelliebe stimmten Alle sie Lieder an   1300
Worin von Schwalben etwas dreingeleiert ist,
Von Purpurenten, Gänsen oder Täubchen, auch
Von Fittigen oder Schwingen nur ein Federchen.
So stehen dort die Dinge. Eins noch meld' ich dir:
Es kommen bald von dorten viele Tausend her,   1305
Um Flügel zu holen und krummgeklaute Lebensart.
Schaff' also nur für die Colonisten Federn an.

V. 1292. **Rebhuhn.** Nach Aristot. Naturg. I, 8 ein schlauer, heim=
tückischer Vogel; hier ein Betrüger der den Namen Perdix führte.

V. 1293. **Menippos.** Unbekannt.

V. 1294. **Opuntios.** Rabe als Dieb des Staatsschatzes. Siehe
oben V. 152.

V. 1296. **Lykurgos,** wegen seiner Beziehungen zu Aegypten auch
sonst verspottet, von Kratinos z. B. in den Mädchen von Delos, wo er im
ägyptischen Schleppkleide den attischen Bürgerfrauen in den Panathenäen
den Stuhl nachtragen soll. Es ist der Sohn Lykophrons, Vater des
Redners Lykurgos, aus dem Geschlecht der Eteobutaden. Ibis, ein ägyp=
tischer Vogel. — **Chärephon.** Der Schüler des Sokrates, Wolken 104.
146.

V. 1297. **Syrakosios,** wegen seiner Geschwätzigkeit. Eupolis
vergleicht seine Redefertigkeit mit dem Gebelfer junger Hunde. Schol.

Meidias, vielfach von den Komikern geneckt und mitgenommen.
Der Schol. zu unserer Stelle sagt daß er im Wachtelspiel Virtuos gewesen
sei. Das Spiel war so: Man wettet ob die dazu dressierte Wachtel stehen
bleibt, wenn sie einen Stüber bekommt, oder davonläuft. Im ersten Fall
hatte der Besitzer, im andern der Gegner gesiegt.

Peisthetäros.

Da gilt's, bei Zeus, nicht lange müßig hier zu steh'n;
Drum gehe du geschwind hinein und fülle ja
Die Körb' und Wannen alle mir mit Federn an.　　　　　1310
Dann bringe Manes die Federn mir sogleich heraus;
Ich aber will die kommenden Gäste hier empfah'n.

　　　　　　　　　Herold ab.

Chor.

Strophe.

　　Bald wird ja der Sterblichen Mancher die Stadt
　　　　Als männerreich preisen.
　　Daß nur das Glück uns hold sei!　　　　　1315
Es erfaßt sie die Liebe zu unserer Stadt.

Peisthetäros zu dem Korbträger.

Tragt schneller zu, befehl' ich.

Chor.

　　Was fände nicht Schönes
　　Ein Mann da zu wohnen?
Wo die Weisheit, die Liebe, die Grazien all',　　　　　1320
Die ambrosischen, und mildlächelnder Ruh
　　　Stets sonnenhelles Antlitz.

Peisthetäros zum Sklaven.

Wie faul du deinen Dienst versiehst! Willst schneller du dich rühren?

Chor.

Gegenstrophe.

Schnell bring' er den Korb mit den Federn herein!　　　　　1325
　　Du aber mach Füße
　　Dem Kerl mit tücht'gen Schlägen!
Denn er schleudert so lahm wie ein Esel daher.

Peisthetäros.

Es ist der faule Manes.

V. 1311. 1329. Manes. Sklavenname.

Chor.

Und du lege zuerst nun							1330
    Dir die Federn in Ordnung:
Die melodischen hier, die prophetischen dort,
Und die schwimmenden da, daß mit kundigem Blick
    Du jeden Mann befiederst.

Peisthetäros zum Sklaven.

Beim Schuhu! nein, nicht länger halt' ich die Hand von dir,	1335
Wenn ich so faul und lendenlahm dich sehen muß.
    Er peitscht ihn, der Sklave läuft davon.
    Ein ungerathener Sohn tritt auf.

Der Ungerathene.

„O wär' ich ein hochhinfliegender Aar,
    Daß ich über die Wogen
    Hinflöge der blauen
    Unangebauten Meerflut!"

Peisthetäros.

Kein Lügenbote war der Bote, wie es scheint.			1340
Da kommt ja schon von Adlern singend Einer her.

Der Ungerathene.

Ah! Ah!
Nichts in der Welt ist angenehmer als ein Flug!
Ich sehne mich nach euren Vogelsatzungen,
Bin vogeltoll und flattere schon und wunsche nur
Bei euch zu wohnen, mich verlangt nach den Satzungen.		1345

Peisthetäros.

Nach welchen? denn der Vogels=Atzungen gibt es viel.

Der Ungerathene.

Nach allen; doch vorzüglich daß für schön es gilt
Bei den Vögeln, wenn Einer seinen Vater würgt und beißt.

Peisthetäros.

Gewiß, bei Zeus, wir achten den für tapfer sehr
Der schon als Küchlein nach dem eig'nen Vater hackt.		1350

Der Ungerathene.

Deßwegen eben wünsch' ich hier herauf zu zieh'n,
Den Vater zu würgen und zu erben Hab und Gut.

Peisthetäros.

Allein wir Vögel haben auch ein alt Gesetz
Aus grauer Vorzeit, das in der Störche Tafeln steht:
„Nachdem der Storchenvater seine Störchlinge   1355
Genährt hat sammt und sonders, bis sie flügge sind,
Dann sollen die Jungen den Vater pflegen wiederum".

Der Ungerathene.

Da hätt' ich was von meinem Gang zu euch, bei Zeus,
Wenn ich nun gar den Vater auch noch füttern soll!

Peisthetäros.

Nicht das! Nun, weil wohlmeinend du gekommen, Freund,   1360
So will ich als Vogelwaise doch befiedern dich.
Dann geb' ich dir, mein Junge, keinen übeln Rath,
Nein, wie ich selbst es lernte, da ich Knabe war:
Sohn, schlage deinen Vater nicht! Empfang dafür
              (indem er ihm Schild, Speer und Helm überreicht)
Den Flügel hier, in die andre Hand den Hahnensporn,   1365
Und diesen Helmbusch, achtend ihn als Hahnenkamm,
Und zieh' ins Feld, steh' Wache, nähre dich vom Sold;
Laß deinen Vater leben! Bist kampflustig du,
So schwinge dich hin nach Thrakien und — kämpfe dort!

V. 1354. Störchetafeln. Codex ciconianus, Storchenspiegel.
(Droysen.)

V. 1355. Storchenvater. Aristoteles (Naturgesch. der Thiere
IX, 13) versichert daß diese Sage von den Störchen wahr sei, und das
Gleiche auch von den Bienenfressern gelte.

V. 1361. Vogelwaise. Damit du keinen Vater zu ernähren
brauchst. Nach dem Schol. ist Waise (ὀρφανός) auch ein Vogelname,
vielleicht Orphiskos, Athen. VII, 305.

V. 1369. Thrakien. Dort lag der Feldherr Euction schon seit
einem Jahr und rüstete sich zur Belagerung von Amphipolis, Thuk. VII, 9.

Der Ungerathene.

Ja, beim Dionysos, wohlgesprochen scheint mir das.   1370
Ich will dir folgen.

Peisthetäros.

Da wirst du klug dran thun, bei Zeus.

Der Ungerathene ab.

Kinesias tritt auf.

Kinesias singend.

„Auf! zum Olymp steig' ich empor fliegend mit leichten Schwingen,
Und auf wechselnder Bahn des Gesangs schweb' ich umher..."

Peisthetäros.

Ein solch' Beginnen erheischt von Federn eine Last.   1375

Kinesias.

„Und die neuste betrat kühn ich an Geist so wie an Leib".

Peisthetäros.

Willkommen uns, Kinesias von Lindenholz!
Was säbelst du dein Säbelbein im Schwung daher?

Kinesias.

Ein Vogel möcht' ich werden gern,   1380
„Eine hellschlagende Nachtigall".

Peisthetäros.

Hör' auf zu trillern; sage schlicht was du begehrst.

Der Sinn ist: dort verdiene deine Sporen! Zugleich ein Wink für die
Athener, deren Blicke nur nach Sicilien gerichtet waren. Thrakien war der
alte Schauplatz ihrer Kriegsthaten, wo sie auch die größten Besitzungen
hatten. Diese wurden jetzt vernachläßigt.

V. 1371. Nach Anakreon. Schol.

V. 1378. Kinesias, Sykophant und Poet, Sohn des Kitharöden
Meletes, dem Lysias in einer Klagrede wegen gesetzwidrigen Antrags vor-
wirft daß er alljährlich das Gespött der Komödie sei. Nach Athenäos
(XII, 551. D.) hieß er der Lindenhölzerne, weil er seiner hagern und allzu-
schlanken Figur durch Lindenbretter (ein Corsette aus Schindeln) zu Hülfe
kommen mußte; zudem hatte er Säbelbeine. Man kann sich denken daß
er durch sein Costüm gehörig gekennzeichnet war.

Aristophanes.   20

Kinesias.

Von dir befiedert, möcht' ich gern in luft'ge Höh'n
Empor mich schwingend aus den Wolken neuen Schatz
Luftwirbelnder, schneebeflockter Dithyramben sah'n.   1385

Peisthetäros.

Wie? kann man denn aus Wolken Dithyramben sah'n?

Kinesias.

Ja wohl, an diese hängt sich unsre ganze Kunst.
Denn was in Dithyramben glänzt ist von Natur
Luftartig nebelhafter, himmelblauer Dunst
Und flügelschwungreich.   Höre nur, dann weißt du es.   1390

Peisthetäros abwehrend.

O nein, verschon' mich.

Kinesias.

Doch, beim Herakles, du mußt.
Den weiten Luftraum schweif' ich dir hindurch im Nu;
singend:
„Geflügelte Schatten
    Der Segler der Lüfte,
    Der halsausreckenden Vögel..."   1395

Peisthetäros.

Hoop — op!

Kinesias.

„Auf Wogenwallungen wandelnd
    Mit der Winde Wehen möcht' ich schreiten...."

Peisthetäros mit der Peitsche drohend.

Bei Zeus, ich lege sicher dir das Windgebläs.

Er drillt ihn im Kreise herum.

Kinesias singend.

„Bald gegen den Süd hin steuernd die Bahn,
    Bald wieder dem Boreas nähernd den Leib,

Buchtloſes Gefurche durchſchneidend der Luft…"　1400
　ſich in ſeinem Federputz betrachtend, halb ſpottend:
Recht artig haſt du, Alter, das und klug erdacht.

Peiſthetäros zwirbelt ihn noch einmal und verſetzt ihm einen Hieb.
Nicht wahr? es freut dich flügelſchwungreich dich zu dreh'n?

Kineſias.

Das wagſt du dem Chortanzreigenmeiſter anzuthun,
Um welchen ſich die Stämme ſtreiten jedes Jahr?

Peiſthetäros.

So willſt bei uns du bleiben für Leotrophides　1405
Und hier vielleicht einüben fliegender Vögel Chor
Dem Stamm der Schwänzler?

Kineſias.

　　　O du verhöhnſt mich offenbar.
Und dennoch ruh' ich eher nicht, das ſei gewiß!
Bis ich in dem Gefieder durch die Luft geſchwärmt.

Kineſias ab.

Ein Sykophant tritt auf.

Sykophant.

„Welche Vögel dahier, ohne Beſitz, bunten Gefieders? ſprich,　1410
　O du flügelſpreizende, bunte Schwalbe."

Peiſthetäros.

Ein wahres Ungewitter das uns da erſtand!
Dort kommt ſchon wieder ſolch ein Zwitſcherer heran.

V. 1405. Leotrophides ſcheint ein Chorege des kekropiſchen
Stammes geweſen zu ſein, wofür Droyſen kerkopiſch (Schwänzler) mit
Beziehung auf ihre Vogelnatur ſetzt. Die Kerkopen waren aus der Herakles-
ſage bekannte Kobolde, die den Herakles bald neckten, bald beluſtigten
(Herod. VII, 216), und Gegenſtand eines dem Homer zugeſchriebenen
Gedichts.

V. 1410. Parodie von Verſen des Alkäos und des Simonides.

Ohne Beſitz. Bei denen für den Sykophanten nicht viel zu
machen iſt.

Sykophant zu Peisth.

„O du flügelspreizende, bunte" nochmals!   1415

Peisthetäros.

Auf seinen Mantel, scheint es, singt er das Skolion.
Ich glaube, mehr als Eine Schwalbe thät' ihm noth.

Sykophant.

Wer ist es der die Kommenden hier zu Vögeln macht?

Peisthetäros.

Der Mann bin ich; doch sage was du nöthig hast?

Sykophant.

Ich? Flügel, Flügel! Frage nicht zum zweiten Mal.   1420

Peisthetäros.

So willst du nach Pellene fliegen graden Wegs?

Sykophant.

Bewahre Gott! Vorlader bin ich des Inselvolks
Und Sykophant...

Peisthetäros.

Gebenedeit sei dein Beruf!

Sykophant.

Und Händelspürer. Flügel brauch' ich, um damit
Die Städt' umher zu umschwirren mit Vorladungen.   1425

V. 1416. Skolion. Rundgesang, ein Lied beim Gelage, das der
Nächste fortsetzen mußte.

V. 1417. Mehr als Eine Schwalbe. „Eine Schwalbe macht
noch keinen Sommer", und ein Sommer thäte deinem zerrissenen Mantel
wohl.

V. 1421. Pellene, eine achäische Stadt, wo dem Hermes (nach
Andern der Hera) Wettkämpfe gefeiert wurden, in denen der Preis ein
pellenischer Mantel, „die warme Schutzwehr vor der kalten Luft" war (Pind.
Olymp. IX, 97).

V. 1422. Vorlader. Die bundesgenössischen Inseln mußten in
bedeutenderen Sachen in Athen Recht nehmen. Daher gegen die Reichen
auf den Inseln Sykophantie (falsche Anklagen, Angebereien) an der Tages-
ordnung waren. Das Geschäft war einträglich, weil man mit einem solchen
Angeber sich lieber gütlich abfand.

Peisthetäros.

Mit Flügeln etwa ladeſt du noch liſtiger?

Sykophant.

O nein, nur vor Seeräubern möcht' ich ſicher ſein —
Und dorther mit den Kranichen nach Hauſe zieh'n,
Anſtatt Ballaſts mit Prozeſſen angefüllt den Kropf.

Peisthetäros.

Ein ſolches Handwerk alſo treibſt du? Sage mir,   1430
So jung noch, ſykophanteſt Schutzverwandte du?

Sykophant.

Was ſoll ich ſonſt? das Graben hab' ich nicht gelernt.

Peisthetäros.

Bei Zeus, noch manch' anſtändiges Gewerbe gibt's
Wovon ein Mann in deinem Alter ſich nähren muß,
Mit Rechtlichkeit, nicht aber mit Rechtsverdreherei.   1435

Sykophant.

Du närriſcher Kauz, belehre nicht, beflügle mich!

Peisthetäros.

Mit dieſem Wort' beflügl' ich dich.

Sykophant.

           Wie könnteſt du
Mit Worten Jemand Flügel geben?

Peisthetäros.

           Mit Worten wird
Doch Jeder beflügelt.

Sykophant.

Jeder?

Peisthetäros.

           Haſt du nie gehört
Wie mancher Vater häufig ſich zu äußern pflegt   1440
Vor jungen Leuten in Vaterſtuben ungefähr:

„Merkwürdig hat mein Bürſchchen des Diitrephes
Zuſpruch beflügelt für die Pferdeliebhaberei".
Ein andrer ſagt, der Seine ſei für Tragödien
Voll Schwung und flieg' im Geiſt beſtändig hoch hinaus.   1445

                    Sykophant.
Mit Worten alſo wird man beflügelt?

                    Peiſthetäros.
                              Mein' ich doch.
Durch Worte wird in höh're Sphären der Geiſt entrückt
Und wird der Menſch gehoben.   Alſo will auch ich
Mit wohlgemeinten Worten dich beflügeln, dich
Zur Ehrlichkeit bekehren.   1450

                    Sykophant.
                    Nein, das mag ich nicht.

                    Peiſthetäros.
Was willſt du ſonſt denn?

                    Sykophant.
                    Nicht entehren meinen Stamm.
Vom Ahn ererbt, iſt mein Gewerb Angeberei.
Beflügle drum mit ſchnellen, leichten Flügeln mich
Des Habichts oder Falken, daß die Fremden ich
Vorladen kann und, hab' ich hier ſie dann verklagt,   1455
Gleich wieder dorthin fliegen...

                    Peiſthetäros.
                    Ich verſtehe dich.
Du meinſt, verurteilt ſoll der Schutzverwandte ſein
Noch eh' er nur hier angelangt.

        V. 1442. Diitrephes. Der reichgewordene Mann, der nun als
Reiteroberſt (V. 795) auch Andere, beſonders junge Leute, zum Pferde-
halten und Pferdedreſſieren ermunterte. Reiten und Verſemachen ſcheint
damals Modekrankheit der vornehmen Jugend in Athen geweſen zu ſein.
        V. 1455. Hier. Auf einmal iſt man aus der Vogelſtadt wieder in
Athen.

Sykophant.

Du verstehst mich ganz.

Peisthetäros.

Dann schifft er hieher, während du wieder dorthin fliegst,
Um sein Vermögen wegzukapern.   1460

Sykophant.

Du begreiffst.

Da muß man wie ein Kreisel sein.

Peisthetäros.

Verstehe dich.

Ganz wie ein Kreisel.   Eben hab' ich da, bei Zeus,
            indem er ihm die Peitsche zeigt:
Vortreffliche Kerkyräer=Flügel — solche, sieh!

Sykophant.

O weh mir! Eine Peitsche...

Peisthetäros.

Nur ein Flügelpaar,
Womit ich dich noch heute kreiseln lassen will.   1465
            Er peitscht ihn hinaus.

Sykophant.

O weh mir Armem!

Peisthetäros.

Schwingst du bald dich fort von hier?
Willst bald du dich fortpacken, he? du Galgenstrick!
Versalzen sei dir die Rechtsverdreherschurkerei!
            Sykophant ab.

Jetzt packt die Federn all' zusammen.   Laßt uns geh'n.
            Mit den Sklaven ab.

V. 1463.   Kerkyräer=Flügel.   In Kerkyra (Corcyra, Corfu)
wurden die besten Peitschen verfertigt, mit elfenbeinernem Griff und doppel=
ten ineinandergeflochtenen Riemen.   Schol.

Chor.

Strophe.

Unerhörtes, Wunbersames   1470
Mancherlei beflogen wir,
Sahen große Dinge schon.
Denn ein Baum ist aufgeschossen,
Fremder Art und ziemlich fern von
Kardia, Kleonymos,   1475
Tauglich zwar zu Nichts und blos
Schlechtes Holz und übergroß.
Wenn er gleich im Frühling immer
Blätter treibt und Feigen anzeigt,
Wirft im Winter er dagegen   1480
Schilde statt der Blätter ab.

Gegenstrophe.

Wieder gibt es eine Gegend
Fern am Rand der Finsterniß,
Ju dem lampenöden Raum,
Wo zusammen mit Heroen   1485
Menschen schmausen und verkehren
Immer, nur am Abend nicht.
Sie zu treffen solcher Zeit
Wäre nicht geheuer mehr.

B. 1475. Kardia, zu teutsch: Herz (Courage). So heißt eine
Stadt im thrakischen Cherfonnes.
    Kleonymos. Der in den Acharnern, Rittern, Wespen, Wolken
u. a. vielfach verspottete Bramarbas „Ohneschild". Vor dem Kriege
prahlt er mit seinen Heldenthaten, wenn es aber zum Treffen kommt wirft
er den Schild weg und läuft davon.
    B. 1479. Feigen anzeigt. Der Ursprung des Namens Syko-
phant ist aus der Zeit da die Ausfuhr der Feigen aus Attika verboten
wurde, was zu vielen Angebereien Veranlassung gab. Kleonymos that sich
nun auch in Hermokopidenprozesse als Denunciant hervor. Daher dieser
doppelsinnige Ausdruck von ihm.
    B. 1484. Die Gegend außerhalb der Mauern, die von Dieben um-
schlichen wurden.

Wenn ein Sterblicher dem Heros 1490
Nachts begegnet, dem Orestes,
Ausgezogen wird er und vom
Schlag die rechte Seit' gerührt.

Vierte Scene.

Peisthetäros. Prometheus. Nachher Poseidon. Triballe. Herakles.
Diener. Chor.

Prometheus vermummt.
Ach, weh mir Armem! Daß mich Zeus nur nicht erblickt!
Wo ist denn Peisthetäros? 1495

Peisthetäros vortretend.
He? was wäre das?
indem er die Gestalt erblickt:
Was soll die Vermummung?

Prometheus.
Siehst du etwa hinter mir
Der Götter Einen?

Peisthetäros.
Nein, bei Zeus, ich sehe Nichts.
Wer bist denn du?

Prometheus.
Wie hoch am Tage mag es sein?

V. 1491. Orestes. Den Heroen zugesellt, blos wegen der Namens=
vetterschaft mit dem Sohne Agamemnons. Dieser war der Sohn des
Timokrates, ein berüchtigter Kleiderdieb. S. zu V. 712 und was Euel=
pides erzählt V. 483—98. — Der Volksglaube meinte, wer einen Heroen
erblicke werde vom Schlage gerührt. Wer aber diesem Heros begegnet
wird vom Knüttel getroffen, meint Aristophanes.
V. 1494. Prometheus. Der alte Freund der Menschen, der für
die Wohlthaten die er diesen erzeigt hatte von Zeus an den Kaukasus ge=
schmiedet wurde (Aeschylos' gefesselter Prometheus), kommt als Ueber=
läufer, und aus Furcht vor der Rache des Zeus vermummt, um die An=
schläge der Götter dem Peisthetäros zu verrathen.

Peisthetäros.

Wie hoch? Ein wenig über Mittag kaum hinaus.
Wer bist du? Sprich.   1500

Prometheus.

Fei'rabend oder später noch?

Peisthetäros.

Wie abgeschmackt kommst du mir vor!

Prometheus.

Was macht der Zeus?
Macht heiter er das Wetter, oder umwölkt er sich?

Peisthetäros.

Daß alle Wetter . . . !

Prometheus.

Nun, so zeig' ich mich enthüllt.

Peisthetäros den Titanen erkennend.

O Herzens=Prometheus!

Prometheus.

Stille, stille! schrei doch nicht!

Peisthetäros.

Was gibt's denn?   1505

Prometheus.

Stille! nenne meinen Namen nicht.
Ich bin verloren, wenn Zeus hier unten mich erblickt.
Doch daß ich dir anzeige wie's da droben geht,
Nimm dieses Sonnenschirmchen, halt es über mir
In die Höhe, damit der Götter Keiner mich erblickt.

Peisthetäros.

Haha! haha!   1510
Das hast du einmal recht prometheisch vorbedacht!

Spannt den Schirm auf.

So schlüpfe geschwind darunter und sag' an getrost!

V. 1511. Prometheisch, d. h. vorbedacht, wie der thörichte
Bruder des Prometheus der Nachherbedenkende, Epimetheus, heißt. Das
Lob ist natürlich ironisch zu nehmen, denn Sonnenschirme trugen nur
Frauen.

Prometheus.

Nun hör' einmal.

Peiſthetäros.

So rede nur, ich höre ſchon.

Prometheus.

Zeus iſt dahin!

Peiſthetäros.

Seit wann denn auch wär' er dahin?

Prometheus.

Seitdem daß ihr euch angebaut habt in der Luft.   1515
Kein einziger der Menſchen bringt ein Opfer mehr
Den Göttern dar, kein Dampf von fetten Schenkeln iſt
Zu uns emporgeſtiegen ſeit der ganzen Zeit.
Wir müſſen faſten, wie am Thesmophorienfeſt,
Ohn' Opferrauch, und die Barbarengötter ſchrei'n   1520
Vor Hunger und drohen kreiſchend wie Illyrier
Den Zeus mit Krieg von obenher zu überzieh'n,
Wofern er nicht der Handelsſperr' ein Ende macht,
Daß frei man einführt ihr gehacktes Eingeweid.

Peiſthetäros.

So gibt's noch andre Götter und barbariſche   1525
Noch über Euch?

Prometheus.

Sind nicht Barbarengötter das
Woher des Exekeſtides Vätergott entſtammt?

V. 1519. **Faſten.** Der mittlere Tag des Thesmophorienfeſtes war
ein Faſttag, an dem alſo auch nicht geopfert wurde; vielleicht zur Erinnerung an die Zeit wo es noch keinen Ackerbau gab, denn das Thesmophorienfeſt war der Getreideſpenderin Demeter (Ceres) geweiht.
V. 1527. **Exekeſtides,** ſ. zu V. 11. In Athen ließ jeder Vater
ſeine ächten Söhne im Tempel des „väterlichen“ Apoll einſchreiben (ſo hieß
er als Vater des Jon, Stammvaters der Athener), daher kein Athener für
einen ächten Bürger galt deſſen Vatergott nicht Apollon war, und bei der
Prüfung neugewählter Beamten war die Hauptfrage ob ſie von beiden
Seiten Athener ſeien, von drei Generationen her, von welchem attiſchen

Peisthetäros.

Wie werden diese Barbarengötter denn genannt
Mit Namen?

Prometheus.

Wie? Triballen.

Peisthetäros.

Ah, verstehe schon.
Davon vermutlich stammt das Fäustebasten her.　　　1530

Prometheus.

Vollkommen richtig. Aber Eins noch sag' ich dir:
Zur Unterhandlung werden Abgesandte hier
Von Zeus erscheinen und den Triballen obenher;
Ihr aber schließt nur keinen Vertrag, wofern nicht Zeus
Den Herrscherstab den Vögeln wieder gibt zurück,　　　1535
Und nicht die Basileia dir zum Weib verleiht!

Peisthetäros.

Wer ist die Basileia denn?

Prometheus.

Die schönste Maid;
Sie ist es die den Donnerkeil des Zeus verwahrt

Demos, ob Apoll ihr Vatergott und Zeus der Familienschutzgott. (So auch
Wolken 1467.) Erekstides hat seinen „Vatergott" im Barbarenland, also
unter den Barbarengöttern.

V. 1529. Triballen. Eine thrakische Völkerschaft in Mösien, die
den mit Athen verbündeten König der Odrysen, Sitalkes, besiegt und ge=
tötet hatten. Thuk. II, 29. 95. IV, 101.

V. 1536. Basileia = Königsgewalt; eine Allegorie wie die Ei=
rene und Opora im Frieden. So versteht es auch der Scholiast, wenn
er sagt: Er personificiert die Königsgewalt, die Sache selbst, als Weib.
Zwar findet sich bei Diodor (Hist. Bibl. III, 57) der Mythus von einer
Göttin Basileia; allein dem Aristophanes ist er jedenfalls fremd, denn
seine Basileia ist die Tochter des Zeus und durchaus eine Personification
der königlichen Gewalt des Zeus.

V. 1538. In Aeschylos Eumeniden V. 727 sagt Athene:
Die Schlüssel zum Gemache weiß im Götterkreis
Nur ich, worin verschlossen ruht der Wetterstrahl.

Und Alles sammt und sonders: kluge Politik,
Gesetzlichkeit und gute Zucht und Flottenbau,   1540
Anklägerei, Zahlmeisterei und Dreiersold.

                    Peisthetäros.
So führt sie ihm die ganze Wirthschaft?

                    Prometheus.
                              Mein' ich doch.
Bekommst von ihm du diese, dann ist Alles dein.
Drum bin ich hergekommen, dir das kund zu thun,
Denn immer hab' ich mit den Menschen es gut gemeint ...   1545

                    Peisthetäros.
Ja, daß das Fleisch wir braten ist nur dein Verdienst.

                    Prometheus.
Die Götter haß' ich allesammt, du weißt es wohl.

                    Peisthetäros.
Drum trugst du ja von jeher auch den Götterhaß.

                    Prometheus.
Ein wahrer Timon.   Doch, nun laß mich wieder fort,
Gib her den Schirm, daß, wenn mich Zeus von oben sieht,   1550
Er mich für einer Festkorbträgerin Diener hält.

                    Peisthetäros.
Nimm auch den Stuhl, damit du dem Stuhlträger gleichst.

                    Prometheus ab.

Auf diese Verse kann hier angespielt sein, ohne daß damit der Dichter seine
Basileia mit der Athene als eine und dieselbe Person sich denken oder darstellen mußte.

    B. 1541. Zahlmeisterei. Der Kolakrete, der den Richtersold und
die Ausgaben für Feste re. auszubezahlen hatte.

    Dreiersold. Für die Richter.

    B. 1545. Prometheus war es der das Feuer vom Himmel stahl, um
es den Menschen zu bringen, worauf der folgende Vers hinweist.

    B. 1548. Den Götterhaß, activ und passiv zu verstehen.

Chor.

Nahe bei den Schattenfüßlern
Ist ein See, wo Sokrates
Ungewaschen Geister bannt.   1555
Dahin kam nun auch Pisander,
Seine Seele zu sehn begierig,
Die im Leben ihm entflohn.
Ein Kameel als Opferlamm
Bracht' er, schnitt ihm ab den Hals,   1560
Trat zurück dann, wie Odysseus,
Dann von unten stieg herauf ihm
Nach dem Blute des Kameeles
Chärephon, die Fledermaus.

Poseidon tritt auf, mit **Triballos** und **Herakles**, als Gesandte.

Poseidon zu seinen Begleitern.

Dort drüben ist die Veste Wolkenkukuksburg,   1565
Wohin wir abgeordnet sind, bereits zu sehn.

Zum Triballen.

Was machst du, Kerl? Du trägst dich ja ganz ungeschickt!
So schlage doch den Mantel nach der Rechten um!

Der **Triballe** thut das, läßt aber den Mantel bis auf die Knöchel hinabfallen.

Wie jetzt? Verrückter! Hast du was von Laespodias?

V. 1553. Schattenfüßler. Im heißen Libyen gab es dieses
fabelhafte Volk, mit Fußsohlen, größer als der Leib. In der Hitze gehen
sie auf Vieren und strecken ein Bein in die Höhe als Sonnenschirm (dieß
ist der Anknüpfungspunkt der Fabel an das Vorhergehende). Schol. und
Suidas. Solche Reisemärchen hatte Ktesias manche in Umlauf gesetzt.
V. 1556. Pisander. Eupolis zeichnet ihn als den feigsten Mann
im Heere. Daher sucht er hier die entflohene Seele, seinen Muth, unter den
Schatten. Es ist derselbe der im Hermokopidenprozesse eine Rolle spielte
und vier Jahre nach Aufführung des Stücks an der Spitze der Vierhundert
die Demokratie stürzte, aber nach Aufhebung der von ihm eingeführten Ver=
fassung nach Dekeleia floh (Thuk. VIII, 65. 68. 98).
V. 1569. Laespodias. Nach Thuk. VI, 105. VIII, 86. Feldherr
im 18. Jahr des peloponnesischen Krieges, wo er Limera und Prasiä zer=
störte. Er hatte einen Schaden am Schienbein, weßhalb er den Mantel

O Demokratie! wo willst du noch mit uns hinaus,   1570
Wenn zum Vertreter wählen den die Götter selbst?
      Der Triballe macht eine drohende Bewegung.
Willst ruhig sein? Zum Henker! so barbarisch hab'
Ich doch von allen Göttern keinen noch gesehn.
Wohlan, was thun wir, Herakles?

            Herakles.
                Du hast's gehört,
Mein Wort: Den Hals umdrehen will ich diesem Kerl   1575
Der uns, den Göttern, die Luft verbaut, sei's wer es sei!

            Poseidon.
Doch, Freund, zur Unterhandlung sind wir ja gewählt
Als Abgesandte.

            Herakles.
         Zweimal mehr erwürg' ich ihn.

Peisthetäros, der sich auf der Seite beschäftigt hat, ruft wie in die Küche
              hinein:
Die Käseraspel gib heraus, reich' Silphion!
Bring' Einer Käse; blase du die Kohlen an!   1580

          Poseidon sich nähernd.
Dem Unbekannten bieten wir freundlich unsern Gruß,
Drei Götter wir.

       Peisthetäros ohne auf ihn zu achten.
      Nun reib' ich Silphion noch drauf.

            Herakles.
Was ist denn das für Fleisch da?

        Peisthetäros wie vorhin.
            Einige Vögel sind's,

darüber hinabfallen ließ. Auch andere Komiker (Eupolis, Phrynichos,
Theopomp) erwähnen seiner.

    V. 1583. Herakles ist ebenso gefräßig (Frösche 62, 107. 503 f.) als
trotzig; die erstere Eigenschaft weiß der schlaue Athener zu benützen, indem
er seinen Appetit reizt.

Die als Empörer von der Vogelbürgerschaft
Verurteilt wurden. 1585

Herakles.

Darum reibst du Silphion

Vorher darauf?

Peifthetäros sich umsehend.

Ah! sei gegrüßt mir, Herakles!

Was gibt es?

Herakles.

Als Gesandte von den Göttern sind

Wir hergekommen, um den Krieg zu endigen...

Diener dazwischen.

Herr, in dem Fläschchen findet sich kein Tropfen Oels.

Peifthetäros.

Und doch! Die Vögel müssen fett gebraten sein! 1590

Herakles fortfahrend.

Denn wir einmal sehn keinen Vortheil in dem Krieg,
Und wenn ihr mit uns Göttern Freundschaft halten wollt,
Ihr hättet Regenwasser alle Pfützen voll
Und lebtet halkyonische Tage fort und fort.
Für Alles dieß ist unsre Vollmacht unbeschränkt. 1595

Peifthetäros.

Nun gut, wir haben nie den Krieg zuerst mit euch
Begonnen, und wir wollen auch, wenn's euch gefällt
Und ihr was Recht ist jetzt noch uns gewähren wollt,
Den Frieden eingehn. Doch das Recht erfordert dieß:
Den Herrscherstab muß uns, den Vögeln, wiederum 1600
Abtreten Zeus; und damit sind wir ausgesöhnt,
Darauf denn lad' ich die Gesandten zum Essen ein.

V. 1584. Als Empörer. Anspielung auf die wegen der Hermen=
verstümmlung Hingerichteten.

V. 1594. Halkyonische Tage. Wenn die Halkyonen (Eisvögel)
brüten ist das Meer ruhig. Also Ruh' und Frieden.

Herakles zu Poseidon.
Für mich genügt das völlig, und ich stimme zu.
Poseidon.
Unsinniger! wie? Du bist ein Thor und Bauchesknecht!
Den Vater willst du bringen um den Herrscherthron?   1605
Peisthetäros.
Wahrhaftig? Würde größer denn nicht eure Macht,
Ihr Götter, wenn die Vögel unten Herren sind?
Jetzt freilich von der Wolkenhülle rings bedeckt,
Verstecken sich die Menschen, schwören falsch bei euch;
Doch wenn ihr zu Verbündeten die Vögel habt,   1610
Und Einer sich beim Raben oder Zeus vermißt,
Dann fliegt der Rabe unbemerkt zu ihm hinab
Und hackt dem Frevler mit einem Stoß das Auge aus.
Poseidon.
Ja, beim Poseidon, treffend scheint mir das gesagt.
Herakles.
Mir ebenfalls.
Zum Triballen.
Was sagst denn du?
Triballe.
Ham=gahn=wer=drai.   1615
Herakles.
Du siehst, auch Er ist einverstanden.
Peisthetäros.
Noch einen Fall
Vernehmet jetzt, wie sehr wir Vortheil bringen euch.
Hat so ein Mensch der Götter Einem Opferfleisch
Gelobt und sucht Ausflüchte dann und sagt: „Der Gott
Kann warten", und zahlt aus purem Geiz das Gelübde nicht,   1620
So treiben wir auch dieses ein.

V. 1615. Heimgehen wir drei. Das griechische Kauterwelsch
nabaisatrau soll offenbar heißen: ἀναβησόμεθα τρεῖς.

Poseidon.
Laß sehn, wie das?
Peisthetäros.

Sobald einmal sein Geldchen grade solch ein Mensch
Hinzählt und herzählt oder just im Bade sitzt,
Dann schießt ein Weih herunter, rupft ihm unvermerkt
Den Werth für zwei Stück Schafe weg und bringt's dem Gott. 1625

Herakles zu Poseidon allein.

Ich stimme noch einmal dafür den Herrscherstab
Ihm abzutreten.

Poseidon.
Frage den Triballen auch.
Herakles bei Seite.

Was meinst du, Triballe? Prügel?

Triballe mit dem Knüttel drohend.
Jau, stockprügeln ik

Nok wollen dik!

Herakles.
Er habe, sagt' er, völlig Recht.
Poseidon.

Nun, wenn ihr Beide einig seid, so stimm' ich mit.   1630

Herakles zu Peisthetäros.

Du höre, was den Scepter betrifft, das gehn wir ein.

Peisthetäros.

Bei Zeus, da ist noch Eines; eben denk' ich dran.
Die Hera freilich überlass' ich gern dem Zeus,
Doch Basileia, seine Tochter, muß er mir
Zum Weibe geben.   1635

Poseidon.
Dir ist's nicht ernst mit dem Vertrag.

Kommt, laßt uns wieder nach Hause gehn.

V. 1628. Ja, ich will dich noch stockprügeln. Saunaka
baktara krusi = σεαυτὸν καὶ βακτηρίῳ κρούσω.

Peisthetäros.

Mir gilt es gleich.

In die Küche.

Du Koch, die Bratenbrühe nur recht süß gemacht!

Herakles den Poseidon zurückhaltend.

Wohin so schnell, Poseidon? Wunderlicher Mensch!
Um eines Weibchens willen führt man keinen Krieg.

Poseidon.

Was thun wir also?   1640

Herakles.

Was doch? Wir vertragen uns.

Poseidon.

Wie? Armer Tropf! Du merkst nicht wie man dich betrügt?
Du bist dir selbst zum Schaden. Denn wenn Zeus einmal
Wegstirbt, nachdem er die Herrschaft abgetreten hat,
Dann bist du ein Bettler. Dir ja fällt doch Alles zu
Was nur an Schätzen Zeus im Tode hinterläßt.   1645

Peisthetäros zu Herakles besonders.

O weh! wie schlau dich dieser überlisten will!
Tritt her zu mir, ich muß dir etwas anvertraun.

Heimlich.

Dich hintergeht der Oheim schmählich, armer Wicht!
Vom väterlichen Erbe kommt kein Knopf an dich
Dem Gesetz nach; Bastard bist du ja, kein ächter Sohn. 1650

Herakles.

Bastard bin ich? Was sagst du da?

Peisthetäros.

Ja wohl, bei Zeus!
Als eines fremden Weibes Sohn. Wie könnte sonst

V. 1639. **Eines Weibchens wegen.** Wie den trojanischen.
V. 1650. **Bastard.** Als Sohn einer Nichtgöttin, wie in Athen der
Sohn eines Atheners von einer Ausländerin: Herakles von der Alkmene.

Athene wohl — was denkst du? — erbberechtigt sein,
Die Tochter, wären ebenbürt'ge Brüder da?

Herakles.

Wie aber, wenn der Vater mir das Geld vermacht   1655
Als Nebenkindstheil?

Peisthetäros.

Das Gesetz verbietet ihm's.
Und hier Poseidon, der dich jetzt aufreizen will,
Er wird zuerst dir streitig machen das Vatergut,
Indem er sich auf leibliche Bruderschaft beruft.
Da höre denn was dir das Gesetz des Solon spricht: 1660
    „Ein Bastard hat keinen Erbesanspruch so lange ächte Kinder
        vorhanden sind; sind aber ächte Kinder nicht vorhanden, so
        fällt die Erbschaft an die nächsten Verwandten."   1665

Herakles.

So habe demnach an dem väterlichen Gut
Ich keinen Antheil?

Peisthetäros.

Keinen, beim Zeus! Sage mir,
Hat in die Zunft der Vater dich schon eingeführt?

Herakles.

Mich wahrlich nicht. Gewundert hat mich's lange schon.   1670

V. 1653. Athene. Nach Hesiod hatte Zeus von der Hera zwei ächte
Söhne, Ares und Hephästos, die der Dichter hier absichtlich ignoriert. Den
letzteren hatten sie überdieß wegen seiner Mißgestalt verstoßen. — Der Witz
dient zugleich, sagt der Scholiast, zur Verherrlichung der Göttin und der
Stadt Athen.
V. 1656. Nebenkindstheil. Dieser durfte nach solonischem Recht
1000 Drachmen nicht übersteigen. Schol. Es ist sehr heiter daß der Gott
sich dem attischen Erbrecht unterwirft.
V. 1669. In die Zunft. Das Buch der Phratrien, in welches die
ehlichen Söhne gewöhnlich vor dem siebenten Jahr am dritten Tag des
Apaturienfestes eingetragen wurden.

Peisthetäros.

Was stierst du so nach oben mit dem Nacheblick?
Auf, willst du mit uns es halten, so erheb' ich dich
Zum Oberherrn und speise dich mit Hühnermilch.

Herakles.

Gerecht erscheint mir wiederum die Forderung
Des Mädchens wegen, — top! bewilligt sei sie dir.   1675

Zu Poseidon.

Was meinst denn du?

Poseidon.

Ich stimme für das Gegentheil.

Herakles.

Dann gibt den Ausschlag der Triballe.

Zu diesem.

Was sagst nun du?

Triballe.

Din schone Jungfrow und die grote Kunigin
Dem Vogele gib' if.

Herakles.

Er übergebe, sagt' er, sie.

Poseidon.

Beim Himmel, nein! Nicht übergeb' er, sagt' er, sie,   1680
Nur trippeln lassen will er sie den Schwalben gleich.

Herakles.

Den Schwalben also, sagt' er, überlass' er sie.

Poseidon.

Vertraget ihr meinthalben euch und werdet Eins,
Ich schweige, weil euch Beiden nun es so beliebt.

Herakles zu Peisthetäros.

Wir heißen was du forderst Alles jetzt genehm.   1685

V. 1671. Was stierst du so. Auch ein Herkules am Scheidewege zwischen Pflicht und Bratenduft, wie der damals viel gelesene Herkules des Prodikos.

So komme selbst nur in den Himmel hinauf mit uns,
Um dort die Basileia zu holen und was du willst.

Peisthetäros.

Da stach ich doch zu rechter Zeit die Vögel ab
Für meine Hochzeit.

Herakles.

Ist's euch recht, so bleib' ich hier
Und mach' indessen den Braten fertig. Gehet nur!   1690

Poseidon.

Den Braten du? Die Leckerei nur spricht aus dir.
So gehst du nicht mit?

Herakles.

Schön berathen wär' ich dort!

Peisthetäros zu den Bedienten.

Geschwind nun, bringe mir Einer ein Hochzeitkleid heraus!

**Peisthetäros im Festkleide. Poseidon und der Triballe ab; Herakles
macht sich an den Braten.**

Chor.

An der Wasseruhr in Luchsheim
Sitzt ein Erzhallunkenvolk,   1695
Dessen Zunge fröhnt dem Bauch.
Mit der Zunge sä'n und ärnten,
Dreschen sie und lesen Trauben,
Suchen Feigen aus mit ihr:
Von Barbaren stammen sie,   1700
Gorgiassen und Philippen.

V. 1694. Die Wasseruhr, Klepsydra, bestimmte den Rednern vor
Gericht die Zeit die ihnen zum Sprechen zugemessen war. Es gab auch
eine Quelle dieses Namens auf der Burg von Athen, die mit den perio-
dischen Winden (in den Hundstagen) zu fließen anfieng und nach denselben
versiegte, wie eine andere auf Delos und wie der Nil. Schol.
Luchsheim, gr. Phana von φαίνειν, angeben, mit Anspielung auf
Sykophant; sonst ist es ein Ort auf der Insel Chios.
V. 1699. Anspielung auf die Sykophanten.
V. 1701. Gorgiassen und Philippen. Gegen diese auslän-

Jener Zungenbäuchler wegen,
Der Philippe, ist's der Brauch daß
Ueberall in Attika die
Zung' herausgeschnitten wird.   1705

Schlußscene.

Bote. Peisthetäros. Chor.

Bote pathetisch.

O überschwenglich, unaussprechlich glückliches,
O dreimal seliges, schwingentragendes Vögelvolk,
Empfanget im beglückten Haus den Oberherrn!
Denn seht, er naht dem goldumschimmerten Palast,
So herrlich wie allleuchtend noch kein Stern gestrahlt,   1710
Und selbst der Sonne fernhinleuchtender Strahlenglanz
Erglühte nie so wunderbar wie Er sich naht,
Zur Seite ihm die unaussprechlich schöne Braut.
Er schwingt den Blitz, des Zeus befiedertes Geschoß,
Und unnennbarer Wohlgeruch durchströmt das All   1715
In Kreisen, herrlich Schauspiel! Sanfte Lüfte wehn
Des Räucherwerkes krause Wölfchen hin und her.
Doch seht, da ist er selber! Auf! erschließet nun
Der hehren Muse glückverkündenden, heil'gen Mund!

bischen Lehrmeister, die die Schönrednerei nach Athen verpflanzten, zieht der
Dichter öfters zu Felde. Gorgias kam als Gesandter von Leontium in
Sicilien nach Athen, und da er großen Beifall fand blieb er und gründete
eine Rednerschule. Philippos war sein Schüler.

V. 1705. Die Zunge herausgeschnitten. Den geschlachteten
Opferthieren nämlich. Schon bei Homer kommt dieser Gebrauch vor (Odyss.
III, 332); er hatte aber einen andern Grund (nach dem Schol. zur Odyssee,
den Göttern der Beredtsamkeit zu Ehren). Der Dichter will sagen, es ge=
schehe weil jene Redner mit der Zunge so viel Schaden thun. Schol.

Chor stellt sich in Parade.

Wende dich, reihe dich, stelle dich, zeige dich,   1720
     Schwärmet um ihn, den
Seligen, seliges Looses froh!

Der Zug kommt herein.

Ganzer Chor ihm entgegen.

Ah! ah! wie schön! wie anmutevoll!
Der du der Stadt Segen und Heil bringend die Braut heimführst, 1725
Wie so groß, o wie groß ist die Fülle des Glücks
Das dem Vogelgeschlecht widerfährt durch dich!
Auf, bräutliche Lieder und Jubelgesang
     Stimmt an zum Empfang,
Ihm selbst und der Braut Basileia!   1730

Erster Halbchor.

Mit Here, der Himmlischen,
Vermählten die Mören einst
Ihn der vom erhabnen Thron
Die Götter beherrscht mit Macht,
Mit dem jubelnden Zuruf: 1735

Ganzer Chor.

Hymen, Heil, Hymenäos!

Zweiter Halbchor.

Da lenkte mit fester Hand
Der blühende Eros selbst,
Der golden beschwingte, den
Brautwagen des Zeus und der   1740
Wonneseligen Hera.

Ganzer Chor.

Hymen, Heil, Hymenäos!

V. 1732. Mören. Parzen, die Schicksalsgöttinnen. Der Hochzeit-
feier des Zeus wird die seines Nachfolgers im Reiche gleichgestellt.

Peisthetäros,
im Luftwagen neben der Basileia, dem Chor gnädig zuwinkend.

Mich erfreuet das Lied, mich ergötzt der Gesang,
Mich entzücket der Gruß. Doch preiset nun auch
Das ländererschütternde Donnergeroll'   1745
Und die flammenumloderten Blitze des Zeus
Und den furchtbar leuchtenden Glutstrahl!

Chor.

Mächtiges, goldenes Leuchten des Blitzes, du
Lanze des Zeus, unsterbliche, flammende,
Ländererschütternde, krachende,   1750
Regenumprasselte Donner, womit nun
Dieser die Erde erschüttert.
Du nur verleihst ihm die Allmacht
Und die Genossin des Zeus, Basileia.
Hymen, Heil, Hymenäos!

Peisthetäros aus dem Wagen steigend.

So folgt dem Hochzeitszuge nun,   1755
Leichtbeschwingte Schaaren all'
Verwandte, zum Palast des Zeus
Zur Vermählungsfeier hin!

Zur Basileia.

Du Sel'ge, reiche mir die Hand,
Fasse meine Flügel an,   1760
Und tanze mit mir den Reigen; leicht
Heb' ich hoch im Schwunge dich.

Tanzt mit ihr hinaus.

Chor nachtanzend.

Tralalala, juhe! Päon!
Heißa! Dem Sieggekrönten Heil!
Aller Götter König, dir!   1765

V. 1748. Sie sollen den Blitzstrahl, das Symbol der Allmacht, ver=
herrlichen, den er (V. 1714) jetzt in der Hand schwingt.

Wir können nicht umhin zum Schlusse aus einer akademischen Gelegen=
heitsschrift des Prof. Köchly in Zürich, „über die Vögel des Aristophanes"
sowohl die von ihm entworfene Eintheilung des Stücks als seine Ansicht von
der Idee desselben aufzunehmen. Die Eintheilung ist folgende: I. Act, Grün=
dung des Vogelstaats: 1. Scene, die neue Heimat, V. 1—210; 2. Scene,
die Verständigung, V. 211—450; 3. Scene, die Einigung, V. 451—675.
Parabase, V. 676—800. II. Act, der Vogelstaat und die Menschen: 1.
Scene, die Namengebung und das unterbrochene Opferfest, V. 801—1057.
Zweite Parabase, V. 1058—1117; 2. Scene, der Himmelszwang und die
Freude auf Erden, V. 1118—1336; 3. Scene, die Auswanderer von der
Erde, V. 1337—1469. III. Act, der Vogelstaat und die Götter: 1. Scene,
der Verrath, V. 1494—1552; 2. Scene, die Unterwerfung, V. 1565—1693;
3. Scene, der Triumph, V. 1706—1765.

Das Ganze erscheint ihm als „patriotisches Phantasiebild des ge=
wünschten Ideals der Zustände Athens, natürlich im Narrenkleide, wie es
der Komödie ziemt." Es muß Alles anders werden, Alles neu werden,
wenn es besser werden soll: darum geht die Scene nicht in Athen vor, son=
dern in der freien luftigen Höhe, wo der Mensch nicht hinkommt mit seiner
Qual; darum reißt man sich los von allen Reminiscenzen an Athen und
Sparta, an Hellenen= und Barbarenland. Ein neues Leben soll beginnen
ohne die Entartung, ohne die socialen Gebrechen der sich zersetzenden Civili=
sation; darum flüchtet man zu den Vögeln ꝛc. Die Vögel sind der vollkom=
menste Gegensatz zu den Rittern: dort die Rückkehr zum realen prosaischen
Altathen; hier der Aufschwung zu einem idealen Neuathen. Herr Köchly
schließt seine Erklärung mit der Frage, ob der Dichter (in seinem Pei=
sthetäros) nicht bereits den Mann im Sinne gehabt den er neun Jahre
später in der berühmten Stelle der Frösche vom jungen Löwen (V. 1431.
33.) als den einzigen Retter zu empfehlen den Mut hatte.

IV. Die Frösche,

von

Dr. C. F. Schnitzer.

Einleitung.

Die Frösche unterscheiden sich von den vorherrschend politischen Komödien dadurch daß hier alle Angriffe des Aristophanes gegen die Verderbniß der darstellenden Kunst seiner Zeit, wie in einem Brennpunkt vereinigt, auf den einen Euripides gerichtet werden und über diesen kaum verstorbenen Liebling der Athener in der Unterwelt das Verdammungsurteil gesprochen wird. Zur Darstellung dieses kunstrichterlichen Actes sind denn auch in diesem Stücke alle Kraft der Phantasie und des Witzes, alle Mittel einer vollendeten Kunst aufgeboten, und die Komik erhebt sich in demselben mit Abstreifung aller Bitterkeit in die Sphäre des heitersten Scherzes und einer Lustigkeit in welcher selbst der Gott des Festes dessen Verherrlichung sie dient zum Gegenstand eines sich selbst vergessenden Gelächters wird. Wenn man daher einerseits mit vollem Rechte dieses Stück „die Leichenfeier der attischen Tragödie" genannt hat, so kann man es mit ebensoviel Recht die Apotheose der Komödie nennen. In dieser Vergeistigung ihres Inhaltes hat sie ihren höchsten Gipfel erreicht, und mit dem Verfall der tragischen Kunst und dem im Jahr darauf erfolgenden Unter-

gang der Demokratie mußte auch sie das Ende ihres Glanzes sehen.
Denn die Freiheit war das Element der alten Komödie.   Bald nach
Aufführung der Frösche verliert sie ihre politische Bedeutung; die
Frösche sind auch das letzte noch vorhandene Stück in welchem sie noch
mit allen Mitteln einer kunstvollen Ausstattung erscheint.   Dabei hat
die politische Ansprache in der Parabase einen so versöhnlichen Cha-
rakter daß man sie als das politische Testament der Komödie betrachten
darf, und nach dem Zeugniß der Alten eben dieser versöhnlichen
Sprache neben den künstlerischen Vorzügen des Stückes seine zweite
Aufführung zuzuschreiben war.

Gehen wir näher auf den Inhalt und Zweck dieser Komödie ein,
so ist es die Rolle des Dionysos, die Chormaske und der Dich-
terwettstreit im Hades was vor Allem unsere Aufmerksamkeit beschäftigt.   Da die Composition der aristophanischen Komödie in der
Regel äußerst einfach ist, so wird auch in der vorliegenden die Einheit
des Gedankens zu suchen sein.   Diese ist im Allgemeinen, wie in den
meisten seiner Stücke, die Repristinierung des athenischen Volkscharak-
ters.   Das athenische Volk, das ist ernsthaft genommen die Absicht des
Aristophanes, soll von der verschmitzten, sophistischen, grundverdorbenen
Philosophie und Kunst des Euripides zurückkehren zu der biederen,
gehaltvollen und erhabenen Kunst des Aeschylos.   Um diese Umkehr
darzustellen, übernimmt der Festgott Dionysos selbst die Rolle dieses
entarteten, leichtsinnigen, aber am Ende doch richtig urteilenden Volkes.
Dionysos wird Schiedsrichter des Wettstreits der beiden Dichter, während er selbst erst durch diesen Streit eines Besseren belehrt wird.   So
wird der an sich prosaische Gedanke idealisiert, der ganze Vorgang in
eine phantastische Welt erhoben und eben damit der allgemeine Zweck
des Dichters individualisiert.   So schließt sich dann dem Charakter
der Hauptrolle gemäß nicht nur die Froschmaske des ersten, sondern
auch der zweite Chor, der der Eingeweihten, passend an.

Die Frösche wurden aufgeführt an den Lenäen des Jahres 405
v. Chr. Die tragische Bühne war wenige Monate zuvor ihrer größten
Zierden beraubt worden: Euripides war zu Pella, am Hofe des

Königs Archelaos, 75 Jahre alt, gestorben, nachdem er gegen 50 Jahre lang die Bühne mit seinen Dramen geschmückt hatte; Sophokles, der, um 15 Jahre älter als Euripides, noch seine Trauer über den Hingang des Letzteren öffentlich an den Tag gelegt hatte, starb nicht lange vor Aufführung der Frösche, und Agathon (aus Platons Gastmahl bekannt) war nach einer Andeutung in diesem Stück selbst (V. 83—85) jedenfalls auch vom Schauplatz abgetreten. Das Publikum trauerte um seine Lieblinge, nach dem vorherrschenden Zeitgeschmack vorzugsweise um den Euripides.

Es ist von selbst klar daß Aristophanes, auch abgesehen von dem größeren Contrast, der zwischen Aeschylos und Euripides besteht, seiner consequent durchgeführten Ansicht gemäß nicht den Sophokles dem Euripides entgegenstellen konnte, sondern auf Aeschylos zurückgehen mußte. Die marathonische Kraftzeit ist maßgebend für seine Kritik der politischen, moralischen und literarischen Zustände der Gegenwart, in der Rückkehr zu ihr erkennt er das einzige gründliche Heilmittel seines Zeitalters. Als den eifrigen Vertreter der guten alten Zeit haben wir den Aristophanes schon in den Wolken kennen gelernt. Hier stellt er nun den heroischen Charakter jener alten Zeit in einer imponierenden Persönlichkeit gleichsam verkörpert dar, deren großartige Wirkung auf ihre Zeitgenossen und auf die Nachkommen den Zuschauern zum Theil aus lebhafter Erinnerung noch gegenwärtig sein mußte. So treten in den Fröschen, vertreten durch die wirklichen Personen Aeschylos und Euripides, die im Kampf begriffenen Gegensätze concreter, lebendiger auf als es in den Wolken mittelst der abstracten Rolle der beiden Anwalte (Sprecher des Rechts und Sprecher des Unrechts) der Fall ist. Dieß ist ein Vorzug den unsere Komödie vor allen andern voraus hat.

Aeschylos, der Mitkämpfer der Schlacht von Marathon, ist in so fern als Vater der attischen Tragödie anzusehen als er zuerst ideale Gestalten in dieselbe eingeführt und dieser Kunstgattung ihre erhabene Würde verliehen hat. In Uebereinstimmung mit der großen Zeit in der er lebte, legte er die Größe seiner Zeit auch in seine Schöpfungen,

und näher dem Heroenthum tragen seine Gestalten das Gepräge des
Riesenhaften, wie Schiller es in den Kranichen des Ibykus ganz in
seinem Geiste geschildert. Das Schicksal, „welches den Menschen er=
hebt, wenn es den Menschen zermalmt," ist die überall in seinen Dra=
men hervortretende Idee. Seine Gestalten stärken und kräftigen den
Sinn, und sein würdevoller Ernst steuert jeder Weichlichkeit und Er=
schlaffung. Daher rühmt sich der Dichter selbst der „Sieben gegen
Theben" (V. 1022), der „Perser" (V. 1026) und anderer Dramen,
welche den Zuschauer mit kriegerischem Mute erfüllen und zu edlen
Thaten begeistern mußten; er beruft sich auf die alten Dichter, welche
die sittliche Idee der Kunst festgehalten haben (V. 1030—35), und
stellt dieser alten einfachen Sittlichkeit die verführerischen Bilder der
Zügellosigkeit gegenüber welche die neue Tragödie aufstelle (V. 1050).
Er rühmt sich in diesem Sinne, in seinen Dichtungen niemals Liebes=
händel und sinnliche Ausschweifungen geschildert und den hohen sitt=
lichen Gedanken auch das entsprechende Gewand durch die Sprache
verliehen zu haben (V. 1044. 1058 ff.). Auch der Chor in diesem
Stücke preist daher den Aeschylos als den Schöpfer des erhabenen
Ausdrucks in der Tragödie (V. 1004). Daß der Werth der Dichtung
überhaupt auf ihrer sittlich=ästhetischen Wirkung beruhe, was tief im
Bewußtsein des griechischen Volkes (von Homer her) lag, dieß einzu=
gestehen nöthigt Aeschylos selbst seinen Gegner Euripides (V. 1008 ff.).
Um aber den Contrast zwischen Beiden um so reiner und stärker wirken
zu lassen, verschweigt Aristophanes — und hierin zeigt sich die Unpartei=
lichkeit des komischen Standpunkts — auch die schwachen Seiten seines
poetischen Ideals nicht, nur daß diese blos formellen Unvollkommenheiten
(Uebertreibungen, Häufungen von Bildern, kühne Metaphern und Wort=
bildungen 2c.) durch den Mund des Gegners allein gerügt werden.

Euripides ist der Dichter des Reflexionsstandpunktes. An die
Stelle des Schicksals, mit dem wir bei Aeschylos und Sophokles die
sittliche Kraft im Kampfe erblicken, tritt bei ihm das Pathos der Sub=
jectivität, die Unwiderstehlichkeit der menschlichen Leidenschaften, die er
mit allen Mitteln der Sophistik zu beschönigen weiß. Es ist nicht zu

leugnen daß Euripides mit einer tiefen Kenntniß des menschlichen
Herzens die Gabe einer leichten, gefälligen Darstellung verbindet, und
daher die Leidenschaft in allen ihren Gestalten meisterhaft zu schildern
und durch einschmeichelnde Darstellung die Gemüter zu rühren versteht; aber eben darum steht er an sittlichem Gehalt seinen beiden
Vorgängern weit nach, und es ist eine ganz treffende Bezeichnung
wenn Aristoteles (poët. 25) den Sophokles selbst sagen läßt: Er stelle
die Menschen dar wie sie sein sollen (οἵους δεῖ εἶναι), ideal;
Euripides dagegen wie sie wirklich seien (οἷοι εἰσιν). Eben
diese Wirklichkeit, aus welcher statt aus dem Born der Idee Euripides
seine Bildungen schöpft, nöthigte ihn die gemeine Alltäglichkeit auf
die Bühne zu bringen und statt der idealen Gestalten Personen einzu-
führen die weit unter der tragischen Würde standen, bettelhafte Fi-
guren, die nur durch ihre Erbarmungswürdigkeit Mitleiden erregen
konnten (B. 1063), und Beispiele großer Sittenlosigkeit, denen eine
schlaffe Moral zur Seite geht. Diese Umwandlung des Idealen in
das Wirkliche, die Verkehrung des Erhabenen in das Gemeine, ist die-
jenige Seite welche Aristophanes bei jeder Gelegenheit, vorzugsweise
aber hier, von dem Standpunkt des heroischen Dichters angreift. Deßwegen verfährt er überall gegen die Phädra, die Sthenoböa des Euripides, in denen die Leidenschaft durchaus unsittliche Zwecke verfolgt,
mit so strenger und scharfer Kritik, und nicht minder gegen den Aeolos,
in welchem der Bruder mit der Schwester in blutschänderischem Umgang vorgestellt wird, und die unsittlichen Gesänge in den Kretern
(κρητικὰς μονῳδίας), B. 1043. 1101. 849. 50. 1300. Der Berufung
auf den gegebenen Inhalt der Mythen wird die Forderung entgegen-
gestellt das Unzüchtige und Unsittliche aus dem Mythos zu entfernen
und seinen Inhalt zu vergeistigen (B. 1053), und dem Euripides zum
Vorwurf gemacht daß, durch seine Tragödien verführt, Weiber sich
vergiftet haben und die Jünglinge der Ringschule entzogen, entkräftet
und verweichlicht worden seien (B. 1049. 1069).

Die Entsittlichung der Tragödie muß aber auch eine Verschlech-
terung der Form zur Folge haben. An die Stelle des sittlichen

Gehaltes der Handlung treten bei Euripides die von den Philosophen-
schulen entlehnten, oft zweideutigen Sittensprüche; die kräftige Sprache
männlicher Charaktere wird mit den rhetorischen Künsten einer hohlen
Sophistik vertauscht, und die würdevolle Erhabenheit der Chorgesänge
weicht einer weichlichen, bedeutungslosen, ans Alltägliche streifenden
Lyrik. Auch von dieser Seite bietet die euripideische Tragödie dem Spott
des Komikers Blößen genug dar (V. 93. 771. 816. 880. 971. 989.
1101. 1471—76). Endlich sind es auch die Veränderungen welche
Euripides mit der äußeren Einrichtung der Tragödie vorgenommen
hat die der Würde und Einheit derselben Eintrag thun: der geschwätzige Prolog, die äußerliche Stellung des Chores zur Handlung, und
die meist unmotivierte Lösung des Knotens durch Dazwischenkunft einer
Gottheit (Deus ex machina), von welcher Euripides einen besonders
häufigen Gebrauch gemacht hat.

Was den politischen Charakter dieser Komödie betrifft, so ist in
ihr der bittere Spott des Dichters einem höheren patriotischen Ge-
fühle gewichen. Unter den schweren Gewitterwolken welche gegen
das Ende des peloponnesischen Krieges die Freiheit und selbst die Exi-
stenz des athenischen Staates bedrohen, benützt der Dichter die Freiheit der Parabase um die Parteien aufs Eindringlichste zur Mäßigung
und Eintracht zu ermahnen. „Allgemeines gegenseitiges Vergessen"
soll die Losung sein. Wenn man die Sklaven zu Bürgern erhebe die
in einer einzigen Schlacht sich tapfer gehalten, wie könne man da wegen
eines einzigen Fehltritts so viele Bürger zum bürgerlichen Tode (ἀτιμία)
verdammen, sie deren Väter in vielen Schlachten sich als Helden gezeigt haben (s. V. 686 ff.). In früheren Jahren, unter besseren Umständen, hatte Aristophanes den Alkibiades vielfach versteckt und
offen angegriffen: jetzt, wo Athen eines starken Armes, eines über-
legenen Feldherrntalentes bedarf, läßt er dem Verbannten Gerechtigkeit widerfahren, und zwar nicht durch den Mund des geschwätzigen,
den Volkslaunen schmeichelnden Euripides, sondern durch den kernigen,
biderben Aeschylos, den Vertreter alles Bewährten und Vortrefflichen
(V. 1431 und 33).

Für diese warme Empfehlung eines Amnestie-Gesetzes soll Aristophanes vom Volke einen Kranz aus Oelzweigen erhalten haben, und ihm somit die gleiche Ehre widerfahren sein wie einige Jahre später dem Befreier Athens, Thrasybul, welcher nach der Erzählung des Cornelius Nepos zur Belohnung für seine Thaten und für die wirkliche Durchführung der Amnestie mit einer Bürgerkrone aus Oelzweigen, dem höchsten Ehrengeschenk in Athen, ausgezeichnet wurde.

Aristophanes.   22

Personen des Stücks.

Dionysos (Bacchus).
Xanthias, sein Sklave.
Herakles.
Ein Todter.
Charon, der Fährmann.
Chor der Eingeweihten.
Nebenchor der Frösche.
Aeakos, als Thürhüter des Pluton.
Eine Magd der Persephone.
Zwei Schenkwirtinnen.
Euripides
Aeschylos } die beiden Tragiker.
Pluton.

*　　*　　*

Das Drama wurde aufgeführt an den Lenäen im Jahre 405 v. Chr. (4 Monate nach dem Sieg bei den Arginusen) unter dem Archon Kallias.

Die Scene ist vom zweiten Auftritt an im Hades.

Erſter Auftritt.

Xanthias auf dem Eſel.

Bring' ich von den gewohnten Späſſen einen, Herr?
Worüber ſtets das Publikum von Neuem lacht?

Dionyſos.

Bei Zeus! ſo viel du immer willſt; nur kein „mich drückt's".
Das laß mir ſein! Es ſtößt mir längſt ſchon auf davon.

Xanthias.

Auch ſonſt kein kleines Späßchen?

Dionyſos.

        Nur kein „Ach, wie klemmt's"! 5

Xanthias.

Was dann? 'nen Hauptſpaß alſo?

Dionyſos.

        Meinetwegen, ja!
Nur kecklich los! Doch Eines bring' mir nicht!

Xanthias.

        Und was?

Dionyſos.

Daß du das Tragholz wirfſt umher, weil's Noth dir thu'.

Xanthias.

Auch nicht: „wenn ich noch länger auf mir hab' die Laſt,
Und Keiner mir ſie abnehmen will, ſo farz' ich los?" 10

Dionyſos.

Pfui doch, ich bitt' dich; warte bis ich mich brechen will.

Xanthias.

Ei was! so braucht' ich dieß Gepäck zu tragen noch,
Wenn ich auch gar nichts thun soll was doch Phrynichos
Zu treiben pflegt und Lykis und Ameipsias,
Die in der Komödie immer schleppen ihr Gepäck.　　　15

Dionysos.

Das thust du nicht! Denn muß ich im Theater je
Dergleichen schlechte Witzelei'n ansehn, da komm'
Ich mehr als um ein ganzes Jahr gealtert heim.

Xanthias.

O dreimal Unglückseliger du, mein Nacken da,
Der so gedrückt ist und nicht einmal spaffen darf!　　　20

Dionysos.

Ei seht! Ist das nicht Ueppigkeit und Uebermut?
Ich Dionysos, Sohn des Schlauchs, ich geh' zu Fuß
Und lauf' mich müde; reiten laß ich diesen Kerl,
Damit er nicht so schwer mir trage am Gepäck!

Xanthias.

So? trag' ich nicht?

Dionysos.

　　　Was trägst du denn? Du reitest ja.　　　25

Xanthias.

Doch trag' ich auch dahinten!

Dionysos.

　　　Wie denn?

Xanthias.

　　　　　Schwer genug.

V. 14. 15. Phrynichos und Ameipsias, zwei berühmte komische
Dichter, Nebenbuhler des Aristophanes, von denen der erstere, nicht zu ver-
wechseln mit dem Tragiker gleiches Namens, an demselben Feste mit den
Fröschen seine „Musen" zur Aufführung brachte. Lykis scheint ein Schauspieler zu sein.
V. 22. „Sohn des — Zeus" erwartet man. Der Sklave reitet auf
einem Esel, um die gewöhnliche Begleitung des Bakchos, den Silen, vor-
zustellen.

Dionysos.

Die Last die du trägst trägt denn die dein Esel nicht?

Xanthias.

Nicht doch! was ich da hab' und trage; nein, beim Zeus.

Dionysos.

Wie kannst du tragen, da du selbst getragen wirst?

Xanthias.

Ich weiß es nicht: doch meine Schulter fühlt den Druck. 30

Dionysos.

Nun, wenn du meinst, der Esel helfe dir doch nichts,
Nimm du ihn auf den Rücken, trag' auch ihn einmal.

Xanthias.

O Jammerschade daß ich nicht mitfocht auf der See,
Ich wollte machen daß das Lachen dir vergieng'!

Dionysos.

Herunter, Schurke! Da bin ich ja ganz nahe schon 35
Mit einem Schritt am Hause wo ich allererst
Einkehren muß.

Er klopft an die Thüre.

He, Bursche! hör, mein Jüngelchen!

Herakles herausfahrend.

Wer hat geklopft da draußen? Wer an die Thür' gestampft
So pferdemäßig! — Sage mir, was war denn das?

Dionysos bei Seite.

Hör' du!

Xanthias.

Was gibt's?

Dionysos.

Du hast es nicht bemerkt?

V. 33. Die athenischen Sklaven welche den Seesieg bei den Arginusen miterfochten hatten wurden frei erklärt und erhielten das Bürgerrecht.

V. 37. Er meint den Thürhüter.

Xanthias.

Nun was?   40

Dionysos.

Wie der in Angst kam....

Xanthias.

Ja, bei Zeus, du sei'st verrückt!

Herakles.

Nein, bei Demeter, ich halte da das Lachen nicht;
Und beiß' ich auch mich in die Lipp', es platzt heraus.

Dionysos.

Mein Bester, ich muß dich Etwas bitten, komm' doch her!

Herakles.

Ich kann des Lachens wahrlich mich erwehren nicht,   45
Das Safrankleid, die Löwenhaut darüber her!
Was soll das sein? Wie kam die Keule zum Kothurn?
Wo warst du auswärts?

Dionysos.

Ich bestieg den Kleisthenes.

Herakles.

So? bei der Seeschlacht warst du?

Dionysos.

Ja, da bohrten wir
Wohl zwölf bis dreizehn feindliche Schiffe in den Grund.   50

V. 46. Der Safranmantel gehört zum höchsten weiblichen Putz; wie nun Dionysos überhaupt als zart und weichlich dargestellt wurde, so erscheint er hier in weibischem Aufzug, zu welchem die Löwenhaut, die bekannte Bekleidung des Herkules, den komischen Gegensatz bildet, wie die Keule zum Kothurn.

V. 47. Der Kothurn, als Frauenschuh und als Ausstattung der tragischen Schauspieler, die dem Dionysos geweiht sind.

V. 48. Kleisthenes in doppeltem Sinne häufig von den Komikern als „Weib" durchgezogen (muliebri animo und mulierum vice fungens), hier als Schiff, wobei die griechischen Zuschauer unwillkürlich an die zotenhafte Bedeutung des „Ruderns" erinnert werden. Vielleicht hatte Kleisthenes ein Schiff gestellt und bemannt [wie er überhaupt sich mit dem „Bemannen" abgab, Droysen], oder sich um eine Trierarchen= (Capitäns=) stelle beworben und war durchgefallen.

Herakles.

Ihr Beide?

Dionysos.

Ja, bei Apollon!

Xanthias bei Seite.

— „Und da wacht' ich auf" —

Dionysos.

Und als ich auf dem Schiffe dort die Andromeda
So für mich hin las, fuhr mir, o du glaubst nicht, welch'
Ein heftiges Verlangen plötzlich in den Sinn.

Herakles.

Verlangen? wie lang?

Dionysos.

Von der Größe Molons nur.   55

Herakles.

Nach einem Weib?

Dionysos.

Nein!

Herakles.

Einem Knaben?

Dionysos.

Nimmermehr.

Herakles.

Nach einem Manne?

Dionysos.

Bah!

Herakles.

Du triebst's mit Kleisthenes?

V. 51. „Und da wacht' ich auf", wahrscheinlich Sprüchwort für: Das
hat dir geträumt [während du bei Kl. schliefst].

V. 53. Andromeda ein verlornes Stück des Euripides.

V. 55. Nach dem Zeugniß des Demosthenes (π $\pi\alpha\varrho\alpha\pi\varrho$. p. 246,
3. B.) war Molon einer der Hauptschauspieler des Euripides.

V. 57. Die Liebe des Unbärtigen, wie Dionysos vorgestellt wird, zu

Dionysos.

O spotte nicht, mein Bruder! leid' ich doch genug
Daß „solche Sehnsucht grausam mir das Herz durchwühlt".

Herakles.

Und welcher Art, mein Brüderchen?

Dionysos.

                              Sagen kann ich's nicht.   60

Doch durch ein Gleichniß geb' ich dir's wohl zu verstehn.
Bekamst du nicht schon plötzlich Lust nach Bohnenbrei?

Herakles.

Nach Bohnenbrei? Potz Kukuk! wohl zehntausendmal.

Dionysos.

Verstehst du also? Oder sag' ich's deutlicher?

Herakles.

Vom Brei nicht weiter! Diesen kenn' ich auf den Grund.   65

Dionysos.

Nun sieh, ein solch Verlangen nagt am Herzen mir
Nach Euripides, —

Herakles.

                    Trotz dem daß er gestorben ist?

Dionysos.

Ich muß zu ihm, das redet mir einmal kein Mensch
Auf Erden aus.

Herakles.

              Wie? in den Hades gar hinab?

Dionysos.

Bei'm Himmel, ja; und wenn der Ort noch tiefer liegt.   70

einem bärtigen Manne, galt auch den Griechen für die schimpflichste Art der
Päderastie. Deßhalb thut der Gott bei dieser Frage so verschämt. Herakles
aber erinnert ihn an seine zweideutige Aeußerung V. 48. Dieser Stelle
nach scheint Kleisthenes bei den Arginusen gefallen zu sein.

    V. 62. Herakles ist als Fresser bekannt.

    V. 66. Parodie auf die Sehnsucht der Zuschauer nach dem kaum ver=
storbenen Euripides.

Herakles.

Was suchst du dort?

Dionysos.

Ein rechter Dichter ist mir noth;
„Fort sind die Besten; die noch da sind taugen nichts."

Herakles.

Wie? lebt nicht Jophon?

Dionysos.

Der allein ist allerdings
Was Tüchtiges noch, wenn anders ihm zu trauen ist.
Denn ganz so sicher bin ich doch auch seiner nicht.   75

Herakles.

Warum nicht vor Euripides den Sophokles,
Wenn anders du von drunten Einen holen mußt?

Dionysos.

Nicht, eh' zuvor ich Jophons Klang allein geprüft,
Zu wissen, was er ohne Sophokles vermag.
Zudem, der Wicht Euripides unterstünde sich   80
Und liefe unversehens drunten mit davon.
Doch Jener ist friedfertig hier, friedfertig dort.

Herakles.

Wo ist denn Agathon?

Dionysos.

Ach, entlaufen ist er mir;
Ein wackrer Dichter, von seinen Freunden sehr ersehnt.

V. 72. Aus des Euripides Oeneus.

V. 73. Jophon, ein Sohn des Sophokles, soll durch den Unterricht
des Vaters oder durch Nachahmung desselben zum Tragiker befähigt worden
sein. Sophokles selbst wird als ein über allen Wettstreit erhabener Dichter
ausgeschlossen.

V. 83. Agathon, der Dichter der in Platons Gastmahl als Sieger
an den Dionysien eingeführt wird und das Festmahl veranstaltet. Er war
reich und schön, und deßhalb von manchem Schmarotzer und manchem
Liebhaber vermißt (V. 84); selbst ein Freund von Festen war er auch an
den makedonischen Hof gegangen, wo der König Archelaos eine „Götter-
tafel" hielt; daher jetzt „beim Schmaus (st. auf den Inseln) der Seligen".

Herakles.

Der Unglückselige! und wohin?

Dionysos.

　　　　Zum Sel'genschmaus.　　　　85

Herakles.

Xenokles aber?

Dionysos.

Holte den der Geier doch!

Herakles.

Pythangelos?

Xanthias bei Seite.

Von mir ist aber die Rede nicht,
Und wird mir doch die ganze Schulter wundgedrückt!

Herakles.

Ihr habt doch sonst hier oben andre Bürschchen noch
Die euch Tragödien machen, tausend Dutzende,　　90
Um eine Meile geschwätziger als Euripides.

Dionysos.

Nur wilde Schößlinge, lauter Plaudertaschen das,
Ein „Musenhain von Schwalben", eitles Pfuschervolk,
Das ganz dahin ist bis es e i n e n Chor erhascht,
Ein einziges Mal nur Frau Tragödie angepißt.　　95
Nach einem zeugungsfähigen Dichter, der auch was
Gediegenes hören ließe, suchtest du umsonst.

Herakles.

Wie zeugungsfähig?

Dionysos.

Zeugungsfähig so daß er
So was Erhabenkühnes auszusprechen wagt:

V. 91. Eigentlich „um ein Stadium" d. h. um eine Strecke von 600
griechischen (569 pariser) Fuß.
V. 93. Anspielung auf Euripides' Alkmene. Schol.

„Zeus' Kämmerlein der Aether“ oder „Fuß der Zeit“,   100
„Das Herz zwar ſträubt ſich vor dem Schwur beim Heiligſten,“
„Die Zunge ſchwur meineidig nur, und nicht das Herz.“

Herakles.

Und das gefällt dir?

Dionyſos.

Zum Raſendwerden entzückt es mich.

Herakles.

Das ſind doch Gaunerpoſſen, mußt auch du geſtehn.

Dionyſos.

„Herberg' in meinem Kopfe nicht! Bleib' nur zu Hauſe.“   105

Herakles.

Gerad heraus: erbärmlich ſchlecht iſts offenbar.

Dionyſos.

Sprich du vom Eſſen!

Xanthias bei Seite.

Von mir iſt aber die Rede nicht.

Dionyſos.   .

Doch halt, warum in dieſem Aufzug her ich kam,
Nach deinem Vorbild, — daß du deine Bekannten dort
Mir für den Nothfall nenneſt, die du da beſucht   110
Als du hinab, den Kerberos zu holen, giengſt.
Die nenne jetzt mir: Häfen, Bäckerläden auch,
Bordelle, Ruheplätze, Brunnen, Weg und Steg,
Auch Städte, Märkte, Nachtquartiere wo nicht gar
Zu viele Wanzen, —

Xanthias.

Von mir iſt aber die Rede nicht.   115

Herakles.

Verwegener, und dahinab wagſt du dich auch?

V. 100—103. Anſpielungen auf Euripides' Melanippe, Bacchan=
tinnen (V. 876) und Hippolytos.
     V. 105. Anſpielung auf einen Vers des Euripides. Schol. Der
Sinn: ſchiebe mir nicht deine Anſicht unter.

Dionyſos.

Nichts mehr dagegen! Sage mir die Wege nur,
Wie wir am ſchnellſten kommen hinab zur Unterwelt,
Doch ſag' uns einen, nicht allzuheiß, noch allzukalt!

Herakles.

Wohlan denn, welchen nenn' ich zuerſt? hm! welchen doch?　　120
Da gibt es einen über Strick und Schemel — kurz
Du hängſt dich eben.

　　　　　### Dionyſos.
　　　　Stille! zum Erſticken der.

Herakles.

Ein andrer iſt gar einſam, kurz und wohlgeſtampft,
Der durch den Mörſer.

　　　　　### Dionyſos.
　　　　Ah, den Schierling meinſt du da?

Herakles.

Den allerdings.

　　　　　### Dionyſos.
　　　　Doch gar zu kalt und winterlich!　　125
Da werden Einem die Beine ja ſogleich zu Eis.

Herakles.

Verlangſt du einen wo es ſchnell bergunter geht?

Dionyſos.

Beim Zeus, der wär' es! ich bin nicht eben gut zu Fuß.

Herakles.

Da ſchlürfe nur zum Kerameikos hin.

　　　　　### Dionyſos.
　　　　　Wie dann?

V. 121. Das Erhängen als eine weibiſche Todesart für den wei=
biſchen Gott; „Strick und Schemel", im Griechiſchen zugleich „Tau und
Ruderbank"; als ob's auf die See gienge.

V. 128. Der thebäiſche Bacchus nämlich, denn der nyſäiſche und der
myſtiſche (Jacchos) hat weite Reiſen gemacht.

Herakles.

Besteige dort den hohen Thurm —

Dionysos.

　　　　　Was mach' ich da?　　　　　　130

Herakles.

Dort schaue zu bis man zum Lauf die Fackel schwingt,
Und wenn sodann die Menge der Zuschauer ruft:
„Nun schwing'!" dann schwing' auch du dich selbst ...

Dionysos.

　　　　　　　　　Wohin?

Herakles.

　　　　　　　　　　　　Hinab.

Dionysos.

Da bräch' ich wohl gar Doppelschalen eines Hirns.
Nein, diesen Weg möcht' ich nicht gehen.

Herakles.

　　　　　　Welchen denn?　　　　　135

Dionysos.

Den du hinabgiengst.

Herakles.

　　　Das ist eine weite Fahrt.
Da kommst du sogleich an einen ziemlich großen See
Grundloser Tiefe.

Dionysos.

　　Nun, wie komm' ich über den?

Herakles mit der hohlen Hand zeigend.

In einem Kähnchen, so wie das, setzt dich ein Greis,
Der Fährmann, über, wenn du ihm zwei Obolen gibst.　　　140

V. 131. Das Zeichen zum Beginne des Wettlaufs war daß von Ti-
mons Thurm eine Fackel herabgeworfen wurde, vgl. Pausan. I, 30.
Natürlich geschah dieß auf einen Zuruf von unten, wann Alles versammelt
und gerüstet war.

Dionysos.

Ei, was so zwei Obolen überall nicht thun!
Wie kamen sie dorthin?

Herakles.

Theseus hat sie hingebracht.
Dann wirst du Schlangen und Ungeheuer ohne Zahl,
Entsetzliche, sehn.

Dionysos.

O mache mir nicht angst und bang:
Du schreckst mich doch nicht ab davon.

Herakles.

Dann tiefes Moor   145
Und Lachen flüssigen Menschenkoths, darin sich wälzt
Wer je das Gastrecht frevlerisch irgendwie verletzt,
Wer einen Knaben gebraucht und um den Lohn geprellt,
Wer seine Mutter abgedroschen, ins Angesicht
Den Vater geschlagen, falschen Eid geschworen hat,   150
Wer je ein Verschen abgeschrieben von Morsimos.

Dionysos.

Bei allen Göttern, da gehörte noch hinzu
Wer etwa des Kinesias Waffentanz gelernt.

Herakles.

Alsdann wird sanfter Flötenhauch dich dort umwehn,
Dann siehst du, wie hier oben, schönstes Sonnenlicht   155

V. 141.   Zwei Obolen bekam jeder Richter für den Tag; auch jeder
Bürger für den Besuch der Volksversammlung, und die ärmeren zum Thea-
terbesuch. Alle diese Belohnungen oder Unterstützungen, seit Perikles, dem
zweiten „Theseus", als Mittel der Popularität von den Volksführern gebraucht, verspottet der Dichter als Zeichen der Abnahme der Bürger-
tugend.
V. 142.   Theseus' Fahrt in die Unterwelt in Begleitung des Pei-
rithoos, um die Persephone zu entführen.
V. 151.   Morsimos, ein Sohn des Philokles, ein von Aristophanes
öfters durchgenommener „kothflüssiger" Poet.
V. 153.   Kinesias, ein Landsmann Pindars, welchen Aristophanes
auch in den Vögeln als schlechten Dithyrambenkünstler verfolgt.

Und Myrtenhaine, felige Reigentänze auch
Von Fraun und Männern unter lautem Händeklatfch.

Dionyfos.

Und was find das für Leute?

Herakles.

Die Geweihten find's —

Xanthias.

Da bin ich fürwahr der Efel beim Mysterienfeft.
Nun trag' ich aber den Trödel auch nicht länger mehr. —　　160
Wirft fein Gepäck ab.

Herakles.

Die fagen dir haarklein was du nur zu wiffen brauchft,
Denn diefe wohnen ganz zunächft am Wege dort
Und vor des Pluton hoher Pfort' unmittelbar.
Nun lebe wohl, mein Brüderchen!

Dionyfos.

Leb' wohl auch du
Und bleib' gefund.

Herakles ab. Zu Xanthias.

Du nimm den Bündel wieder auf!　　165

Xanthias.

Noch eh' ich ihn recht abgelegt?

Dionyfos.

Nur gleich gefchwind.

Xanthias.

Nicht doch! ich flehe; lieber miethe dir Einen den
Man eben hinausträgt, der den Weg doch machen muß.

Dionyfos.

Und find' ich keinen?

Xanthias.

So nimmft du mich.

V. 159. „Der Efel beim Myfterium" ein Sprüchwort, weil auch der
Efel nach Eleufis kommt, aber — als Efel (d. h. als Laftthier, das vor dem
Tempel ftehen bleibt).

Dionysos.

Das ist ein Wort.

Da bringen sie ja eben einen Todten 'raus.   170

Rufend:

He da, dich mein' ich selber, dich den Verstorbenen.

Mensch, nähmest du zum Hades wohl ein Päckchen mit?

Der Todte richtet sich auf.

Wie groß denn?

Dionysos.

Dieß da.

Todter.

Zahlst du mir zwei Drachmen Lohn?

Dionysos.

Ach nein, thu's billiger.

Todter.

Träger, geht ihr eures Wegs!

Dionysos.

So halt doch, Narr; vielleicht daß wir uns noch verstehn.   175

Todter.

Erlegst du nicht zwei Drachmen, sprich nicht mehr davon.

Dionysos.

Nimm neun Obolen.

Todter.

Da lebt' ich lieber wieder auf.

Ab.

Xanthias.

Wie vornehm, der verfluchte Kerl! ich sollt' ihn nur —
Da geh' ich selber.

Dionysos.

Brav gedacht, du Ehrenmann!

Nun, gehn wir nach dem Kahne!

V. 177. Umkehrung der gewöhnlichen Betheurung: „Ich will drauf
sterben."

Zweiter Auftritt.

Dionysos. Xanthias. Charon. Nachher Chöre.

Charon.

Hoop, hop! angelegt! 180

Xanthias.

Was ist denn das?

Dionysos.

Das dort? Ein See.

Xanthias.

Beim Zeus, es ist
Wie er's beschrieb, und dort erblick' ich auch den Kahn.

Dionysos.

Ja, beim Poseidon, und Charon selbst ist auch dabei.
Gott grüß' dich Charon! (Lauter.) Charon! Charon, sei gegrüßt!

Charon.

Wer will zur Ruhe nach des Lebens Noth und Mühn? 185
Wer hin auf Lethe's Aue, wo man den Esel schiert,
Ins Kerberer= oder ins Geierland, zum Tänaron?

Dionysos.

Ich.

V. 180. An eine Bühnenverwandlung ist hier nicht zu denken. Die
bloße Handlung ist's die den Zuschauer plötzlich an einen andern Ort ver=
setzt. Während des Chorgesangs der Frösche (wahrscheinlich hatte der nach=
herige Chor der Mysten in diesem Auftritt Froschmasken) wird der „Kahn"
über die Bühne gezogen; Xanthias geht hinter der Bühne herum. Charon
spricht zunächst mit seinem Ruderknechte.

. V. 186. Das Land der „Eselswolle" = des Nichts, des Undings,
wo die homerischen ἀμενηνοκάρηνοι, die Köpfe ohne Gedanken. (Fritzsche's
Conjectur Ὄκνου πλοκάς st. ὄνου πόκας, Oknos' Strick, welche Bernice
aufgenommen hat, scheint gar zu gesucht.) „Kerbererland", Anspielung auf
den Kerberos. Tänaron, ein Vorgebirge von Lakonien, an dessen Fuß
der Eingang in die Unterwelt, also hier statt Unterwelt.

Aristophanes.   23

Charon.

Schnell herein!

Dionysos.

Wohin zu steuern gedenkst du denn?

Zum Geier? wirklich?

Charon.

Ja beim Himmel, dir zu lieb.

Steig' ein doch!

Dionysos.

Bursche, komm!

Charon.

Ich fahre keinen Knecht,   190

Er habe denn zur See sich seiner Haut gewehrt.

Xanthias.

Ach nein, bei Gott! ich hatte damals Augenweh.

Charon.

Schon recht, so laufst du eben um den See herum.

Xanthias.

Wo soll ich euer warten?

Charon.

Dort am Dürrenstein,

Am Ruheplatz.

Dionysos.

Verstehst du?

Xanthias.

Ich verstehe schon.   195

Ich Armer! was ist heute mir in den Weg gerannt?

Geht.

Charon zu **Dionysos.**

Da sitz' ans Ruder. — Wer noch mit will spute sich! —

Du da, was machst du?

V. 192. Diese Krankheit, die Triefäugigkeit, wird häufig vom Komiker als Zeichen von Schlemmerei verspottet.

Dionysos auf dem Ruder.

Was ich mache? du siehst es doch:
Am Ruder sitz' ich, wo du mich hin beordert hast.

Charon.

Nun, willst du hieher sitzen, Dickbauch?

Dionysos.

Sieh', ich thu's.   200

Charon.

Und willst dich strecken? Hände vorwärts!

Dionysos.

Sieh', ich thu's.

Charon.

Nur keine Flausen! Angestemmt und rüstig zu
Gerudert!

Dionysos.

Doch wie kann ich was ich nicht gelernt?
Ich wasserscheues, unsalaminisches Geschöpf,
Wie könnt' ich rudern?

Charon.

Macht sich: schlag' nur wacker drein,   205
So hörst du bald die schönsten Melodien.

Dionysos.

Von wem?

Charon.

Von Schwäne=Fröschen, wundervoll.

Dionysos.

Gib an den Takt!

Charon.

Hoop, op; hoop op!

V. 204. Die Salaminier waren fast alle Matrosen.

V. 207. Schwanengesang der Frösche, weil es in die Unterwelt
geht. Der Chor mit den Froschmasken muß hinter der Bühne gedacht wer=
den, so daß er nur die Köpfe zeitweise hervorstreckt.

Chor der Frösche.

Brekekex, koax, koax!

Brekekex, koax, koax!   210

    Du teichbevölkernd Bachgeschlecht,

    Harmonisch laß Hymnenlaut,

   Den Lobgesang gellender Kehl' erschallen,

       — Koax, koax! —

    Den sonst dem Zeusknaben wir,   215

    Dionysos, dem nysäischen,

  In den Sümpfen laut jubeln zu,

    Wann sich der trunkene Haufen

    Mit den geweiheten Töpfen

Hinzieht zu dem sumpfigen Hain, ein Völkerschwarm.   220

     Brekekex, koax! koax!

Dionysos.

Erste Strophe.

Mir aber brennt schon das Gesäß,

O ihr Koaxkoaxe, ihr!

Chor.

Brekekex, koax, koax.

Dionysos.

Ihr freilich scheert euch wenig drum.

Chor.

Brekekex, koax, koax!   225

V. 216. Nysäisch heißt Dionysos weil er nach der Sage von der Nymphe Nysa auf dem Berge gleiches Namens im fabelhaften Indien aufgezogen wurde.

V. 220. Die Gegend in Athen auf welcher der Dionysostempel stand hieß die Sümpfe. Frösche waren nicht mehr dort, aber Froschmäusler (schlechte quäckende Dramatiker, die sich zu überbieten suchten). Dieser Tempel wurde jedes Jahr einmal, am 12. Anthesterion (ungefähr am 1. März), geöffnet. Das Fest dauerte drei Tage, am dritten war Procession mit den Töpfen, in denen Jeder dem Gott sein Gericht Hülsenfrüchte darbrachte. An diesem Tage fanden die Schauspiele zu Ehren des Dionysos statt. Die Frösche wurden jedoch an dem andern Dionysosfeste, dem Lenäen- oder Kelternfest, aufgeführt.

Dionysos.

Daß ihr zerplatzt mit eurem Quacks!
Es ist das ewige Koar.

Chor.

Allerdings, Herr Naseweis, ja!
Denn mich lieben leierkundge Musen, liebt der   230
Hornbefußte Pan, der Künstler auf dem Rohre,
Unser freut sich auch Apollon mit der Harfe
Für das Schilfrohr, das zur Leier
Wir in feuchten Sümpfen ziehn.
    Wrekekekex, koar, koar!   235

Dionysos.
    Erste Gegenstrophe.

Indessen krieg' ich Blasen schon,
Mein Hintrer trieft von Schweiß und gleich
Beim nächsten Bücken quackt er mit —

Chor.

    Wrekekekex, koar, koar!

Dionysos.

Ich bitte doch, Musenbrut,   240
Hör' auf.

Chor.

    O nein, lauter noch
Laßt's erschallen, wenn wir jemals
An den hellen Sommertagen
Aufgehüpft aus Cypergras und
Binsenkraut, gesangeslustig
Unter murmelndem Getöne;   245
Oder vor des Himmels Regen
Duckend uns, im Grund den Unken-
Reigen durcheinander orgeln
    Unter Blasenplätscherei.
    Wrekekekex, koar, koar!   250

Dionysos schlägt sie auf die Köpfe.
Zweite Strophe.
„Brekekekex, koar, koar":
Da seht nur, ich versch's für euch.

Chor.

Ei, da wird's uns schlimm ergehen.

Dionysos.

Schlimmer mir noch, wenn vor Rudern
Ich am End' zerplatzen muß.   255

Chor.

Brekekekex, koar, koar!

Dionysos wie vorhin.
Zweite Gegenstrophe.
„Brekekekex, koar, koar!"
Daß ihr krepiert! Mir gilt es gleich.

Chor.

Aber nun laßt erst uns kreischen
Was vom Morgen bis zum Abend
Unsre Kehle fassen mag!   260
Brekekekex, koar, koar.

Dionysos schlägt wieder drein.
Dritte Strophe.
„Brekekekex, koar, koar!"
Darin gewinnt ihr's wahrlich nicht.

Chor.

Aber du wirst uns nicht meistern.
Brekekekex, koar, koar.

Dionysos fortfahrend.

Nein, ihr gewinnt es nimmermehr!
Ich brülle, wenn es sein muß, lieber Tage lang   265
„Brekekekex, koar, koar!"

Bis daß ich überſchrien euch habe mit Koax.
„Brekekekex, koax, koax."
Die Fröſche verſtummen.
Gelt! endlich doch vertrieben hätt' ich euch das Quacks.
Charon.
Halt' an, halt' an! Da ſchiebe mit dem Ruder nach.
Steig' aus, bezahl' das Fährgeld.
Dionyſos.
Hier die zwei Obol. 270

Dionyſos. Xanthias. Chor der Eingeweihten.
Dämmerlicht.
Dionyſos.
Horch, Xanthias! Wo iſt der Kerl? he, Xanthias!
Xanthias.
Hollah, da bin ich.
Dionyſos.
Geſchwind komm her!
Xanthias.
Heil! lieber Herr.
Dionyſos.
Wie iſt's da unten?
Xanthias.
Lauter Schlamm und Finſterniß.
Dionyſos.
Du ſah'ſt wohl ſchon die Vatermörder drin und die
Meineidigen von denen er uns ſprach?
Xanthias.
Du nicht? 275
Dionyſos gegen die Zuſchauer.
Gewiß auch, beim Poſeidon; und ich ſeh' ſie noch.
Wohlan, was thun wir?
Xanthias.
's Beſte iſt, wir gehn voran.

Das ist der Ort, da hausen, sagt' uns Herakles,
Die wilden Bestien.

Dionysos.
                    Wart', wie soll er das bereun!
Der Mensch hat aufgeschnitten, mir blos Angst gemacht,   280
Und weiß doch wie beherzt ich bin; 's ist Eifersucht.
„Denn nichts ist so prahlhansig" wie der Herakles.
Ich wünschte nur, es käm' etwas mir in den Weg,
Mit einem anzubinden, daß die Fahrt sich lohnt.

Xanthias.
Das will ich meinen! — Da hör' ich eben ein Geräusch.   285

Dionysos.
Wo? wo? wo ist's?

Xanthias.
          Dahinten.

Dionysos.
                    Mach' dich hinter mich.

Xanthias.
Doch nein, nun ist es vornen.

Dionysos.
          Nun geh' du voran.

Xanthias.
O Gott, was seh' ich! ein fürchterliches Ungeheur.

Dionysos.
Wie sieht's?

Xanthias.
          O Graus! es wandelt sich jeden Augenblick,
Bald ist es Stier, Maulesel dann, und bald ein Weib,   290
Wie reizend dieß!

    V. 282. Aus Euripides' Philoktet.

    V. 288. Vielleicht wurde eine solche wechselnde Gestalt durch die
Maschinerie auf die Bühne geschoben.

Dionyſos.

Wo iſt's? Da geh' ich los darauf.

Xanthias.

Ach, ſchon kein Weib mehr, jetzt iſt's wiederum ein Hund.

Dionyſos.

Aha, das iſt 'n' Empuſe.

Xanthias.

Ganz von Feuer ſprüht

Ihr das Geſicht.

Dionyſos.

Und hat ſie auch ein Bein von Erz?

Xanthias.

Ja, beim Poſeidon, und von Miſt das andere.   295

So wahr ich lebe.

Dionyſos.

Wo wend' ich mich nur hin?

Xanthias.

Wo ich?

Dionyſos zum Dionyſosprieſter auf den Vorderbänken.

O Prieſter, nimm in Schutz mich; nachher zechen wir.

Xanthias.

Wir ſind verloren, o Herakles!

Dionyſos.

Nein, nenne mich

Mit dieſem Namen nicht, o Menſch, ich bitte dich.

Xanthias.

Dionyſos alſo.

V. 293. Empuſe, das Geſpenſt welches die Herenkönigin Hekate ausſendet um die Reiſenden zu ſchrecken, mit rothem Geſicht (daher in der Weibervolksverſammlung „die Blutblaſe“, V. 1056) und einem ehernen Eſelsfuß (Schol.).

V. 297. Der Gott ruft ſeinen eigenen Prieſter an, der im Parterre ſitzt, „ein dicker, rother, freundlicher Prälat“ (Voß).

Dionysos.

Mit diesem noch viel weniger.   300
Geh' mir vom Leibe!

Xanthias.

Hieher, hieher, lieber Herr!

Dionysos.

Was ist's?

Xanthias.

Sei ruhig; da haben wir doch Glück gehabt.
Wir können jetzt auch sagen, wie Hegelochos:
„Nach Sturm und Wellen sah' ich wieder Sonnenschwein."
Fort ist das Scheusal.

Dionysos.

Schwöre mir's.

Xanthias.

Ich schwör's bei Zeus.   305

Dionysos..

Schwör' noch einmal.

Xanthias.

Bei Zeus!

Dionysos.

Zum dritten Mal.

Xanthias.

Bei Zeus!

Dionysos zurückkehrend.

O Schreck! ich wurde bei ihrem Anblick leichenblaß,
Auf den Priester zeigend:

V. 304. Der Verstoß des Schauspielers Hegelochos in der Aus=
sprache des Wortes γαλήν' (abbrev. aus γαληνὰ sc. ὕδατα, Meeresstille,
woraus er γαλῆν machte, acc. von γαλῆ, Wiesel) war dem feinen attischen
Ohre so lächerlich daß er in der Komödie häufig wiederholt wurde. Im
Griechischen liegt der Verstoß im Accent. Vgl. im Deutschen: (der)
Erdrücken und (zum) Erdrücken (voll); Erblasser, Erblasser. Der
Vers ist aus Euripides' Orest (281). Das quid pro quo in der Ueber=
setzung ist von Seeger.

Und der vor Angst noch röther als ich selber sonst.
O weh mir, weh! wer that mir heute solches Leid?
„Wen von den Göttern klag' ich als Verderber an?"   310
„Zeus' Kämmerlein, den Aether" oder den „Fuß der Zeit"?

Flötenspiel hinter der Scene.

Dionysos.

Hör' mal . . . .

Xanthias.

Was gibt's?

Dionysos.

Du hast es nicht gehört?

Xanthias.

Und was?

Dionysos.

Den Flötenhauch.

Xanthias.

Ei freilich, und von Fackeln auch
Weht mich ein leises Lüftchen an, geheimnißvoll.

Dionysos.

Nur stille, ducken wir nieder uns und lauschen still!   315

Chor der Eingeweihten.

Jakchos, o Jakchos!

Jakchos, Heil, Jakchos!

Xanthias.

Das sind sie, Herr, das sind die Eingeweiheten,
Die machen sich hier lustig, wie er uns gesagt,
Und singen grade den Jakchos des Diagoras.   320

V. 312. Die Flötenspieler befinden sich in der Orchestra. Der Chor
zieht nach abgelegter Maske in dieselbe ein.

V. 316. Jakchos (dreisilbig), ein anderer Bakchos, nach Creuzer.
Diagoras, der Melier, wurde mit Protagoras aus Athen verbannt (415
v. Chr.), weil sie die Mysterien ausgeschwatzt, d. h. wahrscheinlich darüber
gespottet hatten (daher auch als Atheisten verschrieen). Diagoras war auch
Dichter. Der Witz ist also daß diese Eingeweihten nicht frömmer sind als
der Spötter.

Dionysos.

So scheint mir's auch. Am besten ist's, wir halten uns
Ganz stille nun, damit wir Alles recht verstehn.

Erster Halbchor.

Erste Strophe.

Jakchos! der du weilst hier auf dem vielherrlichen Wohnsitz,
Jakchos!   325
Jakchos, o Jakchos!
Komm' herbei zu dem Chortanz auf der Blumau in den
Schwarm deiner Geweihten,
Und im Schwung schüttle den vollbeerigen Kranz, der von
Myrten duftend
Dir ums Haupt schwillt, mit dem Fuß keck aufstampfend 330
Zu dem regellos neckisch sich entwirrenden Festreihn,
Der in holdseliger Anmut und in Unschuld sich bewegt
Mit entsündigten Geweihten.   335

Xanthias.

O heil'ge, weit und breit verehrte Persephone!
Wie angenehm umduftet michs von Schweinefleisch.

Dionysos.

Sei still, vielleicht kommt auch ein Würstchen dann an dich.

Zweiter Halbchor.

Gegenstrophe.

Auf! Auf denn! In der Hand schwingend die Glutfackeln daher wandelnd kommt er,   340
Jakchos, o Jakchos!
Nächt'ger Feier ein lichtsprühender Stern; sieh', wie die Au
flinkert von Funken,

V. 323. Parodie der eleusinischen Festchöre. Vgl. Schiller: das eleu-
sinische Fest und Klage der Ceres.

Das Versmaß des Liedes ist ionisch: ◡◡‒‒| mit einem bakchischen
Vorschlag (Auftakt): ◡‒‖ oder einem kretischen (‒◡‒).

V. 337. Der Ceres (Demeter) und dem Bakchos wurden Ferkel
geopfert.

Und dem Greis auch sich das Knie schwingt, und er schleudert
    weg die Sorgen 345
 Und die Last alternder Jahre
In der heiligen Festlust. Nun so führe, o Sel'ger 350
Mit der Fackel voranleuchtend, zu dem Sumpfblumengefild
 Hin die Reihn=schlingende Jugend!

Ein Priester, als Chorführer.
Epirrhema.

Voll Andacht schweig' und trete hinaus aus unserem heiligen Reigen
Wer Laie in solchen Geheimnissen ist, wer noch unlauteren Sinnes, 355
Wer die Orgien edlerer Musen nicht sah, und niemals tanzt' ihren
    Reigen,
Wer die bakchische Weihe nicht von Kratin, dem Stierauffresser er=
    halten,
Wer noch an den niedrigen Possen sich labt, die herein sich drängen zur
    Unzeit,
Wer feindlichen Zwist nicht zu lösen bemüht, nicht gefällig ist gegen
    den Bürger,
Wer Zwietracht sä't und das Feu'r anschürt, nur bedacht auf den eigenen
    Vortheil; 360
Wer, Lenker des Staats, wenn er schwankt im Sturm, die Hand aus=
    streckt nach Geschenken,
Wer den Feinden verräth eine Festung, ein Schiff, und schmuggelt ver=
    botene Waaren
Aus Aegina hinaus wie ein Thorykion, der verfluchungswürdige
    Zöllner,

V. 356. „Orgien der Musen", st. der Bacchantinnen, oder hier: der
Mysten. Die Komödie erinnert den Zuschauer immer wieder an sich.
 V. 357. Kratin, nicht der berühmte Komiker, obgleich der komische
Dichter auch Dionysospriester ist, sondern der Dithyrambendichter Kratin
ist es der die Neulinge (Novizen) einweiht. „Stierauffresser" heißt er, weil
bei den dithyrambischen Wettkämpfen ein Stier der Preis war. Es ist also
ein Ehrentitel, der so viel sagt als: „der alle Preise wegrafft".
 V. 363. Aegina war vor dem peloponnesischen Kriege der Stapel=
platz für ganz Hellas, wurde aber von den Athenern erobert, entvölkert und

Der Schläuche und Segeltuch und Theer durchschmuggelte nach Epi=
daurus:

Wer Jemand bered't Geldsummen herbei für die feindliche Flotte zu
schaffen,   365

Wer Hekate's göttliche Ehre beschmeißt mit Gesängen zum kyklischen
Reigen;

Wer, ein Redner im Volk, uns Dichtern sofort die verdiente Belohnung
beschneidet,

Weil einmal ihn die Komödie zwickt' am heimischen Feste des
Bakchos:

Euch Allen verkünd' ich, und künde nochmals, und künde zum dritten
Mal wieder:

Sie seien verbannt aus dem mystischen Chor; ihr Anderen stimmt den
Gesang an,   370

Und beginnet die nächtliche Feier allhier, wie die Sitte des Festes sie
heischet.

Erster Halbchor.

Zweite Strophe.

Nun wandelt All' ihr furchtlos
Zu den blumigen Gründen der Wiesen

mit Colonisten besetzt. Von da an war es das Seearsenal der Athener, da=
her das Verbot Schiffsbaumaterialien und Schiffsgeräthschaften von dort
auszuführen. Der Schleichhandel konnte auch dort stärker betrieben wer=
den als im Piräeus, und manche Zollpächter (Einnehmer des Zwanzigsten)
begünstigten ihn.

V. 364. Epidauros eine Stadt in Argolis gegenüber der Insel Aegina.

V. 365. Alkibiades sollte den persischen Fürsten Kyros, Satrapen
von Lydien, bewogen haben den Lysander mit Geld zu unterstützen (Dio=
dor XIII, 37); manche Athener ließen übrigens selbst ihre Gelder nach
Sparta.

V. 366. Das Bild (oder die Bilder) der Hekate vor dem Tempel soll
Kinesias auf unanständige Weise verunreinigt haben. So der Scholiast.
Der Ausdruck ist aber tropisch zu verstehen von schamlosen Gesängen des
Dithyrambendichters. „Hekatäen" im Text für Hekate, wie manchmal die
Diener der Gottheit für sie selbst (Fritzsche).

V. 367. Der vielfach von den Komikern verfolgte Agyrrios beschnitt
durch einen Volksbeschluß die Belohnung der Festdichter.

Aufſtampfenden Fußes hinab
Und verſpottet was kommt
Mit Scherzen und höhniſchem Necken. 375
Denn ſattſam habt ihr gefrühſtückt ſchon.

Zweiter Halbchor.

Wohlan, tritt auf nun und heb' an
Der Erhalterin hehre Geſänge,
Die erklingen aus lauterer Bruſt;
Denn unſer Gebiet
Zu erhalten verheißt ſie für immer, 380
Ob auch Thorykion ſich widerſetzt.

Chorführer.

Stimmt an jetzt Hymnen in anderer Weiſ', um die fruchtausſpendende
Göttin,
Demeter, die Herrſcherin, mit dem Geſang hochheiliger Lieder zu
preiſen!

Erſter Halbchor.
Dritte Strophe.

Demeter, heilger Orgien
Gebieterin, ſteh' du uns bei 385
Und ſchirme ſelber deinen Chor,
Daß ungeſtört den ganzen Tag
Wir Spiel' und Tänze treiben —

Zweiter Halbchor.
Dritte Gegenſtrophe.

Und Spaß und Ernſt, ſo viel die Zeit
Erlaubt, wir bringen an den Mann; 390
Und hab' ich würdig deines Feſts
Geſcherzt, geſpottet, laß mich dann
Den Siegeskranz umwinden.

V. 378. Der Athene, als Schutzgöttin der Stadt, gebürt ſonſt der
erſte Geſang. Allein der Zuſammenhang (vgl. V. 371) erfordert die Be=
ziehung dieſes Beiworts (σώτειρα) auf Perſephone.

Chorführer.

Wohlauf denn!

Nun auch den jugendfrischen Gott ruft herbei zum Feste   395
Durch Lieder, ihn den Mitgenoß unsers Reigentanzes.

Ganzer Chor.
Vierte Strophe.

a. O vielgepries'ner Jakchos, du Erfinder
    Der süßesten Festmelodien, begleit' uns
       Zur Göttin hin,   400
    Beweise wie du sonder Müh'
    Die weite Bahn durchschreitest.
    Jakchos, Tanzliebhaber, komm', geleite mich.

b. Zerrissen hast du ja, es ist zum Lachen
    Und zum Erbarmen auch, dein Chorsandälchen
       Und Bettelkleid,   405
    Du hast so wohlfeil uns gelehrt zu feiern Spiel und Tänze.
    Jakchos, Tanzliebhaber, komm', geleite mich.

c. So eben, als bei Seit' ich nach dem Dirnchen
    Hinüberschielte mit dem hübschen Antlitz,   410
       Der Tänzerin,
    Da hab' ich durch des Jäckchens Riß ein Wärzchen gucken sehen.
    Jakchos, Tanzliebhaber, komm', geleite mich.

Xanthias.

Ei was, ich bin das Begleiten gewohnt, und möchte mit dem Dirnchen
Ein Tänzchen wohl zum Spaße thun.

V. 401. Nicht den Weg von Indien her, sondern von Athen nach Eleusis: einige Meilen. Die Procession dauerte aber lange, sie gieng gemächlich. Voraus das Bild des Bacchus mit einem Myrtenkranz und der Fackel in der Hand; hierauf die mystische Schwinge, das Symbol der Scheidung der Laien von den Eingeweihten, der Kalathos und die übrigen Zeichen. Der Zug bewegte sich unter fortwährenden Tänzen, die Tanzenden zerrissen sich Schuhe und Gewänder, an der Brücke des Kephissos wurden sie von Zuschauern empfangen, die sie neckten oder verhöhnten. Zum Andenken an die Späße womit die Göttin Ceres von ihrer Dienerin Jambe erheitert wurde, als sie ihre geraubte Tochter suchte, zog eine Dirne als ähnliche Spaßmacherin mit.

Dionyſos.

Und ich dazu. 415

Chor.

Fünfte Strophe.

a. Wollt ihr, ſo laßt uns alle
    Des Archedemos ſpotten,
Der ſich im ſiebten Jahr kein Bürgerrecht erzahnt.

b. Der iſt ein Mann des Volkes
    Im obern Todtenreiche, 420
Er iſt das Haupt der dortigen Armſeligkeit.

c. Von Kleiſthenes' Jungen hör' ich
    Er ſitz' am Grab' und rupfe
Das Haar vom Hintern und zerſetze die Backen ſich;

d. Zuſammengekauert ſchlage 425
    Er ſich und heul' und ſchrei' um
Sebinos, den „gewiſſen“ Anaphlyſtier.

B. 416. Archedemos, ein Demagog von Einfluß in Athen, ob‐
gleich er nicht geborner Bürger war. Er hatte die Anklage der zehn Feld‐
herrn nach dem Siege bei den Arginuſen veranlaßt, weil dieſe die ins Meer
gefallenen Todten nicht aufgefangen hätten. Xenoph. Hellen. I, 7, 2.

Im ſiebten Jahre, am Apaturienfeſte, wurden die Knaben in die
Phratrien eingeſchrieben. Der Dichter macht daraus ein Wortſpiel auf
die Zähne, die in dieſem Jahre zum Vorſchein kommen und, weil ſie das
Sprechen (φράζειν) fördern, Phraſteres genannt wurden. Daher im
Original: er hat noch keine Phratores (Mitgenoſſen des Stamms) ge‐
trieben.

B. 420. Nach der myſtiſchen Lehre iſt der Tod der Anfang zum
wahren Leben. Fritzſche erklärt die Worte ſo: „der macht unter den
Oberen (den Lebenden) Umtriebe zu Gunſten der Todten, d. h. der bei den
Arginuſen Ertrunkenen oder Gefallenen“. Und das that er wirklich, als An‐
kläger des Eraſinides.

B. 427. Der Sohn des Kleiſthenes, der ſchon B. 48 gezeichnet
iſt, ſitzt auf dem Grabe ſeines Vaters (im Text: auf den Gräbern, Anſpie‐
lung auf die Gräber der Gefallenen im Kerameikos), deſſen komiſcher Name
Sebinos aus einem zotenhaften Wortſpiel gebildet iſt: ebenſo der Bei‐
name zur Bezeichnung des Demos dem er angehöre, als ob es einen ganzen
Bezirk von Solchen gäbe die mit ſich ſelbſt Unzucht treiben.

Ariſtophanes. 24

  e. Von Kallias gar sagt man,
        Dem Sohn des Hippobinos,
Ein Schamfell trag' er in der Schlacht als Löwenhaut.   430

Dionysos.

  f. Ihr könntet wohl uns sagen
        Wo Pluton hier zu finden?
Denn Fremde sind wir die so eben angelangt.

Chor.

  g. Du brauchst nicht weit zu gehen,
        Und weiter nicht zu fragen,   435
Denn wisse, grad vor seiner Thüre stehst du hier.

Dionysos.

Auf mit dem Bündel, Bursche!

Xanthias.

Das alte Lied schon wieder?
Ei, hauf't denn gar „Dios Korinthos" in dem Pack?

Chorführer.

Nun wandelt
Zum heiligen Rund der Göttin, zum blumenreichen Haine,   440
In Spiel und Scherz, wer Theil hat am gottgefäll'gen Feste!

Dionysos.

Ich will mit diesen Mädchen gehn und den Frauen dorthin,
Wo sie die Nachfestfei'r begehn, heilige Leuchte tragend.   445

V. 429. Kallias, eig. „der Sohn des Hurenhengstes" (Ἱπποβίνου
st. Ἱππονίκου) anstatt des Hipponikos, war Archon in dem Jahr der Auffüh=
rung des Stückes, und saß dabei wahrscheinlich vorn auf einem Ehrenplatz.
Die Zote erreicht an ihm das Aeußerste in der Keckheit der Komödie. Es
wird mit Fingern auf ihn gedeutet.

V. 439. Dios Korinthos, eig. Κόρινθος ὁ Διός, der angebliche
Gründer von Korinth, dessen Name ein Abgesandter der Stadt in dem ab=
trünnigen Megara so oft wiederholte daß die Megareer ihn am Ende unter
dem Ruf „Hinaus mit dem Dios Korinthos" zum Thor hinausjagten.
Daher sprüchwörtlich von Dingen die sich stets wiederholen, wie hier das
Aufpacken.

Ganzer Chor.
Sechste Strophe.

a. So laßt uns auf die Roſenau'n,
  Die Blumenwieſen wallen,
  Und ſcherzen nach altem Brauch
  Im lieblichen Reigentanz,   450
  Den ſegnende Göttinnen,
    Die Mören, vereinen.

b. Denn uns allein ſcheint Helios
  Und heitre Tageshelle   455
  Nur uns den Geweihten, die
  Stets frommen Gebrauch geübt
  An jeglichem Frembling wie
  An Söhnen des Landes.

Dritter Auftritt.

**Dionyſos. Xanthias. Aeakos. Eine Magd der Perſephone. Wirthinnen.
Chor.**

Vor Pluton's Haus.

Dionyſos.

Horch, ſage mir, wie klopf' ich ſchicklich an die Thür'?   460
Was iſt denn wohl beim Klopfen hier zu Land der Brauch?

Xanthias.

Du wirſt dich doch nicht zieren? Mach' dich an die Thür,
Gleich Herakles wie an Geſtalt auch an Gehalt.

V. 451. Die Mören (Moiren), die römiſchen Parzen (Parcae, die
Kargen), Schickſalsgöttinnen; hier die Gottheiten welche beſtimmte (Feſt=)
Zeiten wieder herbeiführten, ähnlich den Horen.

V. 458. Athen hatte allen aus ihrer Heimat vertriebenen Fremden
ein beſtändiges Aſyl eröffnet, und für Fremde überhaupt Sachwalter
(προξένους) aufgeſtellt.

Dionysos.

Thürsteher!

Aeakos.

Wer ist draußen?

Dionysos.

Herakles, der Held.

Aeakos öffnend:

O du verruchter, unverschämter, frecher Kerl,   465
Du Schuft, du Erzschuft, schuftigster aller Schufte du,
Der uns den Hund gestohlen hat, den Kerberos,
Gewürgt und aufgepackt und mit ihm davon gerannt,
Der mir vertraut war. Warte nur, nun hat man dich!
Bewachen soll hier unten dich „schwarzherz'ger Fels   470
Der Styx und blutbetropfte Klippen des Acheron,
Die den Kokytos wildumschweifenden Hunde, dich
Echidna die hundertköpfige", die dir das Gedärm
Wird aus dem Leibe reißen; deine Lungen soll
„Die spanische Myräne fressen, deine Nier'n   475
Sammt deinen Eingeweiden sollen in Blut getaucht
Bald der tithrasischen Gorgonen Speise sein.
Und sie zu holen reck' ich aus den eil'gen Fuß."

Xanthias.

Was hast du gemacht?

V. 464. Aeakos ist zum Portier herabgesetzt, sonst einer der Richter in
der Unterwelt.

V. 470 ff. Parodieen von Stellen aus Tragödien. — „Die Hunde
des Kokytos", die Furien. — Echidna, Tochter des Tartaros und der
Erde.

V. 475. Im Text: tartessische Myränen, weil Tartessus in Spanien
(phönikische Colonie) die beste Art dieses Seethiers lieferte. Hier als Un=
geheuer statt der Vipern, mit denen sie sich nach der Meinung der Alten
gatten sollen.

V. 477. Tithrasisch von einem attischen Flecken, statt libysch
(afrikanisch) nach der Sage. Die Weiber von Tithras waren als Xan=
thippen verschrieen.

Dionyſos.

In die Hoſen; ſprich nun: Helf dir Gott!

Xanthias.

Spaßhafteſter Herr! ſo ſteh' doch augenblicklich auf,			480
Eh dich ein Unbekannter ſieht.

Dionyſos.

Mir wird ſo ſchwach.

Geh eilig, leg' auf's Herz mir einen feuchten Schwamm.

Xanthias.

Hier! nimm.

Dionyſos.

Da leg' ihn an.

Xanthias.

Wo iſt's?

Dionyſos führt ihm die Hand nach hinten.

O Himmelsgold!

Da haſt das Herz du ſitzen?

Dionyſos.

Ja, vor Schrecken iſt's

Mir unvermerkt in den unterſten Unterleib gerutſcht.			485

Xanthias.

O feigſter aller Götter du und Menſchen!

Dionyſos.

Ich?

Was feige? hab ich nicht von dir 'nen Schwamm verlangt?
Das hätt' ein Anderer wahrlich nicht gewagt.

Xanthias.

Was denn?

Dionyſos.

Wär' hocken blieben und hätte gerochen feig genug;
Ich aber erhob mich und — noch mehr — ich wiſchte mich.			490

Xanthias.

Ein Heldenſtück das, beim Poſeidon!

Dionysos.

Das mein' ich doch.

Und du bist nicht erschrocken vor der Worte Schwall
Und seinem Droh'n?

Xanthias.

Mein Seel'! ich hab' nicht dran gedacht.

Dionysos.

Geh' her, und bist du so 'n beherzter, kecker Bursch,
So sei 'mal ich, nimm diese Keul' und Löwenhaut,   495
Wenn anders du so wenig Furcht im Leibe hast.
Ich meinestheils will dir indeß Packträger sein.

Xanthias.

Nur her geschwind! — Was hilfts? am Ende müßt' ich doch —
Und schau nur auf den Herakleoxanthias,
Ob feig ich bin und hab' ein Hasenherz wie du.   500

Dionysos.

Beim Zeus, so ganz der Galgenstrick aus Melite!
Nun gib nur her, ich lade mir das Bündel auf.

Die Magd der Persephone kommt heraus.

Magd.

O Liebster, kommst du, Herakles? tritt ein bei uns.
Die Göttin, wie sie hörte daß du angelangt,
Gleich buck sie Brode und setzte zwei, drei Töpfe bei   505
Mit Bohnenbrei, und briet auf Kohlen 'nen ganzen Stier,
Und Kuchen macht' und Semmeln sie.   Doch komm' herein!

Xanthias.

Recht schön, ich danke.

Will gehen.

Magd.

Nein, beim Apoll, ich darf dich nicht

V. 501.   In Melite, einem Demos von Attika, hatte Herakles einen
Tempel, wo er in die kleinen Mysterien eingeweiht worden sein soll; zugleich
aber war aus demselben der in V. 428 genannte Kallias gebürtig und hatte
dort einen Palast.

Vorübergehen laffen; denk nur, Geflügel auch
Hat fie zurechtgemacht, zum Nachtisch Zuckerwerk　　　510
Gebacken, und den allerfüßeften Wein gemischt.
So komm herein doch.

Xanthias.

Allzugütig.

Magd.

Sei gescheid!

Du darfft nicht weiter. — Eine Flötenspielerin
Ift auch bereit, gar hübsch, und Tänzerinnen auch
Zwei oder drei noch, . . .

Xanthias.

Tänzerinnen fagft du? Ja?　　　515

Magd.

Blutjunge Dirnen, ebenerft entfiederte.
Komm nur herein.　Der Koch war im Begriff vom Roft
Die Fische zu nehmen, eben trug man den Tisch hinein.

Xanthias.

So geh' und laß vor Allem die Tänzerinnen die
Im Haufe find es wiffen daß ich felber komm'.　　　520
Und du, mein Junge, folge mir, fammt dem Gepäck.

Dionyfos.

Halt, Bursche! halt! Du machft doch wohl nicht Ernft daraus
Daß ich im Spaß zum Herakles dich ausftaffiert?
Du treibft mir, hoff' ich, keine Poffen, Xanthias!
Da nimm den Pack dir auf den Rücken, wie zuvor.　　　525

Xanthias.

Was foll's? Du denkft mir doch nicht wieder zu nehmen was
Du eben mir gegeben?

Dionyfos.

Nein; ich thu's bereits.

Herunter die Haut!

Xanthias.

Da nehm' ich Zeugen mir dazu.
Die Götter mögen seh'n darein!

Dionysos.

Was Götter da!
Ist's nicht verrückt und hirnverbrannt? Du bild'st dir ein   530
Daß du, ein Sklav, ein Sterblicher, seist Alkmenens Sohn?

Xanthias.

Meinthalb, es sei. Da hast du's. Kommt vielleicht die Zeit
Wo du, so Gott will, meiner wieder sehr bedarfst.

Chor.

So gebürt sich's einem Manne   535
Der Verstand und Geist besitzt und
Viel herumgefahren ist,
Immer nach der sichern Seite
Auf dem Schiffe sich zu rollen,
Nicht wie ein gemaltes Bild
Dazusteh'n in unverrückter
Haltung; vielmehr sich zu wenden
Dahin wo's bequemer ist
Ziemt wohl einem klugen Manne   540
Von Theramenes' Talent.

Dionysos.

Ei, das wäre doch zum Lachen
Wenn der Sklave Xanthias sich
Auf milesischen Teppichen
Mit der Tänzerin tummeln dürfte,

V. 541. Theramenes, der durch sein Schaukelsystem endlich als
einer der dreißig Thrannen sich selbst an's Messer lieferte. Er heißt auch
der Kothurn, weil dieser Schuh an beide Füße paßte. In dem Prozeß der
zehn Feldherrn, dessen in diesem Stück öfter erwähnt ist. wußte er, der von
ihnen den Auftrag gehabt hatte die Ertrunkenen aufzufangen, sich dadurch
hinauszuhelfen daß er — auf die Seite der Ankläger trat.

Dann das Nachtgeſchirr verlangte,
    Und ich hätte zuzuſehn,
Mit den Fingern mich begnügend;   545
Dieſer, wie er iſt, ein Schurke,
    Säh' es und mit derber Fauſt
Schlüg' er mir die Vorderreigen
Aus den Kiefern grad heraus!

Erſte Wirthin.

Komm, Plathane, komm, Plathane! da iſt der Schuft
Der, als er jüngſt in unſerer Wirthſchaft eingekehrt,   550,
Sechszehen Laibe Brod gefreſſen . . .

Zweite Wirthin.

                        Ja, bei Zeus,
Leibhaftig iſt er's.

Xanthias.

        Einem aber geht es ſchlecht.

Erſte Wirthin.

Und obendrein die zwanzig Fleiſchpaſtetchen noch,
Das Stück zu einem halben Obol . . .

Xanthias.

                Da ſetzt's etwas.

Erſte Wirthin.

Und Knoblauch eine Maſſe . . .

Dionyſos.

        Weibsbild, biſt du toll?   555
Du weißt nicht was du redeſt.

Erſte Wirthin.

        Gelt! haſt nicht gemeint

    B. 549. Plathane, hier Name einer Wirthin, bedeutet ſonſt
„Kuchenbrett".
    B. 555. Gegen das einzige Weib hat Dionyſos noch den Mut zu
antworten, aber gegen ihrer zwei verſtummt er.

Daß man dich wiedererkenne, weil du Kothurne trägſt?
Dann hab' ich von all' dem Pökelfleiſch noch Nichts geſagt.

Zweite Wirthin.

Bei Gott, auch von dem friſchen Käſe nicht, o weh,
Den mir der Lümmel ſammt den Körben hinunterſchlang! 　　560
Und als ich dann die Zech' ihm machte, nun da ſah
Er barſch mich an und brüllte wahrlich wie ein Stier.

Xanthias.

Das ſieht ihm gleich; ſo macht er's eben überall.

Zweite Wirthin.

Und ſelbſt den Säbel zog er, grad als wär' er toll.

Erſte Wirthin.

's iſt wahr, du Arme!

Zweite Wirthin.

　　　　Wir Beide kriegten gar 'nen Schreck 　　565
Und ſprangen hurtig unſre Bodentrepp' hinauf,
Da riß er aus und nahm die Tafeltücher mit.

Xanthias.

Ganz ſeine Art; nun ſolltet ihr doch etwas thun.

Erſte Wirthin zur Magd:

Geſchwind, und ruf mir meinen Beiſtand Kleon her.

Zweite Wirthin zu der ihrigen:

Und du für mich den Hyperbolos, wenn du dieſen triffſt. 　　570
Dem wollen wir eins kochen!

Erſte.

　　O du verruchter Schlund,

V. 564. Toll. Komiſche Hindeutung auf den „raſenden Herakles"
des Euripides.

V. 569 f. Kleon und Hyperbolos, die beiden Erzdemagogen,
von denen Ariſtophanes ein unverſöhnlicher Feind iſt, waren damals ſchon
geſtorben. In der Unterwelt ſpielen ſie nun die Advokaten der Schenk=
wirthinnen.

Wie gerne schlüg' ich dir mit 'nem Stein die Zähne ein
Womit du meine Waaren aufgefressen hast!

Zweite.

Und ich fürwahr, ich schmieße dich ins Schinderloch.

Erste.

Und ich, ich schnitte mit dem Küchenmesser dir 575
Die Gurgel aus mit der du mir das Gebäck verschlangst.
Nun wart, ich geh' zum Kleon jetzt: der haspelt dir
Noch heut vor Amt das Alles wieder aus dem Bauch.
Beide ab.

Dionysos.

Ich will verdammt sein, lieb' ich nicht den Xanthias.

Xanthias.

Ich kenne deine Absicht. Laß nur, laß es sein. 580
Ich will kein Herakles mehr werden.

Dionysos.

Sprich nicht so,
Mein gutes Xanthchen.

Xanthias.

Wie sollt' ich auch Alkmenens Sohn
Sein wollen, ich ein Sklav zugleich und Sterblicher?

Dionysos.

Ich weiß, ich weiß, du zürnest jetzt, und das mit Recht.
Und schlüg'st du mich, ich widerspräche wahrlich nicht. 585
Und nehm' ich je noch einmal dir die Hülle ab,
Dann sei von Grundes Boden ich mit Weib und Kind
Elend verdorben sammt dem schmierigen Archedem!

Xanthias.

Der Schwur ist gut, auf die Bedingung nehm' ich's an.
Sie kleiden sich wieder um.

V. 582 f. Vgl. V. 531.

V. 589. Damit auch Archidem zu Grunde gehe, denn Dionyses wird
seinen Schwur gewiß nicht halten.

Chor.

Jetzo ist es deine Sorge,   590
  Weil du das Costüm bekommen
    Das zuvor du hattest schon,
  Dich zum Helden zu verjüngen,
  Wieder grimmig drein zu blicken,
    Jenes Gottes eingedenk
  Dessen Rolle hier du spielest;
  Läß'st du aber schwach dich finden,
    Und verräthst Zaghaftigkeit,   595
  Dann natürlich kriegst du wieder
    Auf den Rücken deinen Sack.

Xanthias.

Uebel nicht ist euer Rath, ihr
  Männer, ja ich habe eben
    Bei mir selbst daran gedacht.
Freilich, findet sich was Beßres,
  Ja, dann weiß ich wohl, da zieht er
    Wieder mir das Fell vom Leib.   600
Aber dennoch will ich zeigen
  Mich als Mann von ächtem Schrote,
    Und wie Sauerampfer seh'n.
Und es scheint, das ist vonnöthen,
  Knarren hör' ich schon das Thor.

Aeakos mit Knechten.

Schnell fesselt mir den Menschen da, den Hundedieb,   605
Der soll es büßen; hurtig!

Dionysos.
              Einem geht es schlecht.

Xanthias.
Geht ihr zum Henker? Naht mir nicht!

Aeakos.
                    Du wehrst dich noch?

He! Ditylas, he, Skeblyas, he, Pardokas
Geſchwind herbei und nehmt's mit dieſem Burſchen auf!

Dionyſos.

Iſt das nicht ganz abſcheulich daß er zu ſchlagen wagt   610
Noch obendrein, nachdem er geſtohlen?

Aeakos.

Unerhört.

Dionyſos.

Entſetzlich ja, und ganz abſcheulich.

Xanthias.

Ja, bei Zeus,
Wenn je ich hier geweſen, will ich des Todes ſein,
Wenn nur ein Haar ich von dem Deinigen dir entwandt.
Ganz ehrlich mach' ich dieſen Handel mit dir aus: 615
Da nimm du meinen Sklaven hier und foltre den,
Und findeſt je du ſchuldig mich, führ mich zum Tod.

Aeakos.

Wie foltr' ich ihn?

Xanthias.

Ganz nach Belieben.   Bind ihn an
Die Leiter, häng' ihn, peitſch' ihn mit dem Farrenſchwanz,
Gerb, rädr' ihn, gieß ihm Eſſig in das Naſenloch,   620
Leg Ziegel auf ihn, was du findeſt; nur mit Lauch
Nicht züchtige ihn, mit friſchen Zwiebelröhren nicht!

V. 615. Es iſt nobel ſeine eigenen Sklaven freiwillig zur Tortur
anzubieten, während man ſonſt in ſolchem Falle die des Gegners dazu verlangte. — Ein atheniſcher Bürger konnte nicht gefoltert werden, wohl aber
für ihn ſeine Sklaven. Beſtand der Sklave die Folter, ohne gegen den
Herrn zu zeugen, ſo war dieſer frei. Der Kläger mußte für dieſen Fall
eine Summe hinterlegen.
V. 621. Nicht eine Maſſe von Ziegeln, ſondern heiße Ziegel ſind
unter dieſer Art von Folter verſtanden. Vgl. Soph. Antig. 264.

Aeakos.

Ein billig Wort! Und schlag' ich etwa dann den Kerl
Zum Krüppel dir, — hier ist das Geld zum Schadersatz.

Xanthias.

Das brauch' ich nicht; fort mit ihm, foltr' ihn ohne Scheu.   625

Aeakos.

Warum nicht hier? Er soll dir zeugen ins Gesicht.

Zu Dionysos:

Herunter mit dem Bündel schnell! Doch daß du mir
Hier keine Lüge zeugest!

Dionysos.

Jeder sei gewarnt
Mich nicht zu foltern: denn ich bin ein Gott. Geschieht's,
So klage selbst dich darum an.

Aeakos.

Was sagst du da?   630

Dionysos.

Ein Gott bin ich, Dionysos, sag' ich, Sohn des Zeus,
Und das mein Sklave.

Aeakos zu Xanthias:

Hörst du dieses?

Xanthias.

Allerdings;
Nur um so derber, sag' ich, muß gepeitscht er sein;
Denn ist er ein Gott, so wird es ihm nicht wehe thun.

Dionysos.

Wie nun, da du ja selber auch zum Gott dich machst,   635
Kriegst du nicht auch die gleiche Prügelzahl wie ich?

Xanthias.

Ein billiger Vorschlag. Welchen von uns Beiden du
Zuerst nun hörest wimmern oder unter'm Streich
Sich krümmen siehst, von diesem glaub': er ist kein Gott.

Aeakos.

Das muß doch wahr sein, Mensch, du bist ein Ehrenmann: 640
Du gehst was recht und billig ein.   Nun zieht euch aus.

Sie thun's.

Xanthias.

Wie missest du nun Beiden gleichviel Streiche?

Aeakos.

Leicht:

Es geht nacheinander, Hieb um Hieb.

Xanthias.

Da hast du Recht.

Wohlan, gib Acht nun ob du mich nur zucken siehst.

Aeakos schlägt zuerst den Xanthias:

Du hast dein Theil.

Xanthias.

O, Gott bewahr' —

Aeakos.

Ich mein' es auch.

Nun geht's an diesen. Ausgeholt!

Dionysos.

Wann krieg' ich denn?   645

Aeakos.

Du hast dein Theil.

Dionysos.

Ho, nicht einmal zum Nießen reicht's.

Aeakos.

Weiß nicht; da muß ich wiederum an den Andern gehn.

Xanthias.

Nun, wird es bald? — Jattatai!

Aeakos.

Was Attatai?

Das that doch wehe?

Xanthias.

Gott bewahr'; ich dachte blos,   650
Wann das Heraklesfeſt in Diomeia fällt.

Aeakos.

Ein frommer Menſch. — Nun geht es wiederum auf den.

Dionyſos.

Ah, ah; ah, ah!

Aeakos.

Was iſt's?

Dionyſos.

Ich ſehe Ritter dort.

Xanthias.

Was weinſt du denn darüber?

Dionyſos.

Ich rieche Zwiebeln nur.

Aeakos.

Du machſt dir alſo Nichts daraus?

Dionyſos.

Mir gilt es gleich.

Aeakos.

Da muß ich alſo noch einmal auf dieſen los.

Xanthias.

Au weh!

Aeakos.

Was iſt's?

Xanthias den Fuß hinſtreckend:

O, zieh mir doch den Dorn heraus.   655

Aeakos.

Wo will das enden? Wieder auf den Andern los!

Dionyſos.

„Apollon; der du in Delos oder Python wohnſt!"

V. 651. Diomeia, ein attiſcher Demos, wo ein Herakleon ſtand und
ein Feſt mit reichlichen Opfermahlzeiten gefeiert wurde.

Xanthias.
Den hat's getroffen, wie du hörst.

Dionysos.
Bei Leibe nicht,
Es fiel mir blos ein Jambe von Hipponax ein. 660

Xanthias.
So kommst du nicht zum Zwecke; wisch' ihm jetzt den Wanst.

Aeakos.
's hilft Nichts, bei Gott! kurzum, so streck den Bauch heraus.

Er schlägt ihn drauf.

Dionysos.
„Poseidon . . .

Xanthias.
Einen hat's geschmerzt.

Dionysos
fortfahrend.

. . . Der am Gestad' 665
Von Aegä waltet oder im tiefen Meeresgrund.“

Aeakos.
So bring' ich, bei'r Demeter, nimmermehr heraus
Wer von euch Zwei'n der Gott ist. Aber geht hinein,
Mein Herr, der muß euch doch erkennen, oder auch 670
Persephone, da Beide ja selbst Götter sind.

Dionysos.
Da hast du Recht; ich wünschte nur, du wärest so
Gescheid gewesen eh' du mir die Prügel gabst.

Ab.

V. 665. Aus dem Laokoon, einem verlornen Stücke des Sophokles.

———

Aristophanes. 25

Die Parabaſe.

Chor.

Strophe.

Tritt in die heiligen Chöre, o Muſe, und leih' meinem Liede
　　Ein huldvolles Ohr,　　　　　　　　　　　　675
Schaue das dichte Gedränge des Volkes, wo Kennerſchaften,
　　Ungezählte, ſitzen,
Ehrgeiziger noch als Kleophon ſelbſt,
Auf deſſen geſchwätziger Lipp' ohrenzerreißend ſchrillt　　680
　　Eine thrakiſche Schwalbe,
Die auf dieſen barbariſchen Zweig ſich geſetzt,
Und girrt nach der Nachtigall Weiſe ſo weinerlich, weil er verloren,
　　Auch bei Stimmengleichheit.　　　　　　　685

Chorführer.

Epirrhema.

Dem geweihten Chore ziemt es was dem Staate frommen mag
Anzurathen und zu lehren. Erſtlich nun empfehlen wir
Gleichzuſtellen alle Bürger, abzuthun die Schreckenszeit,
Und wenn einer fehlte, weil ihm Phrynichos ein Bein geſtellt,

V. 679. Kleophon, nach der Verbannung des Hyperbolos das
Haupt der Volkspartei, wird hier als Schwätzer und Halbbarbar zugleich
gezeichnet. Mit der Schwalbe wird er verglichen, weil ſie als Profne in
der Fabel gerade in Thrakien ihren Itys betrauert; Kleophon aber ſoll der
Sohn einer thrakiſchen Sklavin (und eines eingewanderten Vaters) geweſen
ſein. Er war ein entſchiedener Gegner des Friedens mit Sparta, und ſoll
dieſen mehrmals verhindert haben; einmal gieng er ſo weit daß er Jedem
der zum Frieden riethe mit Kopfabhauen drohte. Ariſtophanes ſcheint
hier (nach der Schlacht bei den Arginuſſen) auf eine Anklage wegen der
Verurteilung der 10 Feldherren gegen ihn zu deuten, in deren Folge er mit
Kallirenos und 4 andern Verhafteten durch einen Aufſtand befreit wurde,
in welchem er jedoch umkam.

V. 685. Bei Stimmengleichheit der Richter war der Beklagte frei
durch den „Stein der Minerva" (Athene), der zu den freiſprechenden gezählt wurde. Hier alſo: moraliſch verloren in der Achtung der Bürger.

V. 689. Phrynichos, des Alkibiades gehäſſigſter Gegner und das
hauptſächlichſte Hinderniß ſeiner Zurückberufung, Theilnehmer an der Ver-

Jedem der dort ausgeglitten, sag' ich, muß es offen steh'n   690
Durch Vertheidigung zu tilgen vor'ger Zeit Vergehungen;
Dann behaupt' ich, ehr= und rechtslos sollt' im Staate Keiner sein.
Schande wär's wenn Jeder der nur Eine Seeschlacht mitgemacht
Alsobald Platäer würd' und aus dem Sklaven nun ein Herr;
Doch ich möchte grade dieses nicht entfernt mißbilligen,   695
Nein, ich lob' es, denn es ist das Klügste was ihr je gethan;
Aber billig müßt ihr dann auch denen die schon oft mit euch,
Deren Väter schon zur See gefochten, die euch stammverwandt,
Diesen Unfall als den einz'gen, wenn sie bitten, überseh'n.
Darum laßt uns, fern vom Zorne, ihr die Klügsten von Natur,   700
Jedermann freiwillig wieder als Verwandten an uns zieh'n,
Vollberechtigt wie als Bürger, wer zur See mitkämpfen will.
Wenn wir dießmal übermütig prahlen mit dem Bürgerrecht,
Wo zumal den Staat „im Arm der Wogen" wir geschaukelt seh'n,
Rühmt uns nimmermehr die Nachwelt daß wir klug gewesen sei'n. (705

Chor.

„Bin ich geschickt zu erkennen des Mannes Getreib' und
Charakter,"
Der bald Wehe schreit:

schwörung zum Sturze der demokratischen Verfassung. Er pflog auch ver=
rätherische Unterhandlungen mit dem Spartaner Astyochos, wußte aber sich
schlau hinauszuhelfen. Mit Theramenes an der Spitze der Partei der
Vierhundert, brachte er nach dem Sturze derselben manches seiner Werkzeuge
ins Unglück. Für die Vierhundert und ihre Anhänger bittet hier der Dichter
um Amnestie. Sie waren theils landesflüchtig, theils ehrverlustig, und
ihr Vermögen confisciert.

V. 692. Die Atimie (Ehrverlust) war für den athenischen Bürger
härter als der Tod. Er verlor dadurch nicht nur alle Rechte für sich und
seine Nachkommen, sondern auch sein Vermögen, und wurde vogelfrei. Es
gab jedoch auch niedrigere Grade derselben, wie bei den Römern von der
capitis deminutio.

V. 694. Die Platäer erhielten bald nach dem Anfang des peloponne=
sischen Kriegs wegen ihres tapfern Beistands das attische Bürgerrecht.

V. 704. Aus einem Verse des Archilochos.

V. 706. Aus dem Oeneus des Tragikers Jon.

Treibt es der Affe nicht lange, der jetzt so gewaltig rumort,
Kleigenes der Kleine,
Der verruchteste Bader von Allen die je   710
Beherrschten das Aschegemeng falschen Salpeterpulvers
Und kimolischen Talg,
Es thut's nicht lang mehr; und weil er es weiß,
Drum traut er dem Frieden nicht, daß er im Rausche nicht
durchgebläut wird,   715
Wenn er ohne Stock geht.

Chorführer.
Antepirrhema.

Oftmal hat es uns geschienen, uns'rer Stadt ergeh' es ganz
Mit den rechtlichsten und besten ihrer Bürger ebenso
Wie es mit der alten Münze und dem neuen Gelde geht.   720
Denn auch jene, die bekanntlich probehaltig ist und ächt,
Ja die beste unter allen Münzen, wie mir scheint, und die
Trägt allein ein gut Gepräg', und guten Klang und Geltung hat
Unter den Hellenen allen und im Ausland überall, —
Jene braucht man nicht mehr, sondern dieses schlechte Kupfergeld, 725
Gestern erst und ehegestern ausgeprägt, von schlechtem Schlag.
Also Bürger die wir kennen, edel von Geburt und klug,
Männer redlichen Bestrebens, reich an Bürgertugenden,
Wohlgeübt in Kampf und Chören und in jeder Musenkunst,
Stoßen weg wir, und das Kupfer, die rothköpf'gen Fremdlinge, 730
Schurken selbst und Schurkensöhne, brauchen wir zu Allem izt,
Wenn sie kaum herein gekommen, deren sich die Stadt gewiß

V. 709. Kleigenes, wie Kleophon ein Gegner des Friedens, auch bei der Verbannung des Alkibiades thätig. — Die Insel Kimolos, eine von den Kykladen, berühmt durch ihre Kreide.

V. 720. Früher hatten die Athener nur Silbermünze, seit dem Jahre 407 v. Chr., dem vierundzwanzigsten des peloponnesischen Krieges, schmelzte man goldene Statuen ein und versetzte die daraus geschlagene Münze stark mit Kupfer.

Nicht einmal als Sündenböcke früher hätte gern bedient.
Aber nun, ihr Schwerbethörten, ändert eilig euren Sinn,
Braucht die Brauchbarsten nur wieder. Denn ergeht es glücklich euch, 735
Wohlverdient ist's dann; mißglückt es, könnt ihr doch an edlem Holz
Hängend was ihr dulden möget dulden vor Verständigen.

<hr>

Vierter Auftritt.

Aeakos. Xanthias. Chor der Eingeweihten.

Aeakos.

Bei Zeus dem Retter, wahrlich doch ein Edelmann
Ist dein Gebieter.

Xanthias.

       Warum auch nicht ein Edelmann?
Versteht er doch das Zechen und Schwächen einzig nur.   740

Aeakos.

Nein, daß er dich nicht peitschte, da du grad' heraus
Gestehen mußtest daß du Sklave den Herrn gespielt.

Xanthias.

Das wär' ihm schlecht bekommen.

Aeakos.

       Freilich hast du da
Dein Sklavenstückchen gut gemacht; so lieb' ich's auch.

Xanthias.

Du liebst's? Ich bitte . . .

V. 733. „Sündenböcke". Verbrecher, namentlich mißgestaltete, wur=
den besonders in Unglückszeiten als Sühnopfer verbrannt; nach einigen
Angaben jährlich am Thargelienfest.
    V. 736. „An würdigem (ehrlichem) Holze sich hängen" war ein
griechisches Sprüchwort für „würdig fallen".

Aeakos.
Nein! 'ne wahre Seligkeit   745
Ist mir's wenn hinterwärts dem Herrn ich fluchen kann.

Xanthias.
Und brummen, nicht wahr, wenn du nach empfang'ner Tracht
Von Prügeln hinaus zur Thüre gehst?

Aeakos.
       Auch das ergötzt.

Xanthias.
Und naseweis —?

Aeakos.
Bei Gott, ja! Beß'res kenn' ich Nichts.

Xanthias.
O brüderschaftlicher Himmelsgott! und horchen was   750
Die Herrschaft plaudert?

Aeakos.
Ach, da bin ich außer mir.

Xanthias.
Und auf der Gaß' es auszuschwazen?

Aeakos.
       Du meinst, wenn ich
Das thue? — Bei Gott, in Wolluft möcht' ich da vergeh'n.

Xanthias.
Bei Gott Apollon, deine Rechte! schlag mir ein,
Und laß dich küssen, küß' auch mich und sage mir,   755
Wahrlich bei Zeus, dem Gott der Prügelbrüderschaft . . .

Er horcht.
Was gibt es denn da brinnen für Geschrei und Lärm?

V. 745. Seligkeit eines Epopten in den Mysterien, der die geheim-
nißvolle Herrlichkeit schaut.

     V. 750. Zeus, der gastfreundliche, der Beschützer des Gastrechts, wird
hier zur Sklavenbrüderschaft gezogen (Ζεὺς δούλιος bekommt auch seinen
Antheil an den Prügeln).

Aeakos.

Gezänke zwiſchen Aeſchyloß und Euripideß.

Xanthias.

Ah!

Aeakos.

Da ſind Dinge, große, große Dinge loß
Im Todtenreich und mächt'ger Aufruhr allenthalb.   760

Xanthias.

Weßhalb?

Aeakos.

　　　Hierunten gilt ein alt Geſetz daß Wer
In Künſten die Geſchick erheiſchen und wichtig ſind
Der Meiſter unter ſeinen Kunſtgenoſſen war
Im Prytaneion freie Koſt für ſich erhält
Und neben Pluton einen Sitz, —

Xanthias.

　　　　　Gut, ich verſteh'ß.   765

Aeakos.

Biß dann ein Andrer, in der Kunſt Geſchickterer
Alß jener, käme; räumen muß er dann den Platz.

Xanthias.

Wie hat nun das den Aeſchyloß ſo aufgeregt?

Aeakos.

Der eben ſaß auf dem tragiſchen Throne biß daher,
Alß erſter Meiſter ſeiner Kunſt.

Xanthias.

　　　　　Und wer denn jetzt?   770

Aeakos.

Da kam herab Euripideß und ließ ſich ſehn
Vor Straßenräuber- und vor Beutelſchneidervolk,

V. 761. Ein attiſches Geſetz.

Vor Vatermördern und Diebsgesindel, deren es
Im Hades hier die Menge gibt: dieß Publikum,
Von seinen Pfiffen, seinen Kniffen und Wendungen   775
Ganz hingerissen, erklärt' ihn für den Weisesten.
Darüber aufgeblasen, sprach er an den Thron
Den Aeschylos besessen.

Xanthias.

Steinigt man ihn nicht?

Aeakos.

Bewahre Gott! der Pöbel schrie: ein Schiedsgericht
Soll sprechen, wer der größte Künstler von Beiden sei.   780

Xanthias.

Das Schurkenvolk?

Aeakos.

Ja, bis zum Himmel schrie'n sie auf.

Xanthias.

Und gab es keine Gegenpartei für Aeschylos?

Aeakos.

Die Bessern sind auch, wie da oben, dünn gesät.

Xanthias.

Und was gedenkt nun Pluton in der Sach' zu thun?

Aeakos.

Wettkampf anordnen will er und ein Schiedsgericht   785
Zur Prüfung ihrer Meisterschaft.

Xanthias.

Wie kommt es denn

Daß Sophokles den Thron nicht angesprochen hat?

Aeakos.

O weit entfernt! der küßte vielmehr Aeschylos,
So wie er kam, und drückte freundlich ihm die Hand,
Doch Jener bot freiwillig ihm den Ehrensitz;   790

Nun wollt' er eben, ſo erzählt Kleidemides,
Als Hintermann ſich ſtellen: ſiegt dann Aeſchylos,
So gibt er ſich zufrieden; wo nicht, ſo wollte er
Es in der Kunſt aufnehmen mit Euripides.

Xanthias.

So gibt's Spektakel?

Aeakos.

Freilich, ja im Augenblick.   795
Und hier zwar auf der Stelle bricht das Wetter los,
Und auf der Wage wägt man ab die Muſenkunſt —

Xanthias.

Wie Opferhämmel ſchätzt man ab die Tragödie?

Aeakos fortfahrend:

Zollſtäbe legt man an die Verſ' und Ellenmaß,
Viereckige Möbel, wie man Ziegel damit formt,   800
Bleiloth und Winkelmaße: denn Euripides
Will Wort für Wort durchfoltern die Tragödie.

Xanthias.

Das muß doch, mein' ich, ſchwer verletzen den Aeſchylos.

Aeakos.

Er ſtarrte freilich ſtieren Blicks zum Boden hin.

Xanthias.

Wer wird denn da Kampfrichter ſein?

Aeakos.

Die Wahl war ſchwer.   805

V. 791. Kleidemides, wahrſcheinlich ein Schauſpieler des So=
phokles (Schol.). Aus Beſcheidenheit theilt Sophokles ſeinen Vorſatz nur
dem Kleidemides mit.

V. 792. In den gymnaſtiſchen Kämpfen ſtellte ſich einer als Secun=
dant neben den Kämpfer, um im Fall ſeines Erliegens den Kampf wieder
aufzunehmen. Ein Solcher hieß Ephedros.

V. 798. Am Apaturienfeſte (vgl. zu V. 416) wurde das Opferfleiſch
der Einzelnen vom Prieſter gewogen und die Umſtehenden riefen aus
: Neckerei: zu leicht, zu leicht! Hierauf iſt im Text angeſpielt.

An Kunſtverſtänd'gen fanden ſie keinen Ueberfluß.
Selbſt nicht Athener ließ ſich gefallen Aeſchylos.

Xanthias.

Für Diebsgeſindel hielt er wohl den größten Theil.

Aeakos.

Ja, und den Reſt für aberwitzig, wo es gilt
Talent und Kunſt zu würd'gen.   Daher trugen ſie   810
Es deinem Herrn auf, weil er kunſterfahren ſei.
Nun geh'n hinein wir; wenn einmal die geſtrengen Herrn
In Eifer kommen, gibt es Beulen nur für uns.

Chor.
Erſte Hälfte.

Wahrlich, der donnernde Mann wird ſchrecklich im Innern ergrimmen,
Wann er den ſpitzigen Schwätzer erblickt, wie er drohend den Zahn
                                    wetzt   815
        Zum Wettkampf.   In erhabenem Zorne die Augen
        Rollen wird er fürchterlich.

Zweite Hälfte.

Helmumflattertes Ringen entbrennt hochbuſchiger Worte;
Splitter vom Rade geflogen, und kunſtgeſchnitzelter Abfall,
        Wenn er die roſſebeſteigende Rede des Meiſters   820
        Sich vom Leibe halten will.

Erſte Hälfte.

Schüttelnd die nackenumwallende Mähn' urwüchſigen Haupthaars,
Finſter die Brauen gezogen, wird klobengenietete Worte
        Brüllend er ſchleudern, wie Planken heruntergeriſſen,
        Schnaubend von Gigantenwut.   825

        B. 807. Aeſchylos hatte als Greis Athen verlaſſen, weil ſeine Oreſteia
(ſein beſtes Werk) nicht gekrönt worden war.
        B. 814. Die Strophen des Chors ſind ſo vertheilt daß in der erſten
und dritten das Subject (er) Aeſchylos, in der zweiten und vierten Euripi=
des iſt.

Zweite Hälfte.

Dorther wird mundfertig die ſilbenſtechende, glatte
Zunge Geſchwätz aufwirbeln, die neidiſchen Zügel zerknirſchend,
Worte zerſpalten wie Haar und in's Kleine zerhacken
Lungenarbeit, rieſengroß.

Fünfter Auftritt.

Euripides. Dionyſos. Aeſchylos. Chor der Eingeweihten. Pluton.

Euripides.

Dem Thron entſag' ich nimmermehr; Nichts mehr davon!   830
Ein größ'rer Meiſter behaupt' ich doch als der zu ſein.

Dionyſos.

Du ſchweigeſt, Aeſchylos? Du vernimmſt die Rede doch.

Euripides.

Von Anfang wird er hocherhaben thun, wie ſonſt
In ſeinen Stücken ſtets er ungeheuerte.

Dionyſos.

O Menſchenkind, nimm nur den Mund nicht gar zu voll!   835

Euripides.

Ich kenne dieſen, hab' ihn lange ſchon durchſchaut,
Den Wildemannspoeten, den Poſaunenmund
Mit zaum= und zügelloſem, unverſchloßnem Maul,
Den unüberſchwatzbaren Redepompklabaſterer.

Aeſchylos.

Iſt's möglich, Sohn der Göttin vom Gemüſemarkt?   840

V. 827. Hämiſche Seitenblicke auf die äſchyleiſche Poeſie findet man
in Euripides' Elektra V. 520—45 und Phöniſſen V. 750—54.
V. 840. Parodie eines euripideiſchen Verſes; dort heißt es Meeres=
göttin (Thetis). Die Mutter des Euripides ſoll eine Gemüſehändlerin
geweſen ſein. Der Gegenſatz zwiſchen vornehm und gemein war bei den
Alten ſchroffer als bei uns. Gemeine Herkunft, gemeine Geſinnung,
dachten ſie.

Darfſt bu mir das? Du Mann des Plaudertaſchenkrams,
Du Bettlerdichter, Bühnenlumpenſammler bu!
Das ſagſt bu mir nicht zum zweiten Mal.

Dionyſos.

Halt, Aeſchylos!
Erhitze bir bein Eingeweide nicht von Zorn.

Aeſchylos.

Nein, laß mich, bis ich völlig dieſen Kerl entlarvt,   845
Den Krüppel=Dichter, ber mir trotzt als wär' er was.

Dionyſos.

Ein Lamm, ihr Burſche, holt ein ſchwarzes Lamm herbei:
Ein Wirbelwindsgewitter ſteigt ſogleich herauf.

Aeſchylos.

O bu, der kretiſche Monodieen zuſammenklaubt,
Blutſchänderiſche Vermählungen einſchwärzt in die Kunſt —   850

Dionyſos.

Bezähme bich, mein vielgeſchätzter Aeſchylos.
Und bu, geſchlag'ner Mann, Euripides, entweich

V. 842. Euripides brachte ben myſtiſchen König Telephos im Bett=
lergewand auf die Bühne, was gegen alle Würde der „königlichen" Tra=
gödie zu ſein ſchien. Ein gleicher erbärmlicher Aufzug muß in des Euripi=
des verlornen Stücken Philoktet und Bellerophon vorgekommen ſein. Te=
lephos tritt bei Euripides (nach Acharn. 436 f.) überdieß als ſehr ge=
ſchwätig auf.

V. 847. Ein ſchwarzes Lamm wurde bei Stürmen, drohendem Ge=
witter ꝛc. geopfert, wie überhaupt ben chthoniſchen (unterirdiſchen) Mächten.

V. 849. Die Monodieen in den Kretern des Eurip. Die Mono=
dieen, Geſänge die der Tanzende ſelbſt vorträgt, während in den Chören
nur der eine Halbchor ſingt, der andere tanzt oder Pantomimen ſpielt, waren
eine kretiſche Erfindung. Dieſe Verbindung der Pantomimen mit dem
Geſang galt dem gebildeten Griechen für unſchicklich.

V. 850. Im Aeolos des Eurip. verführt Makareus, der Sohn des
Aeolos, ſeine Schweſter Kanake und muß ſie heirathen. Schol. Andere
ziehen auch die Phädra hieher. Uebrigens war die Ehe mit einer Schweſter
väterlicher Seits erlaubt, und bei Homer (Odyſſ. X, 7.) gibt wirklich
Aeolos „ſeine Töchter ben Söhnen zur Ehe". Vgl. V. 1087.

Vor dieſem Hagelwetter, wenn du vernünftig biſt,
Damit er nicht mit einem Kraftwort dir das Hirn
Zerſchlägt im Zorn, und Telephos dir ſpritzt heraus.   855
Du aber prüfe leidenſchaftslos, Aeſchylos,
Und laß dich ruhig prüfen.   Denn für Dichter ſchickt
Sich's nicht ſich auszuſchimpfen, wie ein Höckerweib.
Du aber knallſt, wie Eichenholz im Feuer, gleich.

Euripides.

Ich bin bereit zu Allem, nicht entzieh' ich mich,   860
Zu beißen oder, wie er will, dem Biſſe Preis
Zu geben Verſe, Chöre, der Tragödie Nerv,
Jawohl, bei Zeus, den Peleus und den Aeolos,
Den Meleager, ja ſogar den Telephos.

Dionyſos.

Wie willſt nun du es halten? ſprich, mein Aeſchylos.   865

Aeſchylos.

Hier möcht' ich wohl des Streites überhoben ſein.
Denn gleich iſt nicht für Beide hier der Kampf.

Dionyſos.

Warum?

Aeſchylos.

Weil meine Dichtung nicht zugleich auch ſtarb mit mir;
Mit ihm iſt ſie geſtorben, er kann Rede ſtehn.
Jedoch, du haſt es ſo gewollt, drum will ich's thun.   870

Dionyſos zu den Sklaven:

So geht, und bringt Weihrauch mir her und Feu'r dazu,
Damit ich Beiſtand vor dem Kunſtſtreit mir erſeh',
Um kunſtgerecht zu richten über dieſen Kampf.

Zum Chor:

Ihr aber ſtimmt ein Loblied noch den Muſen an!

V. 863 u. 864.   Dieſe Stücke ſind verloren gegangen.
   V. 868.   Dieß iſt nicht blos in geiſtigem Sinn zu verſtehen.   Die
Stücke des Aeſchylos wurden auch nach ſeinem Tode noch aufgeführt, von
Euripides nicht.   Dieſer hat ſie bei ſich und iſt dadurch im Vortheil.

Chor.

Musen, ihr neun jungfräuliche, reine   875
Töchter des Zeus, die ihr schaut auf die spißigen, wißigen Geister
Sprüchausprägender Männer, so oft mit scharfen Gedanken,
Künstlich geschraubten Sophismen im Wortkampf sie sich begegnen,
    Kommet herbei um zu schauen die Kraft
    Zweier gewaltigen Zungen, zu leihen   880
    Worte der Kraft und das Versegeschwirr.
Denn der gewaltige Kampf um die Kunst, jeßt schreitet er zum Werke.

Dionysos, der indessen geopfert:

Nun betet ihr auch, eh' ihr eure Verse sprecht.   885

Aeschylos.

Demeter, die du meinen Geist befruchtet hast,
Laß deiner Weihen würdig mich im Kampf bestehn.

Dionysos zu Euripides:

Nimm du vom Weihrauch, opfre gleichfalls.

Euripides.

           Danke schön:

Zu andern Göttern hebt sich mein Gebet empor.

Dionysos.

So hast du eigne, neues Gepräge?

Euripides.

          Ja, gewiß.   890

Dionysos.

Nun gut, so rufe deine Sondergottheit an.

Euripides.

O Luft, du meine Waide! Zungenwirbel du!
Und du Verstand! Du scharfausspürende Nasenspiß'!
Laßt mich im Angriff richtig meistern jedes Wort.

V. 886 u. 887. Verse aus Aeschylos, der selbst ein Eleusinier und in
die Mysterien eingeweiht war.
V. 892. Luft, Zunge und sophistischer Verstand sind die Dreieinigkeit
des Euripides, wie die des Sokrates in den Wolken (V. 265): Chaos,
Wolken und Zunge.

Chor.
Strophe.

Auch wir, auch wir verlangen gar sehr　　　　895
Von dem Meisterpaar zu hören
Wohllautvoller Reden Klänge.
　　　Tretet an des Kampfes Bahn!
Denn die Zungen sind entflammt und
Beider Brust erfüllt von Kampflust,
　　Reizbar ist der Beiden Sinn.　　　　900
Darum läßt sich auch erwarten
Von dem Einen städtisch seine
　　Rede, künstlich ausgefeilt;
Von dem Andern mit der Wurzel
Ausgeriss'ne Kraftausdrücke:
　　　So zerstäubt er
All' das Versgewirbel dort.

Dionysos.
Nun fangt einmal zu sprechen an; doch bringt nur witz'ge Sprüche, 905
Nur keine schaalen Bilder, kein alltägliches Gerede.

Euripides.
Von meinem eigenen Verdienst, was ich als Dichter leiste,
Sei nur zuletzt die Rede noch. Erst will ich Dem beweisen
Daß er ein wind'ger Prahler war, und wie das Publikum er
Betrog, das er von Phrynichos dumm auferzogen erbte.　　910
Für's Erst' erlaubt' er sich vermummt Personen hinzusetzen,

V. 910. Phrynichos, Schüler des Thespis, der Vater der alten
Tragödie, blühte um's Jahr 494 v. Chr. Es gibt jedoch mehrere Dichter
dieses Namens, z. B. den Komiker oben V. 13. Wieder ein anderer ist
der Staatsmann V. 689. Phrynichos war der Erste welcher Stoffe aus der
nahen Wirklichkeit (den ersten Perserkrieg in seinen Phönissen, die Erobe=
rung von Milet) auf die Bühne brachte, und dadurch Vorgänger des nur
zwölf Jahre jüngeren Aeschylos. Gerühmt wird die Einfachheit und Schön=
heit seiner lyrischen Gesänge (Chöre). Er starb — am Hofe des kunst=
liebenden Königs Hieron — in Sicilien.

Achilles oder Niobe, Nichts sah man vom Gesichte,
Schaupuppen der Tragödie, die keine Silbe muckten.

Aeschylos.

Bei Zeus, das ist nicht wahr.

Euripides.

Der Chor ließ oftmal vier Geschwader
Gesäng' in Einem Zuge her anrücken; Jene schwiegen.   915

Dionysos.

Doch mir gefiel das Schweigen sehr und machte mir Vergnügen
Nicht minder als die Schwätzer jetzt.

Euripides.

Einfältig warst du eben,
Das glaube mir.

Dionysos.

Ich mein' es auch; warum denn that es der da?

Euripides.

Windbeutelei!.... damit das Volk da säß' in voller Spannung,
Wann Niobe wohl sprechen würd', und so verlief das Drama.   920

Dionysos.

Der große Schelm! wie hatt' er da mich also oft zum Besten!

Zu Aeschylos:

Was reckst du dich und thust erboßt?

Euripides.

Ha, weil ich ihn getroffen.

Und hatt' er dann der Possen gnug getrieben, war das Drama
Zur Hälfte durch, da warf er hin ein Dutzend Büffelwörter,

V. 912. Achilles in den „Phrygiern", einem Drama das die Aus-
lösung des Leichnams von Hektor behandelte, sprach nur wenige Worte im
Eingang des Stücks mit Hermes, dem Führer des Priamos, und schwieg
dann bis zu Ende, taub gegen die Bitten des Vaters. Noch wirksamer war
der Eindruck dieses Schweigens bei Niobe, in dem Stück gleichen Namens,
die am Grabe ihrer Kinder sitzend das erste Dritttheil des Stücks hindurch
kein Wort sprach.

Mit aufgezog'nen Brau'n, bebuſcht, graunvolle Schreckgeſpenſter, 925
Den Hörern unverſtändlich.

Aeſchylos.

Wie? das ſoll ich dulden?

Dionyſos.

                                                        Stille!

Euripides.

Auch nicht ein Wort war zum Verſteh'n.

Dionyſos zu Aeſchylos:

                              Laß doch das Zähneknirſchen.

Euripides.

Skamander nur und Wälle gab's, und angebracht auf Schilden
Greifadler aus getriebnem Erz und roßhoch ſteile Worte,
Die zu enträthſeln ſchwierig war.

Dionyſos.

                              Bei allen Göttern, ja ich   930
Verbracht' einmal' in langer Nacht ſchlaflos die Zeit mit Grübeln,
Zu welcher Gattung Vögel denn man zählt den „gelben Roßhahn“.

Aeſchylos.

Unwiſſender! ein Zeichen iſt's das man an Schiffe malte.

Dionyſos.

Ah ſo! ich dachte ſchon es ſei Philorenos' Sohn, Eryxis.

Euripides.

Wie paßt es nur auch einen Hahn ins Trauerſpiel zu bringen? 935

        V. 928. Skamander, der bekannte Fluß bei Troja. Flüſſe, Berge,
Wälle: häufige Bilder bei Aeſchylos.
        V. 933. Wahrſcheinlich war es in der Erzählung von dem Brand der
Schiffe daß der Bote des herabgefallenen Bildes erwähnte.
        V. 934. Eryxis wird durch dieſe Vergleichung mit dem Roßhahn
als gefräßig verſpottet; nach dem Schol. als „mißgeſtaltet“.

Ariſtophanes.   26

Aeschylos.

Was hast nicht du, du Götterfeind, ihm Alles angedichtet!

Euripides.

Roßhähne wahrlich nicht, wie du, noch weniger Bockshirsche,

Dergleichen man auf persischen Tapeten eingestickt sieht;

Sobald aus deinen Händen ich die Poesie empfangen,

Ganz aufgedunsen von Bombast und centnerschweren Worten,   940

Gleich schmort' ich sie gehörig ein, und nahm ihr bald die Schwere

Mit Liederchen, Spazierengehn und abgekochten Rüben,

Verschrieb ein Säftchen Züngelei, wohl abgeseiht von Büchern;

Ich zog sie auf mit Monodien, Kephisophon'scher Mischung.

Dann schwatzt' ich nicht wie's kam, und fiel nicht mit der Thür' ins
Haus ein.   945

Wer auf die Bühne trat zuerst, der nannte seine Herkunft

Für's ganze Stück.

Dionysos.

War besser noch für dich als deine eig'ne.

Euripides.

Sodann vom ersten Vers an ließ ich Niemand müßig stehen,

Nein, sprechen mußte mir die Frau und auch der Knecht nicht minder,

Es sprach der Herr, die Jungfer; auch das alte Weib —

Aeschylos.

Verdientest 950

Du nicht für diese Frechheit schon den Tod?

Euripides.

Nein! beim Apollon!

Nur demokratisch war ja das.

V. 942. Nach den griechischen Aerzten wird der Saft der Rübe (Mangold) äußerlich angewendet um Geschwülste zu vertreiben.

V. 944. Die Monodieen oder Monologen des Euripides sind ungewöhnlich lang und weitschweifig. — Kephisophon, im Hause des Euripides erzogen, soll ihm bei den melischen Theilen der Tragödie, seiner Frau aber zu Anderem geholfen haben. Als Hahnrei wird Euripides auch sonst oft verspottet

Dionyſos.

Laß ruhen das, du Lieber,

Denn das noch zu beſprechen bringt dir wahrlich keine Roſen.

Euripides.

Dann haben die dort erſt von mir gelernt das Reden, —

Aeſchylos.

Wahr iſt's.

O wäreſt, eh du ſie's gelehrt, du doch entzwei geborſten!   955

Euripides fortfahrend:

Anlegen ſeines Meßgeräth, Perioden abzuzirkeln,

Wahrnehmen, ſehen und verſteh'n, ſich ſchwenken, liebeln, ränkeln,

Argwöhnen ſchlimme Streiche, rings mißtrauiſch lauſchen —

Aeſchylos.

Wahr iſt's.

Euripides fortfahrend:

Ich zog die Häuslichkeit herein, in der wir ſind und leben,

Und gab mich ſo dem Tadel preis, denn das verſtanden Alle,   960

Hierin zu richten meine Kunſt. Ich wollte nicht poſaunen,

Vom Denken abzuziehen, noch betäubt' ich durch Geſtalten

Wie Kyknos oder Memnon auf den Schellenkappenrößlein.

Erkennen wirſt du beiderlei, ſo mein' als ſeine Jünger:

Die ſeinen ſind Phormiſios, Megänetos der Landsknecht,   965

V. 953. Weil er nach dem Sturze der Vierhundert und der Wieder=
herſtellung der Demokratie zu dem König Archelaos ſich begab. Vgl.
V. 83.

V. 963. Kyknos und Memnon, nachhomeriſche Helden vor Troja.
Den lächerlichen Pferdeſchmuck der Orientalen lernten die Griechen in den
Perſerkriegen hinreichend kennen.

V. 965. Phormiſios, ein Bramarbas, der ſich im Aeußern (be=
ſonders durch einen langen Bart) das Anſehen ſpartaniſcher Tapferkeit gab.
Megänetos, ſonſt unbekannt, wird durch den Beiſatz ὁ Μανῆς als Sklave
bezeichnet, vielleicht war er, wie damals manche Athener, halbbarbariſcher
Abkunft. Manes iſt nämlich ein häufiger Knechtsname, wie Mania Magd=
name. Zugleich aber bezeichnet es im Würfelſpiel einen ſchlechten Wurf,
und wenn wir V. 970 vergleichen, ſo ſteht der Schüler des Aeſchylos als

Trompetenlanzenknebelbärt', zähnblöckende Fichtenbeuger;
Doch meine Schüler: Klitophon, Theramenes, der Weltmann.

Dionysos.

Theramenes? ein kluger Mann, gewandt in allen Stücken,
Der, wenn er schlecht geworfen hat und nahezu verlöre,
Dem Glücke nachzuhelfen weiß, nicht Chier, sondern Kier.   970

Euripides.

Auf solche Klugheit allerdings
Hab' ich die Leute eingeschult,
Indem Vernunft ich in die Kunst
Und Forschung legte, so daß jetzt
Ein Jeder denkt und wohl begreift,   975
Und insbesondre Haus und Hof
Weit besser als zuvor betreibt,
Und immer fragt: Wie steht's mit dem?
Wo sind' ich das? Wer hascht' es weg?

Dionysos.

Ja, bei den Göttern, freilich jetzt   980
Tritt ein Athener kaum ins Haus,

unglücklicher Spieler dem des Euripides als stets glücklichem Spieler
gegenüber. (Fritzsche.) — Im Sinne des Aristophanes erzog Aeschylos
Krieger, Euripides Schwätzer und Ränkemacher.

V. 966. „Fichtenbeuger", Anspielung auf den Räuber Sinis, der die
Gefangenen mit den Füßen an zwei niedergebogene Fichtenbäume knüpfte
und dann aufschnellen ließ, daß sie zerrissen wurden.

V. 967. Klitophon, ein untergeordneter, übrigens dem Theramenes
ähnlicher Charakter, der blos aus den Komikern bekannt ist.

V. 970. Das Wortspiel Chier und Kier (eigentlich Keier, von der
Insel Keos, einer der Kykladen, wie jenes von Chios) soll sich auf eine
geschichtliche Anekdote beziehen, wornach Theramenes sich während eines
Krieges beider Inseln auf Chios für einen Chier, auf Keos für einen Keer
(Keier) ausgegeben haben soll. Die historische Beziehung ist jedenfalls
dunkel; deutlicher dagegen die Anspielung auf das Würfelspiel, in welchem
der Chier der schlechteste, der Koer (von der Insel Kos) der beste Wurf war.
Zwar Kier ist nicht Koer; aber der Dichter wollte zugleich auf die ursprüng-
liche Heimat des Theramenes hindeuten. „Ein Sprüchwort, wie von der
Fledermaus, die bald Vogel ist, bald Maus," sagt Voß.

So schreit er gleich die Sklaven an,
Und fragt: „wo ist der ird'ne Topf?
Wer hat mir da den Häringskopf
Gefressen? Und der Wasserkrug   985
Vom vor'gen Jahr ist auch dahin.
Wo ist der Lauch von gestern, he?
Wer nagte die Olive an?"
Sonst saß der Mann ganz albern da,
Ein Mammakindchen, offnen Mauls,   990
Ein ächtes Honigküchlein.

Chor.
Gegenstrophe.

„Das erblickst du nun wohl, glorreicher Achill;"
Sag', was willst du drauf erwidern,
Trefflicher! Nur eins besorg' ich,
Daß der Zorn dich übernimmt
Und dich über's Ziel hinausreißt.
Denn er hat dich hart beschuldigt.   995
        Sieh dich vor, du edles Herz,
Daß du nicht im Zorn erwiderst,
Nein, mit eingereßten Segeln
        Und mit halbem Winde fährst: 1000
Treibe weiter dann nur sachte,.
Und beachte, wann einmal du
        Sanften Fahrwind
Und beständigen bekommst.
Wohlauf denn du Erster hellenischen Stamms, der erhabene Worte
                                    gethürmt hat,
Und verherrlicht uns hat das tragische Spiel, frisch öffne dem Strome
                                    die Schleußen.   1005

V. 986. Im Text: ist mir gestorben. Zur Verspottung des hochtrabenden Stils des Eurip. in der Rede von gemeinen Sachen.
V. 992. Aus den Myrmidonen (dem Achilles) des Aeschylos.

Aeschylos.

Es entrüstet mich dem gegenüberzusteh'n, mein Innerstes kocht von
Erbitterung,
Daß ich diesem ein Wort nur erwidern soll; doch damit er nicht
Schwäche mir nachsagt,
Antworte mir dieses: wodurch sich erringt der schaffende Dichter Be-
wunderung.

Euripides.

Durch Geist und Geschick und vernünftigen Zweck, weil besser zu machen
die Menschen
Im Staate wir suchen.

Aeschylos.

Nun gut, wenn du das Entgegengesetzte gewirkt hast,   1010
Wenn du gute und biedere Menschen sofort zu erbärmlichen Wichten
gemacht hast,
Was meinst du dafür zu verdienen?

Dionysos.

Den Tod! Da frage nur diesen nicht
selber

Aeschylos.

So betrachte die Menschen, in welcher Gestalt er zuerst von mir sie
bekommen,
Von edlem Gehalt, vierelligem Wuchs, nicht Hasenpanierpatrioten,
Nicht Marktumlungerer, Gaukler, wie jetzt, nicht Erzhallunken und
Schufte,   1015
Nein, Männer die schnaubten nach Eisen und Speer und nach weiß-
umflatterten Helmen,
Nach Panzergeflirr und Beinharnisch' und von siebfach häutigem
Kriegsmut.

V. 1017. Aus sieben Stierhäuten ist bei Homer z. B. der Schild
des Ajas.

Dionysos für sich.

Da schreitet bereits das Uebel herein: mit den Helmen betäubt er mich
wieder.

Euripides.

Doch du, wie hast du's gemacht, um sie zu so biederen Männern zu
ziehen?

Dionysos.

Sprich, Aeschylos, sprich, und grolle nicht so in dem eigensinnigen
Stolze. 1020

Aeschylos.

Ein Drama schuf' ich, des Ares voll.

Euripides.

Das wäre?

Aeschylos.

Die Sieben vor Thebä.

Und jeglicher Mann der dieses geschaut entbrannte von kriegrischem
Feuer.

Dionysos.

Da hast du dir was recht Schlimmes gemacht: denn tapferer hast du
geschildert

Die Thebäer als uns zum Kriege; dafür nun sollst du noch Schläge
bekommen!

Aeschylos zu den Zuschauern.

Ihr hättet euch üben auch können wie sie; doch daran dachtet ihr nie=
mals. 1025

Dann hab' ich die Perser euch vorgeführt, und der Thaten erhabenste
feiernd

V. 1024. Die Sieben vor Thebä von Aeschylos sind bekanntlich noch
vorhanden. Zwischen den Thebäern und Athenern bestand alter Nachbar=
haß, genährt dadurch daß jene in den Perserkriegen zuerst die hellenische
Fahne verlassen und sich unterworfen hatten, und gleich im Anfang des pelo=
ponnesischen Krieges gemeinschaftliche Sache mit den Spartanern machten.

· Die Begierde geweckt in jeglicher Brust, stets über die Feinde zu
siegen.

Dionysos.

Ja, ich freute mich auch, da den Sieg ich vernahm aus dem Munde
des todten Darius,
Und die Hände zusammenschlagend der Chor fiel klagend ein mit
Ihuhu.

Aeschylos.

In Solchem die Männer zu üben geziemt dem Poeten.   Nun muß're
sie alle   1030
Die gediegenen Dichter von Anfang durch, wie nützlich sie immer ge=
worden.
Orpheus, der uns heilige Weihen gelehrt und Scheu vor blutiger
Mordthat;
Musäos brachte die Heilkunst mit und Orakel; Hesiodos lehrte
Landbau und die Zeiten der Aernte, der Saat; und der göttliche Sänger
Homeros,
Wie anders erwarb er sich Ehre und Ruhm, als weil er uns Treffliches
lehrte,   1035
Die Stellung der Heere, die Thaten der Kraft, die Bewaffnung der
Männer?

Dionysos.

Bei Einem,
Pantakles dem Linkischen, war es umsonst, der jüngst als Führer des
Festzugs
Sich den Helm auf den Kopf festband und den Busch dann drüber zu
stecken versuchte.

V. 1028. In den Persern erscheint der Geist des Darius und ver=
kündet daß die Athener stets über die Barbaren siegen werden. (Aesch.
Pers. V. 696. 788. 1058.)
V. 1037. Pantakles, ein Dithyrambendichter.

Aeschylos.

Viel andere treffliche Männer dafür, wie den Lamachos, lehrt' er, den
Heros.

Nach dem Vorbild dieser erschuf mein Geist denn der Heldengestalten die
Menge: 1040

Wie Patroklos, Teuker, das Löwenherz, damit ich die Bürger er-
weckte

Nach solchem Maß sich zu strecken, sobald sie die Kriegstrompete ver-
nahmen.

Doch nie, beim Zeus! hab' ich Hurengezücht, Stheneboien und Phädren
gedichtet,

Und Niemand kann mir beweisen daß je ein verbuhletes Weib ich geschildert.

Euripides.

Das nicht, beim Zeus! Da war dir zu fremd Aphrodite.

Aeschylos.

Und soll es auch bleiben. 1045
Auf dir und den Deinigen freilich, da ließ sie unablässig sich
nieder,

Drum hat sie dich selbst so heruntergebracht.

V. 1039. Lamachos, der kühne und tüchtige Feldherr im peloponnesischen Kriege. In den Acharnern heißt er der blitzestrahlende mit dem
Gorgonenhelm, er scheint also auch ein martialisches Aussehen gehabt zu
haben. Dort wird er als lebend verspottet, hier nach dem Tode versöhnt.
Sein Schicksal im sicilischen Feldzug s. bei Thuk. VI, 101.

V. 1043. Phädra (im Hippolytos des Euripides) und Stheneboia (in
einem verlornen Stück, bei Homer Il. VI, 155 Anteia) suchten Männer zu
verführen, und weil sie von diesen verschmäht wurden, klagten sie dieselben
bei ihren Ehemännern als Verführer an. Bellerophon wurde deßhalb von
Prötos, dem Gemahl der Anteia, mit einem Uriasbrief an einen Freund geschickt. Bei Euripides tödtet sich Stheneboia, nachdem sie die Vermählung
des Bellerophon erfahren hat, durch Gift.

V. 1044. Klytämnestra ermordet bei Aeschylos ihren Gemahl nicht
dem Buhlen Aegisthos zu lieb, sondern aus Rache für die geopferte Tochter
Iphigeneia.

Dionysos.

Beim Zeus! ja, das ist die Geschichte.

Denn was du von Anderer Frauen erdacht, schwer hat es dich selber
betroffen.

Euripides zu Aeschylos.

Was schaden dem Staat, du verwegener Kerl, Stheneböen, wie ich sie
erdichte?

Aeschylos.

Daß ehrlicher Männer wohlehrbare Fraun den Schirlingsbecher ge-
trunken,   1050
Durch dich nur bethört und in Schande gestürzt, ein Opfer der Belle-
rophonten.

Euripides.

War nicht auch vorher die Sage schon da von der Phädra? Hab' ich
sie ersonnen?

Aeschylos.

Wohl war sie es, ja. Doch Schändliches soll sorgfältig verbergen der
Dichter,
Nicht vorziehn, öffentlich stellen zur Schau: denn was für die Kna-
ben der Schule
Ein Lehrer ist, welcher sie lehrt und erzieht, den Erwachsenen ist es der
Dichter.   1055
Drum ist uns nur Gutes zu singen erlaubt.

Euripides.

So? Wenn du nun Berge von Worten,

V. 1047. Euripides soll, um dem Spott der Komödie über seinen
häuslichen Skandal (zu V. 944) zu entgehen, nach Makedonien gegangen
sein.
V. 1050. Wenn Aristophanes hier auf Thatsachen anspielt, so mögen
es Weiber gewesen sein die aus Verzweiflung über den Untergang ihrer
Männer im sicilischen Feldzug oder bei andern Unglücksfällen sich das Leben
nahmen. Denn der Dichter sucht einmal dem Euripides alles öffentliche
Unglück in die Schuhe zu schieben.

Lykabettos gleich und dem Parnaß, häufst, das nennest du Gutes nur
lehren?

Du solltest doch menschlich reden als Mensch.

Aeschylos.

Armseligster! muß ich für große
Entschlüss' und Gedanken die Worte nicht auch gleich angemessen er=
schaffen?

Auch sonst ja geziemt es dem Halbgott wohl in gewaltigen Worten zu
sprechen,   1060

So wie er denn auch im Vergleiche mit uns prachtvoller erscheint in
Gewändern.

Dieß Alles, wofür ich das Rechte gezeigt, du hast es geschändet ...

Euripides.

Wodurch denn?

Aeschylos.

Die Könige hast du mit Lumpen behängt, daß erbarmungswerth sie
erscheinen

Blos möchten dem Volk; das war mal eins.

Euripides.

Was hätt' ich nun damit geschadet?

Aeschylos.

Seitdem will keiner der Reichen dem Staat dreirudrige Schiffe be=
schaffen;   1065

Jetzt wickelt ein Jeder in Lumpen sich ein und heulet und klagt, wie er
arm sei.

V. 1057. Lykabettos, ein Berg in Attika; der Parnassos in
Phokis.

V. 1065. Die Trierarchie oder die Auflage auf einen oder mehrere
Reiche, ein Kriegsschiff zu stellen und auszurüsten, war die eigentliche Kriegs=
steuer in Athen, der sich Mancher durch vorgebliches Unvermögen zu ent=
ziehen suchte.

Dionyſos.

Ja, bei'r Demeter, und trägt doch ein Kleid von gekräuſelter Wolle
darunter;
Und hat er durch ſolches Gerede getäuſcht taucht wieder er auf bei dem
Fiſchmarkt.

Aeſchylos.

Zum Zweiten, ſo haſt du die Menge gelehrt ſich auf Schwatz und Ge‑
plapper zu legen:
Das hat die Paläſtren entvölkert, es hat den Hintern der Jungen zer‑
rieben,   1070
Allweil ſie betrieben das Zungengefecht, und das Schiffsvolk hat es
bethöret
Den Befehlenden widerſpenſtig zu ſein, das früher doch, als ich noch
lebte,
Nichts Anderes wußt' als nach Zwieback ſchrein und Hollahoh! holla!
zu ruſen.

Dionyſos.

Bei Apollon, ſo war es; und in das Geſicht einem hinteren Rudrer
zu farzen,
Und anzuſpritzen den Tiſchnachbar, und am Lande die Leute zu
plündern.   1075
Jetzt wirft es im Trotze das Ruder hinweg, und fährt in die Kreuz'
und die Quere.

Aeſchylos.

An welchem Verderben iſt Der nicht ſchuld?
Hat Kuppler er nicht auf die Bühne gebracht,
Und Weiber gebärend an heiligem Ort,   1080

B. 1070. Anſpielung auf die den Griechen eigenthümliche Art von
Unzucht.

B. 1079. Im Hippolytos des Euripides kuppelt die Amme; im Aeolos
heirathet die Schweſter den Bruder; die Auge, Tochter des Aleos, von
Herakles befruchtet, kommt im Tempel der Athene nieder. Die Niederkunft
im Tempel galt für Verunreinigung deſſelben.

Und Schwestern mit leiblichen Brüdern gepaart,
Und Sprüche, wie: Leben und Tod sind Eins —?
Das waren die Muster wonach sich die Stadt
Anfüllte von lockerem Schreibergeschmeiß,
Von Schmarotzergezüchte, den Affen des Volks,   1085
Die die Menge betrügen zu jeglicher Zeit.
Und Keiner besteht mehr den Fackellauf,
     Aus Mangel an männlicher Uebung.

                 Dionysos.

Bei Zeus, nicht Einer! Vergieng' ich doch fast
Vor Lachen am Feste der Panathenä'n: 1090
Da keuchte gebückt so ein langsamer Kerl,
Bleich, fett, weit hinter den Anderen drein,
Mit den ärgsten Grimassen; am Thore jedoch,
Dort schlugen die Herrn Kerameer ihn derb
Auf den Bauch und die Rippen, die Lenden, den Steiß; 1095
Doch er, von den patschenden Händen gebläut,
     Läßt hinter sich los —
     Ausblasend die Fackel entspringt er.

                 Chor.
                 Strophe.

Große Ding' und ernste Händel,
     Heft'ger Krieg entspinnt sich nun.
Schwierig wird es sein zu richten,   1100
     Wenn der Eine mächtig einhaut
Und der Andre sich zu drehn weiß
     Und geschickt zu widerstehn.
Aber bleibet nicht bei Einem,

V. 1082. Eine Sentenz des Euripides die ihm unten V. 1477 wieder
aufgemutzt wird. Sie wird aus zwei verschiedenen Stücken angeführt, dem
Phrixos und dem Polyeidos, und lautete vollständig:
     Wer weiß ob nicht das Leben nur ein Sterben ist,
     Das Sterben wieder Leben und das Schlafen Tod.
V. 1094. Kerameer, die Bewohner des Stadttheils Kerameikos.

Fechterkünste gibt's ja viele
  Auch im Kampf der Wissenschaft.
Was ihr aufzumutzen wisset   1105
Redet, greifet an und rupfet
Alte Schäden auf und neue,
Und in beissend feinen Witzen
  Zeiget eure Stärke nun!
Gegenstrophe.
Wenn ihr aber je besorgt, es
Fehle eurem Publikum
An der Bildung noch um eure   1110
Feinen Hiebe zu verstehen,
Macht euch darum keine Sorgen,
  Denn es ist nicht mehr an dem.
Wohlgediente Leute sind es:
Jeder lernt aus seinem Buche
  Sich den richtigen Geschmack.
Schon von Haus aus gute Köpfe,   1115
Sind sie nun auch abgeschliffen.
Darum fürchtet nichts: der Hörer
Wegen greifet Alles keck an;
  Jeder ist gebildet hier.

Euripides.

Wohlan, so werf' ich gleich auf seine Prologe mich,
Um, was der erste Anfang ist im Trauerspiel,   1120
An dem zuerst zu prüfen seine Fähigkeit.
Denn unverständlich kündigt er die Handlung an.

Dionysos.

Und welchen willst du prüfen von ihm?

Euripides.

Nicht einen blos.
Zu Aeschylos.
Du sag' zuerst den aus der Orestie mir her.

B. 1124.   Die Orestie (die Schicksale des Orestes) begreift die drei

Dionyſos.

Gut denn, es ſchweige Jedermann! ſprich Aeſchylos.   1125

Aeſchylos.

„O Erden=Hermes, wachend über Vaters Macht,
Sei Retter und Mitſtreiter mir, dem Flehenden;
Ich komme jetzt in dieſes Land und kehre heim.“

Dionyſos.

Haſt du ein Wort zu tadeln dran?

Euripides.

O mehr als zwölf.

Dionyſos.

Im Ganzen ſind es aber doch drei Verſe nur.   1130

Euripides.

Und zwanzig Fehler ſtecken doch in jedem Vers.

Dionyſos bei Seite.

Ich rathe dir zu ſchweigen, Aeſchylos; wo nicht,
So wirſt du mit dem Jambendrei noch bankerutt.

Aeſchylos.

Vor dem ich ſchweigen?

Dionyſos.

Wenn du guten Rath befolgſt.

Euripides.

Da hat er gleich im Anfang himmelweit gefehlt.   1135

Aeſchylos zu **Dionyſos.**

Sieh' wie du thöricht...

Dionyſos.

Wie du willſt, mir gilt es gleich.

Aeſchylos zu **Euripides.**

Wo ſiehſt du einen Fehler?

Tragödien: Agamemnon, Choephoren, Eumeniden; die einzige uns erhal=
tene Trilogie. Die angeführten Worte ſind aus dem Anfang des zweiten
Stücks (der Tottenfeier an Agamemnons Grab).

Euripides.

Sag's noch einmal her.

Aeschylos.

„O Erden=Hermes, wachend über Vaters Macht."

Euripides.

Spricht nicht Orestes diese Worte auf dem Grab
Des Vaters, des verstorbenen?

Aeschylos.

                    Anders mein' ich's nicht.   1140

Euripides.

Von Hermes also sagt er, als der Vater ihm
Von Weibes Hand gewaltsam hingemordet starb,
Hab' hinterlistig jener über der That „gewacht"?

Aeschylos.

So meint er's nicht; den Hermes Erinnios,
Den unterirb'schen, rief er an und fügt' hinzu   1145
Daß, wie bekannt, vom Vater er dieß Amt erhielt.

Euripides.

Noch ärger hast du dann gefehlt als ich geglaubt,
Denn hat er das unterirb'sche Amt vom Vater her —

Dionysos.

So wär' er ja vom Vater her ein Gräberdieb.

Aeschylos.

Der Wein ist ohne Blume, Bakchos, den du trinkst.   1150

Dionysos.

Sag' weiter her! Zu Euripides. Du merke seine Blößen dir!

Aeschylos.

„Sei Retter und Mitwirker mir dem Flehenden;
Ich komme jetzt in dieses Land und kehre heim."

V. 1146. Die Erklärung welche der Dichter dem Aeschylos selbst in
den Mund legt kann nicht die richtige sein; vielmehr muß mit Euripides
verstanden werden: meines Vaters Macht, d. h. Agamemnons Thron.

Euripides.

Zweimal daffelbe fagt uns Meifter Aefchylos.

Aefchylos.

Zweimal, wie fo?

Euripides.

    Befieh' das Wort; ich erkläre dir's: 1155
„Ich komm' ins Land," fo fagt er und „ich kehre heim";
Ich komm' ins Land, daffelbe was ich kehre heim.

Dionyfos.

Ha, ganz natürlich, wie wenn einer zum Nachbar fagt:
Leih' mir die Mulde, oder Backtrog, wenn du willft.

Aefchylos zu Euripides.

Das ift ja wahrlich, o du Zungendrefcher, doch   1160
Das Gleiche nicht; der Vers ift völlig tadellos.

Dionyfos.

Wie ift es denn? Belehre mich wie du es meinft.

Aefchylos.

Zurück ins Land kommt wer ein Vaterland befitzt,
Denn ohne irgend einen Nachtheil gieng er fort;
Doch ein Verbannter kommt zurück und kehret heim.   1165

Dionyfos.

Schön, beim Apoll! Was fagft nun du, Euripides?

Euripides.

Ich leugne daß Oreftes in die Heimat kam,
Denn heimlich kam er, ohn' Erlaub der Obrigkeit.

Dionyfos.

Auch schön, beim Hermes! Aber ich verfteh' es nicht.

Euripides.

Bring' einen andern Vers nun.

Dionyfos.

        Hurtig, fahre fort,   1170
Frisch, Aefchylos! — Und du gib auf die Mängel Acht.

Ariftophanes.   27

Aeschylos.

„Dich ruf' ich, Vater, an dem Grabeshügel hier,
Vernimm mich, höre" — —

Euripides.

Wieder was zweimal gesagt.
Vernehmen, hören, offenbar das Nämliche.

Dionysos.

Er spricht ja mit Verstorbenen, du böses Maul,   1175
Die man auch mit dreimal'gem Rufen nicht erreicht.
Wie machtest du denn die Prologe?

Euripides.

Das sag' ich dir.
Und bring' ich wo zweimal dasselbe, oder find'st
Du mir ein Flickwort ohne Sinn, so spuck' mich an.

Dionysos.

Wohlan, so sprich! Ich habe hier zu hören nur   1180
Auf deiner Verse Richtigkeit in dem Prolog.

Euripides.

„Anfangs ein hochbeglückter Mann war Oedipus" —

Aeschylos.

O weit gefehlt! Unglücklich war er von Geburt.
Er, dem Apoll, noch eh' er empfangen, eh' er noch
Geboren war, den Vatermord schon prophezeit,   1185
Wie? dieser war „Anfangs ein hochbeglückter Mann?"

Euripides.

„Und ward hernach der Menschen unglückseligster" —

Aeschylos.

O nimmermehr; bei Zeus, er war's und blieb es auch.

V. 1177. Die Aufforderung an Euripides muß offenbar dem Dionysos zugetheilt werden, einmal weil er Schiedsrichter ist, und dann wegen der Antwort des Euripides V. 1179 und der Erwiderung des Gottes V. 1182.

V. 1182. Der Anfang von Euripides' Antigone.

Wie konnt' er's werden? da man ihn, kaum geboren, gleich
In einem Topf im strengen Winter ausgesetzt, 1190
Damit er nicht zum Vatermörder wüchs' heran?
Dann kroch' er mit geschwoll'nen Füßen zu Polybos
Und selbst noch Jüngling freit' er drauf ein altes Weib,
Das obendrein noch seine eigne Mutter war;
Dann stach' er sich die Augen aus.

Dionysos.

             Beglückter wohl 1195
Wenn Feldherr er gewesen mit Erasinides!

Euripides.

Geschwätz! Prologe aber mach' ich musterhaft.

Aeschylos.

Ja wohl. Bewahre Zeus mich daß ich dir Vers um Vers
Ein jedes Wörtchen zwicke; mit der Götter Gunst
Durchstreich' ich deine Prologe aus dem Pomadetopf. 1200

Euripides.

Was? aus dem Pomadetopf? du meine —?

V. 1196. **Erasinides**, einer der Strategen die nach der Schlacht
bei den Arginusen verurteilt wurden. Zuerst glücklich, weil er siegte; dann
höchst unglücklich, weil er hingerichtet wurde, aber er war doch unschuldig!

V. 1200. „**Pomadetopf**" (Schminkfläschchen) mit Spott auf die ge-
schminkte und geschniegelte Sprache des Euripides. Der Witz ist übrigens,
neben dem daß die Einförmigkeit aller dieser Eingänge verspottet wird, vorzugsweise metrischer Natur. Das eigentliche Ziel des Spottes ist die
häufige Caesur der euripideischen Jamben im dritten Fuß und nach einer
Doppellänge ($\smile - | \smile - |$), was zwar kein Fehler ist, aber dem sonst
so leichtfüßigen euripideischen Verse ein pathetisches Ansehen gibt, während
er mit dem Schlusse abklappt. Daher sagt Aristophanes V. 1203, man
könne alle möglichen Diminutive daran hängen: ληκύθιον, κωδάριον,
θυλάκιον mit dem einfachen Ausgang ἀπώλετο. Der Humor davon ist:
Er fängt hoch an und hört platt auf, denn das Schönheitsmittelchen n ist ihm
zwischenhinein abhanden gekommen. — Die früheren Uebersetzer (auch der
neueste, Pernice) haben sich fruchtlos daran verkrümigt, weil sie die Po'nte
in sämmtlichen Citaten übersahen. Unsere Uebersetzung sucht die Doppel-
längen, so weit möglich, nachzubilden.

Aeschylos.

Mit einem Strich.

Du machst sie so daß an deine Jamben Alles sich,
Ein Hammelfell, ein Pomadetopf, ein Bettelsack,
Anhängen läßt: das zeig' ich dir im Augenblick.

Euripides.

Laß sehn, das willst du zeigen?

Aeschylos.

Ja.

Dionysos zu Euripides.

Sag' weiter her.   1205

Euripides.

„Aegyptos, wie die Sage weit verbreitet ist,
Mit seinen fünfzig Söhnen durch der Ruder Schlag
Gelangt nach Argos,“ —

Aeschylos.

Kam um seinen Pomadetopf.

Dionysos.

Was sollt' ihm der Pomadetopf?

Euripides.

Wart', wie ich dich!...

Dionysos.

Sag' einen andern Prolog ihm her; dann will ich sehn.   1210

Euripides.

„Dionysos, der mit Thyrsusstab und mit dem Fell
Des Rehs geschmückt beim Fackellicht auf dem Parnaß
Im Reigen aufhüpft“, —

Aeschylos.

Kam um seinen Pomadetopf.

Dionysos.

O weh, schon wieder schlägt uns der Pomadetopf!

V. 1206. Anfang des Archelaos, und V. 1211 der Hypsipyle des
Euripides.

Euripides.

Hat nichts zu ſagen. Denn dem folgenden Prolog   1215
Hängt' er mir ſeinen Pomadetopf gewiß nicht an.
„Beglückt in Allem iſt durchaus kein ſterblich Haupt:
Dem Einen, edlen Stammes, fehlt's am Unterhalt,
Der, nied'rer Herkunft," —

Aeſchylos.
Kam um ſeinen Pomadetopf.

Dionyſos.

Euripides!

Euripides.

Was iſt es?

Dionyſos.
Zieh' die Segel ein.   1220
Von dem Pomadetopf da weht ein ſcharfer Duft.

Euripides.

O nein, das macht mir, bei'r Demeter, noch nicht bang,
Denn jetzt gewißlich ſchlag' ich ihm ihn aus der Hand.

Dionyſos.
So fahre fort, doch hüte vor dem Topfe dich!

Euripides.

„Kadmos, der einſt aus Sidon ausgezogen kam,   1225
Der Sohn Agenors," —

Aeſchylos.
Kam um ſeinen Pomadetopf.

Dionyſos.
Verlorner Mann, o kauf' ihm den Pomadetopf,
Damit er uns die Prologe nicht verhunze.

Euripides.
Wie?
Von ihm was kaufen?

V. 1217. Aus der Sthenoboia.
V. 1225. Aus dem Phrixos.

Dionysos.

Wenn du meinen Rath befolgst.

Euripides.

Nein, nimmermehr; ich habe noch der Prologe viel,   1230
Da hängt er mir den Pomadetopf gewiß nicht an.
„Pelops, der Tantalide, der nach Pisa kam
Mit Stuteneilpost, —

Aeschylos.

Kam um seinen Pomadetopf.

Dionysos.

Da hängt ja sein Pomadetopf schon wieder dran!
So zahl' ihm doch, mein Bester, jetzt noch jeden Preis;   1235
Der allerschönste gilt nur einen Obolos.

Euripides.

O nimmermehr! Ich habe Vorrath noch genug.
„Oeneus, vom Kornfeld" —

Aeschylos.

Kam um seinen Pomadetopf.

Euripides.

So laß mich doch den ganzen Vers erst endigen: 1240
„Oeneus, vom Kornfeld reiche Aernt' heimbringend einst
Und opfernd Erstling'", —

Aeschylos.

Kam um seinen Pomadetopf.

Dionysos.

So unter'm Opfern? Ei, wer stahl' ihn aber weg?

V. 1232. Aus der Iphigenia in Taurien.
V. 1236. „Einen Obol", er kann also nicht zu viel fordern, kaufe nur,
dann bist du des Geröttes los.
V. 1239. Aus dem Meleager.

Euripides.

Laß ihn, mein Freund. — Nun daran, daran häng' er's an!
„Zeus, wie verkündigt worden von der Wahrheit selbst" —

Dionysos.

Verschon'! er bringt das: „kam um seinen Pomadetopf."   1245
An alle deine Prologe hat sich dieser Topf,
Grad' wie die Warzen auf dem Auge, dir angesetzt.
An seine Chör', um Himmelswillen, mache dich.

Euripides.

Gewiß, ja da beweis' ich ihm wie schlecht er ist
Als Liederdichter, der sich stets nur wiederholt.   1250

Chor.

  Was soll Neues geschehen nun?
  Denn ich sinne vergebens nach,
    Welchen Tadel er aufbringt
  Jenem Mann der die meisten doch
  Und die schönsten Gesänge schuf   1255
    Aller Dichter bis heute.
  Wundern soll es mich was an ihm
    Auszusetzen er findet,
    An dem bakchischen König,
    Und mir bangt für den Tadler.   1260

Euripides.

Ja, wundervolle Gesänge! Nun, das weis't sich bald.
All' seine Lieder hack' ich in Eins zusammen ihm.

Dionysos.

Da zähl' ich dann die Stücke nach dem Rechenbrett.

V. 1244. Aus der Melanippe. Auch in diesem Verse dieselbe Cäsur. Das merkt endlich Dionysos und fällt abwehrend ein.

V. 1259. Bakchischer König heißt Aeschylos als größter Meister in der tragischen Kunst.

Euripides.

Die Musik spielt dazu.

„O Phthier, Achilleus! Du vernimmst der gemetzelten Männer
    Noth=Ach, warum bringst du nicht eilige Hülfe?"   1265

„Hermes verehren als Ahn wir, die seeumwohnenden Männer,
    Noth=Ach, warum bringst du nicht eilige Hülfe?"

Dionysos.

Da, Aeschylos, doppelte Noth schon!

Euripides.

„Ruhmreicher Achäer,
Weitherrschender König, Atride, vernimm mich,   1270
    Noth=Ach, warum bringst du nicht eilige Hülfe?"

Dionysos.

Drei Nöthen, o Aeschylos, hast du.

Euripides.

„Still, andächtig!
Es nahn die Melissen, der Artemis Tempel zu öffnen,
    Noth=Ach, warum bringst du nicht eilige Hülfe?   1275
„Kräftiger Männer gesegnete Fahrten vermag ich zu preisen,
    Noth=Ach, warum bringst du nicht eilige Hülfe?"

Dionysos.

Allmächt'ger Zeus! welch' eine Flut von Nöthen das!

V. 1264. Aus den Myrmidonen des Aeschylos ohne Sinn zusammen=
geflickt. Der nur einmal passende Refrain ist Revange für den „Pomade=
topf". So wird der Refrain vom Clarinett begleitet, während zu den übrigen
Versen die Kithara spielt. Der Spott geht wieder größentheils auf me=
trische (zugleich auch musikalische) Eigenthümlichkeiten in den Chören des
Aeschylos.

V. 1266. Aus den Psychagogen des Aeschylos. Wahrscheinlich aus
einer Scene am Avernersee, wo Odysseus in die Unterwelt hinabsteigt.

V. 1270. Aus dem Telephos des Aeschylos. Die Worte an Aga=
memnon gerichtet.

V. 1274. Melissen (Bienen) hießen die Priesterinnen des Artemis=
tempels; im Text sind die Melissonomen, wahrscheinlich die Aufseherinnen,
Oberpriesterinnen, genannt. Der Vers ist entweder aus den Priesterinnen
oder aus der Iphigeneia des Aeschylos.

Ich denk', ich gehe lieber schleunig in ein Bad:
Von Ach und Nöthen laufen mir die Hoden auf.   1280
                         Euripides.
O warte, bis du noch ein anderes Reigenlied,
Zu Lautenmelodie'n gezimmert, angehört.
                         Dionysos.
So fahre fort, nur mach' mir keine Noth dazu.
                         Euripides.
„Wie dort Achaja's Herrscherpaar hellenischer Jugend" —   1285
    Tophlattothratto=phlattothrat.
„Sphinx, die unheimliche, hündische Wächterin sendet" —
    Tophlattothratto=phlattothrat.
„Stürmender Adler mit Speer und mit rächendem Arme" —
    Tophlättothratto=phlattothrat.   1290
„Zum Raub hingebend
Luftsegelnden gierigen Hunden," —
    Tophlattothratto=phlattothrat.
„Des Ajas dichte Heerschaaren"
    Tophlattothratto=phlattothrat.   1295
                  Dionysos zu Aeschylos.
Was soll das Phlattothrat denn? kommt's von Marathon?
Hast du am Brunnen deine Lieder aufgefischt?
                         Aeschylos.
Aus schönen Formen bracht' ich sie in schöne Form,

V. 1285 ff. Abermaliger Cento aus verschiedenen Tragödien des Aeschy=
los, aus Agamemnon, Sphinx und den Thrakerinnen.
V. 1286. Das Phlattothrat erklären Conz und Voß für Nachahmung
der Kitharaklänge, weil die Melodien des Aeschylos nach Euripides' Behaup=
tung kitharödisch sind, die Begleitung der Kithara verlangen. Dionysos
fragt spottend ob es von Marathon stamme, wo Aeschylos mitgekämpft
hat, d. h. also ob es Schlachtgesang sei; doch er besinnt sich: das müsse eher
ein Gassenhauer sein, wie sie an Ziehbrunnen gedudelt werden. Schol.
V. 1298. Aeschylos antwortet nur auf den Vorwurf des Plagiats.
Er habe, will er sagen, die lyrisch=kitharödischen Gesänge dem Charakter
der Tragödie angemessener gemacht, Euripides dagegen habe die gemeinsten
und unsittlichsten Weisen dahin verpflanzt. Schol.

So that ich, um die gleiche heilige Musenau
Nicht wieder abzuwarten welche Phrynichos.   1300
Doch dieser liest von allen Huren etwas auf,
Aus des Meletos Skolien, karischem Gassenlied,
Aus Trauer= und Tanzgesängen. Hier ein Pröbchen gleich.
Bring' Einer mir die Leier. Doch was braucht es noch
Für ihn der Lei'r? Wo ist die Scherben=Künstlerin?   1305
Mach' deine Musik, komm', Muse des Euripides;
Sie ist's allein zu der sich sein Geleier schickt.

Eine Alte tritt auf, die den folgenden Vortrag mit einem Topf begleitet.

Dionysos.

Die Muse spielt' einst keine lesbische Weisen. Nein.

Aeschylos.

Halkyonen, die ihr an immer bewegten Meeres=   Glykoneisch.
  Wogen eu'r Geschnatter übt,   1310
    Die ihr mit tropfender Fitt'ge Schwung
    Bethauet den gebadeten Leib;
Spinnen unter dem Dache im Winkelnest, die ihr we=we=
    we=we=webet mit langen Fingern drehend
      Luft'gen Reckens Kunstgeweb   1315

B. 1302. Skolien, die Tafellieder der Alten. Karisch, aus Karien
in Kleinasien, also barbarisch, sklavisch. Der Schol. bemerkt aber auch
daß die karische Musik klagend, rührend gewesen; und auf Rührung ist es
ja bei Euripides hauptsächlich abgesehen.

B. 1306. Anspielung auf die Kinderklapper in der Hypsipyle des
Euripides; denn die Musik zu den nachfolgend recitierten Versen macht die
Beckenschlägerin (κροταλιστρία) der Orchestra, die vielleicht im Kostüme
der Hypsipyle auf die Vorbühne trat.

B. 1308. „Lesbische Weisen", in denen Terpander für alle Zeiten
Muster blieb, waren in ganz Griechenland hochgeschätzt (auch in Sparta).
Vielleicht spielt der Komiker nebenher auf die unnatürliche Wollust der Les-
bierinnen an.

B. 1309. Halkyonen, Eisvögel. Im Uebrigen das nämliche sinn=
lose Durcheinander von zusammengerafften Versen aus Euripides wie vor=
her aus den Stücken des Aeschylos.

Unter der Spule sausendem Ton,
Wo der flötentrunkne Delphin
Um das blaugeschnäbelte Schiff
Tanzt weissagend günstige Fahrt:
Glanz des blühenden Rebenstocks,   1320
Sorgenstillendes Traubgewind;
Schling' um mich deine Arme Kind.

Zu Dionysos.

Siehst du den rhythmischen Fuß?

Dionysos.

Ja wohl.

Aeschylos auf den der Dirne zeigend.

Wie doch? diesen vielleicht?

Dionysos.

Ja wohl.

Aeschylos.

Solchen Geleiers Dichter, du   1325
Wagst zu tadeln meinen Gesang,
Der in der Zwölferleikunstmanier
Der Kyrene gedichtet?
So viel von deinen Chören, nunmehr will ich noch
Auch deiner Monodieen Weise kurz durchgehn.   1330

O schwarzäugig Dunkel der Nacht,
Was schickst du für unglückseligen Traum mir
Aus der finsteren Tiefe, des Hades Boten,

V. 1328. Kyrene, nach den Scholien eine öffentliche Dirne; auch hier Anspielung auf einen Ausdruck des Euripides. Wie vorher Euripides dem Aeschylos seine äolischen Weisen und den steigenden Rhythmus zum Vorwurf machte, so tadelt hier Aeschylos an Euripides die weichlichen und vielfach aufgelösten und veränderten Glykoneen.

V. 1331. Nach den Scholiasten ist dieß abermals ein Gemisch aus euripideischen Versen. Doch, wie Conz richtig bemerkt, mehr Parodie als Travestie; zuerst aus den Temeniden, worin Temenos' Tochter von dessen Ermordung durch seine Söhne träumt.

Leblos lebendes Wesen,
Das Kind schwarzer Nacht,   1335
Schreckhaftschauerlich Gesicht,
Leichenschwarz vermummt, mörderisch, mörderisch blickend und mit ge=
waltigen Klaun bewaffnet?

Zündet doch schnell mir ein Licht an, ihr Mägde,
Schöpfet in Eimern aus Strömen den Thau, und erwärmet das
Wasser,
Daß ich den göttlichen Traum wegspüle!   1340
Ha, mächtiger Meeresgott,
Das ist's! Ha, ihr Hausgenossen,
Dieses Ungeheu'r schaut an! ach den Hahn hat sie mir geraubt, ge=
stohlen — fort ist Glyke —
Nymphen entsprossen dem Berg —
O Mania, greife sie!   1345

Da saß ich, die Arme, so vertieft eben in meine Arbeit,
flachsumwundene Spindel
dre=re=re
dre=re=re=drehend in der Hand,
Den Knäuel zu fert'gen, um
Frühmorgens ihn auf dem Markt   1350
Geschwind zu verwerthen.
Da entflog er, entflog er zum Aether hin=
Auf mit dem leichten Gefiederschwung;
Mir aber hat er nur Ach und Weh, Ach und Weh hinterlassen,
gelassen,
Und Thränen nur, Thränen vom Aug' herab=
Stürzten, ach stürzten mir, der Armen.   1355

V. 1345. Mania, doppelsinnig: der personificierte Wahnsinn, eine
der Furien, und — der gewöhnliche Name einer Magd. — Die Auflösung
dieses Traums, der an Euripides' Hekuba erinnert, ist wohl das Treffendste
dieser Parodie.

Doch, ihr Kreter, Ibageschlecht,
Die Bogen ergreift, Rache zu'nehmen,
Die Glieder rasch rühret, umstreift rings das Haus! Und du zugleich,
O Diktynna, jungfräuliche schöne Artemis,
Deine Spürhund' am Seil stöbre du jeden Hauswinkel durch! 1360
    Zeus' Tochter, du, doppeltstrahlende Fackeln
    Tragend in eilfertigen Händen, o Hekate, leuchte
        Mir zu Glyke's Hause,
    Sie zu ertappen auf frischer That.

Dionysos.

Hört endlich auf mit eurem Sang.

Aeschylos.

            Satt hab' auch ich.

Denn jetzt zur Wage will ich diesen führen: sie   1365
Mag dann allein entscheiden über unser'n Werth:
Denn prüfen wird sie was ein Wort von Jedem wiegt.

Dionysos.

So tretet näher, soll ich denn auch dieses noch,
Wie Käs' auswägen solcher großer Dichter Kunst.
            Eine Wage wird herbeigebracht.

Chor.

    Wie gewandt ein kluger Kopf!   1370
    Welche Grille wunderlich,
    Seltsam gar und unerhört!
Hätt' ein Andrer das ersonnen?
Traun, es dürfte dieser oder
Jener mir das Ding erzählen,   1375
Nimmer glaubt' ich's, nein, ich dächte
Daß er nicht bei Trost sei.

Dionysos.

Wohlan, ihr Beide, tretet an die Schalen.

V. 1356.   Aus den Kretern des Euripides. Ida, Berg auf Kreta.
V. 1359.   Diktynna heißt Artemis als Netzstellerin (δίκτυον).
V. 1361.   In jeder Hand eine Fackel, so wird Hekate dargestellt.

Euripides.

Hier.

Dionysos.

Nun faßt sie an: ein Jeder sage seinen Spruch.

Und laßt nicht fahren, bis ich euch Kukuk geschrie'n. 1380

Euripides.

Wir halten.

Dionysos.

Sprecht nun euren Vers in die Wag' hinein.

Euripides.

„Ach daß die Argo nie hindurch geflogen wär'!"

Aeschylos.

„O Strom Spercheios, heerdenreiche Triften, ihr!"

Dionysos.

Kukuk! Nun laßt es. Ach, um Vieles tiefer sinkt

auf Aeschylos deutend:

Die Schale dessen.

Euripides.

Was ist wohl der Grund davon? 1385

Dionysos.

Daß einen Strom er hineingelegt und seinen Vers

Wollhändlermäßig, wie die Wolle, feucht gemacht.

Der Vers den du hineingelegt war federleicht.

Euripides.

Noch einen sprech' er und wäg' ihn gegen meinen ab.

Dionysos.

So faßt die Schalen wieder an.

Euripides.

Wir fassen.

Dionysos.

Sprich. 1390

V. 1380. Koky bezeichnet nach den alten Lexikographen das Schnelle; unser „brr!" oder Musch!

V. 1382. Anfang der Medea des Euripides.

V. 1383. Aus dem Philoktet des Aeschylos.

Euripides.

„Das Wort, es ist der Peitho einz'ges Heiligthum."

Aeschylos.

„Von allen Göttern nimmt der Tod nur kein Geschenk."

Dionysos.

Laßt los, geschwind! Die seine senkt sich abermals.

Den Tod, der Uebel schwerstes, hat er hineingelegt.

Euripides.

Doch ich die Peitho; gibt es wohl ein schönres Wort?   1395

Dionysos.

Ach, Peitho ist ein leicht Geschöpf, gedankenleer.

Such' doch einmal was anderes recht Vollwichtiges,

Das niederzieht, was Großes und Gewaltiges.

Euripides.

Geschwind, wo find' ich denn so was?

Dionysos.

                         Ich sage dir's:

„Zwei Augen hat Achill geworfen und Vier dazu."   1400

Sprech' Einer, denn die Wage schwankt zum letzten Mal.

Euripides.

„Und mit der Rechten faßt den eisenwucht'gen Schaft."

Aeschylos.

„Denn Wagen drängt an Wagen, Leich' auf Leiche sich."

Dionysos.

Da hat er wieder dich geschnellt.

Euripides.

                Durch welche List?

V. 1391. Aus der Antigone. Peitho, die Göttin der Ueberredung.
V. 1392. Aus der Niobe. Der Tod ist unbestechlich.
V. 1399. Dionysos sagt hier dem Euripides einen seiner schlechtesten
Verse ein. — Im Telephos spielen die Heroen Würfel. Der hier ange=
gebene Wurf ist wahrscheinlich der „Achilles".
V. 1402. Aus dem Meleager des Euripides, und V. 1403 aus dem
Glaukos des Aeschylos.

Dionysos.

Zwei Wagen hat er hineingelegt und Leichen zwei: 1405
Das höben hundert von Aegyptern wohl nicht auf.

Aeschylos.

Meintwegen gelt's nicht Vers um Vers: er selber mag
Mit Weib und Kind und mit Kephisophon hinein
Sich setzen, und nimmt er seinen Bücherschrank dazu;
Ich spreche von den meinigen nur zwei Verse aus.   1410

. . . .

Dionysos.

Die lieben Männer! Hier entscheiden kann ich nicht.
Ich möchte keinen von den beiden mir zum Feind.
Der scheint geschickt mir; Jener jedoch erfreut mein Herz.

Pluton.

So kommst du nicht zum Zwecke der dich hergeführt.

Dionysos.

Und wenn ich richte . . . ?

Pluton.

Nimmst du Einen mit dir fort,   1415
Wen immer du wählst. So ist die Reise nicht umsonst.

Dionysos.

Die Götter mögen segnen dich! — Nun, hört mich an.
Um einen Dichter kam ich her.

Euripides.

Weßwegen denn?

Dionysos.

Damit die Stadt, gerettet, Chör' aufführen kann.
Wer nun von euch gesonnen ist Ersprießliches   1420
Der Stadt zu rathen, mitzunehmen denk' ich den.
Zuerst: Was habt ihr wohl von Alkibiades
Für eine Meinung? Nur Unglückskinder bringt die Stadt.

V. 1406. Die Aegypter als Lastträger von ihren Riesenbauten her.
V. 1409. Die Bücher aus denen er seine Weisheit schöpft. Die
Büchersammlung des Euripides war berühmt.
V. 1422. Alkibiades lebte damals, einer Untersuchung auswei=

Euripides.

Und welche Meinung hat denn sie von ihm?

Dionysos.

Die Stadt?

Sie wünscht zurück ihn, haßt ihn, möcht' ihn haben doch.   1425
Nun sagt mir Beide offen was ihr von ihm denkt.

Euripides.

Den Bürger haff' ich der dem Vaterland zu Nutz
Sich lässig zeigt, ihm viel zu schaden aber schnell,
Sich selbst nur helfend dem Staate keine Rettung weiß.

Dionysos.

Schön, beim Poseidon! Aber was denkst du davon?   1430

Aeschylos.

Man soll den jungen Löwen nicht im Staate ziehn — '

Dionysos.

Am wenigsten den Leon selbst im Staate ziehn —

Aeschylos.

Doch ist er herangezogen, schmieg' dich seiner Art.

Dionysos.

So helfe Zeus mir; unentschieden steh' ich da.
Verständig der, verständlich sprach der Andere.
Nur einen Spruch noch thue jetzt ein Jeder mir.   1435
Was wißt ihr für ein Mittel noch zum Heil der Stadt?

chend, in Thrakien auf seinen Gütern. Sein Unterfeldherr hatte in seiner
Abwesenheit bei Ephesos sich wider seinen Befehl in ein Treffen eingelassen
und war geschlagen worden. Darüber wurde er selbst angeklagt.

V. 1431—33. Niebuhr (Alte Gesch. 2r Bd.) findet in diesen Versen
das treffendste Urteil über Alkibiades. Dieses Urteil aber und die Empfeh=
lung des Alkibiades zur Hauptidee des Stückes zu machen, wie neuestens
Pernice in seiner Uebersetzung (Leipzig 1856) thut, ist übergelehrt. Es liegt
gar nicht im Charakter der Komödie ihre ganze Tendenz in eine einzelne
Stelle zu legen und damit einen Totaleindruck bewirken zu wollen.

V. 1432. Dionysos meint dieß nicht bildlich, sondern den Leon, der
früher als Admiral die Chier in mehreren Seetreffen besiegte, einen scharfen
Gegner der Partei der Vierhundert (Thuk. VIII, 73). Später wurde er
als Mitgeneral des Konon abgesetzt. Xen. Hell. I, 6, 16. Loß. p. 8, 3. B.

Aristophanes.   28

Euripides.

Befiederte einer den Kleokrit mit Kinesias,
So trügen ihn die Lüfte über's weite Meer.
Gäb's eine Seeschlacht, nun, mit Krügen kämen sie
Und Essig in die Augen spritzten sie dem Feind.　　　　1440

Dionysos.

Das wäre wohl zum Lachen; doch was ist der Sinn?

Euripides.

Ich weiß es gut und will dir's sagen.

Dionysos.

　　　　　　　Nun, so sprich.

Euripides.

Wenn wir das Mißtrau'n in Vertrau'n verwandelten
Und das Vertrau'n in Mißtrau'n.

Dionysos.

　　　　　Wie? Ich fass' es nicht.

Sag's etwas nur einfältiger und verständlicher.　　　　1445

Euripides.

Wenn wir den Bürgern denen jetzt wir ganz vertraun
Fortan mißtrauten, und die wir nicht gebrauchen, die
Fortan gebrauchten, wäre Rettung möglich noch.
Denn geht es jetzt mit Jenen schlecht, wie sollte nicht,
Sobald das Gegentheil wir thun, noch Rettung sein?　　　　1450

Dionysos.

Gar fein, mein Palamedes; o du schlauer Kopf!
Hast du das Ding erfunden, oder Kephisophon?

V. 1437. Kleokritos fett, Kinesias schmächtig und luftig, dem
Fettklumpen als Flügel angeheftet.

V. 1446. Aristophanes bürdet absichtlich dem Euripides noch zu guter
Letzte eine vollendete Abgeschmacktheit auf.

V. 1451. Palamedes, Sohn des euböischen Königs Nauplos,
als erfindrischer, schlauer Kopf berühmt. In der nachhomerischen Sage
vom troischen Krieg überlistet er den Odysseus, der sich wahnsinnig stellte,
um den Zug nicht mitmachen zu müssen. Ein verlornes Stück von Euripides
führte seinen Namen.

Euripides.

Das — ich allein; die Essigkrüge Kephisophon.

Dionysos zu Aeschylos.

Doch du, was meinst du?

Aeschylos.

Sage mir zuerst, an wen
Die Stadt sich hält jetzt. An die Tüchtigen wohl?

Dionysos.

Seit wann? 1455

Die haßt sie böslich.

Aeschylos.

Und der Schurken freut sie sich?

Dionysos.

Das nicht gerade; doch sie braucht sie, weil sie muß.

Aeschylos.

Wie wäre nun zu retten eine solche Stadt
Der weder Sommer= weder Winterkleidung taugt?

Dionysos.

Erfind' etwas (ich bitte), sie aus dem Sumpf zu ziehn.   1460

Aeschylos.

Dort oben sag' ich's; doch hier unten mag ich nicht.

Dionysos.

O nein, von hier aus sende guten Rath hinauf.

Aeschylos.

Wenn sie einmal als Eigenthum des Feindes Land
Ansehn gelernt, das eigne dafür als Feindes Land,
Und für Gewinn die Flotte, für Verlust Gewinn.   1465

V. 1453. Der Sinn ist wohl: „nur so schlechte (saure) Witze hat mir Kephisophon liefern können".

V. 1463—65. Die ganze Politik der wahren Staatsmänner Athens von Themistokles bis auf Demosthenes: Den Krieg in Feindesland zu tragen, Attika zur Noth preiszugeben und alles in die Flotte zu setzen. „Zur See, zur See", darin lag die Macht Athens, so lang die Bürger selbst Seedienste thaten, und — die öffentlichen Gelder dafür zusammenhielten. — Für Verlust Gewinn, d. h. jeden andern Gewinn, den Privatnutzen den sie vom

Dionysos.

Gut, doch die Richter verschlingen alles das allein.

Pluton.

Nun magst du entscheiden.

Dionysos.

Dieß soll euer Urtel sein:
Ich werde mir erwählen den mein Herz erkor.

Euripides.

Gedenke nun der Götter, denen du doch schwurst
Gewiß mich heimzuführen; wähle deinen Freund!   1470

Dionysos.

„Die Zunge schwur" — ich wähle mir den Aeschylos.

Euripides.

Was hast du gemacht, Verfluchtester der Menschen?

Dionysos.

Ich?
Den Preis erkenn' ich dem Aeschylos. Warum denn nicht?

Euripides.

Nach solcher Schandthat blickst du mir ins Angesicht?

Dionysos.

„Was Schande, wenn's dem Publikum nicht so erscheint?"   1475

Euripides.

O Grausamer, du lässest mich im Todtenreich?

Dionysos.

„Wer weiß ob nicht das Leben eher Sterben ist,
Das Schnaufen Schmausen und ein Schafvelz nicht der Schlaf"?

Staate ziehen, Theatergeld, Richtersold 2c. für Nichts achten. Die Staats-
reden des Demosthenes sind hiezu der beste Commentar.
  V. 1466.   Der Richtersold aus der Staatscasse.
  V. 1471.   Aus dem Hippolytos. Vgl. V. 101.
  V. 1475.   Aus dem Aeolos des Euripides. Dieß sagt der Sohn des
Makareus seinem Vater Aeolos, der ihn über der Unzucht mit seiner Schwe-
ster Kanake ertappt hat. Denselben Vers warf die Buhlerin Lais dem
Dichter ins Gesicht.
  V. 1477.   Vgl. zu V. 1082.
  V. 1478.   Das „Schnaufen — Sausen" (im Text Essen) wäre für

Pluton.

Nun trete noch, Dionysos, ein bei mir.

Dionysos.

Wozu?

Pluton.

Euch vor der Abfahrt noch zu bewirthen.

Dionysos.

Schön von dir.   1480

Ja, bei dem Zeus! das kommt mir gar nicht ungeschickt.

Alle ab.

Chor.

Erste Strophe.

Hochzupreisen ist ein Mann
Von durchdringendem Verstand.
Manches Beispiel lehrt uns dieß.

Darum kehrt, erprobt als Weiser,   1485
Dieser in die Welt zurück,
Seiner Vaterstadt zum Besten,
Auch zum Besten seiner eig'nen
Freunde und Verwandten, ihm zum
Dank für seine Klugheit.   1490

Zweite Strophe.

Löblich drum bei Sokrates
Nicht zu hocken zum Geschwätz,
Nicht die schöne Kunst zu schmähn
Und das Höchste trag'scher Dichtung
Mit Verachtung anzusehn.   1495

Dionysos noch passender als das griechische Wortspiel. Seeger, der Erfinder dieses Calembourgs, gibt noch mehrere zur Auswahl.

V. 1491. Auch der philosophische Freund des Tragikers Euripides
muß noch herhalten. Diese Stelle beweist überdieß daß es dem Komiker
mit seinem Angriff auf das sokratische Spintisieren (in den Wolken) ziemlich Ernst war.

V. 1495. Daß Sokrates den euripideischen Stücken den Vorzug gab
wird ihm nicht verziehen.

Aber auf gespreizte Reden
Und Zergliedrung leerer Possen
Einen faulen Fleiß verwenden
Schickt sich nur für Narren.

Pluton. Aeschylos. Chor.
Pluton.

Auf ziehe nun, Aeschylos, fröhlich dahin,   1500
Und bringe du Heil der gemeinsamen Stadt
Durch fruchtbaren Rath, und züchtige scharf
Die Bethörten (gar viel sind deren darin);
Nimm dieses Geschenk (er gibt ihm einen Dolch) für den Kleophon mit,
    Und dieß für die Steuererheber (Stricke)   1505
Dem Myrmex dieß und Nikomachos auch,
    Dem Archenomos dieß (Schierling).
Meld' ihnen, sie sollen alsbald hieher
Sich verfügen zu mir ohn' allen Verzug.
Und kommen sie nicht in der Bälde, so will,   1510
    Beim großen Apoll,
Ich gebrandmarkt sie und zusammengeschnürt,
Mit sammt Adeimantos, Leukolophos' Sohn,
Schnell unter die Erde befördern.

Aeschylos.

Das werd' ich besorgen. Du aber verleih'   1515
Dem Sophokles für mich einstweilen den Thron,
Ihn mir zu bewahren, bis wieder ich einst

V. 1505. Poristen, die Finanzmänner Athens.
V. 1506. Myrmex und Archenomos unbekannte Personen. Nikomachos, seit dem Sturze der Vierhundert Mitglied der Verfassungs- und Gesetzesrevisions-Commission, die in vier Monaten ihre Arbeit beendigt haben sollte, aber in sechs Jahren nicht fertig wurde.
V. 1513. Adeimantos, ein Admiral, Anhänger des Alkibiades. Er verrieth später die athenische Flotte bei Aegospotamos.

Herkomme zurück. Denn dieſen erkenn'
Als den Zweiten ich an in der Meiſterſchaft.
Doch achte darauf daß der tückiſche Mann,   1520
Der Lügenerfinder, der Bettelprophet,
Niemals ſich erfreche für mich auf den Thron,
    Wär's auch aus Zwang, ſich zu ſetzen.

          Pluton zum Chor.

Ihr Geweihten, ſo leuchtet dem Manne voran
Mit den heiligen Fackeln, geleitet zugleich   1525
Den Sänger hinauf mit Geſängen von ihm,
    Mit den eigenen Liedern ihn preiſend.

          Chor.

Leihet ihm Segen zuerſt zu der Reiſe, dem ſcheidenden Dichter,
Der an das Licht nun enteilt, o ihr Waltenden unter der Erde;
Leihet der Stadt zu dauerndem Heil heilſame Gedanken!   1530
So nur mögen von drückender Noth wir gründlich geneſen,
    Wie von unfruchtbarem Waffengetöſ'; und ein Kleophon fechte,
Und wem ſonſt es von Jenen beliebt, auf den Fluren der Heimat!

    V. 1523. Wenn ihn auch der blinde Haufen ſeiner Bewunderer dar-
auf ſetzt.
    V. 1531 „Wir" d. h. Athen. Der Chor verſetzt ſich wieder, wie oft
in der Komödie, in ſein atheniſches Bewußtſein.
    V. 1532. Kleophon und andere Ausländer mögen dort Händel an-
fangen wo ſie her ſind.

Inhalt.

Druck der J. B. Metzler'schen Buchdruckerei in Stuttgart.

Druck:
Customized Business Services GmbH
im Auftrag der KNV-Gruppe
Ferdinand-Jühlke-Str. 7
99095 Erfurt